O guardião de nomes

Copyright © 2022 by Leonardo Garzaro

EDIÇÃO Felipe Damorim, Vinícius Oliveira e Ana Helena Oliveira
PROJETO GRÁFICO Bloco Gráfico
ASSISTENTE DE DESIGN Nathalia Navarro
REVISÃO Diogo Santiago
PREPARAÇÃO Lígia Garzaro

CONSELHO EDITORIAL
Felipe Damorim
Leonardo Garzaro
Lígia Garzaro
Vinícius Oliveira
Ana Helena Oliveira

Grafia atualizada segundo o Acordo Ortográfico da Língua Portuguesa de 1990, que entrou em vigor no Brasil em 2009.

Dados Internacionais de Catalogação na Publicação (CIP)
de acordo com ISBD

Garzaro, Leonardo
    O guardião de nomes / Leonardo Garzaro
    Santo André, SP: Editora Rua do Sabão, 2022

    ISBN 978-65-86460-72-8

    1. Romance brasileiro I. Título.

22-113848   CDU 929

Índice para catálogo sistemático:
1. Romances: Literatura brasileira B869.3
Eliete Marques da Silva, bibliotecária, CRB-8/9380

[2022]
Todos os direitos desta edição reservados à
Editora Rua do Sabão
Rua da Fonte, 275, sala 62 B
09040-270 – Santo André – SP
www.editoraruadosabao.com.br
facebook.com/editoraruadosabao
instagram.com/editoraruadosabao
twitter.com/edit_ruadosabao

Leonardo Garzaro
O guardião de nomes

O som da fechadura a aceitar o encaixe reverberou pelas paredes da casa em um gemido bruto, sôfrego movimento do ferro contra a ferrugem. As chaves bateram no móvel lateral estranhas à posição, saudosas do chaveiro que por décadas tão bem as recebera. Então, a madeira do assoalho a estalar sob o calçado apertado e o peso raro naquele caminho porta adentro, passos lentos e mal sincronizados de súbito interrompidos por denso silêncio. O encosto da cadeira em frente à enorme mesa de trabalho comprimido por imponentes mãos de homem, a respiração vacilante, um prolongado suspiro, intenso o suficiente para dispersar algum pó acumulado.

    Sentou-se na cadeira dos visitantes, o coração acelerado apesar dos movimentos lentos, um nó no estômago não obstante a postura serena. Em um gesto calculado, inclinou a cabeça e deslizou a destra pelo tampo da antiga mesa como se fosse um marceneiro ou colecionador a avaliar a qualidade da peça, embora nada entendesse daquilo. Suspirou novamente e, quando o silêncio que evitava bateu-lhe nos ouvidos, apoiou os cotovelos sobre o móvel, apertou os dedos contra a pele do rosto, abaixou a cabeça mas as lágrimas não vieram, restando a garganta dolorida e a sensação de que toda a desgraça do mundo não bastaria para saciá-lo da infinita miséria. Naquele dia, enterrara o pai.

    Contornou o móvel disposto a ocupar a cadeira principal, porém vacilou. Era só uma cadeira, sepultado o pai, alguém precisava sentar-se, contudo nenhum pensamento era capaz de catalisar o movimento. Diante de si, todos os livros, e nos livros todos os nomes, mas, se sequer era capaz de tomar a cadeira, nos livros é que não tocaria. Como tratar as desimportantes relíquias alheias enquanto o corpo esfria? Um terno escolhido para o sepultamento, o que fazer com os demais? Imaginou uma enorme fogueira com corpo e pertences, quão prático seria, quão adequado a um homem de ação como ele, da forma como se entendia: mesmo prescindindo do corpo sepultado, não deveria descartar a ideia. Enfim, atirou-se à cadeira, impaciente consigo, sentando-se como quem aceita a hóstia por fome e crava os dentes no pão sagrado.

Abriu as gavetas, analisou as dimensões do cesto de lixo vazio, percebeu a caneta tinteiro que não fora roubada – essa não valia nada – e o maço de folhas para as anotações que não seriam feitas. Notou um terço de madeira: o pai rezava? Os antigos óculos de leitura, uma cópia do molho de chaves, uma pasta com documentos cujo conteúdo espalhou sem cuidado sobre a mesa. Pinçou com os dedos a certidão de nascimento, datada de cinco décadas passadas, preenchidos os imponentes nomes dos pais, avós maternos e paternos, em branco o nome do recém-nascido. Conhecia a história, narrada pela sombra amarga do que fora o grande barão Álvares Corrêa, seu avô. Contemplava o papel amarelado nas bordas como se dele aguardasse uma resposta, estranhando a sensação de deter a prova empírica de fato que presumira por toda a vida. Num instante, embora detestasse divagar, viu-se novamente a reparar nos lábios torcidos do empobrecido barão a narrar a história que não lhe interessava. Sepultado o pai, talvez aquele divagar coercitivo fosse a derradeira maldição lançada contra si pelo progenitor.

Contou o barão Álvares Corrêa, balançando-se lentamente na cadeira de madeira apodrecida, já quinze anos passados, que eram seis os filhos nascidos homens quando soube que a babá fora se informar das amas de leite disponíveis. Do balcão em frente às janelas do primeiro pavimento, controlava o movimento dos empregados, imigrantes sem sobrenome e sem posição, muitos trajando as letras recém-arranjadas da nova genealogia. Era padrinho dos filhos dos melhores e escolhera os nomes de todos os nascidos na imensa propriedade, sem exceção, pois lhe pertencia a terra e tudo que nela germinava. Registrava o nome com a própria pena, entregava à mãe uma compota de doces junto do documento, homenageando santos de além-mar e reis das antigas histórias, aquelas que ouvira quando criança. Elogiavam sempre o nome que escolhia; sabia fazê-lo. Nunca haviam insinuado rejeitar-lhe a escolha. Quando outros barões, em visitas que se estendiam por dias, elogiavam a ordem da fazenda que administrava, revelava que a boa administração começava na seleção de bons nomes para povoarem a terra. Se deixasse por conta da gente dali, davam nomes de santos aos bichos e se esqueciam de batizar os filhos.

O caso era especial, contudo. A esposa engravidara, já não era moça, e sabia que o varão vindouro certamente era o último filho que registraria. O sétimo filho nascido homem do barão Álvares Corrêa: que prazer dava-lhe a frase! Não haveria ali apenas um nome, mas um legado, a assinatura própria na última página de um livro, se fosse homem de livros. Não era como registrar o filho de um empregado, um bezerro ou um cavalo – e que trabalho dera-lhe certa vez explicar ao barão Duarte Lobo os tipos de nomes que se davam aos animais e às gentes. Tampouco seria tão fácil quanto registrar o primogênito, que recebera o nome de seu pai, o segundo filho, que ficara com seu nome, o terceiro, batizado tal qual o último dos reis. Além do legado – o último nome, do último filho, de um homem que construía homens – havia certas histórias sobre sétimos filhos, contos que a mucama narrava em luz baixa e nos quais já não acreditava, embora soubesse que o nome errado do derradeiro rebento poderia derramar toda sorte de maldições sobre a família. Não podia errar. Se fosse para errar o nome, melhor errar o tiro e deixar que nascesse menina!

O barão Álvares Corrêa passou o dia sereno, acariciando o rosto bem barbeado enquanto meditava sobre os nomes, acompanhando os negócios que iam bem, como sempre. Era só questão de pulso e cálculo, de aplicar corretamente as porcentagens, separar os bons dos maus conselhos e a coisa caminhava. Enregelava o olhar no momento certo, mostrava-se atento quando pensavam-no distraído, entendedor quando julgavam-no ignorante, e as somas finais estavam sempre a favorecê-lo. Os nomes eram algo diferente... Avaliava muitos, primeiro passando as sílabas pela língua para pesar os sons. Nenhum dos nomes que ponderava eram ruins, nomes de santos e de reis, porém a arte consistia em saber quando o nome correto chegava, como o vaqueiro que vê no olho do cavalo a submissão ou a doceira que entende ser aquele o ponto da sobremesa, nem um instante a mais ou a menos no fogo. Raimundo soava-lhe bem, caminhava suave e então batia na língua, forte e também imperial, mas não seria Raimundo. Ernesto tinha um som de que gostava, imaginava-se chamando pelo filho Ernesto e as paredes bem caiadas devolvendo-lhe a palavra com força, porém conhecera um Ernesto que era mau sujeito, o sangue fraco e a língua solta, apreciador de rinhas de galo e de brigas sem para essas servir, embora dissessem que antes tinha sido decente. Que desgraça um homem se dispor ao jogo, à bebida, às apostas e ainda nessas ser ruim! Pode-se ir mal na igreja, no trabalho ordinário, no casamento arranjado. Contudo, dispor-se à inquietude e desempenhá-la mal consistia verdadeira desgraça! Henrique, Pedro ou Dinis também não eram os nomes corretos para o caso, embora soassem bem. Se soubesse previamente que teria um sétimo filho, teria dado outro nome ao sexto, pois na ocasião julgava ser aquele seu último filho nascido homem, o último filho nascido homem do barão Álvares Corrêa. Então, prevendo que, por ser o menor, deveria ter o nome mais forte, e igualmente imaginando um legado, chamara-o Afonso Henrique, aquele que, firme como deve ser um homem, manteria a família unida, devota e valente. Se não fosse heresia, bem poderia trocar o nome do sexto e chamar Afonso Henrique o último. Era heresia?

Diante da mesa que dominava a residência, sepultado o pai, em cuja cadeira de trabalho então se sentava, sustentando a certidão de nascimento à qual faltava um nome, o corpo morto o coagia a se lembrar do avô a se balançar devagar enquanto desfiava a infinita mágoa da história daquele nome, o barão certo de que ali semeara a desgraça que o levara por fim a lotear a fazenda e se resignar no sítio que mal continha a enorme casa. O nome do sétimo filho apresentara-se como um problema de fácil solução para um homem pleno do próprio nome como o barão Álvares Corrêa, incapaz de imaginar naqueles dias que permaneceria debruçado sobre a questão até a derradeira martelada do coração contra o peito. Qual teria sido a história do avô se tivesse simplesmente alterado o registro, passando o nome do sexto filho para o sétimo? Qual seria a própria história, se o pai tivesse outro nome? Certamente, todos seriam outros...

Contou o barão Álvares Corrêa – via-o como se ali estivesse, a memória parecendo melhor funcionar por raramente trabalhada – que, naquela noite, assumiu a ponta da mesa seguro de si, três filhos de cada lado, mais próximos os mais velhos, na ponta oposta a esposa, a quem evitava olhar para não demonstrar que lhe conhecia o estado, curioso por saber como ela lhe daria a notícia. Era algo que apreciava, o modo como usava as palavras... O pai fizera bem em insistir que arranjasse uma moça bem-educada, a primeira naqueles cursos femininos. Conforme envelheciam e se conheciam cada vez menos, restava justamente o prazer daqueles jogos de palavras, das provocações e ofertas de paz em temas menores que no começo não compreendia, mas que com paciência ela lhe ensinou. O sétimo filho nascido homem do barão Álvares Corrêa! Que prazer dava-lhe dizê-lo! Daria uma festa para o povo em homenagem àquela mulher, que lhe dera sete filhos, todos homens! Em breve, haveria mais uma cadeira na mesa. E pensar que a mulher quase fugira com um tipo metido a poeta, chamado Antônio, precisando o sogro trancá-la no quarto com dois empregados na escolta, um à porta e outro debaixo da janela, com ordens de não a deixarem sair por motivo algum enquanto pessoalmente se encarregava de despachar o tipo num navio com destino a outros mares, onde sussurraria a porcaria de versos rimados em outros ouvidos. Sempre o encantara o sogro, que Deus o tenha, homenageado no nome do quarto filho, a jantar ao seu lado. Que bela a vida: o sétimo filho nascido homem do barão Álvares Corrêa! Se pudesse batizá-lo Afonso Henrique, a coisa estava resolvida!

No quarto do casal, após o jantar, aguardou pela esposa pretensamente atento a documentos cujo teor já conhecia. Os negócios iam bem, como sempre. Ela puxou a pesada porta sem que as dobradiças emitissem qualquer ruído, passou o corpo pelo justo espaço da fresta e a cerrou igualmente silenciosa, um pássaro valioso que vinha deitar-se depois de acompanhar as orações dos filhos, os mais velhos se revelando pouco afeitos ao sagrado. Saltitou na ponta dos pés de um lado para o outro, subitamente leve, posicionando melhor o travesseiro de penas de ganso, ajeitando as costas para então folhear o livro, supostamente interessada em um salmo que lera pouco antes e de cujas palavras exatas se esquecera. Que adorável a esposa, que movimentos, que jogo, que pássaro! Quando percebeu que sorria, o barão disfarçou a expressão, deitou os óculos, ergueu-se pesadamente, atento à mulher. Observando-a desde a mesa de apoio, cogitou bebericar um cálice de xerez, mas vacilou entre a firmeza do vidro e a delicadeza dos copos, sem completar o gesto. O melhor seria beber dali a poucos instantes, celebrando. Percebia a esposa a mover-se sobre a cama nos modos distintos de quem protege o ventre; a qualquer instante saberia, embora já o soubesse. Que delicada, que adequada, que sutil; como o encantava aquela precisão de gestos.

Sentou-se novamente na cama, então já crente de que era excessivo o ensaio para o anúncio. Não era como se gerasse o Nazareno! Respirava quieto, sem se deitar nem levantar, à espera da frase, porém ela passava os dedos de um versículo para o outro sem chegar à sentença. Fechou por fim o livro, satisfeita, acomodou-o no móvel próximo à cama, escorregou o corpo esguio para debaixo dos lençóis, convidando-o a apagar as luzes. Não diria nada? O barão não mais pôde aguardar: sorrindo, vaidoso, começou narrando o imenso orgulho que sentia de tudo que conquistara, a própria e digna nota inscrita sobre o bom nome e doação de terras do pai. Continuou julgando que, não obstante a riqueza multiplicada, a verdadeira glória era a linhagem no centro deste império – sim, poderia chamar de império –, a família tal qual o selo real que valida as não tão nobres ações necessárias durante a batalha. E concluiu afirmando que devia a Deus, sobretudo, mas em especial à esposa os descendentes, os seis filhos nascidos homens do barão Álvares Corrêa. A mulher seguia quieta, sem se manifestar; entendia o que dizia? Prosseguiu: o pai lhe ensinara os negócios, a primeira lição fora sempre observar com atenção. Percebia os animais que estavam doentes, a quantidade de fêmeas nascidas para cada macho, notava o modo como corriam os bichos para conhecer-lhes a qualidade. Aprendera a observar e o fazia o tempo todo, não podia evitar. Assim, notara naquele dia – não bisbilhotava, que ficasse claro – qualquer movimento diferente entre as empregadas da casa, em especial as mais próximas à esposa. Havia, portanto, qualquer coisa que desejava contar-lhe?

    Ela suspirou – e a expressão penosa desagradou ao barão. Confessou que estava decidida a esperar o domingo para lhe falar, quando se cumpriria o trigésimo dia de oração, pois assim prometera. Contudo, devia-lhe obediência. Revelou – inquieta, piscando muito os olhos, tateando pelas palavras – que pouco menos de um mês atrás tivera um sonho, aparecera-lhe santo Antônio com tal nitidez que por dias permanecera sem saber se de fato sonhara ou se o encontrara ali, na hora morta da madrugada. O santo apontava-lhe o ventre, o dedo em riste, constrangendo-a. Disse num sussurro, após assombrá-la, que germinava não um filho, mas uma força. E a aconselhava: devia chamar-se Antônio, era preciso que insistisse com todas as forças na escolha daquele nome.

(O barão moveu-se na cama, e narrando a história ao neto novamente se movera, estranho a si, sentindo súbito calor. De repente, as roupas de fino tecido e perfeitamente ajustadas o incomodavam.)

Ela continuou, sílaba a sílaba: embora assustada pela visão tão real, seguiu com os dias. Começou a rezar o terço duas vezes todas as manhãs, e a fazer o sinal da cruz cada vez que a memória a cutucava. Em poucos dias vieram os sinais inequívocos do estado, o corpo a gritar, o que a levou ao desespero. Que o marido não a entendesse mal: amava os filhos, a família, estava satisfeita com mais um entre eles. Satisfeitíssima! Porém, jamais desejara ser personagem de histórias de milagre e salvação. A vida em seu ritmo comum já a espantava o bastante! Lembrava-se de que, quando menina, ao escutar pela primeira vez as desventuras da Virgem, tivera imensa dó ao imaginar aquela moça a explicar o milagre aos pais e ao noivo, e só não pedia que Deus a livrasse daquela cruz sobrenaturalmente pesada por ter certeza de que era um pecado terrível. Benzia-se quando a avó falava sobre os espíritos que já avistara, mortos retornados a vagar pelas antigas casas, agarrados às estruturas, crendo no Juízo Final especialmente pela certeza de que os falecidos permaneceriam na mansão dos mortos e de lá não sairiam até o último dos dias. Não eram os santos também mortos, lá confinados? Independente da linha teológica, era ela então a personagem de uma história tal qual tantas que ouvira, o santo a falar-lhe que estava grávida, e de fato estava, por certo de um menino, o sétimo filho nascido homem do barão Álvares Corrêa.

(O rosto do barão queimava, úmido. O pescoço arroxeado, as narinas dilatadas, o queixo erguido como se o estrangulassem.)

Finalmente ela disse as palavras, como tantas vezes ensaiara, moldando-as com os lábios para que soassem tão leves quanto possível, embora não sustentasse esperanças de evitar o desastre: O barão se importaria se, desta única feita, batizassem o menino tal qual o santo aconselhara, no sonho?

O barão explodiu: aquilo não era um santo que falava, mas o diabo a vir-lhe em pesadelo! Ergueu-se, atirou a garrafa de xerez contra o espelho produzindo tantos cacos e gritos quanto era capaz. Por nada neste mundo – por nada nesse mundo! – registraria o moleque com o nome do desgraçado do pretendente que o sogro bem fizera em desterrar. Ouvira? Por nada neste mundo! E, sim, sabia da história! Ficaria o moleque sem nome, ou o próprio barão abriria mão de seu nome, mas registraria aquele filho como bem entendesse, assim como fazia com tudo que em sua terra nascia. Era o diabo a falar dentro da sua casa, e pela boca da mulher! Tivera paciência com ela e com a história do pretendente, por todos estes anos fingira não saber, mas aquilo era demais. Desrespeitava-o na própria casa, na própria cama! Deixou a cena, o quarto e a casa batendo os pés, amedrontando os empregados que rezavam para não serem convocados. Saiu da casa na direção do chiqueiro, sem conceber os passos até lá e, vendo as ninhadas, decidiu vender as porcas e dar de presente as crias já pela manhã. Desgraça de nome!

Contou o barão Álvares Corrêa que só na manhã seguinte retornou à casa grande, o dia avançado, a expressão cerrada. Amainou-lhe o espírito, contudo, o silêncio que acompanhou sua chegada, o excessivo zelo dos empregados enquanto trocava as roupas, banhava-se e aceitava a contragosto o café da manhã tardio. Animou-se especialmente com a reação da esposa, que baixou os olhos e juntou as mãos à frente do corpo, como convinha, quando se cruzaram. Passou aos negócios, recebeu a visita do banqueiro, conseguiu cálculos que o favoreciam e pequena porcentagem adicional, o segredo sendo precisamente acumular essas pequenas vantagens que, empilhadas durante anos, significavam a incontestável prosperidade. Ainda precisava decidir o nome do sétimo filho, o sétimo filho nascido homem do barão Álvares Corrêa: a sandice da esposa lhe cortara o raciocínio. Tinha a sensação de que o nome teria vindo de uma vez, num sopro, se ela lhe tivesse revelado o estado da maneira correta, sem tresloucar. Era a habilidade de pensar em linha reta, ainda que diante do incêndio, que o distinguia; assim, respirou fundo e retomou o tema, analítico: não poderia mesmo trocar o nome do sexto filho? Objetivamente não sabia dizer porque não poderia fazê-lo, já que podia fazer o que bem entendesse, mas a coisa não lhe parecia certa, mesmo que não tivesse prontos os argumentos definitivos de si para si. Naquela terra, bastava algo lhe parecer errado para sê-lo. O nome do sétimo filho nascido homem do barão Álvares Corrêa... Como iria se chamar? Estevão tinha a força necessária, acompanhado do sobrenome era uma combinação que ecoaria por aquela terra, porém lembrava um desgraçado que se afogara não longe dali e cujo corpo o povo tratou de reverenciar. Mário era leve e fácil, adequado, o edificador de Roma. Via um filho seu de nome Mário a correr pelo campo e aprender sobre os negócios da roça, contudo, havia o caso do filho do diplomata seu conhecido que decidira ser escritor, rompendo com o pai, desgraçando a família. Não serviria para o último filho, especialmente para o sétimo, ainda mais com as bobagens que então saíam da boca da esposa. O sexto poderia chamar-se Mário, ou até Estevão, ou ainda receber o nome de qualquer um dos tios que ficaram do outro lado do oceano e cujas histórias de força a família trouxera nas bagagens. Mas, de fato, ficaria bem ao sétimo filho nascido homem do barão Álvares Corrêa chamar-se Afonso Henrique. Será que o padre jogaria o povo contra ele por trocar o nome do sexto? E se a criança adoecesse ou a esposa se resguardasse? Ora, não tinham nada com isso. Que se conformassem! Disporia dos nomes como achava melhor e estaria resolvido. A terra tinha seu nome gravado, o sobrenome que construíra. Era melhor que não se colocassem entre o barão e a pena, pois na mesma carga de tinta registraria os nomes, desterraria o padre e confinaria a mulher ao convento. Ou ao sanatório! Desgraça!

Incomodado com o silêncio do escritório paterno, sentindo-se ora como a criança que desfruta da curiosidade tensa do espaço proibido, ora como se confinado junto do pai no ataúde sob a terra, sustentava a certidão de nascimento entre os dedos e lembrava cada uma das expressões do avô enquanto lhe narrava a cena, o corpo débil inchando-se em tons avermelhados e contraindo a fronte conforme revivia a cena através da narrativa. A imagem era-lhe vívida: o corpo frágil do avô a movimentar a cadeira de balanço que só não se desmanchava por conta do peso perdido a cada ano, os cabelos ralos e quebradiços ocupando feiamente o topo da cabeça, a língua a destilar a tragédia de viver para testemunhar o fim do próprio legado, as terras loteadas, os bens leiloados, a cidade a avançar sobre tudo. Evitava apresentar ao neto a conclusão, porém o desenho do argumento era óbvio, apontando a gestação daquele sétimo nome como o princípio e a causa de toda a desgraça familiar. Se pudesse voltar àqueles dias, certamente registraria o menino como Afonso Henrique na mesma noite, trocaria o nome do sexto filho sem se importar com o que qualquer um diria, expedindo a certidão de nascimento pela ponta da pena com o bebê ainda no ventre. Concordava que o barão deveria tê-lo feito, expedir o documento antes que a esposa expelisse o rebento. Se assim tivesse procedido, não precisaria pagar pela covardia do avô.

Contou o barão Álvares Corrêa que deixou o escritório diretamente para a mesa de jantar, onde os seis filhos e a esposa o aguardavam famintos, perfilados diante da refeição mas incapazes de tocá-la até que ele ocupasse a cabeceira da mesa e primeiro se servisse. A mulher novamente baixou os olhos, os empregados e filhos falaram-lhe com especial respeito e delicadeza, conjunto que o tranquilizou. Narrou, sobrepondo o tom, o encontro que tivera com o banqueiro, e repetiu sem se constranger os elogios que recebera pela condução dos negócios. Refez a resposta que dera naquela tarde e em tantas outras: o segredo da prosperidade estava na escolha correta dos nomes. Se os reis antigos organizavam cerimônias para distribuírem títulos e assim forjarem o pacto de lealdade, ele o fazia já no dia de nascimento, batizando tudo que germinava na próspera propriedade. Debochou uma vez mais da desgraça do barão Duarte Lobo, convidando a família a imaginá-lo no vapor que o devolvera em antigo nome e inédita miséria à terra dos antepassados: será que o outro atinara, em algum momento, para o que de fato se passara na terra que lhe fora doada? Será que entendera que, enquanto se preocupava com a qualidade da terra, a quantidade de engenhos e o preço do açúcar no estrangeiro, os empregados registravam os filhos anos depois de nascidos e mudavam as datas de nascimento para não terem de pagar as taxas, davam os nomes dos reis aos cavalos e trocavam o nome da família para escapar dos crimes cometidos em outra cercania? Percebera que uma terra assim desregrada jamais poderia prosperar? Se o desterrado barão Duarte Lobo ali estivesse, lhe perguntaria se escolhera o nome dos filhos ou deixara a decisão a cargo da esposa, possivelmente disposta a batizá-los inspirada pelos pesadelos.

    A esposa não levantou os olhos, calada junto das crianças e empregados, a voz do barão absoluta a se espalhar por aquela terra tal qual o sol. Naquela noite, naquela semana, nos nove meses seguintes, manteve o queixo próximo do pescoço, as palavras bem guardadas, dedicando-se sobremaneira aos filhos, a quem acariciava e cujos cabelos cheirava até muito depois de dormirem, rezando fervorosamente, argumentando contra o marido a partir da submissão, embate que o barão não compreendia e nem se interessava. Apesar de notar a esposa ensimesmada em renovada liturgia, julgou tudo aquilo consequência dos estranhos humores que regulavam as mulheres, algo que partia do fígado ou do baço, conforme lhe explicara algum médico enquanto pensava noutro tema. No jantar cotidiano, prolongava o catecismo dos nomes conforme o ventre da esposa se dilatava, argumentando de diferentes maneiras, montando e remontando uma mesma questão objetiva, a de que bem se alimentavam ao preço conveniente do suor alheio pois bem escolhera os nomes que germinavam naquela terra. Às vezes, optava por argumentos científicos, citando o Newton que nunca lera, as combinações entre letras e números que não entendia, a conversão do conjunto de data e nome em somas que harmonizavam o ser com o universo. Em outros momentos, arriscando teologias, punha-se como um Adão permanentemente disposto sobre o Éden, especulando se não fora a imprudência de Eva em relação à sacralidade dos nomes que levou o casal fundamental ao trabalho e às dores do parto. Escolher os nomes com retidão, batizar, expedir os documentos com a grafia correta, cuidar do sobrenome das famílias era comungar. Considerava inclusive informar ao padre o desejo de expor tais argumentos para a comunidade em alguma celebração especial, ocupando o púlpito no Natal ou na Páscoa. Era preciso, um dia, registrar tudo que sabia sobre os nomes. Não era um homem de livros, mas era preciso. Compor a obra que contivesse desde o nome dos rios até o das gentes, o nome de cada bicho, o nome da imensa planície da terra. Provavelmente, nunca o faria, mas ocasionalmente rascunhava o projeto. Não poderia deixar de admirar, na mesma medida em que criticava, pragmático, os homens dispostos a se lançarem com todas as forças em projetos sabidamente impossíveis.

A todos os argumentos a esposa ouviu, e a nenhum respondeu. Perante os cálculos do barão, que os fazia com displicência, a mulher se limitava a rezar, pedindo perdão pelos excessos dele, e segredava à cozinheira a opção por receitas simples, certa de que os jantares elaborados o deixavam sobremaneira satisfeito consigo e imprudente no uso das palavras. Foi quando a julgou mais submissa, afastada da mesa pela barriga enorme, necessitando auxílio para os menores movimentos, a escutar exausta e convencida os repetidos argumentos do marido, que a bolsa estourou. Os filhos saltaram das cadeiras, excitados pela velha novidade. O barão suspendeu a garfada e acompanhou com os olhos a mulher a se erguer, amparada. Finalmente o encarou, sem vacilar, e precisou de uma única sentença para responder a todos os argumentos desfiados pelo marido nos últimos nove meses:

– O Antônio vai nascer.

Levaram-na para o quarto, acudindo com toalhas e água quente, uma garrafa vazia, sabão e escova de unhas. Os meninos avançavam escada acima somente para serem enxotados, saltavam sem motivo, batiam-se para sustentar a descarga elétrica. No barão ninguém reparava, tampouco no garfo ainda suspenso entre o prato e a boca seca. As pernas tremiam sob a mesa, algo dentro dele gritava para que saísse daquela condição degradante, porém não conseguia reagir. Quando deu por si, estava novamente no chiqueiro, mirando as baias vazias, perguntando ao assustado empregado onde estavam as porcas e filhotes que ele mesmo mandara vender.

Nas primeiras luzes de um dia sem vento nem chuva, nasceu o sétimo filho homem do barão Álvares Corrêa. A parteira deixou o quarto satisfeita com as condições da mãe e da criança, e divertiu-se com os pratos do jantar ainda sobre a mesa e os meninos – todos trazidos ao mundo por ela – espalhados pela sala, adormecidos em curiosas posições. Recebeu o pagamento habitual, aceitou que o chofer a conduzisse de volta, reparou decepcionada que desta feita o barão não a aguardava na varanda a degustar um cálice de xerez, interessado em conhecer os detalhes.

Enquanto aceitava o café que um temeroso empregado lhe oferecia, o barão pensava justamente naqueles detalhes que desta feita não saberia, concluindo pelo rolar tranquilo das rodas do carro que era pai de um sétimo menino. Que poderia dizer? Deveria estar satisfeito, e estava, claro, porém a impertinência da mulher ultrapassara todos os limites. Nove meses escutando o que dizia, fingindo concordar, aceitando de olhos baixos, para então, indiferente ao esforço despendido em educá-la, simplesmente anunciar o nome, e ainda mais aquele nome, como se coubesse a alguém senão ele anunciar qualquer coisa naquela terra. Que impertinência! Se fosse verdade a história do sonho – se fosse verdade, pois de tudo duvidava! – estava certo de que aquilo não provinha de nenhum santo, mas do Outro. E felizmente sabia que o melhor empregado controlava os passos da mulher, vigiando-a, pois até poderia imaginar que o tal Antônio poeta havia retornado do desterro para bater em sua janela. Que impertinência!

O fato é que o caso era grave, e era preciso agir de acordo. Não admitiria ser desrespeitado daquela maneira; que diriam os empregados, cujos filhos o nome escolhera, ao saberem que a mulher simplesmente anunciara o nome, olhando-o nos olhos, indiferente aos meses de explicações? A questão era doméstica, mas a trataria como um embate negocial, conduzindo-a com o mesmo pulso firme com que regulava os horários dos empregados, com a mesma matemática com que fixava o preço dos grãos. Aquela terra tinha seu nome, assim como os filhos e a mulher. A ele fora imbuída a sagrada obrigação de nomear tudo que ali germinava, e a ninguém além dele. A ele! Reparou que falava sozinho pelo olhar sorrateiro do empregado, fixado de volta no chão quando o barão o notou. Terminou de um só gole o café então frio, marchou de volta para a casa grande, despido de toda emoção ou orgulho pelo nascimento do sétimo filho. Seria, sim, o sétimo filho nascido homem do barão Álvares Corrêa, mas só no momento em que o registrasse com a pena própria e nome por ele escolhido.

Cruzou o pórtico pisando firme, o calçado retumbando contra o assoalho, a pesada porta cedendo fácil à força do braço. Os filhos se entreolharam confusos, demorando para entender como haviam adormecido e onde despertavam. Os empregados se encolheram, temendo terem de explicar as camas fora de ordem, o café atrasado, as janelas fechadas. Subiu as escadas senhor de si, bateu à porta sabendo que não precisava de autorização para entrar. Ante o silêncio do outro lado, dobrou a maçaneta com um gesto preciso, porém fez-se subitamente delicado, num repente tocado pelo ar doce que emanava da esposa com o recém-nascido a descansar sobre o seio nu. O sétimo filho homem do barão Álvares Corrêa! Mal nascera e já trazia os olhos abertos!

Descalçou as botas de montaria, avançou de meias quarto adentro, tocou a pequena cabeça ainda engordurada e beijou a fronte da esposa. Como estava cansada, quanto orgulho lhe dava aquela maternidade... Era preciso ter paciência, afinal. Sabia que estranhos líquidos corriam pelo corpo feminino, as fases da lua e a gestação a lhes influenciar o pensamento, conforme algum doutor comentara. Não era nenhum ignorante. Que a mulher se recuperasse, que o miúdo se alimentasse em paz: pelo que conhecia da esposa, ela ainda se desculparia pela cena, atribuindo o desplante à bolsa que estourara. Levaria as mãos ao rosto e pediria perdão, envergonhada como uma criança. Paciência! Deixou o quarto tão silencioso quanto entrou, calçou as botas deixadas à porta, devorou satisfeito o café da manhã. Partiu para a cidade conduzido pelo chofer, detendo-se em inúmeros comércios para que o felicitassem, distribuindo charutos, ordenando no cartório onde era oficial que começassem a preparar a certidão de nascimento a ser lavrada em pele de carneiro: nascera o sétimo filho homem do barão Álvares Corrêa!

Voltou à propriedade rural passados dez dias, satisfeito consigo. Sabia que o aguardava a mesa posta, os filhos alinhados, o sétimo menino a descansar ao lado da esposa. Fizera questão de avisar o preciso dia do retorno para encontrar os cavalos penteados, os cachorros lavados, as armas lubrificadas, caso desejasse caçar. Trazia o nome do último filho. Não fora tão difícil e ocorrera sobre uma cama qualquer, em secreta celebração à vida. A verdade era que o nome não era tão bom quanto Afonso Henrique, o melhor mesmo seria renomear o sétimo com o nome do sexto, mas era suficiente. Seria João Manuel, o sétimo filho nascido homem do barão Álvares Corrêa. Ode à paciência! Na pasta de documentos, a certidão de nascimento do último filho já estava pronta, faltando apenas preencher o nome que o barão fazia questão de escrever diante da família – e da mulher. João Manuel Álvares Corrêa, seu último filho.

O pequeno Afonso Henrique o aguardava do lado de fora da casa, parecendo menor quando ali sozinho, os pezinhos sobre a terra, a porta cerrada do edifício ao fundo. Certamente escapara dos irmãos e da babá para lá estar. Chegando no automóvel que rolava lento, observando a forma cada vez mais nítida, o barão lembrou de quando o miúdo nascera, o nome escolhido sem as complicações do sétimo, sem as cenas e imprecauções da esposa. Desde o primeiro dia mostrara-se aéreo, os olhinhos concentrados em algo inacessível ao barão e a todos que o rodeavam. Nenhum dos meninos mostrara tanto interesse por miudezas quanto ele, primeiro fascinado pelas formigas, descobrindo novos caminhos dos insetos a cada dia, depois recolhendo a casca seca das lagartas, e interessado então em meter os pés na terra. O que havia nele? Era óbvio ao barão que não tinha a personalidade necessária a um último filho, e o nome talvez fosse forte demais para tamanha sutileza. Com o sétimo não podia errar: faria o registro diante de toda a família, e pessoalmente lhe ensinaria a montar, caçar e atirar! Ensinaria também os negócios! O sétimo filho do barão Álvares Corrêa, João Manuel! Não deveria ter sido tão duro com a esposa...

Desceu do carro quando o motorista abriu a porta. O miúdo pôs-se de pé, o sorriso largo, os olhos a faiscarem. Pegou o pai pela mão e puxou-o para dentro, satisfeito por poder contar a novidade sem que os irmãos o interrompessem, mostrando um desembaraço com o pai que os outros não tinham. Estava excitadíssimo! Nascera o irmão, mais um menino, o pai precisava conhecê-lo! O barão sorria, satisfeito até o fundo da alma... Era um menino grande, a babá dissera que logo poderiam brincar! Ele não era mais o caçula, havia um bebê menino! O barão se deixava levar, flutuando... Só o pai não conhecia o pequeno Antônio, todos esperavam por ele para que o conhecesse! O barão travou as pernas, o sangue escapou-lhe do rosto por um instante para voltar com violência. Largou a mão do filho, bruto, empurrou a porta principal com força, atirou a valise sobre a mesa onde o jantar seria posto, as narinas dilatadas, olhos espremidos; num instante esposa, filhos e empregados a observá-lo em absoluto silêncio. Apontou o dedo para o bebê para que não restassem dúvidas, esbravejando em palavras intensas e espaçadas contra o sono imperturbável do recém-nascido:

– O nome desse menino é Afonso Henrique. Afonso Henrique Álvares Corrêa.

Tomou o sexto filho pela mão, estúpido:

– Este agora se chama João Manuel. João Manuel Álvares Corrêa.

Largou o braço da criança e sentenciou, apontando o dedo para cada um dos presentes:

– Se qualquer um aqui tiver qualquer coisa contra o nome, ponha-se daqui para fora. Se eu escutar, ou souber, que alguém está chamando esse menino de qualquer nome que não Afonso Henrique, enforco com meu próprio cinto.

Naquela noite, o jantar não foi servido. Temendo-se pronunciar por descuido algum nome incorreto, nada foi dito, a casa tomada por silêncio tão denso que parecia possível guardá-lo dentro de um pote. Respirando forte, o barão sentou-se na cadeira que dominava a sala, balançando-se acelerado, observando o movimento como o príncipe que calcula qual prisioneiro executar quando um corpo é necessário. Espreitava especialmente a mulher, sabendo que só dela poderia vir qualquer palavra contra sua ordem, tentando adivinhar nos gestos contidos, no queixo enfiado no peito, na pele pigmentada de manchas vermelhas, nas mãos algo trêmulas, a semente de renovada impertinência que precisaria coibir. Como fora possível tão súbito desequilíbrio entre aquelas paredes? Havia pouco sabia-se senhor daquelas terras, num repente era preciso um gesto de força, e justamente contra aquela que deveria ser a primeira a legitimá-lo! É verdade que nos últimos tempos relaxara um pouco no trato dos negócios, confiando exageradamente na competência dos empregados e fidelidade da mulher. Tinha dó do miúdo que trocaria de nome? Claro que sim. Sem dúvida preferiria que tudo tivesse transcorrido como imaginara, e em geral as coisas transcorriam exatamente como imaginava. Porém, houvera um grave desrespeito, e se não libertasse de pronto a casa daquela florescente desordem, em breve teria o mesmo destino do barão Duarte Lobo, que caíra em desgraça não no dia em que o rei o convocara, mas quando o primeiro bezerro nasceu e deixou que lhe dessem o nome do santo. Era preciso ser implacável. Sentir-se ameaçado deveria ser um estado de espírito. E, com os olhos fixos na mulher, permanentemente em dúvida sobre aquele caráter, intuiu que ainda não fora o bastante. O barão voltou a respirar forte, cão um instante antes do latido:

– João Manuel, venha aqui.

Com a voz forte chamou o sexto filho pelo novo nome, sabendo que a resposta não seria imediata. O pequeno o ignorou, os empregados sentiram a boca secar, o corpo todo tensionado a aguardar pelo desenrolar da cena. Com exagerada violência o barão puxou o pequeno pelo braço, levando-o imediatamente às lágrimas, e o açoitou três vezes nas costas magras com a mesma destreza que um dia adestrara os cavalos.

– Que todos aqui aprendam a responder quando forem chamados...

Mirou então a babá, a respiração ainda mais forte, conhecendo o corpo da empregada a gelar apenas pela intensidade com que a observava. A verdade é que entendia como pensavam as gentes, e era também por isso que os negócios iam bem. Nascera em meio àquele cheiro de mato úmido e bosta seca, estava em suas entranhas, e da mesma forma que pressentia a aproximação de um resfriado ante a intimidade com o próprio corpo, percebia de onde viriam os problemas naquela terra antes que se anunciassem. Também fora criado por uma babá, e lembrava-se bem de como ela lhe ensinara a pronunciar os nomes sagrados africanos, toda sorte de conjurações e feitiçarias na língua de sua velha terra antes de rezar o credo católico. Diante do pai, sorria sem dentes, balançava a cabeça, demonstrava a mais perfeita e reverente postura. No quarto, contava as histórias do velho reino do Congo, as tarefas de Ogum e promessas de Exu, um perfeito catecismo antes de dizer mecanicamente as rezas exigidas. Sim, a babá. Ali o ponto de apoio da casa contra ele. Apontou-a:

– Como se chama meu sétimo filho?

Aliviada com a obviedade da pergunta, sorriu ao responder, imaginando que receberia uma recompensa:

– Afonso Henrique Álvares Corrêa, patrão.

– Correto – esperou que a mulher relaxasse os músculos, sorrindo satisfeita consigo, para então sentenciar o veredito que estava pronto antes da questão: – Agora junte suas coisas e vá embora. Agora! Neste minuto! Esta noite você vai dormir em qualquer lugar, menos aqui. E o resto de vocês, lembrem-se: quem ousar errar o nome dos meus filhos, pagará na forca. Para essa, o desterro. O próximo será enforcado.

Sentou-se novamente, relaxado e indiferente à cena a que dera início, a empregada a derramar todas as lágrimas de que era capaz, guiada inerte pelas muitas mãos que a conduziam para outro cômodo a fim de escaparem da fúria do patrão. Para que a justiça prevalecesse, às vezes se faziam necessárias enormes injustiças. Controlou a respiração, movimentou o pescoço sentindo-se bem consigo, certo de que fora o bastante. Na manhã seguinte ainda cuidaria dos filhos, corrigindo o nome do sexto e batizando o sétimo, mas para aquela noite era o suficiente. Afonso Henrique Álvares Corrêa, o sétimo filho nascido homem do barão Álvares

Corrêa. Estava feito! Contra tudo que planejara, fizera-o e sem dúvida fora o melhor. Naquela noite, por certo dormiria em paz.

    A mulher conduziu os filhos à cozinha, movimentando-os através de gestos mínimos. Deu de comer a cada uma das crianças, mirando-as demoradamente, tocando-as nos cabelos enquanto mastigavam, disposta a fixar na retina cada imagem que a enternecia. Colocou todos na cama no mesmo horário, ante a cena recém-vivida os mais velhos não ousaram protestar, as seis crianças passando pelo pai quietas e escada acima como num cortejo fúnebre. Rezou, delicada e fervorosa, ajoelhada ao pé da cama dos filhos. Contou-lhes sobre Maria, a mãe de Deus, que era também a mãezinha de todos eles, e narrou histórias de milagres, quando pescadores perdidos no nevoeiro ou órfãos ameaçados foram amparados pela santa. Cheirou a cabeça de cada um dos meninos e lhes disse os nomes, sílaba a sílaba: Pedro André, o primeiro, aquele que a fizera mãe entre as mulheres. Tiago Francisco, que alegria fora quando chegara, surpreendendo-a com a velocidade com que descobria o mundo. João Felipe, tão cheio de vida, tão forte. Bartolomeu, o quarto filho: descobriu que era capaz de amar quantos nascessem. Mateus, o quinto filho, que lhe mostrou como era uma mãe experimentada, conhecedora dos mistérios que construíam o mundo. Deteve-se no sexto e elevou o tom: Afonso Henrique, meu sexto filho, meu miúdo, pequena passiflora que me mostrou a adorável combinação de força e delicadeza.

– E o sétimo e último irmão de vocês: Antônio.

    Quieto na sala vazia, chegavam ao barão os sons dos movimentos assustados dos empregados, os gestos concentrados em concluir o serviço depressa e encerrar o dia, evitando mesmo o mínimo comentário em lábios sussurrados. Atentava aos passos da mulher, primeiro em renovada irritação pelos filhos terem passado por ele sem desejar boa noite e pedir a benção, depois resmungando contra o tempo gasto no quarto das crianças, a trocar palavras inaudíveis, quem sabe a desfiar renovada impertinência, plantando as sementes do que um dia seriam sete homens a desafiá-lo, força que de fato poderia contrapor-se a ele.

Controlou-se. O pai bem lhe ensinara, uma vida antes, que não se amansa um cavalo num único dia. Deveria prolongar a estada na fazenda, fazer-se presente, não estar satisfeito até que cada um ali ouvisse uma voz interior que seria ele a falar quando decidissem entre o certo e o errado. Não fora um gesto qualquer aquele que envolvera o nome do último filho: o sonho da esposa e a maneira com que o desafiara tinham o mesmo componente das revoltas armadas que derrubam os impérios. Era preciso ser implacável em casos assim, e vacilara: deveria ter registrado o filho ainda adormecido no ventre já na noite em que a mulher lhe narrara o sonho. Antes, deveria tê-la sacudido no meio da madrugada e interrompido o suposto santo enquanto falava e apontava-lhe indiscreto o ventre! Estava feito, e agira bem por aquela noite. Não só corrigira a esposa, como também os empregados e a falecida babá que cinco décadas atrás desobedecera ao finado pai. Um choque de ordem, assim se chamava. Cabia estar ali, presente, até que cada um pensasse no nome dele antes de se lembrar do próprio. Desgraça de impertinência!

Ergueu-se sentindo a perna doer; estivera por muito tempo tenso e imóvel. Serviu-se de uma última dose de xerez, a quantidade certa para um perfeito relaxar. Subiu a escada em marcha, o som do calço das botas reverberando contra as paredes, o pensamento num fio raivoso que ainda teimava em vibrar, a boca contorcida num bocejar vulgar. A casa calada não reagiu aos seus passos, envolta em mortalha de tecido tão grosso que, mesmo dormindo, os filhos e empregados controlavam os sons que emitiam. De repente, paralisou e abriu muito os olhos. Uma descarga de sentimentos lhe percorreu o corpo, eriçando a espinha, trazendo-o da letargia do quase adormecer para o completo despertar. O mesmo pressentimento certeiro da mãe que subitamente larga os afazeres para salvar o filho um instante antes do desastre, a sensação de iminente perigo à qual o soldado experiente aprende a obedecer ainda que não possa explicar. Uma dose extra de silêncio, o som de um objeto sendo movido ou a pura e simples intuição. Ouvira algo? Parecia que sim, e bastou a aparência para enrijecer os músculos e o coração disparar, os pelos do corpo arrepiados, a boca num gosto amargo e subitamente seca. Ouvira? Um som familiar, mas cuja conexão lhe escapava, algo que ouvira na infância próximo das festas de Páscoa ou acompanhando o avô em diligências pelo interior à caça de carniceiros de gado.

Atinou e acelerou os passos, saltando os degraus faltantes com estardalhaço, levando as crianças, de súbito despertas, a imaginarem um cavalo a galopar dentro da casa. Ergueu a sola do pé e derrubou a porta do quarto do casal, sem perceber que estava destrancada. O som cujo timbre mínimo escutara da escada tomava toda a cena, o inequívoco ruído do couro do chicote em tração enquanto o corpo balançava, a face arroxeada, olhos desesperados a suplicar que logo terminasse, a cena tão grotesca e antinatural que o levou ao chão, absolutamente desconectado de tudo o que o envolvia a partir dali, inclusive o recém-nascido que descansava sob o cadáver balouçante. Contaram-lhe que, valendo-se da força dos braços, ergueu a esposa e gritou desesperado por ajuda, como se fosse ele a esganar. Contaram-lhe que, sob os olhares dos filhos, os primeiros empregados a atender ao chamado livraram num corte preciso a enlaçadura do pescoço e tentaram reanimar a patroa mais para agradar ao barão que por esperança de resultado. Contaram que abraçou os filhos e chorou sem derrubar uma lágrima, a boca aberta e sem fôlego como se a afogar-se, batendo no peito e pedindo perdão num balbuciar incompreensivo. De nada se lembrava.

O barão abriu a cova sozinho, pondo-se avermelhado e exigindo distância dos empregados que insistiam em ajudar. Sepultou a esposa em cerimônia simples, a cruz branca marcando o local onde ergueria a capela, o padre cumprindo em latim os rituais da sepultura eclesiástica e santa missa para os parentes indispensáveis, filhos e empregados. As autoridades locais, cientes do ocorrido em mais detalhes do que de fato se sucederam – o barão a apontar o facão para a esposa, a marcar o sexto filho com chicote e a babá desterrada com ferro em brasa – se limitaram a enviar flores e condolências, dispostos a nunca mais tocar no tema na presença do enviuvado. Ofereceriam um aperto no braço um mínimo mais forte e lento na primeira vez em que o reencontrassem, a partir daí cumprindo os contatos públicos com normalidade. Não mais lhe ofereceriam convites para um licor no fim da noite, esqueceriam os planos de celebração natalina na fazenda dos Álvares Corrêa, propostas de sociedade e empréstimos de animais para reprodução, exigências de que participasse de uma rodada secreta de pôquer sem limite de apostas, convites para a leitura do salmo no púlpito da igreja matriz... Qualquer referência ao imponente nome do barão seria sempre acompanhada de pequena pausa e redução do tom de voz. Seria tratado com ainda mais respeito e cordialidade, porém, entre o nome e o título, estaria para sempre o cadáver suspenso da esposa enforcada com o sétimo filho nascido homem do barão Álvares Corrêa debaixo dela. Já tinha nome?

    Era precisamente nisso que pensava o barão no meio da noite, sozinho em seu escritório, incapaz de dormir no quarto onde pouco antes a esposa se dependurara. Usara o chicote com que o primeiro dos homens de seu nome adestrara cavalos, trazido do velho mundo numa caravela – quando iria imaginar que a mulher seria capaz de dar um nó tão bem-feito no velho instrumento de couro cru? Sozinho no cômodo de onde administrava a terra que lhe pertencia, a imensa propriedade que trazia seu nome e que um dia seria regida pelo primogênito, lutava contra a sensação de que era falso tudo o que vivera desde que, subindo a escada, escutara a tração do couro. Não falava com ninguém, e a ausência de um interlocutor que confirmasse o absurdo dos fatos empurrava-o para as perigosas fronteiras que separam o pensamento racional do desprendimento; poderia arruinar-se. Que se concentrasse: mais do que nunca, precisava ser firme. Quanto ao nome do sétimo, sem dúvida alguma o último filho nascido homem do barão Álvares Corrêa, toda a razão dizia-o que era imprescindível guiar-se pelo que acreditava. Não poderia deixar que a natureza dos fatos – por mais terríveis que fossem os fatos – conduzisse a decisão. Se decidira que o último filho se chamaria Afonso Henrique, deveria se chamar Afonso Henrique, não importando se a esposa aplaudira o nome ou se enforcara em protesto. O certo era registrar o menino como decidira antes da desgraça se lançar sobre a casa; precisaria do nome correto, daquele nome, justamente para enfrentar o drama do corpo da mãe a balançar sobre si. O barão decidia-se, molhava a pena, mas no instante de sacramentar a decisão contra o papel o braço perdia a força, incapaz de desenhar as letras do nome. O que fora aquele sonho? Não podia duvidar da revelação, uma vez que a mulher morrera para defender o registro, e bem aquele! Por que justamente o nome do poeta que quase a desonrara? Registrar o último filho com o nome pretendido pela mulher era uma forma de se redimir, de a homenagear, respeitar sua vontade final, mas aquele não era o nome certo, e um homem como ele não podia se dobrar. Era preciso ser firme, inflexível como um rei. Decidia-se, porém o músculo fraquejava e ali seguia, incapaz, farrapo do homem que pouco antes fora. Vencido.

Não obstante as muitas vezes em que o barão se decidiu em definitivo, certo de que naquele preciso dia a questão seria superada, nunca o nome foi registrado. Abandonara incontáveis ocasiões, julgando-se imbuído da força necessária, contudo, diante da certidão, o braço fraquejava e deitava a pena, já incapaz de plenamente se afirmar como homem entre os homens. O sexto filho permaneceu chamando-se Afonso Henrique, e foi preciso uma década para que irmãos e empregados presentes na cena voltassem a tratá-lo pelo nome com naturalidade. Quanto ao sétimo e último filho do barão Álvares Corrêa, Afonso Henrique, João Manuel ou Antônio, os irmãos preferiram nunca chamá-lo por nome algum, atribuindo-lhe a culpa pela morte da mãe. Cresceu vagando em monólogos internos pela vasta fazenda, talvez buscando um nome para si, alimentando a esperança familiar de que se acidentasse – ou desaparecesse. Sequer poderia se dizer odiado, pois os irmãos não se lembravam de que existia. Fora condenado a existir como a única criatura nascida na vasta propriedade do barão Álvares Corrêa que não detinha um nome escolhido pelo patriarca. Ou qualquer nome. Era um silêncio.

Ainda sustentando entre os dedos a certidão de nascimento na qual o nome do pai jamais fora registrado, pensava no que um dia fora a vasta fazenda da família, a capela erguida sobre o túmulo da avó, os muitos animais, negócios, empregados e parentes importantes a ele ligados pela força do sobrenome. Narrando-lhe a história, mal-ajeitado na desconfortável cadeira de balanço, no centro do pouco que restara da imensa propriedade, o avô, convicto, responsabilizava o nome não registrado do sétimo filho pela desgraça que, em sucessivas crises econômicas, arrasou a família. Não foi, contudo, o drama envolvendo o próprio pai que o impressionou na única vez em que escutou a história: admirou sobretudo a força do avô em não demonstrar o mínimo arrependimento pela cena que protagonizara na fatídica noite do suicídio. Ainda que ao preço dos olhos encovados, da postura eternamente enlutada e lábios consumidos por dentes rangentes, culpava a ninguém senão o sétimo filho por indiscriminadas desgraças. Desejava o filho do sétimo filho do barão Álvares Corrêa envergar a mesma convicção, encontrar a mesma qualidade em suas fibras, não derramar uma única lágrima ante o corpo morto do pai e tampouco se mortificar. Que faria com o escritório, os livros de registros, os ternos, cartas oriundas de sítios e cercanias dos quais nunca ouvira falar, recantos daquela enorme província que não constavam nos mapas? Que faria quando batessem à porta fanáticos vindos de longe? Escutara toda a história do suicídio da avó, porém nenhuma sobre o dia seguinte: que fora feito dos vestidos e coleções de bonecas, do antigo chicote que serviu ao enforcamento, dos perfumes e joias? Que faria com tudo aquilo, já que das lembranças não poderia livrar-se?

Devolveu com cuidado a certidão à gaveta, sem compreender as razões da própria delicadeza. Torceu a boca, teatral: a imensa desgraça de sua vida eram justamente os gestos que não compreendia. Será que também no próprio caso poderia atribuir a culpa ao nome? Ergueu-se desabituado ao assento, a antiga cadeira emitindo som desproporcional ao peso. Abriu a portinhola envidraçada da estante que protegia os livros de registros. Passando os dedos pelas lombadas, encontrou o volume que coincidia com o ano de seu nascimento e puxou-o com ambas as mãos para bem receber o peso. Acomodou-o então sobre a mesa, dobrou a capa para a esquerda, forçando a frágil costura.

Conhecia aqueles nomes: os filhos das melhores famílias, principezinhos batizados pelo pai. Folheava já com raiva o livro de registros, reconhecendo ali os nomes de adultos bem-sucedidos que talvez nem para tratar os porcos o aceitariam. A tudo haviam conquistado em função do nome ou era indiferente? Qual teria sido o próprio destino – e o do pai – se o nome próprio grafado na trigésima página do livro fosse outro? Aquelas palavras escolhidas com tanto cuidado, tudo a que se dedicara o pai valia fundamentalmente qualquer coisa? Observou o próprio nome na trigésima página destilando antigas mágoas: tinha certeza de que a palavra ali grafada o definia, embora desejasse um nome distinto. Chamava-se Pródigo, o neto do barão Álvares Corrêa. A desgraça de nome que o pai escolheu...

A fome puxou-o exigente pelo estômago: de súbito, tudo pareceu-lhe exageradamente simples. Complicava questões elementares apenas para postergar a partida do pai. Estava morto, tal qual os avós. Os tios e primos eram nomes não registrados naqueles cadernos e cujos destinos só conhecia através dos duvidosos elogios do avô e contos de botequim, nomes carentes de forma pois sequer se prestaram a dividir o peso das alças do esquife paterno. Estava com fome e iria comer. Cabia-lhe gastar as notas encontradas na gaveta em farta refeição, descobrir as intenções da municipalidade para a casa e livros de registros, ficar com as melhores roupas, vender tudo que tivesse algum valor, doar à caridade o que ninguém quisesse. Era algo simples, afinal: enterrava-se o corpo, saqueava-se os pertences.

    Enfiou no bolso o maço de cédulas, novamente endinheirado. Um herdeiro! Um banquete o aguardava, e merecia-o! Soube da morte do pai e veio de imediato, deixando para trás a desgraça que poderia chamar de trabalho, cobrindo a distância toda que o afastava do pai em condições mínimas e tempo recorde. Postara-se fielmente ao lado do corpo frio, tão digno que poderiam acreditar que nunca batera a porta da casa jurando não mais voltar. Carregou o caixão sem relaxar o braço, apesar dos percalços do caminho e enorme interesse popular. Teria sido perfeito se tivesse chorado copiosamente, mas já havia comoção bastante e seria exigir demais de um desgraçado como ele. Ao menos fungara repetidas vezes e esfregara as mãos no rosto, o que na memória coletiva se traduziria em respeitoso pranto. Atrapalhara-o durante o funeral a constatação de que o pai seria enterrado num terno de belo corte enquanto ele acompanhava tudo malcheiroso e com os calçados apertados...

    Destravou a porta, apagou as luzes, no bolso do segundo melhor paletó do pai, que envergava sem receio, o molho de chaves e o maço de notas: era, afinal, um herdeiro! Ele, miserável e desgraçado, desfrutava subitamente da mesma condição de todos que desdenhava por invejar. Os despojos do pai eram sua responsabilidade e cabia-lhe administrá-los. Havia um prazer secreto naquilo: após uma vida sob a longa sombra paterna, agindo conforme os valores do pai ou calculadamente contra esses, abrir as gavetas do morto e decidir o destino de cada pertence era dar a palavra final numa discussão havia muito perdida.

Uma vez na rua, constatou que a noite avançara. Imerso em lembranças alheias e satisfações mórbidas, tardara no escritório, não havendo casa aberta onde pudesse desperdiçar as notas herdadas. O paletó vestia apertado e mal o protegia do sopro frio da madrugada. Deteve-se na esquina, observando resignado o comércio fechado. Sabia haver nas bordas da cidade um último bar em funcionamento, mas não era o ambiente certo para sua estreia. Entre a fome e a dificuldade de encontrar quem o servisse àquela hora, desistiu, mal-humorado. Bem faria se queimasse os livros com os nomes de toda aquela gente.

Absorto nos planos de vingança generalizada, demorou a notar a forma diante da casa que pouco antes cerrara. Era uma cena estranha: observar com a chave no bolso a própria porta ser golpeada. Avançou um passo e notou o corpo magro de uma senhora miúda, coberta por um xale, os cabelos ralos sob desbotado lenço, a mão magra, esbranquiçada, mal embrulhada pela pele. Resmungou com força, inquisitivo, para assustá-la, e viu satisfeito a velha se voltar com os olhos muito abertos e a respiração ofegante. Tinha os pelos das sobrancelhas grisalhos, o rosto magro exibindo ossos pontiagudos e a carne pouca. Um instante após o susto, baixou o punho, mantendo erguido o olhar que exigia o convite.

Não o fez. Destrancou a porta, entrou no escritório acendendo as luzes, voltou-se para perguntar à mulher se por acaso trazia qualquer coisa para comer. Que desgraça! Deixara a casa para gastar como herdeiro no melhor estabelecimento da cidade, retornava interessado em dividir a marmita da velha. Que desgraça! Que queria ela, afinal?

– É você o filho, não é?

Confirmou com a cabeça. Sem esperar por autorização, ela se livrou do xale e acomodou os pertences no chão, a postura entre a humildade e a soberba. Era difícil decifrá-la. Acomodou-se na cadeira oposta, imóvel até que ele se sentou do outro lado, disposto a atendê-la sem saber como. Representava, incomodado, um papel que não era o seu. Que queria ela, afinal? Brotou da velha uma voz lamuriosa, narrando vicissitudes familiares cujo sentido lhe escapava, uma filha perdida que sempre lhe ignorara os conselhos, algo sobre um casamento, as opiniões negativas que sempre reproduzira sobre o guardião de nomes e das quais se arrependia. Alguma menina engravidara, ou não conseguia engravidar. O estômago doía e a vibração vocal da velha piorava os efeitos da fome. Será que só queria resmungar? Mordeu o indicador, segurou toda a boca com a mão, interrompeu-a e questionou afinal o que queria. Ela se manteve de boca aberta, confusa por ser elementar:

– Meu filho, eu preciso de um nome.

Disseram que naquela terra havia um homem que guardava nomes, e encontrar a cidade, a rua e a casa foi mais fácil do que concebera antes da partida. Quando foi preciso pedir informações, sentiu que anunciava o destino por mera formalidade, os carroceiros, vendedores e donos de estabelecimentos já cientes de onde ia, como se lhe conhecessem a necessidade pela expressão ou por ser simplesmente para onde todos se dirigiam. Respondiam apontando o braço de forma genérica, mas eficiente. Bastava ir naquela direção e perguntar novamente, um pouco adiante, sem necessidade de se detalharem os nomes que os políticos haviam escolhido para as estradas, desvios e pontes. A jornada era longa, e o jovem cavalo, recém-adquirido, oferecia montaria confortável. Apesar de avançar por sítios novos, dos quais só ouvira falar, a naturalidade com que as indicações dos caminhos eram oferecidas davam-lhe a agradável sensação de estar nas cercanias da cidade natal.

Era uma casa modesta numa rua movimentada, inundada pelas vozes elevadas dos mascates e passos dos pedestres. As pedras do calçamento eram antigas e bem colocadas. De cabeça baixa, reparou nelas, bem como na sujeira dos calçados: envergonhou-se da condição na qual se apresentaria. Um cavalo elegante amarrado do outro lado da rua, a barra das calças e os sapatos enlameados... Bateu as pequenas mãos contra o tecido como se pudesse assim limpá-lo, desejoso de imediatamente abandonar a posição diante da porta e buscar nas lojas próximas uma roupa apropriada. Por fim, desistiu. Ergueu o rosto apenas o suficiente para bater à porta e dobrar a maçaneta, passando da luz da rua para a penumbra do ambiente, dobrado sobre o próprio corpo, tentando diminuir-se: haviam-no alertado de que ninguém responderia ou viria abrir-lhe a porta. Explicaram que era preciso proceder como se chegasse à residência dos parentes próximos.

– Licença...

Conforme os olhos se acostumaram à pouca luminosidade, distinguiu a longa mesa de madeira. Sentado detrás dela, o homem a observar as páginas abertas de um enorme livro. Havia uma estante, três ou quatro pesados volumes lá acomodados e, além desses, algumas peças de coleções diferentes, cadeiras de distintos formatos, doadas por distintas generosidades. Aproximou-se reparando na madeira do piso, uma vez mais nos desastrosos sapatos, e se sentou na ponta da cadeira, sem fazer peso, pronto para partir ante a mínima indicação de desagrado do guardião de nomes: parecia jovem, vestia um terno bem cortado. Reparou que o enorme livro continha incontável sequência de nomes, uns sobre os outros. Perguntou-se se, ao final da cena, seu nome estaria ali registrado.

– Eu... Eu preciso de um novo nome... Eu me chamo Ernesto. As pessoas me chamam de Ernestinho...

O guardião de nomes enfim ergueu os olhos, e encarou-o demoradamente. Fixando o tampo da mesa, reparando numa minúscula marca de tinta ali depositada por descuido, iniciou a narrativa em voz contida, dedilhando as palavras para contar que era o encarregado de uma fábrica de couros, responsável não pela parte técnica, embora dela algo entendesse, mas pela gestão dos funcionários. Cabia-lhe controlar os horários de chegada, saída e almoço, pagar os salários, decidir sobre os adiantamentos sempre solicitados. Tinha de ser firme, impor autoridade e disciplina aos curtidores de couro, homens rudes que trabalhavam encharcados, vendo como adversários qualquer tipo diferente deles, em especial um homem como ele. Fora este seu trabalho de toda a vida e, além do trabalho, os pais vivendo no mesmo terreno, o casamento com uma moça conhecida da família, pouco estudo, nenhum filho, como único problema o cachorro da vizinha que latia muito e somente de madrugada, lhe atrapalhando o descanso. Ninguém além dele, aliás, incomodava-se com o cachorro: adoravam o bicho, não escutavam seus achaques na madrugada, a esposa chegando a sugerir que Ernestinho sonhava com aquilo. Por fim, deixou de se importar, apesar do sono entrecortado: com o bom trabalho e a boa casa, atribuía aquilo à impossibilidade de a vida ser perfeita. Todo homem precisava de algo para se queixar; cabia-lhe suportar o cachorro da vizinha...

 O trabalho na fábrica e as relações com os curtidores eram facilitados pela presença de Jasão, o responsável pela técnica, ele sim o entendido. Primeiro funcionário da fábrica, ali desde que a primeira pele fora tratada, contava com o respeito dos curtidores, mesmo dos mais jovens e impertinentes. Controlava-os com o olhar. Tinha alguma idade, mas, ainda assim, poderia derrubar dois homens sem sequer suar. Talvez suando um pouco. Jasão tratava Ernestinho com absoluto respeito e deferência, chamando-o de doutor Ernesto. Fazia questão de ser repreendido caso se atrasasse – gostavam de um futebol e um gole de aguardente durante a pausa para o almoço, e às vezes perdiam ali alguns minutos a mais – e os demais tomavam-no como exemplo. Graças a estes dois pilares, Jasão e Ernestinho, a fábrica se mantinha disciplinada e lucrativa, entregando um produto de qualidade.

 Havia, contudo, o mercado. Ernestinho notou um primeiro sinal de que o ano seria diferente quando o patrão questionou a soma das horas extras pagas, pedindo que detalhasse os motivos de cada minuto de trabalho além do contratado, acusando os trabalhadores de propositalmente atrasarem a produção. Seguiu-se toda sorte de cortes de custos, cabendo a Ernestinho garantir que bebessem menos água durante a jornada e que se contentassem com um almoço parco no refeitório. Alegava-se que as políticas federais de câmbio haviam tornado a fábrica obsoleta de um ano para o outro, mesmo que nada houvesse mudado. Nas lojas da região surgiam botas e luvas baratas, de péssima qualidade, mas que ainda assim os consumidores preferiam.

No dia em que o patrão chamou-o e determinou que demitisse um décimo dos funcionários, começando por Jasão, foi como se lhe tivessem entregado uma faca e a ordem expressa de matar o próprio filho, que ainda não nascera. Por que o patrão não demitia Jasão ele mesmo? Porque era este o trabalho de Ernestinho. Se não fosse capaz de fazê-lo, podia se considerar dispensado, com a honra de ter sido comunicado diretamente pelo proprietário. Naquele dia, deixou a fábrica sustentando um fardo cujo peso testava o limite de suas forças. Percebendo seus modos e expressões transtornados, o rosto pálido, as poucas palavras, colegas de trabalho e familiares perguntavam-lhe o que havia consigo, se podiam ajudar em algo. Ernestinho apenas os afastava e baixava ainda mais a cabeça, sem responder. Demitir Jasão... Poderia demitir toda a fábrica, mas não aquele homem. Se Jasão ganhava mais do que todos, era porque seu trabalho valia mais do que o de todos. Mas era fazer ou deixar que outro executasse e ainda assim ser dispensado. A noite insone foi ainda perturbada pelo cachorro da vizinha, que parecia possuído por uma força maligna no meio da madrugada. Demitir Jasão... Como poderia?

Não poderia abdicar da tarefa, conforme o patrão lembrava-lhe a cada novo dia de indefinição. Seis noites insones, seis dias mal posto no próprio corpo. No sétimo dia após a ordem, pálido, o cabelo despenteado, viu o patrão ignorar-lhe. Conversava, entretido, com um jovem promissor, recém-formado no curso técnico-administrativo: imediatamente Ernestinho mandou preparar os papéis. Recebeu Jasão a portas fechadas, o outro despreocupado com a convocação, imaginando que a expressão aterrorizada de Ernestinho guardava qualquer problema que o experimentado curtidor resolveria com facilidade. Com a voz baixa, incapaz de encarar Jasão nos olhos, explicou a questão da desvalorização cambial, que de fato não entendia, mencionou a gratidão que sempre sentiriam pelos anos de serviços prestados à fábrica, garantiu que todos os direitos lhe seriam pagos corretamente. E anunciou a demissão.

    O rosto paralisado de Jasão... O sorriso e a segurança do homem a se desmancharem...

    Primeiro Jasão pediu para ver as contas, afirmando ser impossível a fábrica estar em prejuízo, incapaz de pagar-lhe o salário: conhecia aquele negócio. Depois, ameaçou abrir ele mesmo um curtume, fazer concorrência à fábrica, praticar preços abaixo do custo. Por fim, falou da neta que sonhava ser médica, afirmou que sem o emprego não poderia custear o curso preparatório... Chorou. As mãos enormes sobre o rosto, as costas convulsionando, a dor pulsando o corpo com força tamanha que parecia possível derrubar as paredes. Uma barragem que rebentava, levando o gigante consigo. Diante do homem desfeito, do outro lado da mesa, Ernestinho com o papel timbrado, a caneta na mão direita aguardando que Jasão contivesse as lágrimas e assinasse.

    Quando finalmente tomou ar e se controlou, Ernestinho entregou a caneta, apontou o local onde deveria assinar e passou o recibo. Entregou as cópias dos documentos e o encarou. Estava feito.

    Jasão deixou a sala incapaz de se sustentar, caminhando lento, dobrado sobre si, como um espancado. A ele se seguiram outros seis funcionários, que entraram na sala à espera do golpe, sem poder responder ao firme olhar de Ernestinho. Reagiam entre ameaças e lágrimas, entre acusações vazias à direção da empresa ou à moral de Ernestinho, mas nada se comparava à reação do primeiro. Não mais o abalavam: após executar a pior das demissões, sentia-se melhor do que nunca, pleno de si, forte como se estivesse montado nas costas de Jasão e, da imensa altura, comandasse os homens. Deu a notícia ao patrão e entregou os documentos assinados, orgulhoso de si, o queixo erguido. Aceitou os cumprimentos pela sentença executada, concordou que a partir dali um glorioso futuro se anunciava para a fábrica, avisou que sairia mais cedo. Simplesmente avisou.

    Naquela noite, possuiu a esposa como nas histórias que os homens contavam, exigindo do recato da mulher as disponibilidades e extravagâncias que juravam só existir no porto. Quando o cachorro da vizinha lhe cortou o sono, ergueu-se da cama, cruzou o quintal, pendurou-se no muro e atirou o sapato na direção do bicho, acertando-o. Na manhã seguinte, anunciou aos pais que se mudaria dali: cansara de viver no terreno alheio. Declarou ainda que não mais deveria ser chamado de Ernesto, muito menos de Ernestinho: sempre odiara o nome, nada tinha a ver consigo. Gastou as economias familiares no cavalo que sempre sonhara cavalgar. Concedeu-se, como chefe do departamento pessoal, extravagantes trinta e cinco dias de férias remuneradas, utilizados para, montado, ir ao guardião de nomes. Apresentou a demanda: precisava de um novo nome, o antigo nada lhe dizia. Trazia consigo as críticas dos familiares e os elogios do patrão, entre as pernas a força do jovem cavalo: nada daquilo lhe valia sem o novo nome...

    O guardião de nomes encarou-o demoradamente, sem nada a dizer, levando-o a se perguntar se, em algum momento, pronunciaria qualquer sentença. Diziam que rebatizava gentes com interesses políticos, que em breve se lançaria candidato a deputado federal numa chapa imbatível. O caminho até ali se mostrara infestado de comércios que lhe faziam referência; vendia-se o mel do guardião de nomes, o pão preferido; a cachaça, que antes era a "do rei" ou "do padre", então homenageava o nomeador. Por um instante perguntou-se que tipo de homem tinha diante de si, o que o colocava à altura de guardar os nomes, por que ele e não qualquer outro – não seria o certo ser um doutor do estrangeiro a fazê-lo? Quando o guardião de nomes deixou de fitá-lo e apanhou a caneta, ele engoliu em seco, temendo receber um nome tão cruelmente horrível que o faria desejar novamente ser o Ernestinho...

– Jasão. Este o nome.

Após o elegante desenho da primeira letra, surgiu a palavra toda. Soube que nada se esperava dele, exceto que se retirasse. Voltou à rua passando as sílabas pela língua e, quando montou o cavalo, percebeu que sorria: Jasão. Este seu nome! Cutucou o cavalo com os calcanhares, conclamando-o a acelerar apenas para sentir os músculos do dorso do animal se movimentando entre suas pernas. Ansiava voltar o mais depressa possível, mostrar aos curtidores de couro e à família que Jasão lá estava, sempre de cabeça erguida, pronto para, sozinho, garantir o funcionamento da fábrica. O outro poderia tê-los decepcionado, envergado sob o peso do nome: o nome jamais se dobraria. A vasta planície, o sol excessivo, as feras ocultas, e mesmo o patrão, com suas teorias mercantilistas, se submeteriam, como sempre, ao invencível Jasão.

Quando chegasse, mandaria matar o jovem cavalo e usaria o couro para fabricar, ele mesmo, as mais confortáveis botas: o animal seria grato. Certamente, já se sentia honrado por ter Jasão sobre o lombo.

Detestava, sobretudo, que o chamassem de anão. Suportava os carroceiros a desdenharem da moeda que oferecia, generoso, pelo transporte da própria e leve carga, preferindo a condução de qualquer avaro cavalheiro obeso desde que se aproximasse da estatura dita normal. Suportava os pais que o apontavam pedindo a atenção dos filhos, e os pequenos brutos que o rodeavam à espera de qualquer truque, confundindo-o com o personagem do circo itinerante, atirando-lhe pedregulhos para espantar o tédio do funeral do guardião de nomes. Suportava, inclusive, que lhe impedissem de se aproximar do cadáver, negando-lhe o direito fundamental de se despedir do morto, certos de que os fotógrafos se aproveitariam da curiosa cena para cravarem um registro irônico. Suportava. Porém, não aceitava que o chamassem de anão, resmungando e lançando maldições contra os muitos que o faziam.

Caminhando ao largo da estrada de terra batida, distante o suficiente das carroças para que não lhe atirassem restos de comida, apurava os ouvidos, precavido contra as matilhas de cães vadios que poderiam destroçá-lo, a moeda que pesava no fundo do bolso insuficiente para que o tratassem melhor do que a um animal. A caminhada do campo santo até a primeira cidade seria exaustiva e somente lá conseguiria uma cama e alguém disposto a conduzi-lo – por tarifa superior à tabela –, mas nem por isso se arrependia da jornada que cumprira para acompanhar o funeral, afastado de tudo que conquistara. Tratava-se daquele que o batizara, entregando-lhe nome e destino. Certa vez, o guardião de nomes garantiu-lhe que seu momento chegaria. Ante o corpo morto do nomeador, finalmente havia chegado.

Para a ida conseguira preço justo e as provisões que garantiram uma viagem sem sobressaltos, livrando-se das hospedarias graças à disposição do animal jovem e bem tratado. Sempre o desprezavam nesses pulgueiros, afirmando não haver quartos. Devia, contudo, ter negociado antecipadamente a volta, retendo o carroceiro consigo e obrigando-o a acompanhar o rito fúnebre. Mal descera do carro e um segundo grupo já lançara, sem cuidado, sua mala na terra, empurrando-o para que não retardasse a partida alheia com suas pernas pequenas. "Corre, anão!", gritaram os idiotas quando a carroça se afastou. Marcou-lhes o rosto: em breve, os faria correr atrelados à carroça enquanto o cavalo descansava. Ele os chicotearia, impiedoso.

Vencida a primeira e larga curva do caminho, sentiu queimarem as plantas dos pés. Se já seriam exaustivos os passos pela estrada regular, cumprir a distância caminhando sobre a vegetação intratável exigia muito mais do que seus músculos pareciam capazes de sustentar. Ainda assim, seguia. Concentrava-se nos desgraçados que atiraram seus pertences na terra, no carroceiro que sorriu, maldoso, na gargalhada do pai do moleque que lhe atirou uma pedra. Concentrava-se no assessor da autoridade que lhe pisou o pé quando tentou se aproximar do caixão, na mulher que bateu três vezes na madeira após olhá-lo nos olhos, no distante dia em que, pela primeira vez, trataram-no como anão e em tudo que lhe havia sido negado por conta de meio metro a menos de altura. Já o haviam aconselhado esquecer as humilhações sofridas. Recusava-se. De cada momento, extraía toda a raiva possível e a condensava, usando-a para ter força quando era preciso. Caminhando sozinho e afastado da estrada de terra, movimentava as pernas como se desferisse chutes. Que os pés sangrassem: tinha em si raiva o bastante para caminhar até as bárbaras bordas da terra. Já havia feito uma caminhada muito mais longa, perigosa e difícil quando abandonou a cidade natal. Nessa, aliás, residia a inesgotável fonte do rancor que lhe dirigia os dias...

Nascera no menor aglomerado de casas, do mais afastado rincão de terra, nas bordas bárbaras da menos importante das províncias. A centena de residências se posicionara acima do rio, ao redor da pequena capela, deixando toda a planície inferior livre para a instalação da zona industrial, pois se imaginou, na fundação do povoado, que dejetos e mercadorias fluiriam inteligentemente na direção do mar. Como entre ciclos de bonança e crise as profetizadas fábricas nunca se interessaram pela região, a vila restou disforme, casas amontoadas na encosta enquanto a planície permanecia inabitada. A mãe lhe costumava narrar o nascimento em tons proféticos, contendo-se para não acrescentar anjos, magos e uma estrela a anunciar a data: quando criança, aninhava-o pelas costas e sem pressa lembrava das indescritíveis dores do parto, de como a gravidez inicialmente tranquila se convertera em flagelo. Teve de ser amarrada à cama enquanto urrava de dor, e toda a vila se pôs insone por conta do absurdo que a acometia.

Nas manhãs daqueles dias, enquanto dormia, silenciada pelo desmaio e pela exaustão, as pessoas comentavam o difícil quadro clínico. Apostavam, sombrias, que só por um milagre a mãe e o bebê sobreviveriam. As mulheres organizaram uma novena, os homens mandaram trazer a mais famosa das parteiras, a que atendia ao próprio barão, dispostos a pagar em quotas o que fosse necessário para salvar aquelas vidas. Não havia outro tema que não a cadência e frequência dos gritos, os homens amparando o pai para que tivesse fé, mas permanecesse preparado para o pior, aproveitando-se para advogar que o que faltava à prosperidade da vila era justamente se unirem nos demais temas. As mulheres preparavam maravilhosos pratos nos quais a mãe sequer tocava. Revezavam-se em duplas para lhe secar a fronte e segurar a mão, todas as senhoras da vila com os dedos doloridos ante a força sobrenatural com que os apertava. Alguns temiam, e comentavam aos sussurros: E se não fosse para o bebê nascer? E se no ventre repousasse algo sombrio? Foram necessários sete dias para que a parteira chegasse ao rincão, e outros sete para que conduzisse as manobras necessárias ao parto. Por fim, o esforço foi recompensado: no menor aglomerado de casas, no mais afastado rincão de terra, nas bordas bárbaras da menos importante das províncias, nasceu o maior bebê do mundo, alto e forte como uma criança de sete anos completos, os olhos muito abertos, o apetite imenso e choro potente que explicava o calvário materno. Milagre.

Naquele dia, antigos desafetos se abraçaram, comerciantes avarentos distribuíram brinquedos, charutos e alimentos, queimaram-se fogos de artifício, cozinhou-se um banquete numa explosão de felicidade tão autêntica que o pároco teria julgado pagã se não estivesse igualmente maravilhado. Esquálidos cachorros de rua conheceram a dor no estômago pelo excesso de comida e garimpeiros aposentados perderam o sono, inebriados por renovada esperança de riqueza a escorrer pelos dedos, sentindo uma vez mais o formigamento que trouxera as primeiras casas para o povoamento. Informes sobre o estado da enorme criança eram repassados de boca em boca, em velocidade incrível. Tratadas como celebridades, as avós revelavam detalhes que teimavam em ser ampliados, nos raros ouvidos pouco interessados chegando notícias de um bebê com a força de dez homens que nascera desafiando os adultos com enigmas. O prefeito ofereceu um cargo no departamento de contabilidade para o orgulhoso lavrador pai da criança, o delegado procurou-o afirmando o imperativo de encontrar um escrivão à altura do cargo, o pároco lembrou a importância da formação eclesiástica da criança, todos arrastando o pai para conversas particulares, privando-o das muitas doses que desfrutava em gratuita honra à saúde do filho. Disputava-se qual das famílias empobrecidas, mas de pomposo sobrenome, apadrinharia a criança, se o registro de nascimento seria feito no civil ou no religioso, protestantes nutriam esperança de que a criança não fosse batizada, o milagre anunciando a conversão de toda a cidade, ou a volta do Cristo, ou a partida de todos para outro mundo, ou a restauração do Reino, ou a localização de uma imensa riqueza que um dia se acreditara oculta no leito do rio. O veio. Era certo que ninguém vira uma estrela a brilhar excessivamente no céu, um arbusto a arder, uma coluna de fumaça ou qualquer outra espécie de profecia? A criança nascera de fato daquele ventre, sem qualquer possibilidade de ter sido encontrada no rio dentro de uma cesta? Discutia-se pelas ruas a alimentação da mãe durante a gestação, a hipótese de ter o pai ingerido feijões raros um ano antes, desenterraram-se histórias dos antigos índios gigantes que habitavam a região – o bebê parecia com o pai? Ainda que conseguissem acesso, as visitas eram admitidas por poucos instantes na presença do bebê gigante. Boquiabertas, aproveitavam a oportunidade para apreender algum detalhe inédito e contar aos muitos que, ao redor da casa, aguardavam interessados. Quanto leite mamava um bebê daquele tamanho, e quanto cagava, geraram todo tipo de especulação: Era verdade que o prefeito oferecera a melhor vaca leiteira para garantir sua alimentação? Os pais se incomodariam de vender as fezes do menino gigante para adubar a terra? E que tamanho de pano usava como fralda? E onde haviam encontrado mamadeiras adequadas? O milagre avizinhado melhor cabia nas categorias do fantástico.

    Dez dias após o surpreendente nascimento, afluíram ao povoado os primeiros forasteiros, a notícia percorrendo a vasta planície desabitada muito mais depressa do que o ouro outrora garimpado. Desta feita, porém, a descoberta não se revelara um metal pouco e de má qualidade, bastante apenas para fundar a vila sob o mau signo da pior classe de aventureiros: tratava-se de uma criança viva – e enorme! Na inexistência de qualquer estrutura para receber os visitantes, as famílias rapidamente converteram as próprias casas em pensões e restaurantes, mães a expulsar os

filhos da cama e da mesa para se aproveitarem das moedas dos viajantes recém-chegados. Inicialmente as crianças do povoado foram organizadas nos currais, obrigadas a poucas noites entre porcos e vacas para que a família amealhasse pequena fortuna, contudo, como os visitantes continuavam a afluir, também os currais foram alugados e as crianças postas para dormir ao relento, amaldiçoando sob a grama cheia de insetos o nascimento do tal bebê gigante. O prefeito resgatou o famoso pai de mais uma ébria comemoração e usou daquela duvidosa autoridade paterna para ser atendido pela mãe do milagroso rebento: apesar de acumular as funções de escrivão de polícia, auxiliar de contabilidade da prefeitura e tesoureiro da igreja, o pai não era bem-vindo na própria casa. Foi enfático: o bebê precisava receber uma visita a cada meia hora, a viagem empreendida por toda aquela gente precisava de uma conclusão à altura. A cidade conseguira a liberação de verbas do governo federal para a construção de uma estrada de acesso, os comerciantes haviam encomendado uma tonelada de imagens da criança com a oração de Santo Antônio no verso, a cada dia a prefeitura autorizava a criação de pelo menos três empreendimentos turísticos. Receber as visitas era a parte que cabia àquela família, sem dúvida um preço módico ante tudo que a municipalidade já os oferecera. O pai concordou, ansioso por retornar às comemorações. A mãe fez exigências:
– Vamos precisar de uma casa maior. Nessa ele não vai caber.
Engenheiros vindos da capital chegaram no mesmo comboio de automóveis que trouxe o governador e jornalistas especializados na cobertura da pesca de tubarões gigantes e colheita de tubérculos imensos. Em planilhas complexas e gráficos otimistas calculou-se que o bebê facilmente atingiria os cinco metros de altura – seria o maior homem da terra! – e a construção de residência que comportasse tamanho porte exigiria a correção da densidade do solo e material importado, despesas que governador e prefeito imediatamente autorizaram, firmando em cerimônia

muito fotografada um convênio de cooperação entre o município e o estado. Brincou-se com o fato de que a tradicional foto do governador com a criança no colo não seria possível naquele caso, e provavelmente no primeiro aniversário seria a criança a erguer nos braços o governador. Em um discurso entusiasmado, cujas palavras os jornalistas registraram com raro afinco, ele exaltou a coragem dos homens daquela terra, as mãos calejadas e o trabalho honesto, tentando vincular as supostas qualidades daquelas pessoas que desconhecia às duvidosas realizações de seu governo e ao nascimento do bebê gigante. Não conseguiu, mas deixou a cidade aplaudido, certo de que capitanearia nacionalmente a realização alheia.

Trazido por veículo oficial, o guardião de nomes chegou à cidade três meses após o nascimento do bebê gigante, as despesas pagas pela recém-fundada associação comercial. Foi recebido no prédio reformado da prefeitura, então ladeado por sequência de casas convertidas em hotéis e restaurantes. Almoçou ouvindo os planos do prefeito para a vaga de deputado estadual, o discurso no qual o padre previa a vila elevada a diocese, observou o apetite do juiz pelo cargo de desembargador. Lavradores outrora empobrecidos, que na ocasião do nascimento tiveram o tino comercial de expulsar os filhos da própria casa para receber os viajantes, organizavam-se em ambiciosa associação, pleiteando estabilidade política e estímulos fiscais que favorecessem os sonhos recém-sonhados. Antes de partirem em comitiva para o núcleo da federação, apresentaram um pedido para o guardião de nomes: além de registrar a criança que tanto lhes proporcionava, poderia batizar a própria vila e convertê-la oficialmente em cidade? Não era um pedido que admitia recusa.

Sob orientação do assessor de imprensa da prefeitura, apresentaram ao guardião de nomes a maquete que materializava os planos de futuro da vila que seria metrópole, exibindo miniaturas de homens do futuro dispostos entre o aeroporto, o trem de alta velocidade, o estádio, o anfiteatro e o lago artificial, poucas e enormes casas, uma área azul indicando onde habitariam, no futuro, as crianças ainda dispostas no pasto, entre animais e sob a frágil proteção de uma lona. Apontando com o dedo e sustentando o gesto até a foto, o prefeito destacava as dimensões faraônicas do projeto, comparando-se aos construtores de impérios, esforçando-se para induzir o guardião a registrar um nome que simbolizasse o brilhante futuro a se anunciar ou qualquer outro que bem rimasse com um *jingle* eleitoral. Prefeito, comerciantes e autoridades poderiam batizar a cidade como bem entendessem, já tinham inclusive uma lista de sugestões acompanhada de hino, bandeira e brasão, elaborados por agência de publicidade estrangeira. Naqueles dias, no entanto, a figura mítica do guardião de nomes atraía tanto interesse intelectual e reverência popular que adotar nome por ele registrado seria a consagração do glorioso destino para o qual o povoado se encaminhava.

Enquanto passava do carro oficial para o almoço de recepção, deste para o salão oval da prefeitura e de lá rumo à enorme casa recém-construída e já habitada pelo famoso bebê, o guardião de nomes era observado atentamente pela população, que lhe apreendia a figura, buscando vincular sua aparência às histórias que personificava. Jovem, magro, usando um terno simples e sem chapéu, era menor do que imaginavam, mais jovem do que haviam dito, inseguro e tímido como não haviam previsto. Aquiescia a todos os movimentos das autoridades, o passo curto e os pés pequenos, o calçado gasto, o cabelo ordinariamente cortado, bonito se não fosse o ar pueril, a barba rente à face, quase esfolada, erguendo os olhos a partir do queixo abaixado para observar o rosto das pessoas, a vila recém-transformada, a enorme construção que de alguma distância os vigiava, residência de um gigante. Seria o verdadeiro guardião de nomes, o que trocara o nome de todos os habitantes da cidade na qual nascera, o que organizava dinastias e salvava vidas? Seria aquele o único sem nome dos sete filhos nascidos homens do barão Álvares Corrêa, por quem a mãe se enforcara? Talvez não fosse o mesmo. Enquanto os políticos o conduziam para a maior de todas as construções, e apontavam, indiferentes aos moradores, as casas que seriam derrubadas, os populares observavam atentos cada um de seus gestos, e desconfiavam... E se fosse tudo uma farsa? Talvez o objetivo fosse induzir a população a nomear a cidade sob o patrocínio de uma marca de fertilizantes.

Sem erguer os olhos, o guardião de nomes foi paciente. Aguardou enquanto tiravam as fotos, sob o mesmo ângulo, apertando a mão das várias autoridades, exibindo um sorriso tímido. Fingiu achar graça de algum comentário que não entendeu, manteve-se ereto enquanto o prefeito improvisava um breve discurso ensaiado. Quando todos fizeram menção de acompanhá-lo até o interior da casa, travou o passo: entraria sozinho. Com a expressão subitamente séria, o corpo retesado, o olhar cristalizado em um brilho metálico, esclarecia, em palavras mínimas: o espetáculo ali se encerrava. Cumpriria o próprio ofício como lhe convinha. O assessor de imprensa ainda tentou intervir, propondo a companhia apenas do prefeito e do fotógrafo, mas a mão em palma do sétimo filho do barão Álvares Corrêa, aquele que não tinha nome, o deteve: aquele circo já tivera acrobacias suficientes. Era o tempo de desligarem os holofotes.

Tão logo o guardião de nomes cruzou a porta, avós e tias do recém-nascido receberam-no em seus melhores trajes, satisfeitas com o privilégio de compartilhar um momento íntimo com tão reverenciada figura. Apresentaram-se uma após a outra, atentas a expressão do nomeador: Poderia dizer algo sobre o nome de cada uma delas? Não, não naquele momento. Guiaram-no até o fundo da casa, tentando impressioná-lo com o enorme pé direito. No quarto, ele parabenizou a mãe e se concentrou no pequeno gigante. As feições de um bebê no corpo de uma criança de pelo menos sete anos! Era fácil entender porque acreditavam que atingiria cinco metros de altura! Curiosas, as mulheres fizeram silêncio quando viram-no retirar da maleta pequenos objetos. Primeiro bateu rochas magmáticas diante do bebê, observando-o nos olhos enquanto lhe atraía a atenção para as faíscas produzidas. Acendeu então uma vela e passou-a de um lado para o outro, concentrado nos movimentos do rosto da criança. Finalmente, passou incenso nos dedos do bebê, assoprou-lhe a face e tocou-o no peito com as mãos besuntadas de óleo. Ergueu-se, mirou a mãe e a cada uma das mulheres. Anunciou: se chamaria Próspero.

———

Caminhando além da beira da estrada, os passos havia muito convertidos em chutes que desferia contra cada desgraçado que o tratara como um anão, lembrava daqueles primeiros episódios para alimentar a raiva que o movia. A cidade na qual esperava conseguir transporte e hospedagem se anunciava no horizonte, visível porém distante uma infinidade de passos. Uma dor terrível subia da bacia e atacava as costas, latente como se os nervos queimassem sobre brasas. Todo o corpo pedia por um breve descanso, que não se concederia. Imaginava todas as cenas de seu nascimento e batismo, conforme a mãe muitas vezes lhe narrara, concentrado no desgosto para encontrar forças. Dispunha de ódio suficiente para ignorar a dor e caminhar por tantos dias e noites quantos fossem necessários. Força e raiva o sustentavam.

———

Indiferente à cerimônia, a avó paterna saiu apressada da casa, animada por se adiantar às tias, primas e à avó materna. Entre os lábios, que salivavam, levava o nome recém-escolhido. Encheu-se de satisfação quando as autoridades e os populares se voltaram para ela, a atenção concentrada em sua figura

– Próspero – anunciou sorrindo – O guardião de nomes batizou Próspero o meu neto.

O nome correu de boca em boca até o mais distante dos espectadores, e deste para as cidades vizinhas, províncias despovoadas, para o burocrático centro nervoso do federalismo e fronteiras mal demarcadas, onde se ouvia em um idioma para se pronunciar em outro. Viajantes a passo veloz, carregando por estradas vicinais papagaios amordaçados e ouro contrabandeado, contavam a história do nascimento e do nome, enquanto repartiam espantosos lucros com seus comparsas, distraindo-os assim da matemática desfavorável. Funcionários do governo em posto avançado pronunciavam lentamente as sílabas, tateando sinônimos no idioma nativo para utilizá-lo como argumento para os benefícios do cadastro civil para os índios isolados. Escriturários paqueravam telefonistas com piadas pouco divertidas envolvendo o conhecido nome. Nos escritórios de imigração, documentos falsificados traziam o nome com as sílabas trocadas, motivo de risos na hora do café dos oficiais.

O prefeito ficou tão satisfeito com a escolha que imediatamente autorizou gastos extraordinários com divertimentos em geral e fogos de artifício em particular – gostava de fogos –, anunciando sete noites de festa, despreocupado com o descompasso crescente entre obrigações e receitas do município. Piscou cúmplice para o presidente da associação comercial, o visionário que primeiro despachou os filhos para o curral: eram sócios no caminho para o glorioso futuro. Enquanto aguardava que o guardião de nomes deixasse a maior das residências – maior inclusive do que a prefeitura, o que deveria ser corrigido –, acenava para os populares, ladeado pela primeira-dama, imaginando qual nome receberia a cidade. O conjunto de casas que o elegera e que então derrubava com aprovação unânime, as ruas que o movimento das máquinas deformava para preparar o asfalto denso onde as futuras gerações trafegariam, aquilo era o parto de uma enorme e vibrante metrópole mundial. Nascera não uma criança gigante, mas um fenômeno urbano, uma explosão. O prefeito via as alamedas do futuro ladeadas por estátuas que o reproduziam, cinzelando seu olhar em direção ao futuro, via praças e parques com seu nome tal qual na Roma que nunca conhecera, mas com a qual sempre sonhara. Um assessor despertou-o de seu glorioso devaneio, alertando que o nomeador se demorava além do previsto no cronograma; tranquilizou-o, afirmando que por certo estava impressionado com o filhote de gigante que lhes pertencia. Será que, ao deixar a residência, também anunciaria o nome da cidade?

Quando o guardião de nomes surgiu, a multidão aplaudiu sua figura tímida, as pessoas se espremendo perigosamente para melhor observar um recorte daquele todo. Cumprimentou sem erguer o queixo e entrou imediatamente no veículo oficial. Teria horror das multidões? Cansara-o a viagem? Prefeito, primeira-dama e assessor de imprensa seguiram com ele no automóvel, decididos a acompanhá-lo até que o nome da cidade fosse escolhido. Temiam especialmente que algum grupo secundário da política municipal, secretamente incomodado com o sucesso da atual gestão, em um lance brilhante influenciasse o guardião de nomes, agitasse a população e fixasse o sobrenome de um antigo clã empobrecido no registro da cidade. Não poderiam deixar que isso ocorresse. Aquela cidade, futura metrópole, nascia sob o signo dos Pereira de Castro, sobrenome do prefeito, dos donos de terras, dos oficiais municipais com laços no estado e governo federal. O guardião ali estava para saciar as sedes, mas deveria lembrar-se de a quem pertencia a fonte.

Na noite em que Próspero foi batizado, apresentou-se no povoado ainda sem nome um hábil trio sanfoneiro que muito tempo atrás fizera sucesso na rádio e então tocava os antigos sucessos. Fogos de artifício estouraram sobre a enorme fogueira, os meninos calculando o quanto demoraria para que a chama perdesse o ímpeto e fosse possível saltar sobre as brasas. Casais se formavam no mesmo compasso em que outros pares ruidosamente se separavam, a enorme esperança daquele tempo motivando cada pequena vaidade a se distender. No melhor da festa, o trio adaptou uma conhecida canção ao nome do recém-batizado, envolvendo a todos no ritmo fácil. Quando estourou uma boa briga, regada a cachaça, concluíram-se os festejos.

Ninguém reparou no guardião de nomes que, afirmando que se deitaria mais cedo, dispensou a comitiva oficial para ficar sozinho. Discreto, protegido pelo chapéu enterrado na fronte, ouviu as histórias exageradas do garimpo e os sonhos reaquecidos de uma fortuna que as entranhas da terra subitamente revelariam. Atentou para um debate apaixonado, no qual se discutia se a cidade deveria homenagear os Pereira de Castro ou os Couto de Magalhães. Escapou de uma dama que colou o corpo no seu, disposta a escutar propostas. Pouco depois da primeira garrafada assoviar, zunindo a um milímetro de seu rosto, a festa foi dispersada. Caminhou meditativo por sobre os restos que a multidão deixou, pisando na gordurosa camada de comida desperdiçada, afastando com a lateral do calçado os cacos de vidro. Quando um grupo o notou e conjugou ofensas, buscando a briga, afastou-se, certo de que aquilo tudo era um engano, certo de que conhecia-lhes o nome.

Na manhã seguinte, o assessor do prefeito insistiu nas batidas contra a porta do melhor dos quartos, na melhor das pensões, onde repousava a curiosa figura do guardião de nomes. Escutou do zelador que saíra e voltara tarde, e calculou que uma boa noite de sono, nos braços de uma boa mulher, talvez fosse o ingrediente definitivo para que a cidade recebesse o melhor dos nomes. O guardião abriu a porta atrasado, e observou incomodado o assessor desfiar um sorriso cúmplice ao questionar como se sentia. De dentro do terno asseado, exibindo o rosto malpassado, afirmou que estava pronto. O povoado seria cidade. A cidade já tinha nome.

Quando entrou na cidade vizinha ao campo santo, suspirou, satisfeito consigo. Sentia-se orgulhoso: terminara o trajeto antes do anoitecer e sem uma única parada para descanso. Merecia todos os elogios que desfiava de si para consigo; esta determinação era quem o conduzia. Não apenas tinha foco para, independentemente da capacidade física, fazer o que era preciso – como caminhar sem descansar, por um terço do dia, em traje social, ao largo da estrada – como sabia exatamente o que desejava. Naquela noite, premiaria a si mesmo com a cama e a mesa de um príncipe, desperdiçando a moeda que o desgraçado do carroceiro desprezara. Fazia questão.

Conseguiu sem dificuldades um bom quarto, pois a multidão que acompanhou o cortejo fúnebre do guardião de nomes já se havia dispersado. Ordenou que servissem o jantar no dormitório, exigiu toalhas extras e uma garrafa da melhor bebida que ali houvesse. Atenderam-no. Merecia o tratamento real com o qual se presenteava; um dia, e não tardava, todos se curvariam diante dele. Encheu o copo de vidro com champanhe – seria demais esperar que a espelunca tivesse taças – e brindou a si mesmo batendo a borda do copo no bico da garrafa. Satisfeito, voltou a destilar a raiva que o nutria, concentrado nos primeiros anos de vida: homenageava assim o homem que lhe dera nome.

O guardião de nomes chegou atrasado para o café da manhã com as autoridades. Esperavam escutar o nome da futura cidade em primeira mão, porém a agenda pública imperava. Os jornalistas contratados já estavam enfastiados, bocejando indiscretos no salão da prefeitura, e os assessores especiais do prefeito temiam que o atraso no anúncio levasse a população a um empurra-empurra de consequências imprevisíveis. Naquele dia, adentravam oficialmente na civilidade, contudo o compromisso era assinado com as facas bem-postas na cintura.

O assessor de imprensa subiu ao palco satisfeito com a instalação. Posto em frente à prefeitura, equipado com luzes estroboscópicas e um equipamento de som que faria inveja aos locutores de rodeio, dava-lhe orgulho principalmente pelos doze trabalhadores a postos para qualquer eventualidade, sem nenhuma outra incumbência. Perfilados e desocupados, eram a riqueza do município. Bateu no microfone para testar o som, anunciou o prefeito com um apanhado imodesto de elogios, conclamando, com a voz experiente nos rodeios e vaquejadas, o construtor de nações, o político visionário, o altruísta absoluto a subir ao palco, as vogais prolongadas como se um touro nunca antes montado aguardasse invencível o peão. Gingando como um esportista, o prefeito venceu os degraus, satisfeito com o terno ajustado no corpo tal qual exigia a moda estrangeira, exibindo um meio sorriso cúmplice, como se os elogios do assessor fossem a travessura do mais querido dos filhos. Agradeceu, indiferente ao calor brutal, a cada uma das autoridades ali presentes, repetiu com ânimo renovado os bordões de prosperidade e glorioso futuro, nos quais de fato acreditava, brincou que lhe cabia governar a cidade apenas até a maioridade do gigante ali nascido, o maravilhoso Próspero, pois, quando este atingisse os dezoito anos e cinco metros de altura, não poderia ser outra a máxima autoridade. Com o braço esticado, pediu pelo guardião de nomes, tocando-o nas costas com a familiaridade de quem recebe um velho amigo. Ofereceu-lhe o microfone, mas sem soltar a haste.

O guardião de nomes pareceu gostar do silêncio que sua presença provocou. De súbito, vendedores, jornalistas, donas de casa e autoridades paralisaram como se prestes a escutar uma sentença contra um familiar. Os parentes do bebê gigante percebiam, interessados, como a postura do guardião se alterava. Antes de anunciar um nome, desaparecia subitamente a carapuça do jovem de olhar baixo para surgir o homem que suporta sozinho o fardo das expectativas alheias. Sentia que se dispunham a exaltá-lo na mesma medida em que se punham prontos a dilacerá-lo. Podia com tudo. Era um homem com uma missão: suportava, com o corpo franzino, a enorme tarefa de corrigir os nomes; quem não seria frágil ante tal desígnio? Portava-se como o primeiro que vislumbrou a curva da Terra, o universo infinito, a roda e o imperativo de se fundarem as cidades. Cabia-lhe guardar os nomes de todos os viventes, de todos os tempos. Por ser impossível, estava em paz.

– Boca de Baixo.

A voz forte do nomeador ressoou estranha a partir do microfone, reverberando entre casas em reforma, terrenos baldios plenos de promessas, muros caiados do pequeno cemitério e munícipes que mantinham o olhar fixo no palco, sem entender o que se havia passado. Cogitou repetir o nome e, talvez, explicar-lhe a origem, porém, ao mover os lábios e pronunciar novamente a primeira sílaba, teve o braço puxado e foi entregue aos cumprimentos enquanto o assessor assumia o microfone e puxava aplausos para a cidade, repetindo jargões de abundância e glória, sem mencionar o nome que acabara de ser anunciado. Transtornou-se. Tentou forçar o corpo de volta na direção do microfone, mas, com largos sorrisos dissimulados, as autoridades o puxavam para fora, inclusive pelos testículos, desesperadas para que se afastasse. O guardião soltou o peso das pernas, deixou-se cair; sentou-se no chão. Perplexo, o prefeito esticou as mãos, fraternal: recebeu um tapa. O assessor ainda tentava emendar rimas malfeitas com frases repetidas quando percebeu, pela direção dos olhares alheios, a cena. Engoliu em seco. Não havia um nome que lhe descrevesse a agonia.

O guardião de nomes demorou propositalmente no chão, mantendo-se sentado até além do razoável. Então, rolou para o lado e aterrissou diretamente no calçamento, bem acolhido por uma centena de braços. Protegido pelo corpo vivo dos estranhos, proferiu novamente o nome, afastando-se em definitivo da tutela das estarrecidas autoridades. Boca de Baixo. Boca de Baixo. Boca de Baixo: repetiu o nome da nova cidade até perder a voz e, quando todo o povo passou a dizê-lo, incessantemente, perdeu-se entre os populares. Boca de Baixo! Repetia-se o nome com mais força conforme se percebia o evidente desgosto das autoridades, a indignação indisfarçável do prefeito e dos assessores. Boca de Baixo! Tal qual apelido que acompanha aquele que o detesta, cada miserável da futura metrópole repetiu o nome pelo simples prazer do desacato.

Bebendo champanhe sozinho no copo de vidro ordinário, já muito distante da data histórica que certamente a cidade preferiria esquecer, Próspero saboreava tais fatos com o mesmo carinho com que soldados derrotados recordam um episódio de indiscutível sucesso. Dilatava o grito da multidão e a decepção das autoridades, engrandecia a cena, contada pela mãe, sem considerar que talvez os exageros sobrepostos da narrativa já a afastavam sobremaneira do vivido; indiferente à indagação histórica, vislumbrava com um sorriso o prefeito demitindo todos os assessores, passando a noite em claro, afastado da esposa, cerrando o punho e golpeando as paredes da residência oficial enquanto se perguntava onde errara.

Indiferente às insônias da madrugada, registrou-se em ata que, no dia seguinte, o mandatário reuniu-se com autoridades e novos assessores para anunciar que aquela era a primeira manhã da cidade de Boca de Baixo, povoado finalmente feito metrópole, e que não seria o nome que impulsionaria ou inviabilizaria os gloriosos planos de futuro: importava o trabalho dedicado de cada um ali presente. Pessoalmente, o prefeito declarava que sequer imaginava a origem ou o significado do nome da maioria das grandes cidades do mundo, mas estava certo de que o substantivo próprio fora apenas um detalhe ante a fé que guiara o trabalho dos homens. Que o padre trouxesse a diocese, o banqueiro, as indústrias, que o juiz encontrasse o fórum e o delegado, bandidos notáveis para fixar a cidade também no mapa da criminalidade. Que os assessores compusessem peças publicitárias à altura do futuro para o qual se encaminhavam:

– Senhores, esta é a única cidade do mundo a abrigar um gigante. Tenham isso em mente e ajam de acordo com a imensa responsabilidade que a Providência nos imputou. Um gigante aqui nasceu e seu nome é Próspero. Construamos uma cidade para ele.

Os programas humorísticos nacionais, no entanto, não consideraram o nome da mais nova das cidades como apenas um detalhe. Esquetes previsíveis, tão criticadas quanto comentadas por intelectuais, zombavam dos planos megalomaníacos do prefeito instalado no mais pobre rincão da nação. Um sósia passou a imitá-lo na rádio, debochando especialmente da crença de que uma metrópole poderia surgir em campos tão gerais. Após as piadas, analistas citavam números para afirmar ser impossível, sem vultosos e indisponíveis investimentos, uma metrópole se desenvolver distante de um rio caudaloso ou convergência das estradas. Tais opiniões, contudo, não produziam efeito na recém-fundada Boca de Baixo. Podiam dizer o que quisessem, mas a cidade tinha algo que nenhuma outra possuía: um gigante ali nascera. Qualquer análise se fazia incompleta ante a condição inédita. Quando os governos estadual e federal cancelaram o suporte financeiro à florescente cidade, proibindo-a de emitir novos títulos de dívida pública, todas as esperanças se concentraram na criança que nascera com mais de um metro de altura e talvez vinte quilos. E, como só um rei poderia fazer, Próspero frustrou a todos, sem exceção.

Desde seu primeiro dia de vida até atingir a idade adulta, Próspero não cresceu um único centímetro, convertendo-se de um bebê gigante em uma criança grande, de um adolescente pequeno em um adulto da estatura de um anão. Os assustadores gritos da mãe durante o parto, o esforço dos homens para trazer a mais famosa das parteiras e erguer uma casa alta como nenhuma outra se mostraram absolutamente inúteis. No batente da enorme porta, que dava acesso ao enorme quarto projetado para Próspero – a lâmpada suspensa tão alta que o cômodo estava sempre parcamente iluminado, tal qual uma catedral –, a mãe marcou, com um risco firme, a altura do milagre nela germinado. Notou algo de errado quando um mês após o outro marcava com carvão o mesmo ponto, escurecendo a madeira enquanto uma permanente agonia se instalava em seus órgãos, calculando quão drásticas seriam as reações da cidade, que tanto esperava daquele gigante, ao descobrir que nascera enorme para nunca mais crescer. O milagre transformava-se em maldição. Fugiriam? O marido permaneceu todo o ano seguinte ao nascimento desfrutando das benesses que a cidade continuava a lhe oferecer. Raramente ia à própria casa, preferindo a companhia das muitas mulheres que ambicionavam engravidar de um gigante ainda maior. Estava sozinha. As histórias que inventavam sobre o filho chegavam-lhe através da sogra, interessada em confirmar os relatos da extrema força e inteligência aguçada do rebento, para acrescentar seus próprios detalhes inverossímeis. Alarmada, a mãe percebia não ter coragem o bastante para fugir e nem para revelar a realidade sóbria em que se apoiavam sonhos tão grandiloquentes. Vestia Próspero com roupas cada vez maiores, sentindo-se desconfortável por ter de cobrir o tecido que sobrava com bolos de lã bem amarrados. Não concebera um gigante incapaz de crescer, ou um milagre, mas simplesmente uma criança. Tal simplicidade, contudo, não seria permitida àquela natureza.

 O primeiro aniversário de Próspero foi anunciado com três meses de antecedência, quando os foguistas receberam um caminhão carregado com pólvora suficiente para começar uma guerra e se dispuseram a trabalhar dia e noite na fabricação dos explosivos. A notícia da entrega correu a cidade tal qual fogo em pavio, cada casa imaginando uma oportunidade de negócio para a celebração avizinhada, todos julgando-se atrasados para a oportunidade vindoura: os que haviam convertido a casa em pensão ou a cozinha em restaurante incomodavam-se com a falta de movimento na cidade e viram na data uma indiscutível chance de repetir os lucros da natividade; os tantos que acompanharam ressentidos o enriquecimento dos vizinhos juraram que desta vez a sorte não passaria incólume à própria casa. Sacas de milho suficientes para alimentar milhares de pombos foram descarregadas em frente à casa do pipoqueiro, fubá suficiente para um ano de bolo em frente à doçaria, e lençóis importados à prova de pulgas já vestiam os novos colchões de alta densidade, dispostos nas pensões quando a prefeitura anunciou que seria fiadora de todos os comerciantes, estimulando, voluntariamente, o surto de empreendedorismo cuja velocidade de contaminação se assemelhava à de uma epidemia. As duas únicas professoras da escola demitiram-se para investir numa agência de turismo dedicada a explorar o potencial histórico dos sete meses de fundação da cidade; o carroceiro financiou um caminhão e o recebeu em grande festa, embora o mantivesse parado e seguisse conduzindo burros, pois ainda não sabia dirigir. Varredores de rua e limpadores de caixas d'água formalizaram ambicioso empreendimento de instalação e manutenção de piscinas, porém, enquanto a cidade permanecia sem nenhum metro de água represada, dedicavam-se às animadas reuniões entre as bem remuneradas diretorias que representavam. Prevendo uma geração de imensa estatura em virtude da dedicação do pai de Próspero às casas alheias, as costureiras se associaram, registraram logomarca e lançaram grife de roupas especialmente desenvolvidas para crianças gigantes, ou de porte elevado, pois "gigante" soava de mal tom, conforme a esposa do assessor de imprensa da prefeitura, responsável pela gestão da marca, lhes explicou.

O prefeito ignorou as reclamações de lixo não coletado por ausência de lixeiros, ruas não varridas por ausência de varredores e investimentos desorganizados por excesso de gestores: era um custo necessário ao desenvolvimento. Carregavam juntos as glórias e os reveses de uma sociedade de patrões: em uma geração, seriam eles a governar a nação. Apenas a mãe de Próspero e alguns poucos, tidos como eternos pessimistas, homens do passado e sem visão, ousavam preocupar-se com o preço do presente para o lucro futuro. Em segredo, temendo a festa pública e ignorando as reclamações privadas, a mãe rezava tantas novenas quanto era capaz, os dedos movendo-se no sentido das contas mesmo enquanto dormia, medindo o enorme filho contra o batente apenas para certificar-se se o milagre, no qual não cria, não chegara justamente quando não mais por ele aguardava. O que fizera de tão ruim para que a Misericórdia escolhesse justamente a ela para estimular tamanhas esperanças? Se o guardião de nomes tivesse escolhido um nome só um pouco mais modesto...

Os fogos de artifício, preparados para estourarem à meia-noite e um do mais especial dos dias da cidade de Boca de Baixo, queimaram às vinte e três horas e cinquenta e nove minutos. Estavam todos ansiosos; o futuro parecia atrasado. As pessoas saíram às ruas para admirar as composições de cores que se desenhavam na tela do céu, e gritaram desejos de vida longa e saúde para Próspero, os homens competindo por quem era capaz de assobiar mais forte com dois dedos, as mulheres pedindo que moderassem os gestos excessivos e lhes dessem as mãos. Dobrou-se o sino da igreja doze vezes assim que os fogos cessaram, e uma roda de músicos surgiu ninguém soube de onde, todos vestidos com o mesmo traje e ensaiados em sucessos populares. Era um inequívoco sinal de boa sorte: sabia-se que os artistas populares conheciam com meses de antecedência onde estariam os aglomerados humanos, descobrindo uma festa já quando os realizadores imaginavam realizá-la. Se ali estavam já na madrugada, significava que dezenas de milhares viriam à cidade acompanhar os festejos do primeiro aniversário. E, se tal multidão se anunciava, também viriam autoridades, discursos, promessas, capital político, descontingenciamento de verbas, perdões fiscais e linhas de crédito.

Deitado na cama, mas de olhos bem abertos, escutando satisfeito os excessos da cidade que lhe pertencia, o prefeito compunha, excitado, o roteiro do dia seguinte: café da manhã com o governador e assessores de confiança, discurso para a multidão que catapultaria sua carreira no estado, caminhada cívica até a maior das casas, trinta mil vozes cantando em uníssono os parabéns à maior das crianças. Então, após o almoço, abordaria o governador – e quem sabe algum ministro! – com as palavras certas que levariam ao apoio pleno das esferas públicas para acelerar o desenvolvimento da futura metrópole. Veriam que não se tratava de uma cidade como tantas outras, mas da escolhida para ser o centro de um maravilhoso ciclo já iniciado. Precisavam ver!

A mãe acariciava os pés de Próspero com a ponta dos dedos, o toque suave a lhe embalar o sono. Por todo o ano anterior havia conseguido manter as insistentes visitas afastadas do filho, deixando que a julgassem mesquinha e superprotetora. Por mais que se isolasse, contudo, todos os boatos lhe chegavam: os mais leves afirmando que tinha doença grave e contagiosa, um dos sintomas sendo justamente engravidar de crianças gigantes, os mais asquerosos dizendo que o menino nascera com corpo e tamanho de homem e o marido se afastara ante a relação incestuosa que ali se desenvolvia. Conhecia as aventuras do marido, o diz que diz das mulheres que lhe prestavam auxílio; sentia-se, antes de tudo, sábia por ter a certeza de que estava sozinha no mundo e em ninguém poderia depositar confiança. Deveria fugir, mas não era capaz. Chegara àquela terra puxada pelo pai, a família toda arrastada àquela lonjura pela promessa de rios de ouro. "Há rios de ouro, e só precisamos de um palmo. É uma chance certa", dizia o pai. Quando, contudo, revelou-se que no rio só havia mesmo água, ao fim de cada dia o pai a agitar a peneira e torcer as costas contra um leito estéril, ela suspirou aliviada pela decisão de ali ficarem. Jurou a si mesma que nunca mais viajaria. Para ela, a estrada eram perigosos bandos que esfaqueavam os homens e estupravam as mulheres, só menos violentos que a polícia. Era comer os bichos de estimação, e depois lagartos, e terra quando não havia mais nada. Era não dar nome aos cachorros, na partida, por saber que seriam servidos antes da chegada. Por tudo que vivera, não fugiria, embora intuísse a calamidade próxima. Os fogos de artifício estouraram, a música animada lhe chegava ecoando pela enorme casa: ela tocava com carinho o pé do filho que não parecia mais um bebê imenso, mas sim um miúdo frágil que, a despeito dos centímetros excessivos, nada poderia fazer para se defender. Crescera todos os centímetros de uma vez e pelo visto ficaria por aí: não poderiam entender que assim fora e esquecê-lo? Sabia que não, e na prece que acompanhava o toque carinhoso, insistia no pedido de proteção justamente por sentir que se aproximavam do fim os dias em que eram apenas ela, o filho e o segredo. Alguém descobriria: senão no dia seguinte, em breve, quando o filho se dispusesse a explorar o mundo. Eram os pés de um bebê, as unhas finas, as plantas macias e frágeis... Avaliava novamente as hipóteses de fuga mesmo sabendo que não era capaz.

Na aurora, antes do desjejum, o que assombrou os moradores não foi o som de dezenas de milhares de visitantes, mas o silêncio, tão ordinário quanto desconfortável, a aterradora tranquilidade da manhã tal qual sempre, a mesma paz anterior ao veio de ouro que se revelou embuste ou ao bebê gigante do qual o mundo parecia ter se esquecido. Estupefatos, os moradores da recém-revelada cidade ganharam as ruas em trajes muito elegantes, entreolhando-se para saber se desistiam da vestimenta ou nela insistiam, perguntando-se se seguiam a crer no futuro apesar da estrada vazia, calçadas desocupadas e ultrajante tranquilidade. Não haveria então fotógrafos e autoridades para percebê-los assim distintos? As incontáveis barracas armadas e abarrotadas de comida não teriam fregueses? Deveriam devolver os filhos à própria cama, bater novamente a enxada contra a terra dura e insistir em plantações pouco promissoras? Recusavam-se. Quando o prefeito despertou, já uma centena de pares de olhos mantinha-se concentrada à porta, entre a indignação e a expectativa, à espera de qualquer palavra que os mantivesse à espreita do futuro com cujo gosto se haviam habituado. Ao mandatário, o senso político aguçado e o olhar da esposa indicaram que não havia margem para longos discursos e promessas exorbitantes: o futuro se atrasava, mas os credores não. Os músicos já haviam partido, o governador sequer enviara uma mensagem desculpando-se pela ausência, nenhum dos jornalistas convidados se dignara ao tortuoso trajeto. Os inúmeros empreendimentos, organizados graças à carta de fiança do município, projetavam déficits impagáveis ante a ausência absoluta de visitantes. Diante da realidade do engano, quais palavras poderiam salvá-lo? Mandou que a família se armasse – inclusive as mulheres –, carregou as próprias pistolas e as manteve calculadamente à mostra, sustentadas pelo coldre, quando deixou a casa vestido no melhor dos ternos. Discursou dispensando microfone, revelando, indignado, a trama, deslizando as palavras como se fosse ele o primeiro dos ludibriados, aquele que ofertara o próprio sangue por uma causa que se revelou enganosa: o governador acabara de lhe telefonar, avisando que cancelara a visita oficial após revelação improvável. A comitiva estava pronta para partir quando a descoberta da farsa levou ao cancelamento da viagem e linhas de crédito. Vivia-se ali uma mentira!

    Percebendo que acertava o andamento, o prefeito reduziu o tom de voz e se misturou às pessoas, deixando que o rodeassem. Confessou, quase em lágrimas, que falhara com aquele povo, deveria ter sido ele o primeiro a saber... Próspero, o mais querido filho daquela terra, era um embuste. A criança nascera um gigante, mas não crescia. Por culpa da mulher, o futuro não viria. Pedia apenas que tivessem piedade dela, pois, se a cidade não seria conhecida pelo aeroporto integrado ao sistema de trens ou pujante parque industrial, tampouco o seria pela barbárie.

Sabia o efeito das palavras que dispusera, havia muito conhecedor dos sentidos que as ideias ganham após serem moduladas. A natureza da frase estava no tom da sentença, e não nas palavras escolhidas. Voltou para a própria família e para o café da manhã ainda quente, ignorando a turba que urrava na direção da maior das casas. Telefonou ao delegado pedindo que a força policial impedisse consequências funestas, mas certo de que algum sangue deveria ser derramado. Fundar uma metrópole seria algo maravilhoso; antes, porém, preocupava-o passar o cargo para o filho mais velho e garantir posições adequadas para os sobrinhos. Era como se fazia ali. Embebia uma bem preparada rabanada no café forte quando ouviu ao longe o som de vidros sendo quebrados: se se limitassem a quebrar as janelas, estaria tudo bem.

Não se limitaram. Findo o apedrejamento, mataram os animais, salgaram o campo, queimaram a casa. A polícia interveio quando a turba se preparava para linchar a família; seis tiros para o alto e a multidão foi dispersada, facas, pedras, pedaços de arame e blocos de cimento deixados pelo caminho como uma carta de intenções. Libertos do incêndio e linchamento, seis mulheres e um enorme bebê contemplaram estupefatos o campo estéril, o caminho semeado por armas improvisadas, cacos de vidro misturados com o sangue dos animais a penetrar a pele dos pés, o par de policiais que os observava esperando por um agradecimento. As mulheres choraram tantas lágrimas quantas havia no mundo, abraçando-se alternadamente, lamentando a infinita miséria da terra. As roupas queimadas, perdidos os retratos dos antepassados, o catre incendiado e a morte violenta subitamente tão próxima. Os próprios vizinhos... Como era possível? Aqueles que pouco antes as felicitavam eram os mesmos que haviam empunhado pedras e proposto a forca. A forca! Haviam cumprido o caminho da retidão e da fé, mas a desgraça vinha buscá-las à porta. Como era possível?

Naquele dia, e nos quinze anos seguintes, ninguém cantou os parabéns para Próspero. Jamais se desenharam as letras de seu nome sobre um bolo. As mulheres passaram a noite ao relento, no campo distante da cidade: poucos dias depois, retornaram à minúscula casa de barro na qual o bebê nascera, construção tida então como amaldiçoada. O pai nunca mais voltou, mantendo os cargos desde que entregasse a maior parte do ordenado; primas e avós se dispersaram, temendo novas violências. A mãe entendeu que poderia ficar desde que mantivesse os olhos baixos, moderasse a voz e escondesse a criança. Assim foi feito.

Próspero cresceu entre o fogão de lenha sempre aceso e a cama da mãe nunca arrumada, fingindo dormir quando ela recebia a visita de apressados senhores. Estudou com os livros e lições desatualizados deixados pelo pároco, que o educava como se cumprisse uma penitência. Quando Próspero sentiu as pernas firmes o bastante para correr, passou a deixar a casa e se aventurar pelo campo, fugindo dos muitos que lhe atiravam pedras, conhecendo a ampla planície em diálogos solitários. Gostava especialmente de se afastar da cidade até que o conjunto de casas não fosse mais que um ponto no horizonte, um pequeno espaço sobre a imensa superfície da terra. Lá, imaginava-se um príncipe de volta à própria cidade após infindáveis conquistas, o verdadeiro herdeiro do trono que retorna para restabelecer a justiça. Cruzaria a planície em meio à enorme comitiva de cavaleiros, saltaria sobre o rio, adentraria as pequenas ruas anunciado pelas vozes bem treinadas dos arautos – Próspero voltara, o verdadeiro rei ali estava, o príncipe chegava para se sagrar rei.

Finda a coroação, cortaria as pernas de todos.

Deixou a cidade num dia como outro qualquer, sem se despedir de ninguém, sem nada levar. Na noite anterior à partida, observou atentamente, à meia luz, o rosto adormecido da mãe, analisando o desenho das rugas para imaginar se ela sentiria alívio ou dor com sua partida. Não mais precisaria alimentá-lo, tampouco lhe remendar as roupas e adverti-lo diariamente sobre o ódio que sentia por ele aquela gente miserável em quem não deveria confiar. Contudo, os contos de cavalaria eram sempre inequívocos em relação ao amor materno, embora aquelas mães não se parecessem em nada com a sua. Sentiria sua falta? Independente dos sentimentos maternos, partiria. Deixaria a cidade sem escrever o bilhete de despedida cujas linhas tantas vezes imaginara, sem cortar a corda que sustentava o sino da igreja para agradecer o tratamento dispensado. Partiria levando as roupas do corpo, das quais se livraria tão logo pudesse, e o mapa de toda mesquinhez e desgraça humanas. Levaria também, como um bônus, a inesgotável raiva que alimentaria para ter forças, um desejo inexpugnável de vingança, a certeza de que retornaria à cidade como um rei impiedoso. Que se refestelassem pelos anos vindouros! Que aproveitassem bem a ausência de Próspero! Em breve, e muito em breve, estaria de volta para que o reverenciassem.

 Começou a caminhar muito antes da alvorada, guiando-se intuitivamente através dos campos nos quais vagara por toda a vida. Escondeu-se no ponto mais escuro do vale, prevenido caso os homens da cidade decidissem caçá-lo ao notarem o desaparecimento. Não notaram. Após uma semana de planos e esperanças, seguiu em busca não do sítio no qual seria carinhosamente acolhido, mas de qualquer lugar onde o desconhecessem. Bastaria ser anônimo, visto como mais um pobre miserável que a terra parira, sem simbolizar as esperanças e frustrações de ninguém. Cogitou inclusive adotar um novo nome, ser um ordinário José, mas desistiu. Estava certo de que o tratamento comum, o mesmo dispensado aos netos de escravos, filhos de condenados e portadores de moléstias graves, serviria para que se estabelecesse como rei entre os homens. Esse era ele, em essência: um príncipe destronado, irmanado com cada personagem da história fantástica que fora privado do trono pela ganância alheia. Estava tão certo do próprio e glorioso retorno quanto da natureza de seu futuro reinado: em séculos haveria canções sobre um rei sem coração, Próspero, o Vil, que cortou as pernas dos súditos para que ninguém o superasse em altura. Que se refestelassem: o príncipe aviltado retornaria para conquistar o trono!

Embalado pelos planos grandiloquentes, chegou à capital após trinta dias de caminhada. Perdeu o pouco dinheiro que tinha quando os dados viciados o convenceram a crer na sorte, dormiu na rua, tentou mendigar para descobrir sob socos e chutes o mapa da exploração da miséria. Alimentava-se uma vez por dia ocupando o último lugar na fila da sopa, servindo-se sempre após os cachorros dos moradores de rua e desde que não repetisse. Fugiu do circo que tentou levá-lo à força. Roubou. Assolado pela tragédia para a qual a crença sobretudo no próprio nome o havia conduzido, passou a duvidar do guardião de nomes. E se tivesse escolhido o nome embalado pelo clima da cidade que fundava? Era preciso encontrar aquele que o batizara e confirmar a escolha.

———

Confortavelmente instalado após o dia de caminhada, bebendo da melhor garrafa de champanhe da espelunca para homenagear os próprios feitos, Próspero sorriu ao lembrar da antiga inocência, do tempo em que duvidava de si. Haviam sido dias difíceis, mas que lhe rendiam a raiva da qual extraía inesgotável força de vontade. Era capaz de tudo, e se avizinhava a conquista para a qual por toda a vida se preparara, a infinita e absoluta glória. Reinaria. Passadas três décadas do batismo, quinze anos da fuga e nenhum dia do sepultamento, estava certo de que reinaria. Caminhava para a cidade onde nascera, firme na direção da conquista. Sabia como faria. Era chegado o tempo de coroar o rei e decapitar os traidores, o tempo do retorno do príncipe destronado. Os usurpadores planejariam a fuga, sem saberem que a cidade já estava cercada. Seriam julgados e condenados. Receberia os pedidos de clemência e negaria todos.

    Não haveria misericórdia.

Disseram que naquela terra havia um homem que guardava nomes, e, quando finalmente cruzou a porta, sentiu-se aliviada por estar em uma casa que aparentava decência. Arrependeu-se da viagem antes mesmo de completar o primeiro quilômetro, insatisfeita com a condição de mulher que viaja sozinha, com o motivo da jornada e o segredo: o modo como fora ensinada era outro. Sempre acreditou que a castidade e a educação a levariam ao melhor dos destinos. A mãe dizia que a melhor das moças escolhe entre os melhores pretendentes, e de fato acreditava nisso. Os pais jamais a conceberiam cruzando a província, sob os duvidosos cuidados de um carroceiro, e por um motivo desonroso! Questionou-se, a cada quilômetro vencido, quanto à necessidade daquela aventura trágica: para quê tudo aquilo? Não se reconhecia nos gestos. Além disso, tinha dúvidas se a armação com a prima, que protegia o sigilo da jornada, funcionaria. Talvez não pudesse retornar incólume. Talvez o pai irrompesse, cinta na mão, casa adentro, no instante seguinte, para açoitá-la de volta até o quarto e a coleção de bonecas. Ansiosa, apertava as unhas de uma mão contra a carne da outra, maltratando a pele. Estava tudo contra ela. Desde que o reconheceu, dentre todos, no passeio público, não se reconhecia: se pudesse tudo recomeçar, recomeçaria. Enfim, lá estava, felizmente superada a indecência da rua e da busca por um domicílio estranho.

Retirou o xale das costas e o acomodou no móvel próximo à porta. Decidiu que a casa não oferecia qualquer perigo à própria honra; bastava-lhe a desonra da viagem. Temera ser o guardião de nomes um daqueles velhos, presumidamente respeitáveis, que na igreja preferem sentar-se ao lado das jovens para, sem querer, buscando apoio para as costas frágeis, tocá-las nas coxas, os desgraçados. No caso, contudo, tudo parecia exatamente como a prima dissera: o homem sequer ergueu os olhos, concentrado no livro que tinha diante de si. O cômodo mergulhado em enorme silêncio, construído para poucas palavras, uma catedral cujo altar eram os livros. Os móveis oriundos de diferentes mobílias, o chão sujo, a cadeira que a convidava: avançou casa adentro, sentou-se com as pernas bem juntas. A boca secou quando o guardião de nomes enfim ergueu os olhos, descansou a caneta – a mesma que o pai usava! – e a encarou. Não pediria água, apesar do chamado da sede.

– Eu vim por um nome.

A voz soou altiva, como pretendia, porém sentiu as bochechas esquentarem. O colo certamente se cobria de uma imensa mancha avermelhada, as axilas umedeciam. Uma vez mais, o corpo a traía. Estava certa de que só o venceria quando desvendasse, de uma vez por todas, o segredo das coisas. Era importante saber estar na presença de um homem – ou de muitos, como dizia a prima, provocando – sem que a pele a denunciasse. Talvez fosse preciso uma vida para aprendê-lo, mas não era hora de pensar naquilo: a história toda a fizera uma mulher de pensamentos confusos. Quando percebeu que observava as próprias mãos sobre o colo – onde fora que manchara a saia? –, ergueu os olhos e encarou uma vez mais o guardião de nomes, a ela atento.

– Eu vim por um nome – repetiu, controlada. – Mas não é um nome para mim.

Como se apenas uma frase separasse o segredo da revelação, pôs-se a contar tudo. Precisava falar ao nomeador sobre um homem que conhecera. Expunha-se tal qual a confessar os pecados ao padre, interessada em se libertar do mínimo pensamento viciado para enfim comungar. Revelou até aquilo que sequer ousara confessar à prima, partindo do dia em que trocaram o primeiro olhar, detalhando o quanto pensara nele, na hora de dormir, decidindo investigar seu nome e suas origens antes de enfim deixar cair o lenço que o convidava à gentileza. Ninguém sabia nada daquele homem, exceto o que era evidente: roupas de boa confecção, chapéu importado, gosto por cavalos e jogos de cartas. Recomendaram-lhe discrição; que esperasse a revelação de seu caráter. Deveria deixar que outra tomasse a dianteira, tornando públicos hábitos que talvez a desencorajassem. A perspectiva de uma outra pretendente a fez perder o sono: de que valem os conselhos, quando se está com febre? Na tarde seguinte, abandonando a prudência, deixou cair o lenço e abriu um sorriso quando o recebeu de volta. Sentaram-se para conversar...

Ajeitou o corpo de lado, diante do guardião de nomes, para representar a si mesma naquele primeiro diálogo: apresentou-se como John Diamond, mãe brasileira, pai inglês. Crescera na Nova Escócia, onde a família criava cavalos. Estudara nos melhores colégios, e, quando pronto para a universidade, manifestou o desejo de ver o mundo. O pai foi contra, a mãe intercedeu. Autorizaram um ano sabático naquela terra para que conhecesse as próprias origens e, quem sabe, encontrasse um negócio no qual a família pudesse investir. Pessoalmente, pensava que o gado de corte traria bom retorno: o que ela achava?

Explicou ao guardião de nomes que ninguém nunca lhe havia pedido a opinião sobre algo importante, muito menos um homem, muito menos sobre negócios. Aquilo era de uma modernidade assustadora, agressiva: o que poderia dizer? Ainda assim, lembrando de cada aula recebida, manteve as costas eretas, o tom de voz adequado, e se esforçou para fazer uma análise inteligente, mencionando ser preciso encontrar a raça de gado que melhor se adaptaria à região e considerar a viabilidade de se importarem as máquinas necessárias à operação. Ele sorriu, aprovando a opinião – a opinião dela, sobre um negócio de gado de corte com capital estrangeiro!

Suspirou, demorada e profundamente. Contemplou algo que só ela podia ver, posicionado no infinito...

A partir daquele primeiro diálogo, as coisas evoluíram depressa, exatamente como desejava. No dia seguinte, passearam lado a lado, conversando sob todos os olhares, e no sábado ele a visitou para pedir aos pais que consentissem com o namoro, encantando-os com seus modos. Quando discutiram a política, manteve-a consigo, estimulando que opinasse. Confessou os antigos problemas com o pai, e também a saudade que dele sentia, apesar das divergências. O pai dela o aconselhou, e pareceu aceitar. Encantada, a mãe os autorizou a estarem um pouco sozinhos, na sala... Na sala escura, sozinha com John Diamond... Ali, já estava perdidamente apaixonada...

Não disse ao guardião de nomes que lhe repetia o nome, John Diamond, com prazer enquanto ele a beijava no pescoço... Não mencionou toques indiscretos, nem a pele suada, tampouco o susto quando a mãe, do alto das escadas, anunciou que era hora de o cavalheiro se retirar. Contou que, respeitosamente, beijou-a na mão, à porta, e que oito meses depois anunciaram o noivado num jantar reservado aos parentes próximos e amigos da família. Imaginava com a prima os presentes que ganharia, no casamento, e riram das moças da cidade, a se torcerem de inveja: ela se casaria com John Diamond numa cerimônia da qual, por cinco décadas, a cidade se lembraria. Ela seria a senhora Diamond, a senhora Diamond! Era um sonho que equivalia a ser descoberta pelo príncipe em meio à plebe e alçada à realeza! Para bem se portar com a família dele, precisava aprender o inglês. Urgia também retomar as aulas de francês. Enquanto as outras rodassem pelo passeio para escolher o momento de deixar cair o lenço, ela estaria num vapor, a caminho do estrangeiro, numa cabine particular, a cabine do senhor e da senhora Diamond! Aquilo tudo era muito mais do que jamais sonhara!

Suspirou demoradamente...

Os problemas começaram logo depois do noivado, após a data marcada e o vestido encomendado, quando enfim decidira o recheio do bolo. Perguntava-lhe repetidamente quando os pais dele chegariam, como haviam reagido à notícia, se ele preferia alugar uma casa para que ficassem à vontade ou acomodá-los na casa dos pais dela, já que ali não havia hotéis. O noivo também evitava o cartório, que esperava os documentos para registrar os proclames. Não que ele se negasse, era preciso explicar corretamente ao guardião de nomes: ele sorria adoravelmente, ajeitava o chapéu, beijava-a na testa, pedindo que não se preocupasse. "Tudo certo, pequena", era o que adorava dizer. Uma noite, contudo, ela teve um ataque de ansiedade. Rolou na cama madrugada adentro, especulando o porquê de tanto mistério: seria assim no estrangeiro, e se punha mal-educada, ou havia de fato uma questão ali? E se fosse casado? Ou foragido!? Não conseguia dormir ante tais possibilidades trágicas, mesmo afirmando de si para si que estivesse tranquila, não havia de ser nada, conhecia-o pelo olhar terno, pela batida do coração, pela delicadeza dos gestos. Não era um homem dali, tivera outra educação; lá era assim, certo? Esperava que sim... Deus, que a ajudasse... Pedia, por todos os nomes do sagrado, que fosse algo da sua cabeça.

Suspirou... Demoradamente...

Na manhã seguinte, decidiu agir com tranquilidade e inteligência, abordando-o pela tangente. Sem dúvida, era o melhor a fazer. Tinha um plano e um objetivo. Quando o encontrou, porém, repeliu o beijo, proibiu-o de tocá-la, percebeu as lágrimas nos olhos quando o acusou de a enganar, virando-se de costas para nem ao menos vê-lo, agindo exatamente ao contrário de tudo que planejara. Quase lhe cuspiu no rosto! O noivo tentava consolá-la, pediu que se sentassem: ela teve um acesso, xingou-o, perguntou-lhe à queima roupa se achava que era idiota, exigindo que mostrasse os documentos, arriscando dizer que já sabia tudo sobre ele e que só esperava a confissão. Como queria que ele abrisse a carteira e exibisse o passaporte, calando-a para em seguida se mostrar ofendido... Se estivesse errada, por certo se ofenderia: que justo não se ofende ao ser caluniado? Mas ele se mostrava carinhoso, tentava consolá-la falando do casamento próximo, o que lhe dava a certeza – a maldita certeza! – de que havia algo de errado. Quem era, de verdade, aquele desgraçado? "Quem é você, de verdade? Quero ouvir da sua boca!" Apontou o dedo contra ele, como se empunhasse uma faca. Sentenciou: a hora de confessar era aquela, ou nunca mais a veria.

Ele se sentou, como se as pernas tivessem perdido a força. Pelo estranho movimento da glote, percebeu que tinha a boca seca. Estava branco, suado, como se próximo do desmaio. Sentia dó, vontade de confortá-lo. Sentia raiva por conta dos sentimentos aos quais ele a conduzia. Temia a confissão. Deus, o que aquele homem escondia? Pedia que fosse algo digno de perdão, queria desculpá-lo, embora estivesse pronta para o esganar. Que dissesse de uma vez o que era, o covarde, o safado! Que ficasse tranquilo, pois o perdoaria, pois o amava...

Com a voz trêmula, explicou que não era casado, e o matrimônio poderia prosseguir conforme haviam sonhado. Não havia longe dali esposa e seis crianças enganadas pela sua ausência, tampouco era acusado de qualquer crime. O pai era inglês, e viviam mesmo na Nova Escócia, embora a criação de cavalos e a propriedade fossem muito mais modestas do que o terno bem cortado, o chapéu e os gostos fizeram parecer. Tratava-se de um casebre, um sítio pequeno, com não mais do que sete cavalos a ali crescerem de cada vez, a maior parte do ano o pai e os irmãos trabalhando na propriedade alheia e recebendo como paga parte da produção. Não estava em busca de oportunidades de investimento, mas de qualquer coisa que não o mesmo destino dos irmãos. Valia-lhe qualquer caminho que não significasse as mãos calejadas e o frio a penetrar pelas frestas da casa adormecida...

– Aquilo não era nada, veja o senhor, não era nada... Eu sofrera insone imaginando estar de casamento marcado com um vigarista ou assassino procurado, quando o único segredo era que o pai não era próspero, embora fosse inglês. Um marinheiro que conhecera uma sertaneja e a levara para a Nova Escócia para criarem seis filhos e sete cavalos; se fosse apenas isso, não havia nada. Afaguei-o na cabeça baixa e disse exatamente estas palavras, "isso não é nada, John, está tudo bem", disse neste tom, com este carinho, o que o fez erguer o rosto, revelando os olhos avermelhados e a bochecha com a pele estranha por ter sido pressionada pelos dedos. Me encarou e enfim atirou a verdade, o segredo: não se chamava John Diamond, mas Claudinei da Silva. Como aqui nascera, o pai decidira registrá-lo conforme a moda daqui... Claudinei, não John Diamond... Claudinei.

Descreveu ao guardião de nomes a vista turva, as pernas de súbito a perderem a força, as mãos a formigarem... Não soube como chegou à casa dos pais e ao seu quarto. Quando retomou a consciência, lembrou-se de tudo e chorou copiosamente. Não seria então a senhora Diamond, mas uma Silva? Era inacreditável! Que destino desgraçado: como pudera apaixonar-se por aquele pilantra? E como escolher entre o casamento e o sobrenome, entre ter um Claudinei por marido ou exprimir força, firmeza, indignação, para nunca mais vê-lo? Queria ambos: casar-se, mas também esquecê-lo. Chorava, inconformada com o destino ingrato; que miséria... Quando controlava as lágrimas, visualizava a dissolução do noivado, as pessoas a comentarem, o pai a cancelar a encomenda do bolo e do vestido, e não desejava aquilo, queria se casar. Porém, então, pronunciava o nome do noivo em voz alta, Claudinei da Silva, e torcia os lábios, desgostosa: já se afeiçoara demais à ideia de ser a senhora Diamond, esposa de John Diamond, para simplesmente se conformar...

A prima foi a única autorizada a entrar no quarto: em renovadas lágrimas, confessou-lhe as aflições. Percebeu que a prima se satisfazia com sua falta de sorte, aquela invejosa, encalhada, mal-amada!, porém deu-lhe uma esperança: e se alterassem o nome do noivo? Por certo ele estaria de acordo, e bastava procurar o guardião de nomes e expor o caso. Seria uma aventura romântica, ela seria uma heroína, vencendo os perigos da jornada pelo nome do amado. Estava decidida: só se casaria se o guardião de nomes lhe alterasse o nome, conforme desejava. Assim, ali estava, sob proteção da prima, que fingia para os pais que ela se fechara no quarto. Tudo que queria na vida era que o guardião de nomes, pelo bem da sua felicidade, alterasse o nome do noivo para John Diamond, permitindo-lhe tornar-se a senhora Diamond. Entregava-lhe seus sonhos e todo seu futuro; se ele quisesse dinheiro, pagaria o que fosse preciso.

O guardião de nomes ergueu a palma da mão, ordenando-lhe que não avançasse além daquele ponto. Diziam que o nomeador rascunhava o nome diversas vezes em folhas avulsas antes do registro, mas, daquela vez, foi direto ao livro, levando-a ao sorriso pela certeza de que a atenderia: era mesmo um caso simples, não lhe custava nada, ora. Só escrever o nome na folha! Esticou o braço que sustentava a caneta tinteiro, e então apontou para o grande livro, no qual grafou, sem vacilar: Claudinéia da Silva. Encarou-a, frio. Sentenciou:

– Eis o nome. Agora vá e nunca mais volte.

Uma vez mais, sentiu turvar a vista, as pernas perderem a força, as mãos formigarem ante a ofensa. Cambaleou para fora, sufocada, em tal estado que o carroceiro amparou-a e acelerou a parelha de cavalos rumo à casa dos pais da moça, temendo que morresse dentro do seu carro, arruinando seu negócio. Retomou a consciência sob o olhar da mãe, e revelou a história toda numa narrativa simples e sem lágrimas. Anunciou o desejo de nunca mais ser tratada pelo nome antigo, e de se casar de uma vez por todas, sem maiores floreios.

Contaram-lhe que o noivo com tudo concordara, e que bem recebera a notícia. Mais do que isso: dera imenso sorriso, e desde então estava visivelmente feliz, a aguardar pela data e oportunidade de vê-la. Disseram que se dizia o mais feliz dos homens, e que seus olhos brilhavam, reluzindo como diamantes...

Passados poucos dias do enterro, o estranhamento por se movimentar entre os cômodos bem habituados ao pai havia desaparecido. Antes que o morto se acostumasse com o peso da terra, Pródigo já se acostumara à herança. Trajado no melhor paletó do falecido, sentia-se elegante apesar das medidas erradas. Incomodava-o, contudo, o maço de notas ainda intacto, a sola do sapato limpa, a cama recebendo-o em horários intermitentes, pois o sono era constantemente interrompido. Queriam nomes, todos precisavam de nomes: não obstante quantos destratasse, outros tantos chegavam.

Na madrugada posterior ao sepultamento, mal escutou a ladainha da velha. Conhecia o suficiente daquela gente e a ignorância pela qual atribuíam toda desgraça ao nome de batismo. As palavras anasaladas da velha perderam lugar para os próprios pensamentos; imaginou oferecer-lhe um nome que combinasse o do herói da rádio com o do vilão da novela em uma única palavra esquisita. Sorrindo com o canto dos lábios enquanto a narrativa seguia, convencia-se de como devia agir: se não podia livrar-se da velha, pelo menos se divertiria com ela. Contudo, quando ela finalmente parou de falar e ergueu as sobrancelhas, decidiu que era preciso alguma cerimônia: do mágico exigem-se palavras mágicas.

Retirou o papel da primeira gaveta, corrigiu a postura tentando ignorar a dor no estômago famélico. Começou a desenhar letras aleatórias em cada parte da folha, repetindo os gestos do pai, porém com o método que o avô lhe narrara, passando os sons das sílabas que compunham os nomes dos antigos santos e reis pela língua até que lhe chegasse a combinação ideal. A desgraça é que não conhecia tantos nomes de santos e reis como o avô. Lembrava-se apenas dos mais comuns e sem a certeza que de fato serviam. Arthur fora mesmo um rei, ou só um personagem? Não queria atender aquela gente, tampouco aceitava que dele rissem. Cogitava também João, tal qual são João: o som era excelente, contudo notava que nada sabia do santo além do título e da festa. Será que a velha percebia que ele copiava os gestos do pai por não saber o que fazer? Era simplória, só queria mesmo um nome...

Ergueu os olhos e encontrou o rosto da velha fixado em si, escrutinando-o. O que ali se passasse seria repetido por toda a província. Talvez a velha nem tivesse um parente a registrar e só buscasse notícias frescas, obrigando-o ao nome pelo prazer da fofoca. João era a melhor escolha: pelo menos tinha certeza de que era santo.

Preencheu a folha com largos gestos teatrais, para acrescentar um toque místico ao registro. Seria um guardião de nomes melhor do que o pai, unindo a aura mágica do falecido à sabedoria do avô. Sim, João estava perfeito! Desenhou as letras e as enfeitou com pontinhos, antes de deslizar com as duas mãos o papel para o outro lado da mesa. A velha recebeu a folha exibindo um sorriso maternal. Num instante, porém, a expressão se quebrou:

– Vai se chamar João. João, tal qual o santo.

– Minha neta vai se chamar João?

– Sim... – esforçou-se para manter o tom de voz e sustentar a evanescente certeza. A afirmativa, contudo, escorreu pela língua numa sílaba prolongada e amolecida. Desviou o olhar, calculando se deveria pedir desculpas, corrigir-se. Óbvio que não! Faltara um mínimo de atenção à ladainha da velha: ninguém questionaria o nome se ao menos acertasse o sexo...

– Minha neta vai se chamar João? – com fúria crescente, a velha insistiu na pergunta, elevando o tom de voz, separando bem as sílabas para destacar a ofensa. Percebendo o nome posto, ergueu-se, mirou-o com os olhos duros, os lábios deformados pelo desprezo, e cuspiu no chão uma baba densa e amarelada, que saltou da boca em enorme quantidade, a contrastar com o tipo frágil. Virou as costas e se afastou. Resmungando o nome, bateu à porta; na calçada, continuou a reclamar alto, para que a escutasse enquanto se afastava.

Quando finalmente o silêncio se restabeleceu, acomodou um trapo sobre o catarro e se deitou. Amainou a fome com longos goles de água da torneira e uma colher de açúcar. Riu sozinho, lembrando-se da expressão da velha ao escutar o nome: um dia contaria a história no bar e certamente lhe pagariam bebidas. Aquilo de dar nomes não era para ele, afinal. Precisava vender tudo e partir dali. O funeral o levara a pensamentos confusos, mas sabia que ali não era o seu lugar. Para aquele dia, bastava-lhe a certeza de que, após a grosseria, nunca mais ninguém apareceria para buscar nome algum.

Não foi o que ocorreu. Batidas frágeis contra a porta despertaram-no assustado, arrancado de sonhos confusos com um anão e o pai desenterrado. Vira um anão no sepultamento, ou se confundia? Vira. Movendo a boca em movimentos curiosos, espreguiçou-se. Levantou-se e foi até a janela lateral. Um lavrador o aguardava, chapéu numa mão, um fumegante bule de café na outra. Destravou a janela, colocou a cabeça para fora, fez sinal para que esperasse. Sem pressa alguma, trocou de roupa e perfumou-se tal qual o falecido. Gostou de si em trajes sociais logo pela manhã, embora apertados. Considerando que poucos dias atrás despertava descalço entre os porcos, estava melhor do que nunca.

Abriu a porta num único movimento; bloqueou-a com o corpo para que o tipo não entrasse. Recebeu de suas mãos o bule de café enquanto o ouvia discorrer sobre dívidas de jogo; precisava de um nome para escapar dos credores. Batizou-o João e bateu à porta. Sentou-se à mesa para degustar do café como se se tratasse de uma oferenda e fosse ele o próprio cultuado. Se todo dia gozasse daquele tratamento ao custo módico de rebatizar alguns coitados, poderia facilmente continuar a missão do falecido.

Vieram outros ao longo do dia, debaixo do braço um quinhão do almoço, uma sobremesa ou algumas notas miúdas que fingiam esquecer sobre a mesa. Uma vontade de aguardente assaltava-o; frustrava-se ao receber compotas de doce ou preparados de carne enquanto pensava fixamente em um gole de cachaça. Por que diabos achavam que era abstêmio? Talvez o pai fosse, não tinha certeza, embora nunca o tivesse visto beber. Enquanto não resolvesse a questão da herança, vendendo tudo para viver a vida que merecia, teria de se arranjar com aqueles nomes. Cogitava estabelecer uma tabela de preços calculada por hora de trabalho: era o cúmulo da miséria trabalhar em troca de comida.

Uma mãe trouxe um filho e, felizmente, não fez questão de contar história alguma: chamou-o João. Um pai trouxe o filho e se perdeu a comentar as últimas manobras econômicas, os ganhos dos banqueiros, as enfadonhas combinações de números que indicavam porcentagens favoráveis. Chamou-o Tostão. Anotou em uma folha os nomes dos cachorros que o avô enxotava diariamente e decidiu que os usaria na sequência.

Debaixo desses, escreveu Próspero, lembrando que, antes de seu nascimento, o pai assim registrara uma criança bem-aventurada, cujo nome sempre invejara, um gigante nascido em terras distantes e registrado pelo pai nos primeiros anos de trabalho. O nome entrara na moda e em uma década havia centenas de Prósperos vagando por aquelas terras. Não era uma desgraça? Fora este o tormento de sua adolescência: o pai batizara um desconhecido com um nome que entrou na moda, e o próprio filho com um nome ridículo como Pródigo. Quem se chamava Pródigo? A vida toda desejara mudar de nome, chamar-se Próspero, esse sim, um bom nome. Que teria sido feito do tal gigante? Teria morrido?

A noite estava posta quando finalmente pôde ir ao bar para provar da dose de cachaça, porém a aguardente não lhe ofereceu o prazer que imaginara. Lançou-se a uma melancolia que se confundia com cansaço. Divertira-se travestido no papel do pai, ganhando a vida com as facilidades que nunca tivera, contudo, bebia quieto, incapaz de narrar a história da neta chamada João ou qualquer outra. Que havia consigo? Talvez nada...

    Deitou uma nota graúda na mesa, convidando o dono da espelunca ao serviço sem se desperdiçar em gestos. Era a desgraça de um herdeiro, afinal. Não pretendia desfiar outras antigas cenas familiares, porém, num instante, já via o túmulo da avó diante de si, revisitando a cena pelas palavras amargas que o avô um dia narrara. O magnífico barão Álvares Corrêa reduzido a um balançar lento do corpo frágil, uma penugem esbranquiçada no topo da cabeça, a pele em sulcos disformes a reproduzir com exatidão seu estado de espírito. Muito se conta sobre os impérios em seu auge, contudo, eram as ruínas que despertavam em Pródigo indizível deslumbramento, admirando não a capacidade humana de tudo construir, mas o impositivo do tempo de reduzir tudo a pó. Não obstante o esforço do avô em lembrar a glória e fama que alcançara, satisfazia-o vê-lo reduzido a uma enorme casa espremida num sítio pequeno, um velho solitário inconformado com a desonra a que a falecida esposa e o sétimo filho haviam-no submetido. Na época em que ouvira a narrativa, uma breve estada na companhia do avô para reivindicar a parte que lhe cabia naquele pouco, sabia-se forte o bastante para desmontar a figura do barão com um único movimento de seu braço jovem. Preferira, no entanto, escutá-lo discorrer sobre a lenta queda que o tragara desde o suicídio.

    O mausoléu da avó foi erguido de acordo com o projeto do arquiteto estrangeiro radicado na capital, a composição inspirada no imperturbável túmulo da rainha Vitória. O barão acompanhou pessoalmente os trabalhos em mármore e granito, fiscalizou a expressão dos anjos esculpidos com impressionante detalhismo, e mais de uma vez mandou destruir tudo e recomeçar, insatisfeito com o que dizia ser a incapacidade técnica dos pedreiros dali para imitar os modelos séculos dantes em voga no estrangeiro. Quando a construção ficou pronta, túmulo e capela um tanto diferentes do desenho já que as linhas do projeto eram incorretas e o tipo sequer arquiteto era, como depois se soube, o barão mandou rezar uma missa para a qual convidou todos os familiares, autoridades e amigos que um dia haviam desfrutado de sua importante companhia. Vieram poucos, chegaram atrasados e partiram depressa, o barão encomendando praticamente sozinho pela fustigada alma da esposa. Diziam que temia o inferno, e talvez assim fosse. Diziam que tinha sonhos terríveis, durante os quais uivava e andava de quatro pela propriedade, e talvez assim não fosse, já que pouco dormia, cochilando muitas vezes durante o dia para à noite sustentar entre os dedos a certidão de nascimento do sétimo filho, cujo nome nunca registraria.

Na aurora de cada dia, sentia-se maravilhosamente disposto, ainda que insone. Servia-se de enorme xícara de café e visitava o mausoléu, oferecendo suas melhores energias à falecida. Exigia atenção rigorosa à limpeza das pedras e polimento dos metais do epitáfio, despertando os empregados se encontrasse a mínima mancha no monumento. Em seguida, vistoriava coelheiras, estábulos, pastos, silos e maquinários, porém se enfastiava depressa. De volta à casa, ajeitava-se no sofá para lá permanecer o dia todo, adormecendo e despertando, seguidamente, até se surpreender com o fim da tarde. Almoçava fora de hora e, limpando os dentes com a língua, retornava ao mausoléu, onde todos rezavam como se não soubessem da sua vinda.

Passado um ano da tragédia, os funcionários entenderam que era chegado o tempo de abandonar o luto, e tentaram animá-lo, pedindo que batizasse gêmeos recém-nascidos a poucas léguas dali. Todos os membros da família se dispunham a vir até à fazenda apenas pelo deleite de serem registrados pela pena do barão Álvares Corrêa. Recusou. Insistiram, dizendo que as crianças ficariam sem nome, o casal sonhando com filhos registrados pelo barão, a quem pediam humildemente que aceitasse apadrinhá-los. Cuspiu no chão diante dos que insistiam e sugeriu batizá-los Caim e Abel. Nunca mais se perguntou que nome deveria ser dado a qualquer criatura nascida naquelas terras.

O culto começou com a babá que, mesmo desterrada, permaneceu na propriedade, refugiada na confusão do suicídio. Mantinha-se distante da imprevisível autoridade do barão, ocupando-se do canil, até que arriscou tudo ao se postar sozinha diante do mausoléu, rezando do começo da tarde até à noite posta, os olhos firmemente cerrados, pedindo devotamente que a falecida a protegesse. O barão a viu, e em silêncio aprovou o gesto. Ordenou que voltasse a cuidar das crianças, e aumentou-lhe o ordenado. Não foi preciso emitir a ordem: já no dia seguinte todos os empregados passaram a rezar diante do mausoléu, descuidando das obrigações para se concentrarem desde cedo na oração à falecida. Apesar das colheitas abandonadas, animais mal alimentados e semeaduras malfeitas, o barão mostrava-se satisfeito. Uma vez que os salários haviam sido reajustados, ninguém parecia se importar com a perda de rentabilidade da fazenda. Havia tanto, não havia mal em se perder um pouco.

Foram justamente os boatos de que a falecida era cultuada como santa que levaram o padre Marcelino à propriedade. Temia, durante o trajeto, que já se atribuíssem milagres à recém-sepultada. Dada a posição do barão, não se incomodara em oferecer missa em latim e santa sepultura à suicida. Tendo em vista tudo que se dissera sobre a sequência de fatos da terrível noite, bem fizera em ignorar a condição. Porém, pretender alçá-la à santidade era um erro que poderia terminar em represensão eclesiástica. Era preciso confortar o barão, que nitidamente se isolava, e orientar o povo. Se havia cultos, deviam ser encerrados. Naquela terra se errava por excesso de religiosidade, e não por ateísmo.

A cena que aguardava o religioso, contudo, não poderia ser pior. Estranhou a sujeira no caminho entre a porteira e a casa, os cachorros com carrapatos dormindo à beira da passagem, as frutas podres caídas por não haver quem as colhesse. Estarreceu ao encontrar dezenas de empregados ajoelhados diante do resplandecente mausoléu, perfilados sob o olhar atento de um barão Álvares Corrêa todo vestido de branco. Na primeira fileira, os seis filhos como anjinhos amparados pela babá. Nas seguintes, lavradores com olhos marejados e mãos aflitas a proferir, em incansável ladainha, a oração de Maria. Fez o sinal da cruz sob o olhar do barão, não por respeito, como se imaginou, mas pedindo perdão por tamanho equívoco. Manteve distância, aguardando que se concluísse o ritual profano, ruminando que nem na igreja se rezava tanto à Virgem e nunca com tamanho fervor. A imensa disposição das gentes ao profano enquanto a ordem sacra os enfastiava... Este o mistério...

Após o jantar, o padre comunicou suas preocupações ao barão Álvares Corrêa sem medir as palavras. Lembrou-lhe as circunstâncias exatas da morte e o que a tradição católica afirmava sobre os suicidas. Podiam e deviam rezar por ela, mas estava claro que ali se rezava para ela. Além disso, a safra de baixa qualidade, as cercas rasgadas que permitiam aos cães invadir a granja e matar as galinhas, a desordem generalizada... Era aquela a herança que legaria aos filhos e netos? Seria então tal desmonte a memórias do nome dos Álvares Corrêa? Uma terra de adoradores fanáticos a consumir a riqueza duramente acumulada?

O barão Álvares Corrêa, os cabelos brancos e ralos, a pele sulcada e suja, ainda sustentado pela cadeira de balanço corroída pelos cupins graças ao seu corpo mal alimentado, posto no centro da desgraça do que um dia se dissera império – abandonado por todos, empobrecido –, ao narrar seus dias para Pródigo demorara-se especialmente nas recomendações do padre, descrevendo-as com riqueza de detalhes apenas para enfatizar a própria resposta, da qual se orgulhava. Se escutar o outrora poderoso avô discorrendo sobre a desgraça dava-lhe curioso prazer, jamais deixou, contudo, de admirar a fibra do homem em defender as próprias convicções desde o fundo do precipício. Contou o barão Álvares Corrêa que se levantou determinado como na noite em que surrara o sexto filho, desterrara a babá e erguera o corpo morto da esposa. Bramiu o dedo em riste contra o nariz do padre, e vociferou:

– Pois registro aqui meu último nome. Vossa Santidade a partir de agora se chama padre Martinho, o excomungado. E nunca mais ouse pisar em um único palmo da minha terra!

Mandou que imediatamente levassem o padre de volta, e adentrou na noite a redigir longa missiva para o cardeal, na qual se dizia extremamente preocupado com a formação eclesiástica. Comunicava também a doação de soma obscena ao seminário, movido por nada além do desejo pessoal de que as futuras gerações contassem com atenção religiosa de qualidade. Terminou às quatro da manhã e acordou a babá quando forçou a porta do quarto dela, os olhos febris sobre o corpo mal desperto da empregada. Tomou-a com a virilidade da juventude, e dormiu por vinte horas seguidas, satisfeito com a certeza de que padre Martinho seria despachado para qualquer borda bárbara da imensa terra, com a certeza de que ainda era capaz de vencer um homem com a elegância da pena. Talvez ainda com a espada; naquela noite, sem dúvida.

Os jantares foram reorganizados na disposição anterior à tragédia, três filhos de cada lado da mesa, a cadeira da falecida permanentemente desocupada. No lugar dos monólogos em que o barão discutia a natureza dos nomes, um silêncio mal posto, o som de dentes a triturar o alimento, ao fundo um permanente coro de orações à Virgem. Os empregados buscavam no olhar da babá a autorização para servir ou recolher os pratos, incomodados como se vestissem roupas muito justas. Havia algo permanentemente errado. Por prudência, ninguém era chamado pelo nome, os elegantes substantivos próprios escolhidos pelo barão sendo substituídos por meneios de cabeça, estalares de dedos e assovios. E nunca falavam do sétimo filho do barão Álvares Corrêa, aquele cujo nome nunca fora registrado, embora soubessem perfeitamente onde estava e como deveria chamar-se.

Bebendo sozinho a aguardente pela qual tanto ansiara, entristecido embora tudo tivesse, Pródigo lembrava admirado de como o avô narrara, sem demonstrar o mínimo incômodo, que seu último filho, aquele por quem a esposa morrera, vivia no canil da fazenda. Era precisamente aquela convicção que Pródigo admirava: isso era ser um homem. Mesmo com os cabelos ralos, a fortuna perdida, os dentes moles, a tez carcomida, mesmo com a evidente desgraça a que as decisões o haviam conduzido – perdera inclusive o título –, o barão contava, sem o mínimo rancor, que relegara os cuidados do último filho a uma cadela velha e de olhos azuis. Talvez eram os empregados que cuidavam dele, não se importava. Que desgraça de homem maravilhosamente teimoso! Bebendo sozinho, Pródigo estava certo de que era isso que faltava em si.

Contou o barão Álvares Corrêa que só tomou conhecimento novamente da existência do sétimo filho quando lhe apareceu na sala, duas décadas após a tragédia, um rapaz feito homem, com olhos embrutecidos e boca carrancuda. Trajava-se tal qual os outros seis filhos, que já haviam deixado a casa; parecia incomodado por usar vestes decentes e tão pobre de espírito quanto os menos afortunados dentre os lavradores daquela terra. O barão demorou a reconhecê-lo, já que, sem nome, não tinha espaço em sua memória. O que o moleque queria ali? O barão sabia que crescera falando com os bichos e habitando a casa dos empregados, alguma vez contaram-lhe que se acomodara na cama vazia da babá e que bem lhe serviam as roupas velhas dos irmãos crescidos. Alguém dissera que tomava lições com o domador de cavalos, aquele que abandonara o ofício quando o barão se desfez dos animais. Disseram que frequentemente questionava sobre o próprio nome, ao que respondiam que não o tinha.

A súbita presença do sétimo filho obrigou o barão à lembrança da mais terrível das noites, dos passos pesados escada acima, do som da corda tracionada, da porta arrombada, do corpo morto suspenso com olhos esbugalhados e língua mole e escurecida. Forçou-o também a constatar o quanto perdera em vinte anos: a esposa sepultada, a propriedade com rendas muito menores, os seis filhos nascidos homens a estudar na empobrecida capital nacional, distantes do estrangeiro. A babá promovida a governanta para administrar misérias, as terras do norte recentemente vendidas para loteamento por muito menos do que valiam. Era verdade tudo o que diziam de um sétimo filho: chegava para exigir direitos que nunca detivera. Se queria sua parte na herança, que soubesse que a gastara na construção da capela e mausoléu, já que por conta dele a santa mãe morrera. Ali não havia moedas, nem a benção, nem um nome, nem uma resposta, nem uma desforra, tampouco qualquer vingança. Duas décadas não haviam sido o bastante para perceber que não tinha direito ao sobrenome dos Álvares Corrêa?

Diante de Pródigo, o envelhecido barão tensionara os músculos e cerrara o punho, quase capaz de se erguer e tomar o neto pelo pescoço, liberando o inesgotável ódio que nutria pelo filho sem nome. Em seu longo conto de vida, os únicos arrependimentos eram não ter interrompido o sonho profano da esposa grávida, nem esbofeteado o último filho assim que se apresentara, sem ser convidado, como homem entre os homens. Sem qualquer paixão, mencionara o aproveitador que, dispondo de uma carteira repleta de nomes, convenceu-o a investir em uma mina de ouro recém-descoberta. Jamais criticou a babá, feita governanta e ocasional companheira, por ter ido embora, sem se despedir, quando percebeu gasta a última moeda, no preciso dia em que o barão negociou o próprio título para pagar a despesa do mês. Não se queixava dos silos demolidos quando vendeu em loteamento as terras ao norte, o condomínio popular construído em pequenas ruas barulhentas onde outrora plantava. Todos os dias, contudo, e a qualquer ouvinte que se dispusesse a escutar, o barão amaldiçoava a manhã em que, feito bicho entre os homens, o sétimo filho tivera o desplante de se colocar diante dele, sem sorrir, sem dizer a que vinha. De pé, manteve os olhos no barão. Analisaram-se sem pressa, percebendo que, nas duas últimas décadas, haviam guiado seus passos na direção daquele indesejável encontro, dois homens que se fizeram em função da existência um do outro e que, pretendendo ignorar-se, enfim se colocavam frente a frente. Pródigo não podia deixar de imaginar o pai, futuro guardião de nomes, posto na cena tal qual o avô o descrevia, com roupas velhas, unhas sujas, o olhar injetado dos bichos, embora nunca o tivesse visto daquela forma. A terrível opinião do barão sobre o sétimo filho suplantava as impressões de Pródigo sobre o próprio pai, pois a descrição concordava com o modo como sempre se sentira diante dele.

A babá quebrou a tensão da cena, beijando o rapaz sem nome até incomodá-lo. Ofereceu-se para preparar-lhe o prato preferido, embora sequer imaginasse qual era. Perguntou como estava de saúde, apesar de não estar certa de que soubesse falar. Com tais gestos amáveis e despropositados, afastou-o da casa, sem que dissesse a que vinha, aliviada, pois um súbito tremor nas faces dera-lhe a certeza de que o sétimo filho ali estava para matar o pai. Quando finalmente conseguiu colocá-lo para fora, ajoelhou-se diante do barão e implorou-lhe para arranjar algo para aquele sétimo filho. Dinheiro suficiente para partir em definitivo, um sítio intratável com a missão de domá-lo, um emprego enfastiante que lhe consumisse as energias... Estava segura – o rapaz desejava vingança! Acumulara palavras, guardara ressentimentos por duas décadas e estava pronto para derramá-los: era preciso agir de imediato, dar-lhe uma direção para impedi-lo de girar em círculos ao redor deles. Implorava que a escutasse, sabia o que dizia.

O barão a olhou ainda anestesiado, imobilizado em algum espaço entre a fúria e a nostalgia que o atacavam simultaneamente.

Queria gritar que preferia mendigar a ajudar o desgraçado; era na verdade ele quem ansiava por vingança, quem estava pronto para recuperar na loja de penhores a cartucheira e as melhores armas para caçar o maldito como se fazia com as feras que rondavam o gado, matá-lo a pauladas tal qual se fazia com as cobras peçonhentas. Ao mesmo tempo, as lembranças da falecida o consumiam, vislumbrando o banquinho sob a árvore onde a vira pela primeira vez a comer pipocas, relembrando o pedido de casamento e as indizíveis alegrias enquanto floresciam nomes e rendas. Os jantares bem preparados, as conversas na cama, os inúmeros convites que recusavam, felizes por estarem sós. Incapaz de qualquer gesto, seguia a contemplar embasbacado a mulher aos seus pés, a afirmar certezas e implorar por ações cujo significado não parecia compreender corretamente. A irrealidade permeava as reflexões do barão; se não tinha nome, o sétimo filho não deveria existir, portanto, jamais poderia se apresentar como homem feito no centro da sala. Seria aquilo um castigo? Entre sentimentos tão intensos e tão opostos, o barão perdia a força dos braços...

 Deu por si quando terminava de assinar uma carta de cujo teor já não se lembrava, acomodado no escritório sem ter certeza de como ali chegara. A babá ainda falava, e falava tanto que ele estava certo de que demoraria a se acostumar ao silêncio quando ela finalmente deixasse de tagarelar. Narrava a vida dos outros seis filhos do barão, defendendo que, embora merecessem muito mais do que o sétimo, não poderia o último não ter absolutamente nada. Menos, mas algo. Os seis filhos nascidos homens do barão Álvares Corrêa demoravam a concluir os estudos universitários porque eram minuciosos. Herdariam a terra e lhe dariam novo impulso, tal qual um dia fizera o barão. Seriam mais prósperos do que os descendentes do rei. O barão não poderia deixar o sétimo filho tornar-se um mendigo, um vagabundo, um lavador de curral. O preço de uma diferença tão absurda recairia em vingança contra os irmãos. Era preciso dar-lhe qualquer coisa, para não se perderem todos. Afirmava repetidamente que bem fizera em redigir a carta, embora não soubesse do que tratava. Tomou o papel de suas mãos, dobrou-o com cuidado, conduziu o barão para descansar...

Pródigo sorriu quando o barão mencionou os seis tios pelas palavras da empregada, e se divertiu novamente ao lembrar da seriedade com que o dissera, talvez acreditando naquilo. Bem sabiam todos na província que os filhos do barão Álvares Corrêa farreavam na capital com o dinheiro do pai, postos como uma quadrilha, habitando o meretrício como casa. Pródigo concluía que, um filho após o outro, o sangue caudaloso do avô se havia dissolvido, tornando-se ralo. Felizmente não conhecia os primos. Só faltava mesmo um parricida para completar a prole do esfarrapado barão, mas, infelizmente, o pai não fora tão autêntico...

No dia seguinte, o barão convocou o sétimo filho à sua presença, os dois empregados destacados para o serviço entreolhando-se por não saberem como chamá-lo. Escolheram um assovio, e assim o sem nome apresentou-se. Falou a governanta, autorizada pelo mutismo do barão: Era ele também um filho daquela casa e receberia a parte que lhe cabia. Estavam satisfeitos pelo homem que se tornara, e teria uma oportunidade de mostrar seu valor. Não queriam mais que andasse por ali como um bicho, rodeando a casa sem propósito. Era um filho do barão Álvares Corrêa, o último filho nascido homem, e lhe cabia estar à altura do título – mesmo muitos anos após a cena, era impossível ao barão disfarçar o incômodo que as palavras lhe provocavam, principalmente por serem apresentadas como se estivesse de acordo. A governanta anunciou, pretensamente emocionada, que o pai escrevera ao oficial de registros cobrando-lhe o favor que lhe fizera ao vender o cartório. Ofereciam ao sétimo filho do barão Álvares Corrêa o cargo de escriturário no centro da cidade, distante poucas léguas. Mesmo que não soubesse escrever – sabia? – lhe ensinariam o ofício, preparando-o para, quem sabe um dia, ser o chefe da seção. Não era maravilhoso, o pai?

Os empregados suspenderam a respiração, ansiosos por conhecer a voz do rapaz. A governanta sustentou o sorriso benevolente como se admirasse uma criança a enunciar a tabuada. O barão não se deixou enganar, o cenho franzido e punhos cerrados, embora não tivesse mais a força do tempo em que açoitara o sexto filho: sabia que o desgraçado faria pouco caso da oferta, mantendo o olhar inexpressivo, a boca murcha e o porte altivo. Era um humilhado, um coitado que se pretendia monumental. Que desgraça aquele moleque sem nome: deveria tê-lo expulsado das terras naquele mesmo momento, assim como deveria ter despertado a falecida e interrompido o maldito sonho ou registrado o nome conforme desejava enquanto o moleque ainda estava na barriga da mãe. A palavra não dita sempre lhe pesara muito mais do que o grito. O desgraçado do sétimo filho desdenhava: deixou a sala sem uma única palavra, sem um aceno com o queixo ou um pedido de licença. Podia enganar os outros, que se perguntavam se de fato entendera, se não padecia de alguma enfermidade ainda desconhecida. Ao barão, jamais enganou.

Naquela noite, novamente, o barão não dormiu. Insone, contemplava a certidão de nascimento, o documento ainda incompleto após quase duas décadas envelhecido. Estava certo de que naquele dia faria o registro, batizando o sétimo filho com o nome de um padre excomungado, rei decapitado ou com o nome próprio do Outro. Falhou uma vez mais, e o arrependimento por não ter tomado providências imediatas contra o desgraçado que dele desdenhava consumia-o. Se não agisse, morreria naquela manhã. Se não fosse capaz de agir, em verdade já estava morto. Gritando como nos áureos tempos de autoridade e bonança, gritando com a força que tinha quando não precisava gritar para ser obedecido, convocou novamente o par de empregados e a governanta, tratando-a sem intimidade. Que fossem de imediato até a toca onde o moleque se escondia, juntassem tudo que tinha e enfiassem num caixote. Que deitassem o conjunto além da porteira e o avisassem:

ou partia para assumir o posto que o pai oferecia, ou partia para nunca mais voltar. Ali nunca fora bem-vindo; doravante, tampouco era tolerado. A noite anterior fora a última que desfrutara daquelas terras. Estava dito.

Disseram ao barão Álvares Corrêa que o sétimo filho não esboçou qualquer reação enquanto, de forma bruta, enfiavam seus poucos pertences em uma única caixa, comprimindo roupas de segunda mão, cadernos de gramática carentes de muitas páginas e os calçados ainda sujos e fora de tamanho. Não disse uma única palavra, não se despediu de ninguém, apanhou no meio da estrada a caixa lançada por cima da cerca e partiu sem olhar para trás, os passos ordinários de quem vai sem pressa pela certeza de não mais voltar. Disseram que não passou pela rodoviária, preferindo seguir o trajeto com os próprios pés, e que na manhã seguinte já estava cinco léguas distante. Disseram que dormiu na beira do caminho, e que, no primeiro botequim que encontrou, esperou, calado e imóvel, até que lhe ofereceram água, café e o desjejum.

Disseram que não fizera o sinal da cruz ao passar diante da antiga capelinha que dera nome àquelas terras, que escarrara no chão quando um tipo que o cruzou na estrada perguntou se era filho do barão, que roubara uma imagem sagrada para quebrar e lançar os cacos pelo caminho, amaldiçoando a terra. Disseram – diante do interesse do barão Álvares Corrêa e suas reações extremadas, todos pareciam ter algo a lhe dizer – que, durante o sono, em diferentes sítios, gritava pajelanças e feitiçarias, que arregimentava homens a fim de formar uma milícia e atacar a fazenda, que jurara a um padre, cujo nome não se sabia, estar disposto a um dia retornar à propriedade para desenterrar a mãe...

– Padre Marcelino?

O visitante confirmou com a cabeça, imaginando que ganharia uma recompensa do barão, acertando em cheio no conto inventado.

– Pois fique sabendo que esse agora se chama padre Martinho, o excomungado – recebeu como recompensa uma galinha magra, e partiu agradecendo efusivamente.

Narrando a partida do sétimo filho para o neto, que deixara a casa paterna na mesma idade, ainda que por conta própria e não expulso, com a caixa lançada na estrada e uma única oferta, o barão Álvares Corrêa confessou jamais ter entendido por que se preocupara tanto em conhecer os passos do filho preterido. Interessava-se pelo que o moleque fazia após quase vinte anos de indiferença e, em busca de informações, primeiro distribuiu bezerros, depois moedas, por fim os animais menores, prejudicando a preparação das refeições por semanas seguidas. Ignorava o conselho da governanta, na mesa e na cama, para que deixasse o rapaz seguir os próprios passos. Perguntava-se, obstinadamente, o que, afinal, pretendia quando se apresentou na sala, resposta que nunca teve. Pelos passos do sétimo filho a se distanciar, talvez imaginasse a si mesmo a se afastar, desejoso de ainda ter forças para seguir um longo caminho, contando apenas com a força das pernas, e iniciar nova vida. Viveu dias de agonia, calculando quanto tempo levaria para chegar à cidade, interessado em descobrir se o sétimo filho passara ao largo do cartório ou aceitara o cargo oferecido. Que faria Pródigo em seu lugar? Aceitaria o cargo ou partiria orgulhoso, empobrecido, indiferente, disposto a fazer-se sem nada dever ao progenitor?

– Aceitaria, claro – respondeu então ao avô com convicção, aceitaria sim, se fosse o pai, sem acrescentar, contudo, que apenas para usar o ordenado e todo dinheiro que pudesse apanhar no cartório para retornar à fazenda e expulsar o avô. Na época, Pródigo se via como um conquistador, alguém que não perdia tempo com questões morais para erguer um império. Na época, bem, na época não imaginava que o caminho terminaria em miséria e fome, a tratar os porcos alheios e invejar sua lavagem...

Voltou a si quando o dono do bar começou a acomodar as cadeiras sobre as mesas, atirando um balde com água sanitária no cimento, sem se importar com os calçados dos últimos fregueses. A nota que deitara sobre o balcão fora levada e ingerira todo o conteúdo da garrafa sem sequer notar. Não era a melhor cachaça que provara, longe disso, mas bastara para saciar o desejo que o atormentara por todo o dia. Felizmente era forte para bebida, jamais – ou pouquíssimas vezes – tendo deixado um bar carregado para despertar com o gosto ocre na boca e a incerteza sobre onde estava. Apesar das horas desperdiçadas na espelunca – como herdeiro podia passar ali quantas quisesse, sem se preocupar com o dia vindouro – ainda era capaz de caminhar altivo, de driblar obstáculos na calçada sem se desequilibrar, de lembrar quanto dinheiro trouxera, de resgatar a chave do bolso certo para enfiá-la com precisão na fechadura. Ou quase...

 Perdeu alguns minutos entre a fechadura e a maçaneta, sem conseguir o encaixe, certo de que o pai nunca ali entrara em condição semelhante. Dentro da casa, bateu a porta com força desnecessária e, sem se lembrar de trancá-la, passou veloz e desequilibrado por móveis e livros de registros para se deitar, controlando o enjoo crescente. Conseguiu; sabia beber. Se nunca – ou raras vezes, ou não tão raras vezes – dera um vexame, não seria então, enquanto herdeiro, que o faria. Sorrindo imóvel, deixou que a mente rodopiasse em pensamentos que se confundiam. Sonhava ou, semidesperto, vira o anão do velório do pai entrar na casa e remexer nos livros de registros, após olhá-lo e constatar sua embriaguez? Sonhava, tal visita não era possível... Queria mesmo era saber o que fora feito do tal gigante, batizado pelo pai como Próspero. Devia ser ele o Próspero... Herdara tudo mas, por culpa do maldito nome, continuava sendo um desgraçado. Que fora feito do tal gigante? Como nunca mais escutara falar dele, só podia estar morto, mas será que lhe haviam conservado os ossos? Apesar da ignorância da gente dali, não era possível que tivessem simplesmente enterrado um gigante sem exibir o corpo conservado ou os ossos à curiosidade pública... Ou era? Tudo era possível entre miseráveis e desgraçados...

Despertou assustado, sem saber por quanto tempo dormira. Espreguiçou-se, os braços doloridos e a boca terrivelmente seca e amarga. O cheiro de café fresco o surpreendeu: havia alguém ali? Observou o chão do quarto, buscando sem sucesso qualquer objeto estranho que apontasse para a presença de uma companheira esquecida. Percebeu-se malcheiroso. Ergueu-se, esforçando-se para sustentar a cabeça a latejar. Havia alguém ali, não um qualquer, disposto ao furto simples, pois se dera ao trabalho de preparar o café: talvez um dos tios a reivindicar direitos sobre a herança que pertencia unicamente a ele...

Abriu a porta tão indignado quanto podia, indiferente à desarrumação dos cabelos e ao estado do rosto. Aguardava-o sentada, ereta e digna, a velha senhora que, já na primeira noite, exigira um nome para a neta. Diante dela, o bule de café intocado e ainda quente. Sob a luz daquela manhã – ou tarde, quanto será que dormira? – parecia ainda mais frágil, o corpo começando a se curvar, os braços magros sob o excesso de roupas, o rosto sulcado, raquítico, os lábios finos e feios, as sobrancelhas poucas e esbranquiçadas, um lenço muito usado sobre a cabeça, porém, os olhos firmes, decididos, anunciando uma indignação por ora contida, pronta a exigir algo com a pouca força que tinha, o corpo frágil contrastando com o ímpeto inabalável. Que velha atrevida, que desgraçada! Se voltara por conta do nome da neta, e estava certo de que voltara por conta da porcaria do nome, não faria por menos: se não gostava de João, lhe daria o nome do Outro, o nome próprio do Outro graças àquela impertinência! Que desgraçada...

Atirou-se na cadeira e bufou, ao que a velha, diligente, manejou o bule e a caneca para servir-lhe generosa dose. Precisava mesmo de um café e aquele estava bem-feito. Massageou as têmporas e esfregou os olhos, compondo-se.

– O que você quer? – estranhou a própria voz, as palavras ressoando na garganta como se saídas do corpo de um ressuscitado, cada sílaba a ecoar por câmaras de carne morta antes de alcançar os ouvidos alheios. O hálito também estava péssimo... Pigarreou, tossiu forçadamente, repetiu num tom grave e áspero: – O que a senhora quer?

A velha olhou-o sem pressa, julgando-o. Parecia um capacho, as roupas amarrotadas, cheirando a bebida, o hálito empesteado como se se houvesse alimentado da lavagem dos porcos. Assemelhava-se muito mais com o lavador de curral que fora do que com o herdeiro que era. Por que a velha voltara, afinal? Por que entrara sem ser convidada? Ninguém a queria ali.

O olhar dela de súbito tornou-se maternal. Serviu-lhe outra dose de café, e pediu autorização para também se servir. Sorrindo com os olhos, derramou as palavras num tom doce:

– Meu filho, precisamos conversar... Minha neta não pode se chamar João...

Disseram que naquela terra havia um homem que guardava nomes e, apesar de habitar próximo, nunca se interessara pelo personagem.

 Diariamente, o pai se esforçava para inteirá-lo das relações de poder na região, passar-lhe os truques comerciais que, por gerações, sustentavam o nome da família. Já tinha idade, dizia, para se sentar entre os homens e quiçá emitir opiniões, desde que bem ponderadas. Os seus interesses, contudo, estavam tão além que não era capaz de dizer onde estavam. Fingia dormir até tarde, ou acordava antes da família e saía para a rua; deixava a escola rapidamente, para que os irmãos menores não o acompanhassem, ou dizia ser preciso estar a tarde inteira na escola a estudar: assim escapava das frases bem pontuadas, exageradamente afirmativas do pai, expostas com o objetivo explícito de separar o mundo e todas as suas possibilidades em duas categorias. Cada homem precisava escolher entre a decência e a perdição. Os monólogos paternos só se encerravam quando afirmava, repetidas vezes, a escolha por uma vida decente. Em seu íntimo, no entanto, sentia que aquilo não lhe servia, restando, portanto, apenas a outra...

 Reclamava do pai sempre a um mesmo amigo – sequer suportava o modo como cortava os alimentos, usando a faca no almoço ordinário com extraordinária gravidade –, do qual viera a ideia de procurarem o nomeador. Já haviam, juntos e escondidos, provado cigarros e cachaça, folheado revistas impróprias, atirado pedras nos carros e blasfemado o suficiente para envergonhar o mais antigo antepassado. Esgueirar-se pelo centro movimentado da cidade próxima e consultar o guardião de nomes, desprezado pelos pais de ambos por representar o atraso e a idolatria que impediam aquela terra de se desenvolver, parecia-lhes um passo lógico. E, dada a natureza dos últimos conflitos com o pai, inaugurada desde que atingira a idade, a consulta parecia ser realmente necessária, para além da afronta.

Entrou sozinho: o amigo se manteve à porta, atento, pronto para correr e pedir ajuda. Dentro da casa, caminhou em direção à enorme mesa, sobre a qual estava posto o livro, sentindo as axilas umedecerem. Dava passos leves, mantinha, sem perceber, os olhos muito abertos. Tampouco percebia que os próprios gestos eram de fineza e educação exemplares, o tom de voz firme, porém moderado ao anunciar-se, o olhar direto, mas não impertinente, paciente ao aguardar que o nomeador erguesse os olhos para escutá-lo. Contestava o pai com os modos que ele lhe ensinara.

– Eu sou... Eu preciso de um nome.

Sentou-se quando o guardião de nomes lhe indicou a cadeira, mantendo o magro tronco ereto, as mãos sobre a perna, o peito pronunciado. Contou a que vinha do modo como imaginara na noite anterior, exprimindo-se com o vocabulário adequado, em frases curtas e bem pontuadas. Nascera numa boa família, na qual a tradição imperava. Assim fora quando o avô era jovem, e também o bisavô. O pai dava-lhe liberdade, desde que não faltasse com as obrigações. Sendo o primogênito, cabia-lhe resguardar o bom nome da família, os direitos futuros e deveres presentes pesando-lhe mais do que aos outros.

Suportava aquilo, sem concordar. E suportava principalmente porque, além da casa paterna, podia ser outro. Quando escapava para a rua, no campo ao redor da cidade, na periferia, era o Remela, revelando, entre os amigos, sua verdadeira natureza. Ganhara o apelido porque deixava a casa demasiado cedo, excessivamente disposto, os olhos ainda sujos depois da noite bem dormida. E o apelido se fizera afronta, personalidade e prazer: esse era ele!

Nas atividades comerciais, entre os religiosos e homens de respeito, o pai ouvira falar de um moleque afrontoso conhecido por Remela, um mal tipo, certamente oriundo de uma má família. Recomendou aos filhos – e em especial a ele – que se mantivessem distantes do tal Remela. Que nome era esse? Não podia ser boa coisa. O nome o anunciava, insistia o pai. Quando passou em frente à loja do pai e um freguês comentou que "lá ia o Remela, apressado em busca de confusão", primeiro o pai sentiu as pernas fraquejarem, o peito dolorido, o sangue a se esvair do corpo. Depois vociferou, fechou a loja mais cedo, brigou com a mãe, esperou-o em casa com a cinta sobre os joelhos. Apanhou naquele dia, como jamais antes. Esteve obrigado por dias ao silêncio do quarto, como jamais estivera. O castigo terminou com um longo discurso do pai, e a sentença: deveria escolher uma vida decente ou partir. Em breve completaria a idade, e no ritual conheceria seu segundo nome, o nome secreto, escolhido pelo pai no nascimento e revelado apenas quando se fizesse homem entre os homens. O pai avisou que, ao atingir a idade, cumprir o ritual e receber o nome secreto, nasceria como homem, morreria como criança. E assim morreria o Remela...

A bronca e a sova lhe pareceram corrigir o espírito. Compôs-se, preparando-se para o ritual. Dedicou-se ao alfabeto antigo, conheceu os cânticos, gostou das vestes tradicionais e memorizou os gestos. Quando o amigo se esgueirava pelos arredores da casa, oferecendo uma pequena aventura, ele o dispensava: parecia-lhe que o Remela, antes mesmo do ritual e da revelação do nome secreto, se havia retirado, o nome planando sem corpo, como um mau espírito.

Vieram os parentes para celebrar a idade, vieram os sacerdotes. Preparou-se um banquete, o pai o observando orgulhoso, seguro da eficácia do método. Um fotógrafo contratado registrou a família toda após o ritual, e pela primeira vez viu-se posto entre os homens, elevado acima das mulheres e crianças. Cumpriu de forma exemplar tudo que lhe era exigido, e a satisfação preencheu todo o corpo do pai, que resplandecia. Era a partir dali um homem, conhecedor dos segredos da família e do mundo. Conquistara independência, liberdade. Conhecedor do mistério, ele o usaria em nome do sagrado e da família, pelo bem, antes de mais nada.

– Naquela noite, contudo, não consegui dormir...

Procurou o amigo assim que a família o deixou, aproveitando-se da confiança que o pai voltara a nele depositar. Confidenciou-lhe que o novo nome o incomodava: revelou-o, indiferente ao segredo. Imaginara tratar-se de uma palavra forte, elegante, mas na verdade era estranha, uma combinação curiosa de sílabas, chiados e vibrações que mais pareciam um rosnado – ou arroto. Sabia tratar-se do mesmo nome do bisavô, a ele entregue na mais sagrada das terras quando também chegara à idade, mas não conseguia pronunciá-lo sem evitar desgosto – ou asco. Aquilo nada tinha a ver consigo! Podia decorar os cânticos, aprender o alfabeto, aceitar o traje na companhia dos homens, o assento distante da mãe e irmãos, fingir concordar com as afirmativas do pai. Poderia, inclusive, com elas verdadeiramente concordar! Porém, era incapaz de atender àquele nome, vesti-lo, usá-lo ou a ele responder. Odiava-o. Era um peso maior do que podia suportar – Não podia! Era exigir dele em demasia! Dizendo-o ao guardião de nomes, percebeu que ofegava, desesperado como se fosse o nomeador o derradeiro juiz, o último dos habilitados a dispensá-lo da pena:

– Quero voltar a ser o Remela, ou qualquer outro que não o revelado. Cada vez que me tratam pelo nome do bisavô, sinto como se estivesse sendo xingado!

O guardião de nomes aquiesceu, confortando-o com a tranquilidade do olhar. Apontou-lhe a jarra d'água, convidando-o a se servir. Quando terminou o copo, agradeceu, suspirou profundamente e sorriu com os olhos marejados, não mais o homem que o ritual fizera, mas o menino que sempre fora.

– Os nomes aqui guardados são carne, vivem conforme vive o homem que os carrega. Se apodrece o nome, se é deixado de lado, também apodrece o homem. Os nomes aqui grafados são como couro quando seca: desenhada a forma, esta não pode ser alterada sem que se destrua a peça.

Se deixasse a casa registrado com o nome do bisavô, seria como ele, assumindo, a partir dali, não apenas os chiados e a pronúncia do nome, que sequer ao patriarca agradavam, mas também a responsabilidade sobre o pai e toda a família. Seria a lei da casa, agindo pela moral do bisavô e em seu nome. Por outro lado, poderia, sim, registrá-lo como Remela, e esse seria ele em definitivo. O pai não o castigaria, guardando sobretudo imensa tristeza. Seria tratado como um desperdício. Os direitos e deveres da casa passariam para o irmão, o segundo filho homem, e do primogênito nada mais exigiriam. Seria livre para estar na rua ou no campo, para ir à escola ou dela fugir. Escolheria por si, desobrigado do imenso peso da tradição. Porém, se se cansasse daquilo, não haveria mais volta: achava que era possível casar e constituir casa, dirigir os negócios, ter filhos e enterrar os pais sob o signo do Remela? Não era. Naquela casa e naquele livro, o nome era uma sentença. Era preciso que soubesse...

– É complicado... – os olhos arregalados, a mão a sustentar a testa e a despentear os cabelos. – Achei que o senhor me daria o nome e pronto.

Guardaram o silêncio. O rapaz se via pelas ruas e bairros que deveria evitar, gracejando com as garotas desconhecidas, chutando bola no horário reservado ao dever: escolheria Remela. Era quem era. Não suportava mais apartar-se de tudo aquilo para escutar as frases curtas e bem pontuadas do pai, carregadas de segredos que lhe pareciam desimportantes. Um instante depois, viu-se com as mesmas atitudes, dez anos mais tarde, a barba cerrada que lhe permitia ir a qualquer rua e bairro, provocando inconvenientemente as mulheres casadas na frente dos filhos, chutando a bola em meio a garotos que deveriam estar na escola. Escolheria o nome do bisavô. Era quem seria. Decidindo naquele momento, porém, perderia tanto...

– Eu... Eu preciso mesmo escolher agora?

Com um sorriso nos lábios cerrados, o guardião de nomes moveu negativamente a cabeça, sem dizer uma palavra. Entre um nome e outro, poderia simplesmente não escolher nenhum.

– E posso ir embora, continuar assim?

O guardião de nomes aquiesceu. Poderia e deveria seguir sendo ambos, o Remela entre os amigos, desfrutando plenamente de todas as possibilidades que o nome oferecia, e o patriarca diante do pai, cumprindo os deveres do nome e exigindo os direitos. A dualidade era uma dádiva. Se discordasse, que voltasse: ali estaria sempre a guardar os nomes.

Ergueu-se de um salto, satisfeito, sorrindo jovialmente enquanto cumprimentava com ambas as mãos o guardião de nomes. Agradeceu e deixou a casa em passos de súbito apressados, algo desengonçados, encontrando à porta o amigo, que lhe passou um cigarro para que tossissem juntos. Entrara na casa grave, tenso. Deixava-a como se o ritual ainda estivesse por vir.

– E aí?

– A casa parecia um museu, um túmulo, sei lá. Tinha uma mesa gigante, tudo escuro. Falei para o amigo que eu tinha que ser o Remela, lógico.

– Lógico.

– Ele escreveu assim, "Re-me-la", no livrão. Um monte de nomes de gente importante, e no meio um Remela. Está feito.

Riram e gingaram rua abaixo, provocando os garotos menores e assoviando para as meninas. No caminho de volta, atiraram pedras no riacho, destruíram um formigueiro, apostaram uma corrida, brincaram de se surpreender com socos no braço. Contaram histórias de valentias imaginárias. Combinaram de, em breve, provar uísque. Exaustos, despediram-se para estar em casa na hora exata em que os pais os aguardavam.

Diante da família, não mencionou nenhuma das aventuras do dia. Banhou-se, trocou as roupas, perguntou ao pai sobre o andamento dos negócios e ajudou o irmão caçula com a lição. Agradou a mãe, concordou com uma opinião do pai, acrescentou um ponto de vista próprio, com frases curtas e bem pontuadas. Em respeitoso silêncio, sentou-se à mesa e aguardou que o jantar fosse servido. Repreendeu com o olhar a irmã quando ela ensaiou recusar a refeição. Quando todos se sentaram, satisfeito, o pai ofereceu-lhe a honra de conduzir as orações, pela primeira vez e dali em diante. Aceitou.

— **A**ntes de mais nada, é preciso entender que não se trata de um homem, mas de um rato.

O advogado ajeitou o corpo, enfastiado com a teatralidade com que os cinco irmãos conduziam a reunião. Por terem disposto sete cadeiras ao redor da mesa, supôs que do outro lado estariam os seis filhos do barão Álvares Corrêa, dos quais pouco sabia. O lugar reservado para o primogênito, no entanto, permanecia vazio, e os cinco herdeiros falavam todos ao mesmo tempo. Repetiam-se, estendendo a exposição do caso até o limite da redundância. Tratava-se de uma disputa de herança, nada além, porém cada família considerava única a sua questão, como se a letra da lei não recaísse igualmente sobre todos. Receava que a explanação se estendesse por mais de duas horas e que só então o primogênito se apresentasse, reiniciando toda a discussão. Com certeza, o caso poderia ser resumido em pouquíssimas linhas...

– Para começar realmente do início, é preciso saber que se trata de menos ainda do que um rato, mas do filho de um rato sem nome, um ninguém.

Tocou por hábito nos óculos escuros que trazia sempre postos sobre a cabeça. Pigarreou, ajeitou as folhas de sulfite, empunhou a caneta destampada para indicar que era hora de passarem à questão objetiva. Saboreava distender-se nos temas, mas não atentar para a exposição alheia. Enquanto não compreendia as linhas do caso, contudo, cabia-lhe lançar anotações aleatórias, cobrir a folha com garatujas sem sentido e passar os olhos de um para outro, enquanto falavam juntos, como um ser mitológico de muitas cabeças a se confundirem. Havia mesmo isso na mitologia, ou inventara? Sorriu para a própria tirada, e retesou os lábios quando os interlocutores perceberam que talvez estivesse a se divertir com as frases repetidas. Se a coisa se estendesse, com uma chegada tardia do irmão ausente, ainda teria que jantar com os tipos. Será que se comportavam assim na presença de todos os desconhecidos? Desenhou na folha um pequeno rato quando, mais uma vez, insistiram em desqualificar a contraparte. Forçou os músculos trabalhados do tórax e pescoço contra o terno propositalmente justo, exibindo, para si mesmo, sua masculinidade. O peso da caneta conseguia conter a energia das mãos, porém o corpo protestava tal qual um cavalo mal contido pela baia...

– Mais do que as rendas da fazenda, a produtividade dos grãos e fertilidade dos animais, interessava ao nosso falecido pai...

– Que Deus o tenha – disseram os cinco em coro.

– Interessava ao nosso falecido pai, que Deus o tenha, que os negócios obedecessem ao rigor e à ordem. A fortuna, na visão dele, derivava precisamente das coisas bem-postas, da sequência correta, do ordenamento lógico do mundo. Não lhe interessava apenas que a vaca fosse ordenhada no tempo certo, isso qualquer peão poderia fazer. Cuidava o pai que o balde estivesse limpo desde o dia anterior, que o banquinho e a corda aguardassem no local correto pelo vaqueiro, e que a vaca, o bezerro e também o empregado tivessem o nome correto e adequado à função.

– Daí se pode deduzir o incrível homem que era...

– O pulso na gestão da fazenda...

– A sabedoria além do próprio tempo...

– Exato, porém, imagine o senhor o seguinte: esse homem, o grande barão Álvares Corrêa, que se preocupava até com o nome dos bezerros...

– Não esqueça jamais um nome...

– Sim, esse homem, que jamais esquecia um nome, imagine então que esse grande homem teve um sétimo filho e lhe recusou a benção de um nome, enxotando-o das terras e negando-lhe qualquer direito oriundo da paternidade. Para o barão Álvares Corrêa, o grande pai dessa terra, tomar tal atitude, imagine se esse sétimo filho valia alguma coisa ou se nada valia. Responda o senhor: poderia esse sem nome valer alguma coisa?

– Há histórias sobre os sétimos filhos...

– As lendas contêm enorme sabedoria...

– Agora, me diga, quanto poderia então valer o filho único desse sétimo filho, e ainda um filho deserdado, nascido de um pecado, desterrado por um pai que também era um desterrado sem nome? Quanto poderia valer este tipo?

– Um rato...

– Menos ainda do que um rato. O filho de um rato...

– Antes de mais nada, portanto, é preciso entender que não se trata de um homem, mas de um rato.

– Um filho pródigo...

Todos se entreolharam, concordando entre si com um sincronizado sorriso sem dentes. Um filho pródigo – repetiram, chacoalhando afirmativamente a cabeça, como se ensaiados.

Em suma, mais um caso de família. As histórias antigas, o patrimônio, as relações de cada qual com o sobrenome – eliminando-se esses detalhes, um caso como outro qualquer. O que interessava ao advogado era o potencial financeiro da contraparte, descobrir se seria assistido por um advogado da vila ou da capital. O mais provável é que não tivesse relações fora da província, porém cabia precaver-se, investigar para se preservar. Depois dos pobres coitados que defendera, era uma distinção subscrever o petitório com seu nome ladeado pelo dos Álvares Corrêa. Contudo, que capacidade para a redundância! Bastava uma simples linha para explanar o caso: disposto, compenetrado, diligente, escutava-os, com os músculos do tórax em relaxamento e tração, irreprimíveis. Se fosse outro o sobrenome, já teria completado as lacunas da história e assumido a narrativa.

– Agora, há outro ponto também a ser esclarecido: nós acreditamos no mérito. Eu acredito no mérito. Se fosse baixa a origem desse rato, mas a tivesse renegado, corrigido o rumo da própria vida a partir da consciência, essa conversa não existiria, nem existiriam tão severos julgamentos. Embora raro, pode um filho bastardo tornar-se o favorito, e ainda salvar a todos os irmãos.

– Mas nesse caso teria outro nome...

– Certas lendas se encerram em si...

– Exato, se fosse o caso, se fosse outro nome, se fosse lenda e não do que de fato se trata. Quero apenas esclarecer aqui que não se trata de um rato por conta da origem...

– Um filho pródigo...

– Exato, não se trata de um filho pródigo por conta da origem, por ser nascido de um sétimo descendente sem nome, matricida, que Deus a tenha...

– Que Deus a tenha...

– Que Deus a tenha. Não por descender de um matricida sem nome, mas por, uma vez conhecida a própria origem nobre, tê-la renegado.

– O pai já era velho, balançava sem peso na cadeira de balanço, as roupas eram antigas, tinha perdido as medalhas de guerra, a voz era uma nota delicada, longe do retumbar que um dia reverberava pela casa. Ainda assim, esforçou-se para revelar ao rato toda a genealogia familiar, para enquadrá-lo na magna história do sobrenome, para fazê-lo ver além do próprio pai e do próprio nome horrendo e trazê-lo para a verdade. Por dias, o barão Álvares Corrêa, que Deus o tenha...

– Que Deus o tenha...

– Que Deus o tenha. Por dias o barão Álvares Corrêa utilizou da pouca força que lhe restava para esclarecer ao rato quem de fato era, qual a natureza do sangue a correr em suas veias e a fibra de que era composto. Se fosse um homem, se tivesse qualquer valor, teria naquele momento se imposto, assumido a posição reservada a ele na família. Era o neto, um descendente direto.

– Era!

– Era, sem a menor dúvida.

– Sim, e é precisamente esse o ponto que gostaria de esclarecer: a crença no mérito. Por crer no mérito é que afirmo que não o consideramos um rato, um filho pródigo, graças à origem, mas por conta da escolha. O tipo sobre o qual estamos tratando foi plenamente esclarecido da própria origem, palavra por palavra escutada diretamente da boca do patriarca. E, não obstante o esforço, decidiu renegar a nobreza do seu sangue, do sobrenome, e levar a vida que levou.

– Escutou o barão tão somente interessado em receber qualquer parte que lhe coubesse na herança, imaginando o quê, digam-me? Que o pai abriria a gaveta, sacaria em espécie a sétima parte, que supostamente lhe cabia, o levaria até a porta com os bolsos forrados e assim se despediriam? Era uma pretensão absurda!

– O sonho de um louco!

– As artimanhas de um miserável!

– E, pergunto ao doutor advogado, o senhor por certo imagina, diante do quadro, que o barão colocou o tipo para fora, atiçou os cachorros contra ele para obrigá-lo a desatada correria estrada afora, certo? – o advogado se manteve imóvel, sem concordar ou discordar – Pois está errado. Saiba que foi esse rato, esse filho pródigo, quem cuspiu no chão da sala do barão Álvares Corrêa e saiu batendo a porta, não retornando sequer para o enterro do avô, nunca tendo se despedido do patriarca, nem na cena final.

O advogado traçou uma longa linha na folha e pontilhou um lado e o outro com a ponta úmida da caneta, sem pretender dar qualquer significado à garatuja. Com a mão leve, pôs-se a rascunhar todo um trecho do código legal, que julgava conhecer de cor, mas nada produziu além de vogais e consoantes indistintas, que mais pareciam o rastro de um réptil. Se o tal filho do sétimo filho requisitou uma parte da herança do avô com pagamento em espécie, pretendendo deixar a casa apenas com um maço de cédulas, sua situação financeira não devia ser cômoda. Perguntara-se se era assistido por advogado da província ou da capital, mas talvez não o fosse por ninguém, contando apenas com a malandragem para obter aquilo a que julgava ter direito. Pela imagem que os familiares apresentavam, recebera instrução suficiente apenas para assinar o nome e ler vagarosamente. Nesse caso, não seria preciso compor uma peça jurídica, impostar a voz em mesóclises e termos raros diante do juiz. Bastaria elaborar um mau acordo e induzir o pobre diabo à assinatura: prometer tudo que quisesse ouvir, porém com a letra da lei sustentando algo diferente. Um acordo selado com um discutível aperto de mãos e amparado em letras miúdas: sentia uma confiança crescente ao imaginar aquele filho de um sétimo filho como um bruto, a pele curtida pelo sol e uma navalha presa à perna, acreditando-se o maior dos malandros por conhecer um ou outro truque. A disputa assim se encaminharia para o terreno onde o advogado se fizera, mas que renegava...

– Teria sido um indesculpável descuido de nossa parte ignorar o sobrenome desse rato, ainda que o sangue dos Álvares Corrêa corresse em sentido contrário por suas veias. Poderia ter sido um de nós, mas mostrou que nunca foi.

– Se o sétimo filho do barão Álvares Corrêa era um matricida sem nome, e não nosso irmão, não seria esse rato... Esse filho pródigo...

– Sim, não seria esse filho pródigo digno de ser considerado um de nós, o que não nos impediu, todos esses anos, de estarmos a ele atentos.

– O nosso sobrenome a vagar livre, disposto ao pior.

– Precisávamos estar atentos.

– Poderia nos prejudicar: num dado momento, anunciarmos o sobrenome e sermos destratados por conta dos feitos desse rato.

– Desse filho pródigo...
– Exato. Assim, não nos descuidamos dele, da mesma forma como o pai manteve sempre um olho atento aos passos do derradeiro e renegado último filho, aquele que não tinha nome. Soubemos, por nossos meios, que deixou a casa do próprio pai, o tal nomeador, com uma joia, e que a negociou com o primeiro receptador que encontrou, forrando os bolsos. Escutou o barão crente de que poderia repetir o truque.
– Parece que roubou uma caneta de altíssimo valor do próprio pai, dito guardião de nomes.
– Precisamente. Roubou um desses presentes que os poderosos ocasionalmente entregavam ao nomeador...
– Quem rouba o próprio pai, senão um rato?
– Exato. Decidimos acompanhá-lo, com os meios que sempre tivemos à mão, graças às boas relações do nosso nome, cultivadas desde o primeiro a desbravar a terra inóspita, a cortar as primeiras árvores e matar as primeiras feras. Descobrimos assim que, após deixar a casa do barão, batendo a porta, foi diretamente à capital da província; nem teve o ímpeto de sonhar com a capital federal. Acreditamos mesmo que tencionava tomar um vapor, e teria sido ótimo se tivesse se perdido longe daqui, onde, dentre tantos sobrenomes importantes, seria apenas mais um. Porém demonstrou mais uma vez como o sangue corria invertido em suas veias, como nada valia, incapaz mesmo de sonhar com algo mais do que uma farra na capital da província.
– Um rato com sonhos de rato...
– Renegou a própria origem por uma farra modesta...
– Precisamente. Soubemos assim que chegou à capital da província e se instalou no mais famoso bordel da cidade. Veja: não se instalou num hotel elegante e discretamente frequentou o bordel. Não! Anunciou-se com o sobrenome dos Álvares Corrêa e descarregou a bagagem no bordel, alugando um quarto ali mesmo.
– Essa passou a ser a sua casa!

– Renegou a casa paterna, a mão estendida do avô, a história familiar, o nome dos antepassados, o sangue alheio derramado, o túmulo da avó, que Deus a tenha.

– Que Deus a tenha.

– Que Deus a tenha. Fixou residência no bordel sem ao menos tentar conservar qualquer dignidade, sem ao menos tentar inventar um sobrenome comum para assim não ser identificado!

– Um rato! Menos que um homem!

– Quero que o doutor anote esse ponto, e reflita sobre o tipo a partir da informação. Conseguimos toda sorte de histórias e depoimentos imagináveis. Sabe como se apresentou esse vadio ao entrar no bordel? Pediu ao carroceiro que descarregasse a mala e procurou pela madame responsável pelo estabelecimento. Pagou adiantado para lá habitar pelo mês inteiro e anunciou-se como "senhor Álvares Corrêa, o guardião de nomes". O nosso sobrenome e o título do desonrado sétimo filho! Lá habitou, fornicando e distribuindo nomes como se fosse um de nós.

– Fornicando!

– Em nosso nome, com o nosso nome!

– Na província, não na capital federal!

– Um rato! Menos que um homem!

– Um filho pródigo!

O advogado sorriu da indignação dos clientes, incapaz de se conter ante tal hipocrisia. Era óbvio que não eram santos, vivera o suficiente para saber que não. O que os indignava era, tendo sido sempre zelosos do próprio nome, um descendente direto fazer questão de desonrá-los, apresentando-se num meretrício não longe dali. Se se haviam resguardado quando na província, contendo-se para se perderem à vontade na indiferença da capital, como podia o outro assim rebaixá-los? Era de uma maravilhosa ironia, porém, lembrando-se que precisava garantir a causa, o advogado se conteve e reassumiu a postura indignada, acompanhando tardiamente o grupo. O que enfurecia os irmãos era que, tendo todos o mesmo sobrenome, qualquer um deles poderia encarnar o senhor Álvares Corrêa. A narrativa correria do litoral para o interior e fronteiras bárbaras, ignorando o detalhe. O advogado se esforçava para se convencer do absurdo do ato, para se indignar, contudo saboreava a existência de um sobrinho que, indiferente aos séculos de esforço moral de imponentes antepassados a edificarem o nome, simplesmente se pusera a aproveitar do monumento. Apresentara-se à madame não como um, mas como todos os Álvares Corrêa. Para aquele sobrinho pródigo, sem dúvida foi a glória. Para os tios, era como se o próprio nome lhes escapasse, condenados às consequências dos atos infames do "rato". O advogado se impressionava como, sem se importar, o rapaz desperdiçava-se...

— Estamos entre homens aqui, e, na qualidade de homens, podemos falar livremente sobre do que se trata, dar nomes às coisas como são. Bem poderia ter decidido o tipo gastar a soma como um rei a farrear. Bem poderia. Qual homem está imune a tais tentadoras diversões? Distante da casa paterna, oculto sob um nome estranho, bem poderia divertir-se à vontade. Porém, assim não optou este rato, mesmo após conhecer a história da família. Hospedado, escolheu mesa cativa para beber sempre acompanhado por duas moças. No mínimo! Para essas, e a quem mais se interessasse, narrava toda a genealogia dos Álvares Corrêa, a história dos antepassados, os detalhes da última noite de nossa santa mãe – sobre a qual nem nós nunca conversamos! – tal qual ouvira do avô, e narrava colocando a si próprio no papel do sétimo filho do barão Álvares Corrêa.

— Os detalhes da história familiar narrados para meretrizes e marinheiros, veja o doutor!

— Dizendo-se ele o sétimo de nós, assumindo o lugar do matricida sem nome!

— Um rato! Menos que um homem!

— Exato. Apresentava, no entanto, a narrativa por uma visão muito particular: na conclusão, afirmava que se sagrara o guardião de nomes e anunciava que ali estava para rebatizar a todos. Veja o absurdo...

– Rebatizar e fornicar.

– Dedicou-se, dia após dia, às companhias ali oferecidas. Após se satisfazer, perguntava-lhes o nome de batismo, os motivos pelos quais haviam escolhido o nome de guerra, e lhes dava um novo, garantindo, a partir do ritual, que certa conjunção cósmica traria saúde, vida longa e fortuna. Tivemos o cuidado, inclusive, de apurar alguns desses nomes para melhor demonstrar a ofensa a que fomos submetidos: a primeira das primas que o serviu se apresentava como Pamela, nome escolhido por ser o mais próximo do verdadeiro. Nascida numa família numerosa, depois de falecido o pai, foi com as irmãs trabalhar numa fábrica, longe da casa, obrigada ao sustento. O contramestre a cercava, prometeu casamento, deflorou-a. Era um janota, bem conhecido por arruinar as famílias. Negou-se ao casamento, aceitou o processo e a queixa, jurou que demonstraria que a moça não era mais pura, conhecida como a namoradeira da fábrica. A mãe a expulsou, a madame a acolheu. Após ouvir as histórias do filho do sétimo filho, esse rato, e satisfazê-lo, a moça falou sobre si. Tocando-a nos cabelos, dizendo-se o guardião de nomes, rebatizou-a Clara...

– Clara! – exaltado, deixando um soco na mesa.

– Clara. O doutor precisa saber: é o nome da nossa santa e falecida mãe. Este o nome que o desgraçado entregou à primeira meretriz que o satisfez. O nome da santa avó.

O advogado manteve o cenho franzido e os ombros tensos, enquanto eram citados os vários nomes sugeridos por aquele descendente desonrado, prometendo-lhes, caso adotassem o novo substantivo, um fabuloso destino. Indignados, os irmãos descreviam a origem, o tipo físico, a história das moças até o encontro com o filho do sétimo filho, ousado a ponto de se apresentar como se fosse um deles.

– ...era Henriqueta, filha de escravos libertos, e se deixou seduzir por um carroceiro. Primeiro fingiu não escutar os galanteios, depois passou a esperar por eles. Ante as inúmeras promessas, acompanhou o tipo ao local onde dizia morar e lá passaram às intimidades. No dia seguinte, descobriu que se tratava de um *rendez-vous*, um estabelecimento suspeito. Envergonhada, questionou uma vizinha e soube que o carroceiro era casado, frequentador habitual da casa mal falada, alugada para ocasiões. Chamou-o para um segundo encontro e fez as acusações, que terminaram numa série de facadas. O amante sobreviveu e a denunciou. Enquanto corria o processo, sem qualquer chance de emprego, fazia-se abrigada na casa de tolerância. Esteve com o "senhor Álvares Corrêa" na segunda semana, e contou-lhe a história. Rebatizou-a Cândida, enquanto rolava distraído os dedos por seus pelos pubianos.

– Cândida!
– Um rato, ou ainda menos!

Refletindo, entre um trecho da história e a conclusão da narrativa seguinte, o advogado entendeu, por fim, do que se tratava: o dito filho do sétimo filho, travestido no meretrício num estranho hibridismo entre os tios e o pai, rebatizava as moças com os nomes das esposas e filhas dos que ali se indignavam. Compreendeu que, depois de ter outorgado o nome da santa mãe à primeira das meretrizes, seguiu afixando os nomes das tão honradas tias e sobrinhas às profissionais da mais conhecida casa da província. Com a promessa de fortuna, vida longa e saúde, as meretrizes assumiam o novo nome, saboreando-o como se trouxesse consigo uma nova vida. Já as sobrinhas, que aguardavam com zelo e decência pelo casamento, viam cada vez mais homens fazendo chacota, gracejando por seus nomes coincidirem com os das moças da casa de má fama. Após renegar a história familiar, narrada diretamente pelo patriarca, o desprezado sobrinho se dedicava, utilizando sem consentimento o nome dos tios, a arruinar até a última pedra da honra dos Álvares Corrêa.

– Quando a última das primas foi rebatizada, após quem sabe qual categoria de perversões, esse rato voltou-se para a madame, oferecendo-lhe drinques, perguntando como reunira capitais para o investimento, interessando-se pelo conto de que fora parteira, a melhor da província. Elogiava os olhos azuis e braços torneados da senhora, bem como a autoridade que impunha ao lugar...

– Pelo que soubemos, cortejava-a como se fosse uma virgem...

– Como se propusesse casamento...

– Parece que ofereceu resistência, declarou-se inexperiente nas indiscrições, oferecendo-lhe, por conta da casa, uma nova noite com qualquer uma das moças.

– Negava, mas seguia próxima, deixando que insistisse, como um campeão que se diverte com o esforço do novato.

– Exigiu tantas rodadas de martini, aperitivos e presentes que ali foram gastas as derradeiras cédulas, ganhas bem sabemos como...

– Precisamente. E o fato é que, após a prolongada investida – teria sido mais fácil conseguir a mão da filha pura de um proprietário importante – conseguiu que a madame supostamente perdesse o controle da bebida e o conduzisse ao quarto maior, à enorme suíte na qual ela se deitava invariavelmente sozinha. Contaram que naquela noite todos os cães de rua uivaram, incansáveis. Exageraram ao dizer que as demais moças da casa suspeitaram que a estrutura cederia ante o repetido impulso da cama contra as paredes, e que um grupo de jovens estivadores, proibidos de entrar sem autorização da proprietária, entregou-se à sodomia na discrição das ruas próximas. Gatos miaram enlouquecidos e as galinhas pararam de botar, enquanto, numa excitação entediante, as moças se entreolhavam, rindo, bocejando, aguardando pelo desfecho, que só veio no dia seguinte, perto do almoço.

– Pelo que disseram, a madame desceu as escadas saltitante como uma adolescente, porém sem os incômodos da primeira vez. Suspirou e cantarolou, divertida com as gracinhas das outras moças. Tomou café da manhã, espreguiçou-se bastante, lembrando

um gato a despertar. Perguntou sobre o movimento da noite anterior e aprovou a decisão de manter as portas fechadas. Contou que o senhor Álvares Corrêa, o guardião de nomes...
— Desgraçado...
— Enfim, contou que havia exigido do cavaleiro, por aquela noite de devassidão, um dia do faturamento da casa. Era o justo. Deveria pagar pela exclusividade. Portanto, as moças podiam ter certeza de que seriam remuneradas, mesmo sem terem trabalhado.
— Senhor Álvares Corrêa... Que desgraçado...
— Que rato, que tipo encardido...
— Menos do que um homem, muito menos.
— Pois bem: soubemos que as moças tomavam o desjejum, compartilhando a alegria relaxada da proprietária, quando alguma delas perguntou se a madame havia sido rebatizada.
— Questionaram e discutiram também os detalhes da noite, mas esses não vêm ao caso...
— Precisamente. E peço ao doutor advogado que observe, uma vez mais, que aqui tratamos de um tipo da mais baixa categoria, um tipo que nada respeita. Falamos aqui de quem mereceria ser simplesmente esquecido, abandonado sem nome, como deveria ter sido o respectivo pai. Desprezou a herança paterna, desprezou a história familiar, desprezou a pequena soma arrecadada em práticas cuja narração nos revolta. Só o fazemos para que o doutor advogado saiba de que tipo se trata.
— Conte logo de uma vez!
— Pois bem. Quando as meretrizes quiseram saber o novo nome, após conhecerem os horríveis detalhes da noitada animalesca, ambos agindo como símios, a madame sorriu, satisfeita por enfim chegarem à questão tão aguardada. Olhando as jovens, piscou muitos os olhos, adoçou a voz num fiapo frágil, pronunciou as palavras com a candura de uma santa: o cavalheiro Álvares Corrêa, guardião de nomes, batizara-a como Maria, a virgem mãe do Cristo. E assim se chamaria a partir dali.

Ao ouvir essas palavras, o advogado não pôde deixar de arregalar os olhos. De fato, assim se definia uma heresia, e esperou pelos mais intensos protestos e interjeições dos cinco irmãos, que se calaram. Imersos no silêncio, meneavam a cabeça, certos de que, nas incontáveis casas onde a história fora repetida, entendera-se que eram eles os hereges – todos eles, simultaneamente. De fato, que tipo de louco era o sobrinho, tão diligente na busca pela desgraça? Que teria sido um tipo desses em outras épocas, quando a forca servia aos condenados e a fogueira aos hereges? Por certo, o inquisidor e o juiz debateriam pelo direito de liquidá-lo, reivindicando e disputando quem, dentre ambos, o mais ofendido! Que esperavam, contudo, aqueles cinco irmãos? E viria ainda o primogênito ocupar a cadeira a ele reservada? Esperavam algum tipo de punição para o descendente, implicar o sobrinho em toda categoria de crimes e trancafiá-lo num buraco, ou apenas afastá-lo da mesa da herança? Talvez ambos. Em segredo, o advogado ansiava por conhecer a figura, incapaz de não admirar quem tanto irritava os distintos cavalheiros, fazendo-se o centro das preocupações da família. Mais importante que o oficial, somente o bandido com quem o oficial se preocupa. Perguntava-se também como se sairia no embate com o dito cujo, imaginando se ali se encontrava um adversário à altura, embora a vaidade lhe afirmasse que jamais encontraria alguém assim...

– Chegou-nos que, após a deplorável cena, finalmente o rato deixou o quarto, cambaleando escada abaixo, completamente fatigado, a pele esbranquiçada de um insone, os cabelos desalinhados, claramente incapaz de se sustentar em pé. Tomou o café preto e puro sem dizer uma palavra, desabou na cadeira enquanto a bebida batia forte no estômago, esperando que o efeito fosse suficiente para recuperá-lo, indiferente às risadinhas das moças e comentários de que madame Maria havia sugado sua derradeira gota.

– Ali estava, completamente falido, incapaz de pagar pela refeição seguinte. Finalmente, conseguira reduzir-se ao nada que sempre fora, ao nada que é o filho de um sétimo filho sem nome, sem uma família para a qual retornar por tê-la renegado, sem qualquer economia na qual se apoiar ou Deus diante do qual implorar perdão.

– O neto de uma santa, que nem a esta poderia rogar por interseção...

– Nunca foi esse neto, pois nunca foi nada além de um rato!

– Um filho pródigo, um imenso desperdício!

– Precisamente, senhores. De volta ao tema, soubemos que buscou recuperar-se com o desjejum, mas o cansaço extremo da noitada fez com que adormecesse sentado, a xícara de café pela metade, mal sustentada pela mão frouxa. Sem perder tempo, após renovados gracejos, as moças lhe revistaram os bolsos, o peito e pulsos, em busca de correntes, as meias e os sapatos, procurando uma última moeda. Não encontrando, carregaram-no juntas para a rua e lá o abandonaram, a bocarra sonolenta escancarada e à disposição para que qualquer passante a observasse.

– Levantou-se, quem sabe quantas horas depois, sem ter quem o escutasse reclamar da horrível dor de cabeça. Próximo do centro, mendigou, primeiro timidamente, depois, conforme a fome o chamava, erguendo a voz e assustando os passantes. Terminou recolhido pela polícia.

– Exato. Nosso homem, que o observava, bem deveria ter pago aos policiais para dele se livrarem, ou, ao menos, dar-lhe a boa sova havia que muito merecia, mas infelizmente o orientamos, antes da partida, a apenas observar e relatar.

– Podia ter tido a iniciativa!

– De fato, poderia, mas a verdade é que nem nós sabemos quando exatamente esperamos iniciativa ou obediência dos empregados. Particularmente, insisto na obediência.

– Que seja, mas bem merecia o maldito uma boa sova com a lateral do facão ou cacetete emborrachado.

– Certamente, merecia. Enfim, soltaram-no três dias depois aos cuidados de um proprietário do subúrbio, um criador de porcos que recrutava vagabundos para compor a força de trabalho. Quando lá chegou, disseram que o rato estava tão magro e faminto que comeu a comida dos porcos, rebaixando-se, pela fome, aos que deveria alimentar. Lá esteve e achamos que de lá nunca mais sairia, até começar a maldita procissão...

– Nem para o nosso pai, nem para o bispo vieram tantos, de tantas comarcas...

– Nem para o primeiro!

– Um insulto, um exagero...

– Sem dúvida, concordo plenamente. Mas, enfim, fizeram tanto alarde quando morreu o sétimo, o sem nome, que o rato acabou alertado e deixou o chiqueiro, que era sem dúvida o melhor lugar para ele. Usou um terno do falecido que lhe exibia as canelas magras, reivindicou uma alça do caixão e não teve a decência de derramar uma única lágrima.

– Pior do que isso, pois tanto nos faz o enterro do sétimo, se chorou ou não, pois sequer consideramos comparecer: veio se colocar entre nós e os trâmites da herança, disposto a acomodar à força seu nome entre os nossos. Depois de fazer o que fez na casa de tolerância!

– Instalou-se na casa do sem nome, reivindicando supostos direitos, como se não tivesse renegado o próprio pai e a linhagem ao cuspir no chão e dar as costas para o avô. Passou a usar as roupas do falecido, a gastar suas últimas cédulas, a atender os que buscavam pelo guardião de nomes, rebatizando-os, como a vida toda fizera o sétimo, para nos envergonhar!

– O pai, nosso patriarca, morreu sobretudo de vergonha, vítima das humilhações às quais o sem nome o submeteu. A tragédia desse último filho o arruinou, o sétimo filho nascido homem do barão Álvares Corrêa sendo, a bem da verdade, uma maldição. Se fôssemos seis, tudo teria se passado distintamente.

– E hoje, pior, somos somente cinco...

– Precisamente. E, agora, esse rato se dispõe a nos envergonhar e humilhar da mesma forma que o sétimo fez com o pai, porém não permitiremos. Não permitiremos! Se o doutor advogado compreendeu que se trata de um rato, do filho de um sétimo filho sem nome, de um desgraçado que não vale nada além do peso de seus ossos, nós temos um contrato.

– Queremos o desgraçado longe daqui, e sem lhe oferecer nada. Queremos o tipo incapaz de novamente usar o nosso nome, e arrependido por um dia ter ousado nos aviltar. Que vá criar porcos! Que vá mendigar! Queremos que abra mão de tudo, e que esteja obrigado à própria vida miserável até o limite da carcaça. Queremos que seja enterrado numa lápide sem nome, e lá fique, esquecido. Temos, pois, um contrato?

Por certo que sim. Mais fácil, e muito mais prazeroso do que entrar em acordo com um homem, era destruí-lo. O advogado compreendia que os clientes o buscavam porque desejavam certa sofisticação nas atitudes; uma ampla vitória, precedida por belas manobras legais. Se fosse o caso de simplesmente livrar-se do tipo, já teriam encomendado o tiro. Queriam algo para contar, uma história a seu favor para encerrar a longa narrativa. Queriam, pelo barão Álvares Corrêa, dar a última palavra na desavença com o sétimo irmão, o sem nome.

Quando finalmente deixou a reunião, conduzido, apesar da pouca distância – quem contrataria um advogado que anda a pé? –, limpou com asco a mão úmida dos cinco cumprimentos necessários para firmar o acordo e pôs-se a divagar sobre o protagonista daquele dia, o tão mencionado filho do sétimo filho. Esforçava-se por formar uma imagem mental do pobre diabo a ser batido, traçando-lhe as cicatrizes, perguntando-se se tinha a casca grossa do humilhado, a força daquele que desce tão baixo que nada mais o assombra, ou o espírito elevado de um nobre, certo de que tudo acabara mal por simples infortúnio e chegara o tempo de exigir nada menos do que a cama do rei. Disseram que fora obrigado, pela fome, a comer a lavagem dos porcos. Falaram também que, ao saber do sepultamento, tomara o caminho de volta para reivindicar, orgulhoso, o que era seu de direito, uma alça do caixão do pai. Sendo fatos verídicos, demonstravam alguma firmeza de caráter. De onde provinha tal convicção? Das narrativas que ouvira sobre a nobreza de sua origem ou da crença individual de que o destino lhe reservava um papel único? Fosse como fosse, um homem não pode passar incólume por uma refeição dividida com os porcos, à vista de todos, especialmente após ter reinado num meretrício. Estaria disposto a corrigir-se e nunca mais voltar a ter fome ou ansiava por, novamente, se regalar na adorável perdição? Descobriria. Com um nome tão peculiar como Pródigo, não seria difícil averiguar tudo que quisesse sobre o adversário...

Desceu à porta de casa, pagou ao condutor, passou ao escritório a fim de anotar as linhas gerais do caso antes que o sono o rendesse. Incomodava-o aquela coisa toda com os nomes, a constância com que protagonizavam os acontecimentos, como se aquela disputa não tivesse a ver com a herança ou a honra, mas sim com o direito de se ostentar um sobrenome. Afastar um parente menos querido do prato principal do patrimônio familiar era algo que já fizera. Aquilo, contudo, parecia algo diferente. Era como se o nome valesse mais do que a herança! Que diferença, afinal, fazia, para homens em posição social tão destacada, se um parente menos importante, assíduo no meretrício, se apresentasse com o sobrenome da família? Claro, podia causar algum aborrecimento, mas nada além. O povo diria isso ou aquilo, mas, o povo estava sempre dizendo isso ou aquilo. Por que se incomodar, se estavam no melhor lado da desigualdade social?

A longa e disforme sombra dos nomes pairava sobre o caso. Começara com o nascimento do sétimo filho do barão Álvares Corrêa, que o advogado já conhecia como o guardião de nomes: seria um bastardo e a traição levara o barão à rejeição? O filho do renegado, apesar de desprezar o sobrenome, dele se servia, interessado em limpar os pés sujos da lama dos porcos na família, forçando-a a dele se lembrar, mesmo que rebaixado ao chiqueiro. Queriam, então, subtrair-lhe a herança e, provavelmente, o nome e o sobrenome registrados pelo pai, considerando-o indigno. Como fazê-lo? Não havia jurisprudência que versasse sobre a destituição de um sobrenome por mau uso, por incompatibilidade entre a postura do nomeado e a história familiar. Toda a prática de rebatizados daquele sertão era tolerada pelas autoridades, a estranha prática servindo para que os populares se sentissem parte da difusa identidade nacional republicana. No Império, o mais provável é que o guardião de nomes fosse julgado e enforcado, tratado tal qual os adivinhos, bruxos e saltimbancos que se excediam na busca pela fama...

Destacou dos modelos datilografados um contrato padrão de renúncia de direitos, e anotou, numa folha avulsa, o nome do filho do sétimo filho para com ele preencher o documento, com o acordo pelo qual cedia todos os bens familiares em troca de nada, absolutamente nada. Não imaginava assim resolver a questão: usaria a proposta abusiva para sondar o caráter do outro, conhecendo-o conforme o provocava. Sem dúvida o moleque pretendia obter uma bela soma para deixar a cena e insistiria em tratar diretamente com os tios, sem intermediários. Oferecendo-lhe, contudo, nada, traria o acerto para muito mais próximo do traço contábil do que qualquer soma que o outro houvesse imaginado.

Encheu o copo de uísque, adicionou um dedo d'água, sentou-se dessa vez na poltrona próxima à janela: seu nome era o do barão da serra do Meio, dono das terras onde nascera. Mesmo sem o conhecer pessoalmente, a mãe decidiu que era aquele o padrinho do filho. Batizou-o, julgando que assim favorecia a criança frente a tantos outros moleques batizados como os artistas da única rádio que ali se podia escutar. Teria sido diferente se a mãe tivesse acompanhado a caravana de senhoras que se bateu contra a estrada poeirenta para encontrar o guardião, inebriada pela febre que tomou o povoado, interessada na escolha que garantiria saúde e prosperidade? Vira as crianças da mesma idade, filhos dos vizinhos, morrerem de cólera, amarelão e febre tifoide sob o bom auspício da palavra escolhida pelo nomeador; era o que acontecia, desde sempre, com a maioria dos ali nascidos. Vira os pais daquelas crianças abandonarem os lares para esfaquear ou fugir das facadas, tal qual o próprio. Quando atingiu a idade, pela primeira vez calçou sapatos para, conduzido pela mãe, se apresentar ao padrinho e lhe pedir que patrocinasse os estudos: era o quarto filho e o único a sobreviver, os três irmãos, com quem dividia o nome e o sangue, sepultados atrás da casa, envoltos em panos brancos. Não havia moedas para um caixão.

A bolsa foi concedida e ali chegara, abençoado pelo padrinho, capaz de desfrutar de um copo bem servido. Algumas vezes se perguntara, contudo, como o guardião o teria batizado, caso a mãe tivesse seguido o enganoso fluxo; que tipo rústico se teria tornado sem a matrícula no seminário e a faculdade na capital? A escolha do guardião só o teria prejudicado, mas qual teria sido? O nome de um barão, apesar de lhe abrir caminho, o limitara, pois se tratava de um nobre conhecido e reconhecido na serra do Meio, malvisto, porém, na capital da província.

Na faculdade de Direito, antes mesmo do primeiro dia de aula, os estudantes já o haviam sentenciado, certos de onde viera – e de onde não viera. Sem berço, pudera dedicar-se aos estudos e, graças ao mérito, se apresentava como doutor. Contudo, nunca conseguira ir além, pleitear cargos e salários, representar uma família importante. Se o guardião o tivesse rebatizado, talvez pudesse manter a mesma força de vontade e capacidade que lhe possibilitaram estudar e vencer, no entanto sem a sonoridade do sobrenome. Um Álvares Corrêa... Fosse, como os clientes, um Álvares Corrêa, os primeiros de família imponente que representava, quanto não faria, a quais círculos não ascenderia, quais portas para ele não se abririam? Formado, deveria ter procurado o nomeador, requisitando ser rebatizado como não fora na infância, arranjando para que o nome fosse alterado nos diplomas. Era possível dar um jeito... Bem deveria ter aproveitado o guardião instalado não longe dali. Agora se bateria com o filho; que incrível seria apresentar-se como doutor advogado Álvares Corrêa...

    Adormeceu imaginando o sabor e as texturas de nomes que nunca provara enquanto as incansáveis vozes daqueles cinco irmãos ressoavam em seus ouvidos. Chegavam-lhe, talvez por conta do efeito tardio da bebida, como se também ele pertencesse à família...

Definitivamente, aborrecia-o despertar em meio à desordem. Sentado no centro da cama do hotel, bocejando, Próspero contemplava desgostoso a toalha usada, o copo de vidro grosso com um resto de bebida quente e envelhecida, a marca que a garrafa suada deixara no móvel. Por certo, a camareira o julgaria um hóspede organizado, satisfeita com o pouco trabalho e a gorjeta justa: a Próspero, no entanto, parecia-lhe sobretudo indigno, e mesmo uma reles marca no lençol depunha contra a condição régia na qual se via.

Deslizou da cama para o chão, cuidando para que lençóis e cobertores não caíssem consigo. Quando os pés tocaram o carpete puído, o estômago se contraiu num pequeno choque: compreendeu que a suposta champanhe da noite anterior era, na verdade, uma aguardente ordinária, gelada e adocicada, dissimulada sob o rótulo elegante pelo qual pagara. Levou as mãos ao ventre: a distância entre a dimensão dos planos e a fragilidade dos corpos era a ironia primordial. Sonha-se conquistar a Terra, silencia-nos o mais ordinário dos venenos. Não deixou, contudo, que o incômodo avançasse para além do dorso: talvez graças à noite bem dormida, sentenciou que cada qual fazia o que era preciso para ganhar a vida, um falsificando bebidas, outro açoitando mulas, este o seu povo. Deveria ser indulgente com os súditos, desde que não fosse consigo; eis a máxima que o guiava nos raros dias de bom humor.

Ligou o chuveiro e deixou que a água jorrasse até esfumaçar completamente o cômodo. Banhou-se rapidamente. Jamais compreendeu os longos banhos dos césares, quando imperador e senadores se dispunham nus no vapor a discutir o destino de Roma. Tratava a higiene como um mal necessário, um ritual que cumpria sem paixão. Não fosse a temperatura insana daquela terra, jamais se banharia. Era asqueroso imaginar o grande César a solicitar fundos para conquistar a Germânia exibindo os pelos fartos e o pênis flácido. O poder emanava da autoridade inquestionável do monarca. A tarifa do hotel permitia-lhe um longo banho, exagerado em sais, espumas, toalhas e vapores, assim como um funcionário à disposição para lhe entregar toalhas extras no quarto e receber gorjeta: jamais se permitiria, contudo, ser visto em tamanha intimidade, evitando, inclusive, pensar na infância, quando a mãe e as tias lhe observavam, encantadas, o sexo. Fechou a torneira, secou-se rápido, vestiu-se decidido: felizmente, fizeram todas questão de esquecê-lo...

Bebericou sem pressa um chá na recepção, satisfeito por finalmente se encontrar vestido e perfumado. Pediu a conta, mas não fez menção de pagá-la, fazendo cálculos que não se expressavam em cifras. Tinha planos para a jornada que iam além de acompanhar o sepultamento do guardião de nomes. Empreender a jornada apenas pelo funeral – que seria narrado não pelos fatos, mas pela memória coletiva do enterro dos antigos faraós e modernos ditadores – seria obrigar-se, por mero romantismo, à insuportável multidão, às flores apodrecidas, aos contraventores interessados em roubar um botão do paletó ou alça do ataúde para vender aos colecionadores. Fatos melhores para serem lembrados, tais quais as guerras, cuja narrativa gloriosa exclui o cheiro de carne queimada. Pretendia algo mais: aproveitou-se da cerimônia para também conhecer o herdeiro do nomeador, facilmente reconhecível ao lado do caixão, pois as autoridades o conservavam à distância. A barba por fazer, o caminhar que denunciava calçados apertados, o traje social justo, inadequado à linhagem da qual descendia... Não bastando tais obviedades, era constantemente apontado, e contava-se que desprezara a herança do pai e do avô, fazia-se esquentado e orgulhoso, pondo-se primeiro a farrear com o pouco que tinha para depois criar porcos. Era um desperdício. Não valia o resto de comida das panelas do pai.

Com o olhar estático, Próspero pensava na figura para decidir como roubá-la. O tipo detinha algo que lhe pertencia: a folha original na qual o guardião de nomes grafara o registro de seu nascimento. Imaginava, dia após dia, a página que o inaugurara sujeita a qualquer descuido: precisava resgatá-la. Poderia entrar furtivamente na casa do falecido guardião de nomes e apanhá-la, poderia visitar aquele filho indesejado e costurar uma negociação desvantajosa. De uma maneira ou de outra, teria o que buscava: só era preciso decidir a armadilha. Outrora concluíra que empreender era bobagem, um discurso conveniente, pois o que faz um homem é a capacidade de tomar o que deseja. Não poderia conquistar o trono a si reservado deixando exposto, para a sanha dos inimigos, o flanco do registro original de seu nome: uma fraqueza sua seria uma fraqueza do reino. Recuperar a folha, reconquistar o trono, eis o que era preciso!

Pagou a conta sem conferir a soma, deixando sobre a mesa a cédula que lhe pareceu mais apropriada. Avisou que voltaria em breve com um carroceiro para apanhar as malas. Caminhou até a saída, apreciando o som dos sapatos contra a madeira do piso, assim como apreciou o gesto largo do funcionário que lhe abriu a porta: jamais deveria admitir menos do que o tratamento real.

Ganhou a rua em passos firmes, distantes do meio fio, coordenando velocidade e postura. Conforme avançava, seguro, fitando o horizonte, os passantes desviavam a trajetória e o olhar, cedendo-lhe o passeio para que caminhasse tranquilo, um príncipe para quem os súditos abrem passagem. Ia na direção da praça onde se concentravam os carroceiros: desta vez, negociaria com cuidado a viagem e escolheria com atenção o condutor. Precisava do carroceiro certo. Pressentia, contudo, o sucesso do ataque pelo respeito que angariava ao caminhar. Desde que aprendera a andar na cidade, obrigando os outros a desviarem, conseguira tudo. Nasceu quando se dispôs sobre o passeio público. Quem nele ali reparasse – e como poderiam não reparar? – se espantaria ao saber que já se considerara aleijado. Dias horríveis pelo que foram, esplêndidos pelo que lhe haviam ensinado...

Naquele tempo, passava as noites ao relento. Catava restos. Fugia dos demais mendigos, pois no espaço público também havia propriedade. Ouvia comentários sobre a casa de apoio, no outro bairro, onde se distribuíam roupas, sopas e se oferecia alojamento. Era preciso chegar lá, porém as tentativas eram frustradas por incontáveis encontrões. Na madrugada, não ousava caminhar, já que o asfalto era dominado por bandos de ratazanas e gangues a tudo dispostas. Na alvorada, crianças distraídas, senhoras com sacolas de compras, escriturários atrasados inevitavelmente acertavam-no, na maioria das vezes murmurando uma desculpa rápida ao vê-lo desequilibrado, abstendo-se de ajudá-lo.

Teimava, ainda assim. Lançado inúmeras vezes ao chão, tornou-se íntimo das cascas de ferida mal cicatrizadas, da sujeira que escapava do calçamento para se fixar na pele das mãos e joelhos. Tomou o aprendizado como missão, vendo-se como um jovem príncipe que precisa saber montar antes de ir à guerra. Avançava um pouco a cada dia, dando vinte passos até o choque, crente na própria força de vontade. Não compreendia por que era golpeado enquanto mutilados e cegos conseguiam caminhar normalmente, afastando os passantes. Às vezes, pensava-se aleijado, veterano de uma guerra inexistente, as pernas vivas, porém inúteis.

Balançou a cabeça para espantar a memória desagradável, como se fosse uma mosca. Parou junto ao meio fio, aguardando que o semáforo o autorizasse a avançar, tão firme e rígido na postura, tão bem-posto que praticamente conclamava os demais passantes a também obedecer à sinalização. Cruzou a faixa calculando o preço justo da viagem, valor muito abaixo daquele que iniciaria a negociação com o carroceiro. Pagaria um quarto do preço certo: cuidava assim dos próprios interesses e ainda se vingava do outro, que atirou sua mala na lama. Se tomavam Próspero por um anão e dispensavam-lhe hediondo tratamento, o que o impedia de tratar todos os condutores de mulas como os mesmos animais? Que o conduzissem sob prejuízo, que trabalhassem o dobro pelo pão que lhe sobrava, que a pele rude se convertesse em carne viva, estragada como o lombo de um cavalo maltratado: homem contra homem, homem contra animal, eis do que se tratava. Havia desperdiçado a misericórdia e o bom humor ao julgar a bebida falsificada. As lembranças antigas devolviam-no à impiedade que tanto estimava...

Ganhou novamente a calçada: era desnecessário acelerar os passos, pois bastava a postura para frear os automóveis. Um aleijado, abrigado sob a marquise, estendeu-lhe a mão, pedindo uma moeda: ignorou-o. Quinze anos antes, dispunha-se na mesma condição: sujo no chão, indigno como um rei degolado. Salvou-se, ainda assim, como o outro deveria salvar-se: naquele tempo, espreitava a multidão crente de que morreria de fome, convencido de que, para caminhar pela cidade, era preciso nascer sob a luz dos postes.

Tudo mudou no dia em que notou, na direção oposta, o avançar de um jovem amputado a se deslocar velozmente sobre o carrinho. Retesou os dedos, firmou os ombros, decidiu que aquele seria o primeiro que dele desviaria. O primeiro homem a reconhecê-lo. Se não lhe desse passagem, trombariam. Moveu os pés como se desferisse chutes, firmou o tronco, manteve os olhos no horizonte: dispunha-se a qualquer violência. Apetecia-lhe matar na luta pelo espaço. Em um gesto ensaiado, o outro abriu-lhe passagem, cedendo. Conseguira! Ali, entendeu: era preciso ser, antes de tudo, um animal. Era preciso odiar toda a humanidade, odiar cada bípede; era preciso despertar a cada dia disposto a matar, mesmo o mais miserável dos pobres diabos, com as próprias e pequenas mãos. Somente a partir de tal perspectiva era possível fazer-se condescendente, altruísta, gentil: a misericórdia como uma opção posterior à brutalidade, eis a lógica dos príncipes. Com aquela conquista, Próspero compreendeu a dinâmica das ruas, e pôs-se a conhecer cada recanto da cidade, caminhando incansavelmente. Aquele era o seu lugar. Enquanto tudo no campo o enfastiava, a urbanidade o atraía até em seus mais desinteressantes detalhes. Acolhido no lar de apoio, asseguradas as três refeições e o catre, explorava as entranhas da civilidade, interessado em se tornar íntimo dos segredos que a cidade escondia dos rudes.

Começou pelas luzes que organizam o trânsito, observando-as até lhes decifrar a lógica. Depois, deteve-se nos itinerários da frota de ônibus. As placas que exibiam os nomes das ruas, os horários de atendimento, as filas nos bancos eram sistemas que lhe chegavam, um após o outro, satisfazendo-o. A quantidade de máquinas e profissões, os jornais sempre novos, os jornais sempre velhos, o plástico, o ruído incessante: era aquela a máquina do mundo. Quando as novidades se fizeram íntimas, avançou para a periferia, visitando, seguro, cada sinuca, bar e meretrício das bordas da cidade, fazendo a pé todo o trajeto dos ônibus, gostando da força conquistada pelas pernas, de como, no centro ou na periferia, abriam-lhe passagem. A cidade era aquela maravilhosa desigualdade, força, velocidade, indiferença: pertencia àquilo. Se ali tivesse nascido, qualquer que fosse sua estatura, ninguém nele teria reparado por mais de um dia.

Aprendeu a fazer-se pretensamente distraído para escutar as conversas alheias. Nas longas esperas na prefeitura, no atendimento da previdência social e filas dos hospitais públicos, perdia o dia acompanhando fragmentos de narrativas: um modo de se ganhar dinheiro rápido, um filho que agredia a mãe, um pai que socava um filho. Essa que buscava a filha desaparecida, aquele perseguido pelas opiniões políticas. Logo descobriu as lendas dos bandidos: enfastiou-se de imediato com os relatos envolvendo familiares violentos e governantes corruptos. Passou a colecionar as crônicas daqueles que negavam o título de rei do crime, a honra invariavelmente passada adiante, já que a coroa trazia consigo a mira da espada. Encontrou a narrativa a si mais apropriada: proliferavam os contos das vítimas, rareavam os dos carrascos. Eis quem era.

No quarto coletivo da casa de apoio, sonhava: Próspero, nascido gigante, destinado a reinar. Próspero, o Vil: que belo soava! Na urbanidade, cabiam todos os desejos, e sonhava com o pesadelo dos conterrâneos. Sempre se soube um príncipe destronado e, pelos caminhos do crime, poderia de fato tomar a coroa. Se era possível aos tipos que conhecia pela alcunha reinar sobre bairros densamente povoados, o que o impediria de conquistar o torrão de terra que o parira e se sagrar rei?

O tráfego de um cruzamento interrompeu sua caminhada. Quando a luz amarela se insinuou, desceu da calçada, ereto, digno, trazendo consigo uma pequena multidão que obrigou os últimos veículos a frear. Liderava. Os populares seguiam-no, sem perceber que eram o gado que Próspero conduzia. Tampouco sabiam que em breve o carregariam numa liteira. Sentia-se bem, e assim confortado reencontrou com ternura as primeiras histórias de crime, lembrando-se de como se fez assíduo nas espeluncas. Em poucos meses, não apenas sabia como cada um havia chegado ao palco principal do mundo do crime, como também era capaz de tomar partido nas discussões que irrompiam, posicionando-se. Um dia, o boteco silenciou: notou, maravilhado, que no balcão estava o famoso Tião Medonho, a saída e esquinas próximas bem guardadas por seu lendário bando.

Próspero sempre colocara Tião Medonho e seus comparsas em posição destacada, mas não máxima, no almanaque de crimes que organizava. Já havia argumentado, naquela mesma espelunca, ser o personagem importante mais pela engenhosidade do que pela ficha criminal, pois era o único dos bandidos notórios que envelhecia confortavelmente. Vê-lo tão próximo, porém, levou-o a uma prolongada epifania. Se ainda se contavam as balas que haviam perfurado o abdômen de tantos outros, Tião Medonho, por sua vez, distribuía favores, patrocinava artistas, solucionava conflitos, persuadindo a pequena marginalidade a se manter afastada do bairro. Era um rei que recusava a coroa. Contava-se que, nos anos antigos, havia incendiado três casas, em três dias seguidos, para, com a fuga dos moradores, roubar-lhes os pertences. Confessou o crime, mas nunca foi preso. O dinheiro oriundo dos roubos foi todo entregue aos advogados. Reuniu então o bando: todos os meses, educadamente, batiam em cada porta do bairro, desejavam boa fortuna, pediam uma contribuição para a vida e obra de Tião Medonho. Todos, sem exceção, prestavam-se a ajudá-lo. Era amado.

 Sorrindo, marchando com passos imperiais enquanto dele desviavam, Próspero viu-se a si mesmo na cena, rememorando como o silêncio se adensou até um limite impossível: Tião Medonho bebendo um refrigerante, crente de que entraria e sairia sem que ninguém se movesse, até que Próspero se ergueu, ousado como não se sabia, para cumprimentar o famoso contraventor. Parou diante da imponente figura – que belo contraste, o franzino e o homenzarrão – e esticou a mão, resoluto, como se todo o futuro dependesse unicamente desse gesto. Quando sentiu a mão envolvida, sorriu sem se conter. Que momento sublime: interpretou-o como a consagração de seu renascimento urbano. Se Tião Medonho nada tivesse dito, ele já estaria satisfeito. Abriu, porém, um enorme sorriso, perguntou-lhe o nome, afirmou ser um prazer conhecê-lo, declarou que o procurasse caso precisasse de qualquer favor: a partir dali, os inimigos de Próspero seriam também os inimigos de Tião Medonho.

 O chefe da gangue passou ainda a cumprimentá-lo em todas as ocasiões, e Próspero aproveitava-se de cada um desses contatos para apreender a cadência envolvente com que derramava as palavras, a ternura do olhar e até a marca das roupas e do relógio. Não podia deixar de lhe admirar o gênio: com um único crime, garantira tudo que desejava, por todos os dias de vida, sem o risco da ficha criminal bem preenchida, sem desperdiçar-se a trabalhar. Os criminosos sempre pensam em roubar a fortuna que possa garantir dias de eterno luxo: Tião percebeu que mais valia ter à disposição todas as cédulas do bolso coletivo. Ali Próspero encontrou o que desejava, porém, pertencia a outro. Como consegui-lo? Como repetir o truque e ainda assim ser o primeiro?

A questão se fixou. No caminho entre a casa de apoio e a periferia que adotou, os passantes a abrir passagem não mais o satisfaziam; era pouco o respeito que angariava quando elevava a voz. Roía as unhas: qual golpe teria seu nome? Nada lhe ocorria. As mesmas ruas, o mesmo catre, as figuras e ideias repetidas passaram a angustiá-lo, vendo-se como um rei entediado, interessado em julgar os traidores apenas para espantar o agastamento. Não era possível sonhar com um mundo novo a partir da rotina.

Num dia de mau humor, sentiu minar sua confiança. Talvez a casa de apoio e a espelunca fossem o insuperável ponto de chegada para um rústico como ele. Lembrou-se, porém, que o nome de Tião Medonho não significava nada, enquanto ele fora batizado pelo guardião de nomes, a palavra que lhe pertencia grafada no primeiro dos livros de registros. Enquanto o outro seria enterrado como Sebastião da Silva, dos Santos ou da Cruz, Próspero sempre seria Próspero. Por certo o nomeador vira algo nele, um destino, um fato inegável. Decidiu assim reencontrar o guardião de nomes e colocá-lo à prova. Queria ter o nome confirmado, por mais que a jornada da cidade grande até o guardião fosse penosa. Decidiu também que, nos momentos mais difíceis, a lembrança de Tião Medonho lhe apertando a mão e sorrindo o confortaria. Fora um momento sublime. Melhor do que aquele, somente quando contemplou a cabeça decepada de Tião Medonho, desta feita já sem sorrir...

Nenhum dos carroceiros valia nada, pensou quando os avistou reunidos a assobiar para as mulheres desacompanhadas. Tinha certeza de que, se alguma delas lhes dirigisse a palavra com firmeza, baixariam os olhos e colocariam as mãos para trás, humildes. Não valiam nada. Gostando do próprio caminhar, do aspecto imperial de sua marcha, aproveitou-se da demora do grupo em percebê-lo para avaliar a fibra de cada um, adivinhando o elo mais fraco daquela corrente de empobrecidos.

Quando o carroceiro que organizava as saídas o abordou, evocando tratamento senhoril, já se tinha decidido pelo condutor cuja pele se dividia entre a barba mal crescida e as espinhas mal curadas, o primeiro a rir das piadas sem graça dos demais: eis quem o carregaria por, no máximo, um quarto do preço justo. Apontou-o, antevendo o desenrolar da cena: ele o trataria com justiça e educação antes de receber a moeda, concordando com paradas e desvios; uma vez que a moeda trocasse de bolso, lançaria rindo as malas na lama. Desta feita, porém, desenvolveria a sequência de maneira distinta.

– Pois não, senhor.

Declarou intenção de viajar até a cidade vizinha, aceitando o preço sem negociar, condicionando apenas que o pagamento se desse ao final do trajeto. Iria muito mais longe, mas a renegociação seria conduzida sob o sol ardente e ao som do trote da mula, quando as condições seriam as suas. Pediu um banco para melhor escalar a carroça e foi prontamente atendido, sem deboches. O condutor ainda esperou que Próspero se sentasse para ajeitar os arreios na mula, enquanto este atentava para a conversa dos outros, atraído pela menção ao guardião de nomes: opinavam, concordando entre si, ser vergonhosa a postura do herdeiro do nomeador. Comentavam que, na noite anterior, o filho deixara um bar quase incapaz de caminhar, vomitando pelas ruas, balbuciando frases sem sentido, exibindo a soma que trazia na carteira. Dispunha-se sozinho na residência onde, por toda a história da cidade, o nomeador atendera e registrara qualquer um que o procurasse. Oscilando entre a soberba e a miséria, o filho do guardião de nomes ameaçava estabelecer uma tabela de preços. Não valia nada. Os descendentes do barão Álvares Corrêa por certo se organizavam para impedir aquele descalabro, mas o primogênito fazia falta, pois só uma energia como a sua poderia responder adequadamente àquela cretinice.

O trote feroz da mula, a qual acelerava amedrontada com a iminência da chibatada, impediu Próspero de seguir desvendando o tema. Forçou-o também ao sorriso e à conclusão de que a sorte o acompanhava. Não qualquer fortuna, mas aquela que pertence unicamente aos reis, o símbolo da vontade divina. Passou de pronto a articular os detalhes da ação: se a porta estivesse aberta, entraria em silêncio; se estivesse trancada, bateria apenas três vezes para então quebrar a fechadura e invadir a casa. Se fosse recebido por aquele filho desonrado, tergiversaria nos temas para enganá-lo num negócio desvantajoso; se o encontrasse inconsciente, tomaria o que lhe pertencia, num crime silencioso e perfeito. Com cada eventualidade bem mapeada, nada poderia impedi-lo. A bem da verdade, nem se tratava de um crime, pois tinha direito moral sobre a página grafada. A única acusação que poderia pesar contra si repousava no corpo morto de Tião Medonho: este, contudo, era o crime fundamental, aquele que inaugura o estado e é por isso inimputável. Sob o trono no qual se sentaria haveria os ossos daquele único homem putrefato. Para além dele, a coroa e o cetro o tornariam também um santo.

Avisou ao carroceiro que desejava fazer uma parada na casa do guardião de nomes. Sentia-se extremamente bem, carregado em direção aos próprios objetivos, vendo os planos se descortinarem. Pressentia que o tempo de seu reinado finalmente se anunciava. Falecido o guardião, os nomes dispostos sobre a cova, era o tempo da conquista, de sagrar-se rei e senhor do reino onde fora concebido. A mula teria a sorte de testemunhar a reconquista e a coroação, estaria retratada nos quadros a óleo que ainda seriam pintados: ou seria melhor entrar na cidade montado num enorme cavalo branco? Detalhes a serem resolvidos... Antes, recuperar a folha original, embora já a considerasse consigo: o nome com que fora ungido não admitia derrotas.

Disseram que em outra terra havia um homem que guardava nomes: de lá se mantinha distante. Apresentava-se como Clarque Roquefeler, mas já tivera muitos outros nomes. O de batismo, inventado pela mãe, era um segredo que, se pudesse, esconderia até de si.

Aproveitando-se das infinitas possibilidades de fortuna que a pobre nação lhe oferecia, apresentava-se como o guardião de nomes, cobrava pelos serviços, desfrutava da riqueza, do respeito e companhia dos barões, satisfeito por se passar pelo outro. Pensava obsessivamente naquele tipo sem nome, o sétimo filho do barão Álvares Corrêa, e rezava para que um acidente o liquidasse – tantos morriam todos os dias, por que não o nomeador? Aquela terra era absurda: em nenhum outro sítio a réplica valia mais do que o original. Haviam-lhe dito que a cada dia nasce um trouxa, mas na verdade eram três por minuto, e deles se servia, certo de que nunca se esgotariam. Apreciava que assim fosse, esperava que sempre se desse, e seria, desde que o guardião de nomes não o atrapalhasse.

Se se punha a lembrar de como aquilo havia começado, concluía que fora no dia em que o pai lhe negara o nome, e era capaz de lembrar do irmão sendo açoitado, da empregada chorando após ser expulsa, do corpo morto da mãe enforcada a balançar. Quantas vezes, diante de um pequeno grupo de homens ilustres, bebendo do que havia de melhor, dedilhara tais lembranças, explorando o silêncio, simulando conter uma lágrima que insistia em brotar? Mesmo sozinho, a primeira coisa em que pensava era nas memórias do outro. Precisava concentrar-se para lembrar quem de fato era: dava-se tal qual os que vivem em país estrangeiro, com uma língua estranha, e só após um esforço recuperam as antigas palavras, os fonemas endurecidos dentro da boca.

Somente quando abandonava o personagem, receoso da própria memória, lembrava-se do dia em que lhe contaram sobre um barão que pagava por histórias do último filho, oferecendo moedas antigas, bezerros, cavalos e galinhas conforme a qualidade do conto. Naquela época, era um mero trambiqueiro, um vendedor de papagaios inteligentes, e um comparsa contou-lhe sobre o barão, para juntos gargalharem. Riu; era o que dele se esperava. Partiu como se não se importasse. Próximo à fazenda, na encruzilhada que dava acesso às terras do barão, encontrou a primeira vítima. Ali armou o golpe. A cada minuto nascem três trouxas, e parecia que todos passavam por aquele caminho.

Se tivesse se apresentado ao barão Álvares Corrêa, inventado uma história sobre o sétimo filho, esforçando-se na narrativa para assim ganhar um bezerro, poderiam dizer que era um homem esperto. Um bezerro em troca de um conto? Era muito mais do que o justo. Mas fez melhor. Se não fosse de mau tom, se não vivessem numa terra de malandros onde, curiosamente, a malandragem era malvista, deveria ser reverenciado, eleito para chefiar a província.

Postou-se na encruzilhada e passou a abordar os andarilhos. Propunha-lhes um negócio: deveriam sair da estrada, ir até a propriedade do barão Álvares Corrêa e repetir a história que lhes contaria. Para cada galinha que trouxessem de volta, receberiam uma moeda. Um coelho valia meia moeda; um bezerro, cinco. Estava claro? Apesar de caminharem esfarrapados, à beira da estrada, os olhos perdidos num horizonte que não lhes oferecia nada, os andarilhos eram capazes de seguir até a casa, repetir a narrativa e retornar exatamente como os havia instruído. Quando voltavam, pagava-lhes, recebia as galinhas, coelhos, bezerros, e imediatamente oferecia um almoço e uma dose de cachaça pelas mesmas moedas que havia entregue e mais uma: sempre aceitavam. Para cada três moedas que arrancava do barão, conseguia uma dos andarilhos. Diziam que a cada dia nasce um trouxa: na verdade, eram três por minuto...

Rapidamente encheu a bolsa de moedas, e soube ser a hora de partir. Se fosse como Tião Medonho, famoso, digno da benevolência das autoridades, bem-quisto, poderia ali ficar por uma década, comendo das sobras do barão, porém não tinha sócios nem padrinhos. Sabia que em pouco tempo o arrancariam do negócio. Seu segredo era justamente deixar a mesa do almoço antes de servirem a sobremesa. Tivera sucesso também porque percebeu que ao barão agradavam mais as desgraças do que os sucessos do sétimo filho, mas havia um limite de desventuras a serem inventadas sobre a vida alheia, especialmente em se tratando de um tipo bem-sucedido como o guardião de nomes.

Queria uma temporada no estrangeiro. Foi à cidade, comprou o melhor dos ternos e se apresentou pessoalmente na fazenda do barão Álvares Corrêa. Naquele dia, inventou o nome: Clarque Roquefeler. Vendeu ao barão dez por cento de sete minas de ouro bem localizadas em Eldorado, no meio da mata virgem. Passou recibo e deu garantias. Conquistou a simpatia do barão, e os fundos do cheque, reclamando de um suposto herdeiro dos Roquefeler que envergonhava a família.

Disseram que em outra terra havia um homem que guardava nomes. Não o conhecia: imaginava-o a partir das histórias que havia inventado. Se um dia a existência alheia fora uma oportunidade, então se tornara um fardo, uma questão a ser resolvida. Queria a paz para engordar, para depositar no banco oficial tudo o que possuía. Mesmo vivendo distante, o guardião de nomes era capaz de produzir histórias que lhe ameaçavam o patrimônio e reputação. Já havia acontecido, quando o rabino o acusou de incentivar um moleque chamado Remela a desrespeitar o pai. Quem diabos era Remela?! Era absurdo, mas não podia se indispor com o rabino. Já não era um homem de pés ligeiros: tornara-se um administrador e era preciso gerir aquilo.

Gerir, não. Resolver. Precisava eliminar aquele problema.

Assoprou o café repetidas vezes antes de sorvê-lo, a caneca entre as mãos, o abdômen endurecido à espera do impacto da bebida, tal qual o lutador a aguardar pelo golpe. Tão logo a dose de cafeína bateu no estômago, Pródigo corrigiu a postura, ajeitou os cabelos, esfregou os olhos, tocou o rosto para calcular o comprimento da barba: se era certo que não provocava a melhor das impressões, tampouco podia aceitar o modesto desjejum tal qual o mendigo aceita caridades à porta da igreja. Era então um herdeiro, aquela era a sua casa, pertencia-lhe o pó de café. Cedera-o para que a velha o preparasse, assim era: para ocasiões como aquela, devia envergar a postura do príncipe que, após uma noite de festa, se diverte às custas dos empregados, ordenando a troca dos nomes dos serviçais para vencer o tédio. Em ocasiões tais, cabiam sacrifícios, como bem sabiam os antigos...

 A velha aparentemente decidira recontar toda a história da família, para assim chegar à neta que não podia chamar-se João. Estava claro que, num truque antigo, ela o surpreendera pela manhã com um café extremamente forte para que ele atentasse à história e alterasse a decisão. As gentes dali... Por que simplesmente não fora embora, escolhera ela mesma o nome, relatara para os parentes que o nome preferido provinha da pena do guardião e seguira com seus dias? Mantinham-se entre a malandragem e a fé infantil, entre desconfianças absolutas e crenças inabaláveis das quais o pai, sem remorso algum, se aproveitara. Que tanta diferença faria um desgraçado como ele escolher um ou outro nome? Interessava-lhe os despojos dos bens e alguma honraria pública, e não a sina de escutar os resmungos daquela gente, as lamúrias que, embora distintas, derivavam da mesma miséria e ignorância. Que desgraça ter ido tão longe para estar novamente entre as gentes dali... Pelo menos a velha sabia preparar um café no ponto certo.

A narrativa pegou-o, ainda assim. Se a bebida forte logo pela manhã era manobra conhecida, pelo menos desta feita havia funcionado, não obstante a voz chata e mal ritmada, semelhante ao ensaio que não se torna música do grupo decidido a tocar na praça.

Habitava longe dali, na última cidade digna de assim se chamar. O primeiro deles, o falecido patriarca, matara o padre do outro lado do mar, ou quase matara o padre, ou quase fora morto pelos amigos do padre; chegando, mudara de sobrenome, encantado com a terra árida, com a vida sofrida e com todas as possibilidades de um novo substantivo para se definir. Conseguiu terra, casa e alguma dignidade: ainda assim, de qualquer lado do oceano sempre havia alguém para se matar, para quase se matar, ou com amigos dispostos a quase o matarem. Da fuga germinou a família, a velha preocupada em se fazerem à altura do antigo nome, de voltar para as terras que nunca conhecera. Se já haviam esquecido o nome do padre, ele também deles se esquecera. Era preciso, no entanto, reerguer a família, para retornar e retomar o antigo sobrenome. Entre a morte do pai, o casamento e a filha, não fizera nada além de defender o sobrenome que o progenitor simplesmente inventara.

A filha herdara a ganância de algum parente que desconheciam, porém faltava-lhe a malandragem necessária para mudar de vida. Queria tudo, acreditava em todos. Engravidara de um anão, que a seduzira narrando contos grandiloquentes, com princesas e reinos magníficos, fazendo-a sonhar com lacaios, carruagens e entretenimentos da realeza... Nem tudo, contudo, estava perdido: também se engraçara com o filho mais moço do senhor daquelas terras, o rico herdeiro de uma dinastia de proprietários, criadores de gado, grandes produtores e políticos locais. Um tipo calado, atento a miudezas: daria um ótimo marido. A neta que em breve nasceria precisava do nome certo, o substantivo que a faria filha do herdeiro, e não do anão. O nome certo para a neta poderia reconduzi-los ao lado correto do mar, recuperando o sobrenome que jamais deveriam ter perdido.

– Por isso, meu filho, a menina não pode se chamar João. As palavras têm muito poder...

Uma família de malandros, quem diria... Sorriu quando terminou a xícara de café, e aceitou que a velha o servisse novamente. Então o avô era um bandido, a neta, vagabunda, e a velha, uma malandra! Desta feita, valera a pena ouvir a história! Um clã de gatunos, quem iria imaginar! Um matador, uma namoradeira e uma velha aproveitadora. Deveria mesmo colocar uma tabela de preços na entrada, ou escutá-los e ao final apresentar a soma, mostrando-lhes quem de fato era esperto ali. Que malandros! Se dissesse que havia um preço para o nome não ser João, que diria a velha? Deveria registrar sempre o primeiro nome que lhe viesse à cabeça, e cobrar para que escolhessem outro. Aí sim, faria negócios! Registrar um nome ridículo e cobrar para que fosse outro, assim a empresa prosperaria!

Sob as sobrancelhas ralas e esbranquiçadas, a velha manteve o olhar fixo, esperando que com ela concordasse e resolvessem o assunto. Ele degustou o café, rememorando a noite anterior e o próprio desempenho, enquanto a velha murchava a boca numa careta estranha, evitando encará-lo, devaneando entre a segurança da postura humilde e a possibilidade de receber um novo desaforo.

Fora exemplar na espelunca, exibindo e desperdiçando a nota graúda, bebendo o quanto quis e como quis, obrigando o dono do bar a mantê-lo aberto até quando desejou. Assim se portava um herdeiro: se fosse um vagabundo a contar as moedas e chorar mais uma dose, teria sido enxotado. Aguardaram que se levantasse, e regressara à casa sem vomitar nem cair pela rua. Soubera pagar e se portar: um herdeiro! Estava certo de que, na próxima visita, lhe ofereceriam a melhor mesa, deixariam a garrafa sem exigir a nota antecipada e só puxariam conversa se fosse de seu agrado.

    Assim teria sido desde sempre se o pai o tivesse registrado corretamente, se fosse ele o Próspero e não o gigante cujo destino desconhecia. Aos poucos, a cidade que tanto amaldiçoara compreenderia quem era e como foram infelizes em desprezá-lo. Começariam a entender a partir do tratamento dispensado à velha: se acreditava que alteraria o nome graças a um bule de café, estava muito enganada. Um herdeiro deve ser adulado! Se se satisfizesse com tal miséria, o pó que lhe pertencia, coado e fervido, diminuiria o próprio valor antes de mais nada para si próprio. O nome da neta da velha malandra estava resolvido, que se chamasse João, e se o filho de proprietários descobrisse não ser o pai, tanto melhor. A esperta da velha queria garantir a herança graças a ele, e recompensá-lo com duas xícaras de café – era demais. Tratava-o como um adivinho, que lê o futuro e conjura maldições por alguns trocados! Que todos naquele quinhão de terra no fim do mundo soubessem, e pela boca impertinente da velha, que Pródigo era um herdeiro!

    Sem perceber reação no outro, ausente o gesto que a encorajasse à humildade ou à impertinência, a velha decidiu recontar toda a história com maior número de detalhes, apostando que seduziria o interlocutor ao tornar vívidas as figuras familiares. Ao longo de seus dias, narrara, repensara e repetira tantas vezes aqueles contos que poderia falar por toda a tarde de um único episódio. Se na primeira versão apenas mencionara o padre que o pai enfrentara, voltava já à época detalhando a natureza da ofensa, as cores da terra que servia de cenário, as especialidades lá produzidas e famílias importantes daquele lado do mar. O mencionado crime ganhava motivos, repercussões e consequências não concretizadas pela fuga do patriarca e novo sobrenome. Enquanto isso, Pródigo a fitava, alheio, a escutar na verdade seu próprio avô, o barão Álvares Corrêa, a reclamar dos caminhos do sétimo filho. Não fosse a ressaca, expulsaria a velha. A bebedeira da noite anterior, ainda que comedida, deixava-o indisposto aos grandes gestos. Na cadeira outrora ocupada pelo pai, ouvindo, sem escutar, a trama ordinária de crime e fuga que fundara outra família, pensava na própria linhagem, e no próprio avô descrevendo o suposto parricídio frustrado pela empregada, a caixa lançada por sobre a cerca... Apesar do desprezo que o avô bradava dedicar ao sétimo filho, a única criatura indigna de um nome nascida nas terras cada vez menores do barão Álvares Corrêa, acompanhava-lhe cada um dos passos.

Um mês após terem atirado à estrada os pertences do pai, oferecendo-lhe como herança nada além do emprego arranjado, chegou a notícia de que tomara posse do cargo de escriturário no cartório de registro civil da maior das cidades da região. Exultante, o barão Álvares Corrêa ofereceu ao portador da notícia um bezerro recém-nascido, pois já não tinha animais adultos em quantidade suficiente para doar sem afetar a procriação. Evitou convidá-lo para o almoço, por não estar certo da qualidade da refeição. Após dispensá-lo, releu inúmeras vezes as breves palavras, deliciando-se ao imaginar o impertinente sétimo filho, o amaldiçoado que viera ao mundo para nada além de matar a mãe, resignando-se com à própria miséria, à necessidade de aceitar a posição medíocre que, gentilmente, lhe oferecia. Quem sabe ainda não voltasse à casa para lhe entregar o ordenado e um humilhado pedido de desculpas?

Relendo as palavras do novo oficial de registros, a quem fizera o favor de vender o cartório, saboreava especialmente o trecho no qual mencionava a alegria de ter recebido o humilde sétimo filho do barão Álvares Corrêa. Vislumbrava aquele desgraçado, o que tivera a coragem de apresentar-se de súbito no centro da sala da grande casa com a intenção de matá-lo, após trinta dias de caminhada e fome, após ter dormido com os bichos e pedido comida nas casas, tendo finalmente atinado para a própria inferioridade e se apresentado humildemente no emprego. Humildemente! O quadro ainda melhorava quando o barão imaginava o bruto forçado a dominar a caneta e a tinta para ganhar o pão, suportando o escárnio dos colegas de ofício para com o jeito de homem do campo, os comentários – certamente comentavam! – de que não tinha a fineza de modos do pai e irmãos, tudo isso em troca de uma pilha de notas que mal pagariam um quarto na periferia e refeições nos piores estabelecimentos. Teria de pular algumas refeições para que o dinheiro durasse todo o mês, o maldito! E não poderia desperdiçar um centavo com mulheres ou bebida, se quisesse dormir e comer. Bem fizera em oferecer a posição ou o desterro, bem fizera! Naquele dia, presenteou a governanta com uma joia da falecida, admitiu-a na própria cama e, ainda nu, após prolongada intimidade, foi ao escritório para dobrar a certidão de nascimento do derradeiro filho e enfiá-la na gaveta. Aquele diabo não merecia mesmo um nome.

 A animação do barão naquele dia distendeu-se pelos demais, o que o encorajou a retomar antigos e ambiciosos projetos, a reexaminar a contabilidade e as possibilidades de renegociações favoráveis. Passados vinte anos desde a fatídica noite, sentiu como se despertasse após longo sono ou retornasse à casa após prolongada viagem: reencontrava a propriedade em péssimo estado, os negócios desordenados, porcentagens mal calculadas, nomes mal distribuídos. Sobrava-lhe, porém, juventude e determinação para tudo reconquistar. Se era fato que o patrimônio era muito inferior ao outrora acumulado, também era fato que superava a herança recebida na juventude. Valendo-se da sabedoria adquirida ao longo dos anos, tinha melhores condições de prosperar. Se já multiplicara o patrimônio anteriormente, sem os erros de cálculo do passado elevaria as posses à potência de dez! Determinou a duração máxima do culto à santa e finada esposa, com início após o dia de trabalho. Calculou a quantidade de machos e fêmeas do gado, propondo trocas e empréstimos aos vizinhos para estimular a procriação. Adquiriu a prazo sementes de melhor qualidade e fertilizantes para a terra, utilizando-se do poder da própria presença, já que os boatos lhe haviam minado o crédito. Por fim, após cada dia dedicado aos negócios, aceitava a governanta no quarto onde concebera os sete filhos, julgando-se disposto a conceber outros sete. Ou oito! E, dessa feita, com nomes escolhidos e registrados desde o primeiro enjoo matinal!

Escutando a velha narrar os detalhes do crime que a trouxera àquele lado do mundo, indiferente ao sentido das palavras produzidas por aquela boca disforme, Pródigo concentrava-se na lembrança do envelhecido barão Álvares Corrêa a narrar o próprio renascimento, deixando óbvio ao neto que exagerava, demorava-se e detalhava o período apenas pelo bem que a narrativa lhe produzia. Enquanto o pai ensaiava os primeiros registros no cartório, aprendendo o ofício, o barão anunciava mais planos do que executava, negociando sobretudo consigo mesmo, acumulando lucros em rascunhos que não se tornavam depósitos efetivos. Os tempos eram outros, diziam-lhe ao recusar propostas de crédito bancário, isenção de impostos ou aumento de preços. Por meses o barão os ignorara, afirmando que já ouvira negativas e dobrara os tempos ao seu favor, crente na própria energia e experiência. Se acordava desanimado, perturbado por antigos pesadelos, relia as palavras do oficial de registros a quem favorecera, em especial as que faziam referência à humildade do sétimo filho, de lá retirando energia e disposição. Tudo podia, e tudo teria reconquistado, não fosse a chegada de uma segunda correspondência.

O portador da volumosa carta não foi convidado a almoçar, dispensado sem que sequer lhe oferecessem um copo d'água. O envelhecido barão Álvares Corrêa narrara a entrega escolhendo um tom sombrio, frisando assim que cabia às notícias ali contidas a responsabilidade pelo arraso do ciclo de prosperidade que ele sozinho reinaugurara. Falava-se sobre uma crise no exterior, sobre a revolução vinda do sul e queda nos hábitos de consumo: bobagens. O grande barão a tudo superaria com pulso e cálculo, não fosse a fatídica carta.

Começava elogiosa, como todas as correspondências que traziam más notícias. Lembrava as conquistas do barão, a ascensão do nome, as terras desbravadas, a liderança exercida sobre os coronéis, a quem fazia sombra, a quem inspirava. Continuava obsequiosa, o tom mais direto, afirmando de antemão tratar-se de um problema menor, uma questão de solução simples para um homem tão grandioso. E narrava: recebera com júbilo o sétimo filho do barão Álvares Corrêa, honrado por empregar membro de tão nobre dinastia. Embora o rapaz pouco falasse, percebia-se nele o sangue e a força de um verdadeiro descendente. Embora houvesse demorado a aprender como sustentar a caneta, o encarregado insistindo que a tinta pedia um toque suave contra a folha, enfim aprendera, e se pusera pronto para o serviço. A tarefa era demasiado simples, e requeria perícia muito inferior às indiscutíveis capacidades de um filho do barão. Chamar as pessoas pela senha, conferir os documentos do pai e da mãe – ou da mãe, pois não eram raros os filhos de mãe solteira, como bem sabia o barão – questionar o nome a ser registrado e anotá-lo a lápis na folha de rosto. Após o chefe da seção ter conferido o rascunho, atentando principalmente para a ortografia – pois o amigo sabia que mesmo um nobre e bem-educado senhor pode cometer deslizes mínimos –, o compêndio era devolvido para que fosse registrado a tinta no livro, com consequente emissão da certidão.

Infelizmente, porém, a sequência de trabalho não foi a imaginada. Ao atender os munícipes e lhes questionar o nome, o sétimo filho do barão Álvares Corrêa, a quem não sabiam como chamar, simplesmente recusava-se a registrar alguns nomes e prontamente providenciava o registro de outros, sem qualquer motivo tanto para um quanto para outro. O rapaz fora instruído a, caso um nome soasse ofensivo, absolutamente estranho ou incompatível com o sexo da criança, orientar educadamente os pais e, se necessário, requisitar a presença do chefe de seção. Preveniram-no também contra alguns que tentavam dar um sobrenome poderoso aos filhos, ou mesmo declarar como pai da criança um rico proprietário da região, para reclamar futura herança. Apesar de ter aquiescido com todas as explicações pertinentes ao ofício, na primeira oportunidade alterou o padrão de trabalho da repartição, norteado, no melhor dos casos, por estranha lógica, mas possivelmente por nada além de curiosa sensibilidade.

No primeiro dia em que atendera – contava-o a título de exemplo, buscando um retrato vívido, incapaz de desejar constranger o amigo –, recusara-se terminantemente a registrar a criança sem vê-la, exigindo, para espanto dos colegas, a estridente presença do recém-nascido. Nenhum dos outros funcionários interveio – outra falha, sem dúvida – e os pais carregaram o bebê até o cartório – pendurado na teta da mãe, veja! O sétimo filho do barão Álvares Corrêa analisou demoradamente o menino, detendo-se nos traços, e sentenciou que jamais poderia se chamar Francisco: o nome correto era Dioclesiano. Olharam-no todos, estupefatos, pois nunca se passara situação semelhante. Declarou ainda – a maioria escutava-o pela primeira vez, diga-se – que o nome Francisco, além de incorreto, traria indizível dor e sofrimento aos pais.

O oficial interveio e a questão foi contornada sem maiores dificuldades, não era esse o caso. Decidiu-se, visando o bom andamento da coisa pública, estabelecer-se uma simples e eficaz triagem da fila, um pré-atendimento. Os cidadãos passaram a apanhar uma primeira senha e a declarar, no caso da emissão da certidão de nascimento, se o rebento os acompanhava. Perguntava-se também o nome, extraoficialmente; como ao sétimo filho do barão Álvares Corrêa pareciam apetecer os registros menos convencionais, mais ligados à tradição da terra, os atendimentos que combinavam a presença da criança e um nome peculiar eram a ele direcionados.

Novamente, contudo, não houve sucesso, não obstante a lógica da empreitada. Nos atendimentos seguintes, o rapaz, após ter observado demoradamente um bebê, registrou-o como Angenor, apeteceu-lhe dar o nome de Rivanilda a uma menina, mas a um outro bebê, cujos pais queriam batizar de Diógenes – em honra ao falecido coronel da serra de Baixo, como o barão bem sabia –, o sétimo filho do barão Álvares Corrêa recusou o registro e elevou o tom de voz, julgando os pais irresponsáveis com um balouçar da cabeça, sugerindo o nome de Francisco, o mesmo que antes havia recusado, instalando tal confusão que se requereu uma vez mais a presença do chefe de seção, os populares já formando partidos entre Diógenes e Francisco, alguns empurrando-se, outros aproveitando a cena para bradar contra as taxas cartorárias e puxar vivas à revolução sulista! Contra as taxas, veja! Pela revolução! Ao final do relato, pedia ao barão nada além de um conselho, como conhecedor da natureza dos homens: que providência lhe sugeria tomar em relação ao rapaz? Um trabalho de outra natureza, ou apenas aguardar com paciência? Refazer o treinamento, dispensá-lo, chamar o padre, convidá-lo para um trago junto dos colegas de repartição? Pedia ao barão, que gentilmente vendera-lhe o serviço público, instruções, que seriam seguidas à risca.

O barão descreveu a carta com tal desgosto que ainda era possível a Pródigo sentir o fardo que aquelas linhas representaram, as frases decoradas inteiras, pois as lera inúmeras vezes nas noites insones, detendo-se nas intenções por detrás de vírgulas e exclamações, enquanto as porcentagens novamente lhe escapavam. Respirou profundamente, uma única vez, ao terminar a leitura – e diante do neto, uma vez mais inspirou grave e repetiu o gesto de deitar a carta e os óculos na mesa ao seu lado – e passou à ação, ordenando aos gritos que lhe trouxessem os papéis importados, a caneta, o tinteiro inglês, e que o chofer aprontasse o carro, pois transmitiria mensagem urgente.

Delicadamente, temendo perder a joia herdada e o lugar na cama, a governanta lembrou-lhe que os papéis e tintas importadas haviam acabado, que o carro fora vendido e o chofer, dispensado. Inconformado, o barão esmurrou a mesa com força suficiente para derrubar os copos, ergueu-se a ditar providências que não seriam obedecidas, mandando que se expulsasse o moleque do cartório a pontapés, que o arrastassem pelas ruas, que o chicoteassem na saída da cidade, que o enforcassem e largassem o corpo do maldito no cemitério dos escravos. Calada, a governanta fingia anotar as ordens, disfarçando o analfabetismo para se salvar, movendo os dedos e o grafite num traço leve que nada significava, mas que era suficiente para aquele momento.

Colérico, o barão Álvares Corrêa calçou as botas de montaria e deixou a casa, disposto a impronunciável vingança, arrumado para a tragédia, para quebrar e matar, para incendiar por mero capricho, porém terminou resmungando sozinho no chiqueiro, mal apoiado nas baias então vazias, lembrando com desgosto que em outros tempos havia tantos animais que os funcionários não davam conta de matá-los, nos cálculos financeiros sempre um custo extra por conta da alimentação da criação que sobrevivia por mais alguns dias graças ao excesso de trabalho. Um nome registrado incorretamente, ou não registrado, e chegara àquele ponto... Um sonho não interrompido, a teimosia da mulher, e lá estava ele, envelhecido, a resmungar para a desgraça em um chiqueiro que sem animais até bem cheirava... Tudo poderia reconquistar, não fossem as infindáveis más notícias a abaterem-lhe o ânimo. Percebia que fora fácil demais tornar-se o primeiro dos barões, e que se precipitara ao julgar o barão Duarte Lobo. A verdade era que dezenas de barões haviam espalhado o próprio nome por aquela terra seca: quantos, contudo, eram lembrados após cinquenta anos do sepultamento? Na memória daquela gente, só permaneciam os bandidos...

Retornou à casa grande no passo trôpego de um homem derrotado, indiferente aos empregados a venerar, diante da capelinha, a esposa tornada santa. Observou, amargurado, que continuavam a preparar enormes banquetes, com a mesma quantidade de comida da época em que a casa contava com a esposa e os seis filhos homens, certamente direcionando as excessivas sobras para as muitas bocas que, em outros tempos, havia batizado. Trancou-se no quarto principal e observou demoradamente a viga mais forte, justamente aquela em que se dependurara a esposa, mas se benzeu e abandonou a ideia, não por falta de motivos ou coragem, mas sim por lhe causar asco a ideia de olharem-no à vontade, tocarem-no, ainda que morto, sem que pudesse reagir. Aquilo não era para gente de seu sangue. Não se permitiria, por mais adversas que fossem as condições.

Permaneceu no quarto por sete dias seguidos, aceitando bocados mínimos dos banquetes continuamente preparados, cruzando o pórtico às escondidas para, em silêncio absoluto, capturar o que diziam do desgraçado do sétimo filho. Havia boatos, e eram tantos que em cada excursão para fora do catre ouvia um diferente: recusara-se a registrar como José o neto da cozinheira do coronel Dutra, afirmando que o nome correto era Gideão. Aceitara batizar como Maria a afilhada da dona Cleusa da pensão, mas quando o compadre Firmino levou as gêmeas recém-nascidas para ganharem documentos, bateu na mesa e negou-se, terminantemente, a dar o nome de Maria a uma e Ana à outra, indignado. O povo se divertia com as reações do sétimo filho sem nome do barão Álvares Corrêa, compondo piadas sobre aquela bizarra novidade, e levavam os filhos ao cartório para terem algo a contar, mesmo sem qualquer intenção de aceitar o nome sugerido, alguns encaminhando-se com crianças já registradas até a repartição apenas para conseguirem uma perspectiva própria daquelas cenas tão comentadas.

Encerrado no quarto, tocando fixamente a viga de madeira na qual não se dependuraria, o barão Álvares Corrêa ruminava as palavras do oficial de registros, perguntando-se por que não agira de pronto: como era possível que tanto esperasse para solucionar o caso? Era ridículo conceber que aguardava uma palavra dele para liquidar o assunto e, pior ainda, ver-se a espionar mexericos sem reagir. Que havia de errado consigo? Temia fraquejar diante da situação, inconscientemente sabia ser melhor esperar, ou aquela paralisia era a velhice a se anunciar? Suspeitava até de uma feitiçaria lançada sobre si. Como pôde o amigo colocá-lo em situação tão vexatória, por que não chicoteara o moleque e depois se justificara? Era assim que teria agido nos áureos tempos, porém, que havia consigo para que percebesse o próprio nome a ser enxovalhado, o nome de seu pai e avô, e nada fizesse?

Arriscando tudo, na manhã do sétimo dia a governanta proibiu que o servissem no quarto. Quando o estômago lhe doeu, tentou resignar-se, buscando resmungar até vencer a fome, pretendendo-se além de necessidades ordinárias. Em poucas horas, contudo, passou a gritar e esmurrar as paredes, e ao fim do dia abriu possuído a porta, descendo as escadas pronto para saciar a fome mesmo que só houvesse carne humana. Punha-se tão furioso que preferia mesmo servir-se de carne humana! Encontrou a mesa posta, três tipos de carne, mas nenhuma cadeira, tampouco pratos, talheres ou os guardanapos importados que as irmãs da falecida haviam costurado e que mantinha em uso, apesar das irremovíveis marcas de sujeira. Não havia à vista nenhum empregado para servi-lo. Assim mesmo, de pé, sozinho e usando das mãos, comeu enfiando pedaços pouco mastigados de carne garganta abaixo, bebendo vinho diretamente da garrafa, destrinchando com os dentes um frango inteiro. Quando se satisfez, sentou-se no chão, arrotou com gosto e bebeu o que restava na garrafa: estava de volta.

Abriu a porta da frente, avistando ao longe os empregados reunidos, temerosos das consequências do ato orquestrado pela mulher. Mandou que voltassem, e agradeceu-lhes o almoço. Que fossem trabalhar: estava de volta! Inspecionou, num passeio rápido, a reduzida propriedade: ante o descuido geral, jurou a si mesmo que, tão logo resolvesse a situação do sétimo filho, cuidaria dos negócios com a mesma atenção que pouco antes pretendera. Fechou-se no escritório e, sem rascunhar, produziu longa resposta ao oficial de registro civil, censurando-o pela demora em solucionar o caso, autorizando-o a utilizar qualquer método contra o último filho, desde que o absurdo daquela situação de pronto se encerrasse. O sol começava a baixar quando firmou a carta, enviando de imediato o mais antigo e confiável empregado com a resposta. Ia montado no burro, pois só restara um cavalo. A viagem seria longa, porém em poucos dias alcançaria o destinatário, selando o destino do derradeiro filho: se voltasse à propriedade, ele o mataria. Estava certo, contudo, de que nunca mais o veria, a manhã seguinte prometendo a necessária e muito adiada dedicação aos negócios. Estava de volta. Dormiu satisfeito consigo e despertou cedo, sedento graças à descomunal quantidade de comida ingerida no dia anterior.

Do primeiro pavimento, observava a fronteira de suas terras quando notou o homem montado a entrar na propriedade. Desde que vendera as terras ao sul, infelizmente era capaz de observar o limite do campo com facilidade, o que duraria pouco: estava de volta e recompraria tudo. Trocou as roupas em movimentos coordenados, sem se demorar, perfumando-se e ingerindo toda uma garrafa d'água enquanto o visitante se aproximava, curioso pela natureza da mensagem, confidenciando, de si para si, que supunha serem boas novas apenas porque naquele dia se sentia especialmente bem. Quem sabe o banco mandava comunicar-lhe que aprovara nova linha de crédito subsidiada pelo governo e sem prazo para pagamento, ou do porto avisavam da alta do açúcar no mercado internacional, ou um vizinho oferecia suas terras de volta a um preço módico? Quem sabe... Por se sentir bem, estava certo de que seriam notícias favoráveis, incapaz de se precaver recorrendo a argumentos lógicos que apontassem para a desconexão óbvia entre como se sentia e a natureza das novidades. Seriam boas notícias: tinham que ser!

    Passados vinte anos desde aquela manhã, narrando a amargura daqueles tempos para o único neto que se interessava em ouvi-lo, revelara ainda não estar certo se as notícias eram boas ou não, pensando no tema constantemente. Pródigo se lembrava, com especial fidelidade, da expressão do avô quando o dissera e, fingindo ouvir a velha tagarelar, perguntava-se se, por guardar em si o sangue do barão, também ele um dia não estaria envelhecido, a destilar amargamente fatos havia muito enterrados. Aquele reviver imobilizado era a morte a se adiantar ou precisamente o contrário, uma maneira de se manter vivo, ainda ruminando problemas havia muito sepultados, ligado à época na qual tinha peso na realidade circundante? Se seu destino fosse semelhante, sobre quais momentos da vida se fixaria em infindável escrutínio? Talvez o dia em que deixara aquela maldita cidade para trás, onde novamente estava... talvez a noite em que gastara soma impensada no meretrício... talvez a primeira vez em que se viu faminto, a alimentar os porcos e lhes invejar a lavagem. Balançou a cabeça, levando a velha a arregalar os olhos, imaginando que reprovava a narrativa em voz anasalada do progenitor a cruzar o mar: não era homem de ficar lamuriando um passado sepultado. Ninguém tinha o seu nome e ninguém era como ele. Nisso o pai acertara ao registrá-lo Pródigo: se tivesse o nome do tal gigante, certamente morto – não era possível que estivesse vivo e nunca tivesse escutado nada sobre ele –, haveria uma centena de outros com o mesmo nome a vagar por aquela terra. Era único, em nome e destino, e escolhia não terminar seus dias como um velho debruçado sobre notícias antigas.

    A governanta anunciou o mensageiro com excessiva formalidade, por alguma razão julgando melhor não transparecer intimidade, exagerando na gravidade ao revelar tratar-se de enviado do oficial de registro civil. Sentindo o estômago contrair-se, o barão autorizou a entrada num gesto mínimo, recebendo sem emoção o rapaz de botas muito limpas, mas cheirando a cavalo, dispensando-o sem oferecer uma única palavra, incomodado com a marca de suor que deixara sobre o papel. Certamente era mais um cujos pais haviam escolhido o nome alheios à opinião do barão das terras onde nascera...

A carta iniciava com elogios ainda mais eloquentes, claramente exagerados: controlando-se, o barão avançou palavra por palavra, esforçando-se para não ler aos saltos e arriscar-se a sofrer com uma conclusão indevida. Exibindo duvidosa erudição, o oficial de registros mencionou a paciência de Júlio César, a tranquilidade do grande Alexandre, a prudência do rei Sebastião: em numerosas linhas, declarou-se admirador da visão estratégica do barão Álvares Corrêa, refletindo que um verdadeiro líder sabe quando agir e quando aguardar. Escreveu, sem conhecer o que escrevia, sobre o modo como se movimentavam tropas no mundo antigo, citou os silêncios do Cícero, que nunca lera, concluindo que o barão fora extremamente sábio ao aguardar uma dezena de dias antes de lhe responder. Uma palavra rápida, uma decisão repentina e tudo se teria posto a perder. Fora justamente a espera pela resposta do barão que permitira ao oficial de registros ver os fatos em sua totalidade.

Confessava que não pensara em outra solução senão despedir o sétimo filho do barão Álvares Corrêa. Polidamente, agradecer-lhe pelos dias trabalhados, pagar algo além da soma justa e dispensá-lo sem pedir nada além de que não retornasse. Aguardava a resposta do barão apenas para não arranhar a amizade que tanto prezava, e deixara de se incomodar com as idiossincrasias do rapaz no registro de nomes por entender que, na prática, o assunto estava resolvido. Estranhou a demora na resposta até que os fatos se apresentaram e, diante desses, compreendeu a sabedoria distinta através da qual os grandes homens operam. O oficial de registros declamava com tanta seriedade admirar a ausência do gesto que, enquanto lia, o barão imaginava a possibilidade de enviar um segundo mensageiro com a estrita missão de impedir a chegada do primeiro.

Contou que almoçava tranquilamente com algumas das autoridades municipais – a quem a companhia do barão fazia falta – quando o mais jovem dos escriturários irrompeu casa adentro, os olhos arregalados, a face lívida e tão suada que dispensava qualquer indagação. Levantou-se da cadeira, pediu desculpas aos comensais e partiu em direção ao cartório, imaginando severa briga entre os funcionários, ou um incêndio, ou o chefe de seção enfartado relegando o cartório à absoluta desordem. Era pior. Incapaz de explicar o ocorrido, o escriturário se limitava a acelerar os próprios passos na tentativa débil de apressar o oficial. O que poderia ser?, pensava. Na narrativa, confessava ao barão que, enquanto cruzava as duas principais ruas da cidade, únicas asfaltadas e que separavam a casa da fonte de renda, temeu estar a perder tudo.

Uma turba cercava o edifício do cartório. Eram mães com crianças de colo, ladeadas por avós, avôs, tias e ocasionalmente um pai. Eram muitos, e a presença de tantas crianças – não sabia que havia tantas na cidade – deixava o ambiente especialmente delicado e confuso. Mais famílias chegavam; o que era aquilo? Afastou-se da entrada principal antes que o notassem, bateu com força à porta lateral, felizmente desconhecida do público, encontrando do outro lado um chefe de seção claramente perturbado, no rosto colada a indisfarçável alegria por encontrar o superior e lhe delegar a responsabilidade. O oficial de registros compartilhava a opinião de que o chefe de seção não tinha a fibra da liderança, aproveitando para, em renovado elogio, refletir que, em situações limite, conhece-se um homem, como bem demonstrava a sabedoria do barão em atrasar a resposta.

Do outro lado da área de atendimento ao público, mal assentadas nas cadeiras de plástico, estavam duas mães aos prantos, abraçando em desespero o corpo morto dos filhos recém-nascidos. Ao redor delas, incontáveis parentes acompanhavam o estranho velório, oscilando entre a lamúria e a agressividade, entre compartilhar a dor e compartilhar a raiva. O que havia, por que aquela gente estava ali? Algum problema na emissão da certidão de óbito? Não, a questão se dava em torno da certidão de nascimento.

Semanas antes, no mesmo dia, ambas as mães haviam sido atendidas pelo sétimo filho do barão Álvares Corrêa. Foram esses os dois primeiros atendimentos do rapaz, e os bebês mortos eram justamente aqueles que sugerira registrar como Dioclesiano e Francisco. Por algum motivo – como explicar aquilo? – as crianças haviam falecido naquela manhã – mal súbito, coincidência, mau-olhado – e ali as famílias lamentavam não terem aceitado os nomes escolhidos pelo rapaz. Não apenas isso: inquiriram-no se fora o nome que levara à morte súbita, o que o rapaz confirmara, acrescentando que era preciso refazer as certidões de nascimento para que as crianças fossem sepultadas com o nome correto. As mães, amparadas por toda a família, exigiam a retificação, a emissão da nova certidão de nascimento e o registro do óbito com o nome correto. Ante a notícia, toda a cidade acorrera ao cartório, as crianças trazidas com urgência para que o sétimo filho do barão Álvares Corrêa avaliasse os nomes e as rebatizasse. Aquilo era sem dúvida uma crise de proporções inimagináveis. O oficial agradeceu ao barão pela demora na resposta: os ânimos estavam tão exaltados que, se desse a notícia da demissão do rapaz, a massa enfurecida por certo incendiaria o prédio.

O oficial de registros não precisou consultar a legislação para esclarecer aos funcionários os procedimentos necessários à alteração dos nomes. Havia muito conhecia os trâmites, e quantas vezes não fora ele a repetir que a alteração só era possível com autorização judicial? A grafia dos nomes estava incorreta, os pais se haviam arrependido da escolha, a mãe decidira por um mas, confuso, o pai apontara outro, o nome soava humilhante, havia um bandido homônimo procurado pela polícia? A resposta era sempre a mesma: uma vez registrado, o nome só poderia ser alterado com autorização judicial. Diante da cena que o aguardava, nem por um instante o oficial de registros considerou a possibilidade de fazer as alterações. A postura, a autoridade, o raciocínio se faziam na direção de uma saída, não de uma solução. Era preciso oferecer qualquer coisa àquela gente, lidar com o imediato: uma vez acalmados os ânimos, encaminharia o tema conforme a legislação. Resoluto sobre o procedimento, ergueu a voz, ordenando que se distribuíssem senhas, as duas primeiras para as mães enlutadas.

Ao escutar o anúncio, o público reagiu satisfeito, e organizou-se em fila para retirar as senhas. Entre olhares e impressões, decidiram-se os primeiros lugares, subitamente o cartório ainda mais movimentado pelos que se dispunham a pegar uma senha apenas para vender o lugar. O chefe de seção reagiu confusamente, exprimindo as dúvidas processuais que perturbavam todos os funcionários, ao que o oficial de registros adiantou-se e chamou as mães enlutadas para atendê-las ele mesmo. Demonstrou que, em papel oficial, sob a forma de solicitação formal, emitiria ao juiz cível o pedido de todos os interessados na alteração, expondo-lhes os motivos, o nome desejado, a opinião dos parentes, os fatos transcorridos e o que mais quisessem. Sabia que, alheias ao procedimento, as pessoas se dariam por satisfeitas desde que deixassem o cartório com qualquer papel timbrado e carimbado. Emitiriam quantas cartas registradas fossem necessárias, e cobrariam as taxas. A solução era brilhante, e o oficial de registros detalhava, envaidecido, na carta ao barão, a admiração no olhar do chefe de seção e demais funcionários quando perceberam a manobra. Tratava-se simplesmente de emitir uma carta registrada, e o juiz cível que a respondesse. Que fossem os populares reclamar a negativa a quem de fato detinha o poder para os atender, que cercassem o fórum e exigissem o que quisessem a quem de fato cabia o trâmite. Era brilhante, especialmente porque, uma vez controlados os ânimos, não se incomodariam com as negativas. Pagariam as taxas e sequer viriam apanhar as respostas. Relembrando o curso de caligrafia, o oficial de registros redigiu a petição, carimbou e assinou os documentos, cobrou ele mesmo pelo procedimento e diretamente das mães que carregavam os recém-falecidos nos braços, ajudando-as a contar as moedas até inteirarem a soma. Deixaram o prédio satisfeitas, o documento entre os dedos, os passos na direção da funerária. Os funcionários respiraram aliviados e aqueceram o café para melhor suportarem a sobrecarga de trabalho – já pensavam em receber hora extra.

O oficial de registros se esforçava para entregar a imagem vívida da sequência de atendimentos daquela tarde peculiar, descrevendo o comportamento dos cidadãos, funcionários e do sétimo filho sem nome, a fim de apresentar uma conclusão cujos termos o barão Álvares Corrêa não conseguia antecipar. Apesar do tom fácil da narrativa, das palavras que um oficial escolhe para contar a outro os detalhes de uma batalha vencida, ao barão aquilo tudo nada era além de absoluta tragédia, as consequências tardias do maldito nome do derradeiro filho, o nome ante o qual fraquejara e pelo qual seria perseguido. Mães com bebês moribundos no colo, a distribuição de senhas para toda a cidade, as cartas registradas a fim de se direcionar o problema ao Judiciário: nas palavras afáveis, no tom elogioso do oficial, o barão não encontrava nada além da descrição de um pesadelo. Leu, rangendo os dentes, que os atendimentos se estenderam noite adentro, e que, um após o outro, os munícipes foram colocados diante do filho sem nome para que, mirando-os nos olhos, cheirando-lhes os cabelos, tocando-lhes a pele e analisando-lhes as gengivas o desgraçado encontrasse o nome correto. Em alguns casos, famílias inteiras deixavam o cartório munidas de novos nomes – era estranho ao oficial imaginar aquelas pessoas já no dia seguinte chamando--se de outra forma – e manteve-se a dinâmica dos atendimentos mesmo quando os animais domésticos foram trazidos ao cartório para serem analisados por processo semelhante ao que os bebês eram submetidos.

O dia terminou com os funcionários se divertindo ao saber que o velho José, padeiro mais antigo da cidade, doravante se chamava Vespasiano, e que o cão que o acompanhava desde a alvorada na preparação das massas tornara-se o imponente Marco Antônio. Envolvidos pela febre que afligia o povoado, após o atendimento do último cidadão, os funcionários do registro civil pediram ao sétimo filho do barão Álvares Corrêa que também os renomeasse: em seguida, partiram para a farra, inaugurando o novo nome em grande estilo, dispostos a gastar naquela mesma noite a hora extra devida. O oficial de registros confessava inclusive que, num arroubo de juventude e desprendimento, teve vontade de pedir também ele um novo nome e partir com os jovens para desfrutar das oportunidades e conveniências do substantivo inédito, mas se conteve, lembrando-se que, infelizmente, cabia--lhe ser o bastião da ordem e decência na repartição. Lamentava, pois estava certo de que iria se divertir, e o merecia. Quem sabe um dia organizavam jogo semelhante entre os senhores daquela terra, trocavam os nomes e partiam juntos para cidade distinta a fim de tudo se permitirem.

Decorridos vinte anos desde a primeira vez em que lera a carta, diante do neto que não se interessava pelos muitos detalhes da história familiar, mas escutava atento à espera de uma oportunidade de herança, o barão Álvares Corrêa exprimia a mesma fúria confusa, novamente possuído pelo ódio conforme percebia que a extensa correspondência se aproximava do final sem noticiar o desgraçado do sétimo filho preso, chicoteado ou banido. Haviam os tempos de súbito mudado? Era chegada uma nova era, e não com a delicadeza da nova estação, mas com o cataclisma do terremoto? Ou era fraco o sangue daquele oficial, como sempre suspeitara? O sétimo filho, o maldito que não tinha nome, colocara a cidade em ponto de revolução e o oficial se sentira tentado a beber e celebrar? Não era possível! Eram mesmo claros os sinais de que os tempos se aproximavam do fim; sempre duvidara, doravante constatava.

Espremendo as folhas com os dedos fortes, marcando em definitivo o papel, o barão Álvares Corrêa leu as palavras finais do oficial de registros: agradecia imensamente ao barão pela demora na resposta e, enfim, pela vinda do sétimo filho para a repartição. Mais do que um trabalho eficiente, o rapaz lhe permitira vislumbrar uma nova perspectiva. Apontara a todos o significado da atividade que desempenhavam, e o ressignificara. Era preciso dizer, e diria: ao final do expediente daquele incrível dia, caminhando de volta para casa, o oficial se imaginara rejuvenescido por um novo nome, e pisara o calçado ordinário, admirara as construções nada admiráveis e texturas encardidas com os ares da mocidade perdida. Agradecia ao barão principalmente pelo sopro de vitalidade que naquele instante o tomara, e consigo permanecera. Podia dizer que se deleitava por saber possível um novo nome, embora ainda não o tivesse requisitado.

Tremendo, o barão Álvares Corrêa leu, enfim, a última palavra da extensa carta, deitando em seguida os papéis na mesinha de apoio. Ergueu-se num só movimento. A sequência de fatos narrados o constrangera e aterrorizara. Cada nova descrição, cada conclusão do oficial de registros arranhara-o por dentro, sentindo-se ao ler como se obrigado a engolir um prato de espinhos quebradiços. O último termo liberara-o para agir, e sabia que somente através do movimento poderia livrar-se da terrível amargura que as palavras lhe haviam provocado. Como fora possível chegar a tal ponto? De que maneira estúpida podiam o oficial de registros e os funcionários colocarem de lado a ordem? Haviam se esquecido da força, pura e simples? As pessoas rodeavam o cartório, recusavam-se a sair, o tumulto era iminente, temia-se um quebra-quebra? Que se respondesse com o mais antigo dos argumentos, a força! Que se organizassem os policiais e alguns capangas, que se disparassem dois tiros para o alto, que se distribuíssem aleatórios golpes de cassetete. Era elementar! Se a massa estivesse organizada, agindo sob inspiração de um líder, bem formada em um único bloco, o caso requeria alguma análise, mas celebrar como grande solução ter distribuído cartas registradas por medo de um bando de esfarrapados? Era ridículo, ridículo! E pior, tudo isso graças à sandice do desgraçado do sétimo filho, que nem nome tinha! Se fosse o primogênito – o primogênito, aquele que tinha seu nome! – o barão não hesitaria em lhe dar uma sova e o colocar para fora do prédio sob uma chuva de insultos. Mas, inventar um procedimento tosco, conduzir o trabalho de uma dúzia de funcionários sob as ordens de um sétimo filho, ignorante e sem nome? Era o fim, era absurdo, e, se estavam todos cegos, cabia-lhe despertá-los! Se concordara em enviar o sétimo filho para aquele emprego – por culpa da empregada e de sua burrice –, cabia-lhe consertar o que provocara. Devia ter simplesmente expulso o desgraçado, atirado o pouco que tinha por sobre a cerca sem nada oferecer. Cabia-lhe consertar, e consertaria! Ruminando quieto, calçou as botas de montaria, ajeitou na valise as poucas mudas de roupa disponíveis, reuniu caneta, cheques e algum dinheiro. Estava claro que partiria; os empregados, a acompanharem as reações do barão desde a entrega da carta, rezavam para que se apressasse. Os gestos remetiam à fatídica noite, o componente da tragédia flutuando no ar. Se partisse, levaria aquilo consigo. Quanto antes, melhor.

    Deixou a casa montado no único cavalo que ainda lhe restava, o marchador de raça nobre que bem fizera em não vender. Galopando em direção ao limite da propriedade, lembrava do dia em que negociara os animais, o comprador tratando-o como um falido, o barão pondo-o em seu devido lugar ao exigir que o melhor cavalo fosse retirado do lote. Bem fizera! O outro pagara mais do que qualquer um e sequer recebera um convite para jantar: bem fizera! Quão bem faziam-lhe os negócios! Usaria das mesmas habilidades para esclarecer, a quem fosse necessário, o tamanho da cretinice a que se entregavam, e depois finalmente retomaria os negócios com o vigor necessário. O sétimo filho obrigava-o a desperdiçar as melhores energias – aquelas que deveria despender na busca de porcentagens favoráveis e vantagens político-tributárias – em conversas desnecessárias com o oficial de registros e autoridades, a fim de alertá-los sobre o óbvio. Que assim fosse! Galopava paralelo à cerca em direção à vila e calculava que, enxotado em definitivo o desgraçado sem nome, recuperaria o antigo fôlego e com ele a fortuna dilapidada. Precisava recompor-se, estava no limite! Tudo poderia, pois se sentia no auge da força. Antes, porém, era preciso extirpar aquela antiga praga.

Sem grande dificuldade, conseguiu um carro que o levasse de imediato até a cidade, o chofer insistindo em não cobrar o combustível. O cavalo foi deixado sob os cuidados de humilde família, uma das muitas que, em outros tempos, o barão nomeara: sabia que, se preciso fosse, deixariam de alimentar os filhos para dar de comer ao animal. Aceleraram pelo caminho já percorrido pelo empregado, o barão certo de que o passo lento do encarregado iria lhe permitir interceptar a carta, apostando na displicência. Contemplava, nas laterais da estrada, a fila de empregados das fazendas, desprotegidos dos pedregulhos que a força do automóvel atirava: alguns acenavam.

Num breve momento de satisfação, o barão Álvares Corrêa concluiu que deveria deixar mais vezes a fazenda. Percebendo os coitados que o motor do carro vencia com facilidade, pensava satisfeito na desigualdade: se perdera alguma importância entre os barões, ainda era um nome naquela terra. Mesmo que fosse o mais miserável dos barões, e estava longe de sê-lo, ainda assim poderia descansar as botas sobre o mais próspero daqueles desgraçados. Talvez o ponto não fosse acumular condições comerciais favoráveis, mas sim voltar a distribuir os nomes sobre cada ser nascido em suas terras. Era precisamente isso que lhe dava assento no carro e a garantia de que cuidariam bem do cavalo. Quando o sétimo filho decidira trocar os nomes das gentes dali, sugerindo magicamente estarem todos registrados incorretamente, roubara não a propriedade do pai, mas seu nome e o título que, orgulhosamente, ostentava. O moleque pretendera aceitar humildemente o emprego oferecido para, na verdade, tomar tudo; não a fazenda, os cavalos ou empregados, mas o próprio nome do pai. Comprimindo os dedos contra o estofado de couro do banco traseiro do automóvel, o barão Álvares Corrêa buscava o horizonte para antever as curvas da estrada, ansioso pela chegada. Queria tomar-lhe tudo, o desgraçado: crescera entre os bichos para agir como um, roubando do pai ao invés de contribuir para o progresso da família. Era um cretino! A cada minuto, uma curva a menos. Dali a algumas poucas, o cão vadio teria o que merecia.

O chofer tentou envolver o barão na disputa que lhe interessava. Notando que ele observava demoradamente os pedestres, relatou indignado a falta de fiscalização das licenças para transporte de passageiros. Havia muito pretendia que a ausência do documento fosse combatida pela polícia e apreendidos os carros dos motoristas irregulares. Calculava, em silêncio, que tal política pública lhe daria a oportunidade de arrematar em leilão os carros dos concorrentes por uma pechincha e, como único licenciado, multiplicaria a estreita margem de lucro por toda uma frota de automóveis. Assim, diante de qualquer categoria de autoridade, esforçava-se por direcionar o assunto para os acidentes causados pelos ilegais, o estado de conservação dos veículos alheios, a necessidade de uma autoridade que se preocupasse com os mais vulneráveis cidadãos, aqueles que caminhavam à beira da estrada e que os ilegais supostamente ameaçavam. Dizia-se extremamente preocupado com o que poderia acontecer – não se o acidente aconteceria, mas quando – e quem seria responsabilizado.

O barão o cortou, dizendo que deveriam instalar *guard rails* na estrada, pois combater os ilegais apenas faria o preço da corrida disparar. Ou deixavam os ilegais em paz, ou distribuíam logo as licenças: o Estado moderno não deveria se envolver naquelas questões. Em países modelo, como os do norte, as disputas entre os motoristas eram resolvidas com a violência: assim o mercado se autorregulava. Satisfeito com a gentileza do chofer, contudo, prometeu ordenar meia dúzia de prisões, para que a coisa se moralizasse um pouco. Estava satisfeito? O barão sequer escutou a resposta, pois já a conhecia: em qualquer situação, diante dele, o chofer se diria satisfeito. Agradava ao barão, ainda assim, atender ao pedido: não lhe custava nada mandar o prefeito executar uma batida, e serviria para lembrar às gentes a quem aquelas terras pertenciam.

O ponto era fundamentalmente este: quando estivesse morto, quando todos ali estivessem mortos, quando a fazenda não fosse mais do que uma porção de lotes pontilhados por casas e talvez nem a língua fosse a mesma, aquela terra ainda teria seu nome. Nos documentos dos ainda não-nascidos, nos casamentos arranjados, nos desquites, no túmulo dos assassinados estariam os nomes e sobrenomes escolhidos por ele, tataranetos usando os nomes dos tataravôs em renovada modernidade. Os sobrenomes em combinação inédita, mas, ainda assim, os mesmos. Os nomes e sobrenomes que ele escolhera, o sem número de afilhados a quem presenteara com o seu! Fazia-o por ser o primeiro filho e o primeiro neto, um primogênito nascido de outro primogênito, um nobre, descendentes dos primeiros da terra. Tudo ali lhe pertencia não pela escritura, mas por lhe ter o nome. Como pretendia o desgraçado do sétimo filho distribuir então nomes por aquela terra, e como o oficial lhe permitia, julgando-se sábio? O que havia naquilo senão o despeito? Era heresia, afronta, o fogo em brasa de um incêndio que consumiria tudo aquilo, a promessa, para o futuro daquela terra, não da multiplicação de povos, nomes e má distribuição de riquezas, mas do inóspito: ossadas humanas anônimas misturadas aos restos de animais, cacos de cerâmica e fuligens sem identidade. Faltava ao oficial de registros enxergar algo além do próprio nome, pensar uma única geração adiante, mas, se era incapaz, o barão estava a um passo de despertá-lo. A tragédia e glória daqueles tempos eram homens como ele serem insubstituíveis.

    A cidade se delineava no horizonte, passadas já longas horas desde a partida, quando o barão ordenou que o chofer parasse, apontando um homem à beira da estrada: ali, o melhor dos empregados! Bem fizera em apostar na displicência, pois a essa altura era claro que dormira confortável noite de sono na vila, possivelmente em boa companhia, para, com a manhã já avançada, iniciar a marcha. Nunca seria diferente. Expressando óbvio descontentamento, o barão abriu a janela, pediu a carta e mandou que retornasse, o chofer arrancando rápido, e sem necessidade, por entender a natureza do gesto. Desgraçado! Que fizesse o caminho de volta! Pela hora, dormiria sozinho com o jegue na beira da estrada: bem fizera! Desdobrou a carta redigida pouco antes, porém num estado de espírito completamente diferente. Relendo, sentiu-se tão ridículo pelas palavras escolhidas, seria visto como tão inocente ante a natureza dos fatos que ficou grato pela demora do empregado. No fim, aquela terra lhe pertencia, seus antepassados a haviam nomeado, e o destino sempre lhe seria favorável. Primeiro, expulsar dali o desgraçado do sétimo filho: deveria mesmo ter-lhe dado o nome do Outro. Isso resolvido, iria se dedicar aos negócios, reconstruiria tudo que lhe pertencia pautando-se, antes de mais nada, no rígido controle dos nomes. Assim faria.

    O automóvel estacionou em frente à prefeitura; ao invés de alívio, a chegada trouxe-lhe vertigem tão intensa que, narrando-a vinte anos depois, o envelhecido barão levou a mão à testa para massagear a têmpora. Rememorando a narrativa, Pródigo repetiu o gesto do avô, cansado de ouvir a velha matraquear sobre uma história familiar que não lhe interessava. Passara da hora de apontar-lhe a direção da porta; por que perdia tanto tempo com aquela ladainha? Cabia a um herdeiro especial educação, era verdade, mas a capacidade da velha de emendar assuntos e matraqueá-los era inesgotável. Apostava que, se saísse para um trago, ela permaneceria ali, falando sozinha, dedicada à lembrança mágica do casamento dos pais, um contrato ordinário que, sem tê-lo presenciado, a velha preferia lembrar através dos cortes românticos das radionovelas. Se a memória é escolha, Pródigo preferia, sem dúvida, a brutalidade dos próprios contos familiares. Estava certo de que a história dos parentes, vivos e mortos, oscilava entre o tédio e a ganância. O heroísmo sincero não existia fora das narrativas da távola redonda, do canto dos trovadores, dos folhetins franceses. Por algum motivo, os cretinos preferiam engrandecer os parentes mortos, outorgando-lhes uma honra que, em vida, nunca haviam exibido, imaginando que assim eles próprios se vinculavam à nobreza de caráter. Pródigo divergia: conhecendo a miséria moral dos ascendentes, deleitava-se.

    O barão apoiou as costas contra a parede externa do pequeno prédio da prefeitura e inspirou profundamente, irritando-se com o esforço do chofer para auxiliá-lo. Passados alguns minutos, endireitou o corpo, ajeitou as vestes, tocou o ombro do outro para que se afastasse; recompusera-se, agradecia, estava bem, algum enjoo pelo modo como o carro fora conduzido, mas o desculpava. Abriu a porta dupla do edifício público tão à vontade quanto na própria casa, analisando a decoração para constatar que nada mudara, avançando escada acima e na direção da última sala à direita por saber que lá estavam todos. Não se enganara e fez questão de, uma vez sentado, aceitar o charuto antes que lhe oferecessem para deixar claro que não deveriam ter se acostumado à sua ausência. Palpitou no assunto que discutiam como se o acompanhasse havia horas, deu razão ao juiz e discordou do oficial de registros. Não perguntou sobre esposas, filhos e negócios, dando a entender que já conhecia as respostas. De súbito, contudo, as risadasrarearam, os sorrisos murcharam e, sem que o barão pedisse, foi-lhe servida uma dose de uísque: quando sentiu o gosto da bebida envelhecida contra os lábios, pura e sem gelo, percebeu todos os olhares na direção do juiz, que o observava. Aquilo só melhorava... Deixaria que o toga falasse à vontade: em seguida, ele lhe lembraria que não era nada mais do que um empregado, um mero executor das leis e dos registros dos nomes que os barões haviam escrito.

– Nobilíssimo barão Álvares Corrêa...

O magistrado descreveu o verde das matas, a força dos rios, a extensão das praias, a doçura dos indígenas e os gritos dos papagaios que receberam o primeiro senhor daquelas terras, o tataravô do barão, capitão Álvares Corrêa. Mencionou o terrível fardo que impusera a si mesmo o ancestral do barão, que, valorosamente, preferira desbravar o Novo Mundo, abrir caminhos, declarar guerras, catequizar selvagens ao invés de descansar além-mar, escolhendo o trabalho árduo ao invés da oportunidade de desfrutar de convescotes e passeios, da boa política e da fortuna que a família desfrutava desde a primeira das guerras santas. Que honra prosseguirem com a obra de eminente figura, que imensa a obrigação que lhes cabia! Quando humildemente aceitara ser o juiz daquela comarca, sabia que lhes exigiram muito: os fatos recentes, contudo, mostravam que, numa terra carente e indômita como aquela, era preciso entregar tudo.

Poucas manhãs passadas, despertara com o som de mil vozes mal abafadas a chamá-lo, estranhos permitindo-se assombrosa intimidade. Gritavam ao redor da casa, chamavam-no pelo primeiro nome, lembrando-lhe dos colegas de faculdade ao redor do dormitório a insistirem para que os acompanhasse à farra. Como se atreviam a assim tratá-lo, sem evocar ao menos um dos muitos pronomes que a autoridade impunha? Buscavam extrair-lhe as tripas para com elas enforcar o padre, em surpreendente avanço da revolução sulista, ou se dispunham a linchá-lo, agindo sob os conselhos de algum dos muitos místicos que perambulavam por aquela terra? Chegou à sala bem vestido e bem armado, autorizando telefonemas, ordenando que se lubrificassem as armas e trancassem as mulheres. Mandou fechar as janelas e bloquear as portas com os mais pesados móveis, ao que um dos empregados pediu desculpas uma centena de vezes antes de explicar o caso: queriam que o doutor, senhor meritíssimo e ilustre magistrado, deferisse a alteração do registro civil, nada mais, nada além. Se se exaltavam, se abusavam da intimidade, que o nobre e excelentíssimo pretor os escusasse. Estavam entusiasmados: a novidade, a crendice, a cachaça. Certamente compreendia do que se tratava...

A explicação o tranquilizou, e agradeceu. Longe de se rebelarem, os populares pediam-lhe que os julgasse. Honrado com o pedido, desculpou o abuso. Compreendia. Se em outros sítios as gentes trocavam de nome conforme os sonhos alheios ou estações do ano, se em outras terras sequer tinham documentos, ali já se registravam petitórios e procuravam o juiz cível. Era indiscutível sinal de ordem! Convocou os dois oficiais de justiça da comarca para que instruíssem a população quanto aos procedimentos, auxiliando no correto preenchimento das guias de recolhimento de taxas, agendando audiências justamente distribuídas por todo o ano vindouro. Atendendo a dois reclamantes por dia, em dois anos o caso estaria resolvido. A arrecadação extra poderia inclusive converter-se em maiores benefícios ao magistrado – legislaria ele mesmo sobre o tema – já que, atendendo a tamanha demanda, e sem qualquer remuneração adicional, seria ele um escravo do sistema, o que prejudicaria o coletivo.

Na mesma tarde recebeu a primeira reclamante, uma empobrecida senhora batizada Mirnaloi, que demandava alterar seu nome de batismo para Ruth. Apesar da evidente pobreza, apresentava o pedido com o pagamento em dia e – graças ao oficial de registros, fazia questão de mencionar – redigido no português ortograficamente correto e bem cravejado com os termos jurídicos que o tornava inteligível à corte e somente a ela. O juiz pediu que a senhora explicasse o pedido, confessou não saber se deveria tratá-la por Mirnaloi ou Ruth, ao que, em palavras aglutinadas, escutou que o guardião de nomes havia identificado Ruth como o nome correto, a dor, miséria e fome daquela vida derivando do erro cometido tantos anos atrás, muitos, porém menos do que o juiz supunha, já que a pobreza a marcava até o fundo dos ossos. Sabia que, a partir da alteração, tudo com que sempre sonhara iria se realizar: fortuna, carruagens e quem sabe uma viagem à capital, se não fosse cobiça desejar tanto. Deferiu o pedido, valendo-se de vocabulário tão pitoresco que a empobrecida senhora sentiu justificadas as economias investidas. Determinou que se alterassem em trinta dias todos os documentos, despesas por conta da reclamante, sob pena de anulação do processo.

Sem pressa alguma, o juiz levantou-se da poltrona e desfilou pela sala, trazendo consigo todos os olhares enquanto servia, a si e ao barão, uma nova dose de uísque. Que bebessem juntos, ali se comemorava, e insistia no convite, pois o barão sustentava o lábio torcido e olhar enviesado de quem ainda aguardava a chance de lembrar ao juiz que não era mais do que um empregado, embora pressentisse a oportunidade escapar-lhe. Dissera "guardião de nomes"? Era assim que tratavam o desgraçado do sétimo filho, aquele que nem nome tinha? Levou novamente a bebida aos lábios, buscando um impossível relaxar: diziam-se a celebrar, porém era incapaz de imaginar qualquer conclusão da narrativa que fosse digna do ato.

O magistrado prosseguiu o relato contando que, na mesma tarde, atendeu a um segundo reclamante, igualmente municiado dos documentos e taxas em conformidade, demandando que de Tião Cruz e Silva passasse a ser Chiquinho Cruz e Silva. Esclareceu, em murmúrios e trejeitos, normalmente incabíveis na corte, que Tião Cruz e Silva era outro, um homônimo que saqueava os vilarejos e atacava as volantes, o nome comum valendo-lhe inúmeras dificuldades. A principal é que não podia beber – jamais bebia! –, pois quando o fizera envolvera-se em confusão que resultou em um ano de detenção, pagando pelos crimes do outro, os policiais ocasionalmente surrando-o com a lateral do facão. Recebeu como bênção a notícia da vinda do guardião de nomes, satisfeito com a possibilidade de ter nome exclusivamente seu, com o qual poderia beber e ficar detido apenas pelas próprias dívidas. Em longo e incompreensível despacho, entendido pelo cidadão apenas após perguntar no cartório, o juiz indeferiu o pedido.

Ordenou ao oficial de justiça que acompanhasse os passos de ambos, e assim descobriu que a empobrecida senhora tomou crédito com o banqueiro para concluir o processo, ofertou dízimo em agradecimento à graça alcançada, encomendou e distribuiu santinhos pela cidade, recolheu corretamente as taxas municipais, estaduais, federais, e, satisfeita, aguardava a chegada dos documentos, elogiando o prefeito enquanto economizava para pagar as prestações em dia. E o outro, aquele que teve o pedido indeferido? Meteu-se no bar e bebeu todo o dinheiro que gastaria com as taxas, brigou e ofendeu, foi detido, apanhou novamente com a lateral do facão e, após ser libertado, fugiu para se juntar ao bando de Tião Cruz e Silva e efetivamente atacar as volantes e saquear as cidades. O caso era exemplar, todos ali concordavam, e admiravam a visão de futuro do barão e de seu sétimo filho, nomeado oficialmente pela comarca o guardião de nomes. O município só tinha a ganhar com a nomeação. Se não era possível trazer as indústrias e capitais que engordariam a receita local, como sempre haviam sonhado, podiam envolver toda a gente naquele renomear, pedindo de volta nada mais do que umas poucas moedas de cada qual. Multiplicada, a soma lhes granjearia benefícios ainda maiores do que desfrutavam as autoridades do governo central. Nada mais justo, diga-se.

Indiferente ao cálculo político apresentado, a menção da nomeação do desgraçado do sétimo filho como guardião de nomes retumbava nos ouvidos do barão. Primeiro, perdeu o fôlego; em seguida, sentiu a face esquentar, sabendo que sua tez evidenciava incontestavelmente a natureza dos sentimentos a entrar em ebulição. Nomeado oficialmente guardião de nomes da comarca? O que diabos aquilo significava? Acreditando tratar-se de uma narrativa magnífica, satisfeito consigo, o juiz contou que, uma vez conhecido o destino da senhora empobrecida e do então foragido Tião, as sessões foram aceleradas, marcando-se quatro por dia e invariavelmente despachando-se os pedidos. As receitas da comarca mostravam-se mais saudáveis do que nunca, a igreja seria reformada, novos incentivos seriam concedidos aos proprietários, os benefícios, distribuídos entre as autoridades, o banco projetava resultado positivo e acima da média nacional – haviam apurado inclusive que os empréstimos eram pagos pontualmente por medo de que o atraso significasse suspensão do novo nome. O sétimo filho já partira, encaminhado em viagem oficial à bárbara borda da província, a fim de registrar as gentes de lá, entregar-lhes nomes e com eles documentos e números de contribuinte. Sabiam que lá havia gente graças aos dejetos que o rio trazia, e era preciso apresentar a parte que lhes cabia na conta do progresso. Ali reunidos naquela noite, bebiam à saúde e à visão de futuro do barão. Era com grande satisfação que o recebiam para que ele os acompanhasse.

    O silêncio se instalou quando os olhares enfim se dirigiram ao barão, todos lhe notando o pescoço suado, as bochechas vermelhas, o olhar sanguíneo. Dilatadas, as narinas enormes puxavam o ar com força; a mão firme, disposta à esganadura, pressionava o copo como se pudesse esmigalhá-lo. Separou os lábios, disposto à palavra de despedida e a nenhuma outra, porém após a primeira sílaba atropelaram-no as demais, e com elas declarou imprudentemente tudo que pensava: Estavam loucos, cavavam a própria cova. Acreditavam honestamente que as pessoas acumulavam dívidas e pagavam taxas apenas para mudarem o nome de José para João? Pois se enganavam completamente, e se enganavam satisfeitos e comemorando, o que era pior. Pagavam por uma nova vida, pela possibilidade única de apagar o passado, de recomeçar, pagavam para que erros fossem esquecidos e o futuro se apresentasse livre de ônus. O que as dignas autoridades ali presentes não percebiam é que havia dezenove séculos o nome era imutável, só o alteravam os reis e os papas, ninguém além destes. Putas, bandidos e vagabundos trocavam-no por conta própria e, assim que a justiça os agarrava, fazia questão de julgá-los de acordo com os documentos, conforme o batismo, condenando-os no nome escolhido pelos pais ou quem sabe por um senhor de terras – no melhor dos casos, um senhor de terras. Ao permitirem que trocassem o substantivo fundamental ao sabor da sandice do desgraçado do sétimo filho, satisfeitos com as guias corretamente preenchidas, recolhimentos processados, dízimos e juros pagos, abriam um precedente imemorial, pois sequer o Nazareno havia trocado o nome escolhido pela santa. A conta de tal imprudência sem dúvidas lhes seria apresentada, e teriam de pagá-la até o último centavo, fosse com a compra de armas e de exército repressivo regular, fosse com o próprio sangue. O nome era uma sentença sobre a vida de cada um; permitir que fosse alterado à vontade abria a porta para que se alterasse toda a ordem da sociedade que os favorecia. Escolhiam engordar no presente para passar fome no futuro.

 Ergueu-se, deixando cair o copo no carpete e, cambaleando, abandonou a sala. Às suas costas, pedidos de explicações, conclamações para que permanecesse e juntos discutissem os argumentos. À sua frente, o longo corredor, a escadaria e a porta, que cruzou sentindo impronunciável alívio com o ar fresco da noite a envolvê-lo. O chofer abriu a porta traseira do automóvel e o barão Álvares Corrêa atirou-se sobre o banco, deitando-se no couro e rolando sobre si enquanto o carro acelerava, esfregando as mãos no rosto, puxando os cabelos, oferecendo ao motorista a impressão de que, sob efeito do álcool, preparava-se para vomitar. Quando o carro ganhou a estrada, emitiu um grito gutural em vibração máxima, obrigando o assustado chofer à lembrança do urro que, quando criança, ouvira a suçuarana emitir ao ser abatida pelos golpes de enxada. "Os desgraçados, os desgraçados", balbuciava o barão, recuperando com as palavras o fôlego para, em seguida, novamente urrar como um animal abatido, como um condenado que o golpe da forca não liquida e é preciso aguardar morrer. Os desgraçados... Revivia as palavras do juiz, a satisfação com as decisões erradas, o sétimo filho oficialmente nomeado guardião de nomes da comarca... Os desgraçados... Nunca imaginara viver para presenciar tamanho desmonte, a cegueira e a ganância que ceifaria todos, inclusive a própria ideia dos servos e vassalos. O guardião de nomes... Que erro não ter registrado o desgraçado com o nome do sexto filho no dia em que a falecida anunciara a gravidez, que falha não ter remediado tudo lavrando a certidão sobre o caixão da esposa morta. Fora fraco, e eram infindáveis as consequências da covardia. Expulso o moleque de suas terras, o mal se espalhava pela comarca. Que desgraça... Estava certo de que viveria para ver o último filho destruir tudo que os valorosos parentes haviam construído: mil anos para se edificar Roma, uma noite para incendiá-la. Nascera para erguer um império, vivia para tentar sustentar as estruturas que o tempo atacava...

    O chofer estacionou em frente à casa grande. Abriu a porta para um quase recomposto barão Álvares Corrêa, prometeu trazer pessoalmente o cavalo no dia seguinte: que o patrão não se preocupasse com nada. Não esperou pela remuneração, pois sabia que a cena presenciada servia como garantia de vultosa soma, o truque de dizer que fazia questão de não cobrar o combustível não sendo nada mais do que uma manobra na qual nem o condutor, nem o conduzido acreditavam. Trouxe no dia seguinte o cavalo escovado e bem alimentado, recebendo ordem de pagamento com soma muito superior à enorme quantia imaginada, porém com instruções para que fosse sacada na prefeitura e contra o guardião de nomes. O cheque foi compensado sem qualquer questionamento.

A fome trouxe Pródigo de volta das lembranças alheias, o estômago a se torcer em incômodo que parecia não chegar à velha do outro lado da mesa. Repetia, batendo o punho cerrado contra a madeira, as palavras que o tal anão havia sussurrado no ouvido da inocente filha, o trono perdido que reconquistaria, as maravilhas do reino que seria novamente seu, a imensidão de suas terras, as duas torres da igreja, a enorme casa incendiada que restauraria para nela viverem. Alertava-a que os lacaios, sempre dispostos a servi-los, eram sobremaneira elogiosos, e que deveria atentar para que não lhe enfraquecessem o senso crítico. E a tranquilizava quanto aos conspiradores, garantindo que, no primeiro dia do reinado, executaria todos. A moça realmente acreditara naquela cretinice? Pelo que contara a velha, sim, e ainda engravidara, embora Pródigo bem soubesse que as mulheres podiam dissimular a inocência para conseguir o que queriam. Era provável que a filha quisesse mesmo se casar com o anão bom de papo, por isso a velha vinha sozinha encher-lhe os ouvidos, acreditando que o nome mágico, escolhido pelo guardião de nomes, garantiria a celebração do casamento com o herdeiro pretendido pela família de aproveitadores. Se ainda lhe tivesse trazido um almoço, poderia dar qualquer valor àquilo, mas tendo em vista que entrara na casa sem esperar que ele abrisse a porta e revirara os armários, era bem capaz que esperasse que ele a convidasse para almoçar! Que velha aproveitadora: com voz de sonsa, lembrava-lhe a cafetina do estabelecimento onde gastara uma fortuna. Ao menos poderia ter trazido consigo a filha e a oferecido em casamento; era ele um herdeiro, afinal. Se valesse a pena, até poderia deixar que o filho do anão o chamasse de papai! Pródigo sorriu sozinho, divertindo-se enquanto a velha maldizia o pai acidental da futura neta, curioso sobre os muitos detalhes que, com sua distração, perdera daquela história sem graça, em especial sobre quem encantara o coração da velha para que a filha viesse ao mundo: e se fosse também um anão, evidenciando-se uma preferência familiar?

Manteve a expressão debochada quando ela retomou a questão do nome da neta, abordando-a sem mais tangenciar. Pedia desculpas por tê-lo cansado com uma narrativa tão longa, mas, se o fizera, fora para que Pródigo percebesse a importância da questão para o futuro da família. O pai cruzara o mar, ela enfrentara a pobreza com dignidade para que a filha, e sobretudo a neta, tivessem uma chance. O nome e a paternidade corretos, o casamento, a herança seriam o ponto de inflexão para um sem-número de descendentes, em nome dos quais se manifestava. Se insistia, era porque estava certa de que, como novo guardião de nomes, Pródigo superaria em muito a glória do pai, alçando o título em nível inimaginado. Via-o ladeado por reis e papas, via os ministros pedindo-lhe benção e aconselhamento. Incapaz de tomar mais um único segundo de homem tão importante, e invocando tanto a memória do falecido pai quanto o destino da inocente neta, pedia, enfim, que reconsiderasse, oferecendo bendizê-lo para sempre. O que dizia?

Sem desmanchar o sorriso fácil, Pródigo ergueu-se, contornou o móvel, tomou a velha pela mão: ela o acompanhou sem entender. Apanhou a chave no móvel, destrancou a porta, levou-a para o lado de fora. Então, retornou para dentro, três degraus acima, e sentenciou antes de bater a porta com força:

– João.

Rindo sozinho, retornou à mesa de trabalho. Aquilo só melhorava...

Disseram que naquela terra havia um homem que guardava nomes. Após três educados toques à porta, entrou, pedindo licença. Sentou-se e sentiu doer uma vez mais o quadril; os braços e pernas estavam recuperados, mas o osso da bacia ainda reclamava das três noites de sono no chão duro da delegacia. Estava calmo então, disposto a aguardar sem pressa que o nomeador erguesse os olhos e o atendesse.

Havia muito, deveria ter partido: em sua ausência, por certo os concorrentes se adiantavam e revolviam às escondidas a parte que lhe cabia no garimpo recém-descoberto. Cada segundo ali desperdiçado o prejudicava, mas, perdidos três dias inteiros na cela malcheirosa apenas para que se acalmasse, não tinha mais por que ter pressa. Precisava controlar o gênio que o dominava, e em definitivo...

Nunca se imaginou visitando o nomeador; ao longo dos anos de vida, sequer cogitara fazê-lo. Gostava do próprio nome, embora raro, e já decidira que, quando tivesse filhos, batizaria todos com a mesma letra, conforme a moda, sem precisar consultar ninguém. Eram apenas nomes, não fazia grande diferença. Incomodar-se muito com aquilo parecia-lhe um passatempo dos endinheirados. Não perderia tempo com bobagens enquanto a gema o aguardava.

A gema. Atentava às notícias que os viajantes traziam de eldorados recém-descobertos, terras tão virgens que nem denominação tinham e nas quais o ouro poderia ser apanhado diretamente do leito de um rio raso. Não deveria preocupar-se com nada além de encontrar a gema que o esperava, e assim seria, não fosse a desgraça com o nome...

– Vai demorar? Posso começar? Como isso aqui funciona?

Incontido, atirou a grosseria contra o guardião de nomes, que parecia ausente, os olhos esquecidos sobre o enorme livro. A pressa veio-lhe repentina, e se sentia capaz de agarrar o outro pelo colarinho e sacudi-lo. Recusou o copo d'água, irritou-se com sua inabalável tranquilidade. Questionou mais uma vez, ríspido, como aquilo funcionava. Arrependeu-se em seguida, mas não se desculpou. Respirou, contou mentalmente até dez, e anunciou, polido, a que vinha:

– Me chamo Vesúvio, mas preciso de outro nome...

Gostou de perceber como o guardião o observava atento, concentrado em cada sílaba e cada gesto. Basta perder a paciência e todos oferecem a devida atenção, o devido respeito... Explicou que, ainda jovens, os pais haviam imigrado, fugindo da pobreza e dos acessos do vulcão, que ameaçava a vila onde haviam nascido. Tiveram três filhos, e batizaram-nos Vesúvio, Estromboli e Edna.

– Deveria ser Étna, mas o funcionário do cartório entendeu errado...

Quando as contas apertaram, o pai se lançou ao garimpo. Sonhou que encontraria uma gema, dizia que a fortuna o chamava em meio aos sonhos. Estava certo. No final da infância, completamente coberto de terra, o pai entrou em casa e depositou na mesa o engruvinhado. Era aquilo? Ali estava a gema, com um brilho sujo, insignificante, que contrastava com os olhos do pai.

A vida melhorou. O pai adquiriu um automóvel e passou a trabalhar como chofer, dedicando-se a combater os ilegais por ser o único a ter uma licença. A vida piorou. Abandonou os estudos para buscar a gema, que passou a chamá-lo na madrugada – herdou a febre do pai. Sonhava com uma casa enorme, em conquistar o mundo. Via-se, antes de erguer a mansão, a viajar para a terra dos antepassados, acompanhado pelos irmãos. Um fotógrafo registraria cada um diante do vulcão que lhes dava nome. Os irmãos, tão estudados... Pagaria a viagem e cada cafezinho!

Já buscava a gema havia uma década... Era seu destino, mas parecia atrasado. Fora mais fácil para seu pai. Nos últimos anos, trabalhava concentrado ao máximo, sem se desperdiçar em oportunidades menores. A gema pulsava sob a terra, chamando-o, impedindo-lhe o descanso, ameaçando-o com o risco de ser resgatada por outro. Não tinha casa, nem mulher, nem filhos, nada a não ser aquela sede. Porém, prejudicava-o a palhaçada com seu nome, as brigas por conta dele, as três noites encarcerado graças ao "Vesúvio" dado pelos pais. O guardião sabia do que falava? Não era um homem de se irritar, mas os acessos eram cada vez mais frequentes. Tornara-se motivo de piada. Não podia aceitar aquilo.

Havia começado com uma marchinha de Carnaval. Era um dia comum, e estava atento aos boatos de minas de ouro recém-descobertas. A oportunidade residia naquelas terras recortadas em segredo. De repente, um concorrente lhe apontou o dedo e gritou "Vesúvio!", buscando encrenca, fazendo gargalhar toda a rua. Naquele dia, trocou socos e dormiu na delegacia pela primeira vez.

– Tentei localizar quem começou a gracinha. Até o delegado ria do meu nome; o que era aquilo? Só queria descobrir quem começara, por que decidira debochar justo de mim, justo do meu nome, mas era impossível. Todos diziam "o pico do Vesúvio, o pico do Vesúvio". Não fazia o menor sentido, mas todos gargalhavam, meu nome, num instante, sem que eu conseguisse entender, tornado sinônimo do... do...

Explicou-se com um gesto. Incapaz de se controlar, socou a mesa, fazendo saltar o livro. Meneou a cabeça, indignado: como poderia encontrar a gema que o aguardava tendo de lidar com aquilo? Dentre todos os nomes do mundo, dentre todos os vulcões com seus magníficos picos, justamente o seu ter sido escolhido para sinônimo. Como fora possível? Balançou a cabeça com força,

descrente, como se aguardasse na esquina a revelação de que tudo não passara de uma piada de mau gosto.
– O Vesúvio... Dentre todos os vulcões do mundo, o Vesúvio...
Ensaiou um novo golpe contra a mesa, mas o braço perdeu força. Soltou o corpo, vencido. Sem encontrar a gema, e com o nome a condená-lo, seria para sempre uma piada.
O guardião de nomes ergueu-se e pediu que mostrasse as palmas das mãos. Observou-lhe os calos com exagerada atenção. Pediu que mostrasse também os dentes, e que rangesse. Sentou-se novamente, desenhou teatral o nome do vulcão. Observou as letras. Acompanhando-lhe os gestos, o homem esticou o pescoço, tentando entender.
– Este nome nunca lhe pertenceu – sentenciou o guardião. – O funcionário do cartório fez um favor à sua irmã Edna. A tragédia de seu irmão será ainda mais grave que a sua...
O homem ensaiou a contestação, mas a mão em palma do guardião o deteve:
– Vesúvio nunca poderia ser o nome de ninguém.
Quando o guardião começou a rascunhar, possuído, perguntou-se que nome lhe seria dado. Poderia recusar, se não gostasse? Bem, por certo ninguém poderia obrigá-lo a nome algum, e saber que a tragédia rondava o irmão metido a doutor já valera o tempo ali desperdiçado. Se o imponente Vesúvio se tornara o pico, o pobre Estromboli talvez tivesse que se conformar com a pior parte do corpo. Gostava do próprio nome, de dizê-lo. Sentia-se forte ao se apresentar para uma mulher, inflando o peito. Sempre fora o Vesúvio, embora algo inseguro na hora de se despir. A isso a gema também resolveria – um homem que viajara ao velho mundo, o que mais desejariam? Deixando para trás o nome e a piada, estaria livre para se concentrar na busca da gema.
O nomeador seguiu rascunhando, intenso, próximo de rasgar a folha e manchar a mesa com a tinta. Adoraria receber um nome como Alexandre, ou Napoleão! Seriam ainda melhores do

que Vesúvio! Quem sabe Júlio César?! Com o nome correto, seria questão de tempo para apanhar a maior das gemas, suplantar os concorrentes e maravilhar os familiares. Um instante antes de o guardião de nomes terminar, imaginara-se com uma corrente grossa de ouro maciço entre os pelos do peito, pronunciando sem vacilar o nome homônimo ao dos grandes conquistadores.

– Juninho.
– Como Júlio? Pode ser Júlio César?
– Não, Juninho. Como Júnior.

Com a letra miúda, o guardião grafou o nome no livro enquanto o homem dobrava o corpo e recolhia os ombros. Juninho? Não perdera seu tempo para terminar com um nome daquele, assim modesto, enquanto os concorrentes se adiantavam. Um Juninho nunca seria nada, nunca descobriria nada, nunca nada conquistaria. E como era possível ser um mero Juninho, sem ter o nome do pai? O guardião de nomes era um tresloucado, o louco da vila que grita maldições e ocasionalmente acerta, assombrando o povoado. O jeito era ignorar as piadas e esquecer a visita ao nomeador.

– O antigo nome faria sombra a qualquer homem, era desproporcional. Ninguém é nada diante de um vulcão – explicou o guardião. – Como Juninho, ninguém vai reparar em você. O nome lhe dará a gema, embora pequena, lhe dará também uma esposa, uma casinha... E você será enorme.

Apertou a mão do nomeador e deixou a casa, cabisbaixo. A descrença o curou da raiva. Caminhou lentamente, envolvido pelo movimento da rua, reparando contrafeito na caminhonete que passou anunciando a comédia: "O Vesúvio, senhoras e senhores. Venham chorar de rir!" Aquilo jamais terminaria...

Chegou à estação pouco antes da hora do almoço. Como estava vazia, pôde sentar-se. Após três noites detido, o estômago doía-lhe, mas, se gastasse com um generoso almoço, não poderia alugar os equipamentos necessários ao garimpo. Pediu um café, bebeu-o sem pressa, e misturou o que restara com uma colher de açúcar, tomando aquilo por refeição.

A garçonete reparou no gesto e se aproximou. Observou-o com um sorriso comovido, cúmplice. "Como você se chama?", perguntou, sem deixar de sorrir. Percebendo a intenção da moça, pensou na fome, retraiu os ombros e moderou a voz para responder, olhando-a de baixo para cima, que se chamava Juninho, e que já iria embora. A garçonete pediu que ficasse. Trouxe da cozinha um menu completo, com tudo que sobrara do almoço dos empregados, para que se fartasse. Uma vez satisfeito, agradeceu, dizendo que iria para uma nova terra, em busca da gema que lhe permitiria uma vida modesta, que lhe bastaria.

Ela ainda sorria. Propôs-lhe um negócio: pagaria a passagem e investiria nos equipamentos. Em troca, deveria escrever-lhe todos os dias. Quando encontrasse a gema, fosse do tamanho que fosse, voltaria para buscá-la. Que lhe parecia? Aceitou. Apertaram as mãos, a fim de fechar o negócio, tocando-se assim pela primeira vez.

– E qual é seu primeiro nome, o nome do pai, para que seja o Júnior?

– É apenas Juninho, desse jeito mesmo... – respondeu recolhendo os ombros, em paz.

Sozinho e em silêncio na casa que herdara, as costas esticadas contra o inflexível assento da cadeira, as pernas sobre a mesa, Pródigo mantinha os olhos fechados e os lábios num sorriso sem dentes, analisando suas sensações, esforçando-se para apreciá-las. Decidido a assumir plenamente a condição de herdeiro, interessado em sê-lo até os ossos para que não pudessem vê-lo de outra forma, sabia que era preciso alterar os próprios gostos. Não apenas preferir o uísque à cachaça, mas também saborear ovas, cogumelos, caramujos e outros sabores exóticos. Não apenas se portar bem em restaurantes caros, mas saber estar sozinho, contemplativo e quieto como se punham os barões.

Notara o hábito pela primeira vez no pai, naquela mesma casa, e foi também o incômodo com aquele sufocante silêncio que, no final da adolescência, tornou-se o murro contra a mesa e a porta batida. Nas semanas em que morou na enorme casa espremida no diminuto terreno do avô, o magnífico barão Álvares Corrêa, concluiu que o pai recebera o insuportável hábito pela via sanguínea, e teria se arrependido das incontáveis críticas ao progenitor se já não estivesse tão incomodado com o resmungar do velho. Esse era ainda pior, a constante expressão embasbacada no horizonte, perdido em questões de um mundo sepultado, interrompendo-se apenas para torcer os lábios e balançar a cabeça, desgostoso. Simplesmente detestava aquilo! Era um homem de ação, e conforme escutava, atento, à maçante história do avô, interessado apenas em uma recompensa generosa ao final da narrativa, sentia-se cada vez mais sábio, inferindo como óbvio que a desgraça do barão estava naquele infinito lamuriar, e não em qualquer maldição lançada pelo sétimo filho. A questão se resumia em bater os pregos no túmulo da falecida e dar atenção aos negócios. Opinava que o barão tanto meditara que tudo perdera.

Deixou a casa do avô certo do próprio futuro, em direção à própria vida, às próprias e enormes conquistas, porém, quando se viu a criar os porcos alheios, entendeu que em muito errara, sem saber em qual ponto particular. Terminou a jornada tratado pior do que um animal, alimentando os porcos alheios e invejando sua lavagem, dormindo entre os desterrados, amputados e deficientes que trabalhavam em troca de comida. Observava o dono daquelas terras, e imaginava um meio de matá-lo para tomar tudo que tinha: todos os fins de tarde, o patrão caminhava, solitário, pelos vastos campos, contemplativo; aquele era seu momento de maior fragilidade. Em breve ele concluiria aquele meditar, encontrando não uma importante verdade, mas a faca com que Pródigo esfolava os porcos. Já afiava a arma quando atinou que os pobres diabos com quem dividia o dormitório estavam sempre a opinar, gritar e trocar socos, até serem repreendidos pelo capataz. Todos eram homens de ação como ele. Percebeu, então, que a reflexão obsessiva era característica dos nobres, bem como o gosto pelo uísque e alimentos exóticos. Assim o patrão escapou, sem saber que devia a vida aos maus hábitos dos miseráveis. Como herdeiro e descendente da nobreza da terra, cabia-lhe, pois, desenvolver a prática e, com os pés sobre a mesa, esforçava-se para raciocinar sem dormir. Sabia ser fácil devanear ao escutar uma conversa desinteressante, fingir-se atento para navegar por caminhos próprios enquanto nomes e motivos familiares desfilavam diante de si. Preferir, contudo, estar quieto e mal acompanhado pelas próprias lembranças, ao invés de gastando o tempo entre copos e mulheres – ou mulheres enchendo-lhe o copo, o que era ainda melhor –, esse seria um verdadeiro desafio. Seria, no entanto, um esforço ao qual, sem fraquejar, se entregaria: eram os imensos desafios da herança...

Cabia-lhe também aguardar que o procurassem com proposta generosa pelos direitos do pai: além da sétima parte da herança do barão Álvares Corrêa, que alguma coisa deveria valer, a municipalidade sem dúvida tinha contas a acertar pelos quarenta anos de serviço não remunerado do guardião de nomes. O pai não era um coitado para trabalhar em troca de moradia e comida, equiparado pela prefeitura a um guardador de porcos. Se movesse um processo, por certo teria muito a receber, mas o Judiciário era lento e tinha planos melhores, interesses nos quais pretendia investir a fim de se manter próspero. Era doravante um herdeiro e agiria como tal, elegante como um dia fora o barão Álvares Corrêa: apreciando cogumelos e uísque, exibindo ocasionalmente uma nota graúda numa espelunca e atendendo pobres coitados em busca de nomes, aguardava que os nele interessados fizessem o primeiro movimento, os tios querendo comprar-lhe a sétima parte, o prefeito pedindo que aceitasse um acordo, um advogado influente dispondo-se a representá-lo e oferecendo adiantamento. Rejeitaria as três primeiras propostas sem ao menos escutá-las: mostraria assim ser um digno descendente do barão, íntimo da arte da negociação. Incrementaria a proposta final, fosse qual fosse, em vinte por cento – no mínimo, vinte! – e mediante pagamento à vista. Ao receber a soma que lhe cabia, partiria, sem se despedir de ninguém, disposto a inaugurar a própria linhagem. Seria mais do que todos os parentes, desgraçados que nada valiam, não pela fortuna multiplicada, mas por inaugurar o próprio e digno clã. Mais do que um proprietário de terras, seria o primeiro de um nome, um senhor a espalhar descendentes sobre a terra. Essa seria sua palavra final sobre os vivos e mortos com quem compartilhava o sangue: realizar em excesso o que lhes faltava em absoluto. O primeiro de uma dinastia: não deveria ser ele a se chamar Próspero, ao invés do gigante morto sem sequer ter os ossos conservados? Só podia ter morrido, criança e insignificante, para nunca ter ouvido falar do tipo, apesar dos tantos de mesmo nome...

Ainda com as mãos contra a nuca e olhos cerrados, Pródigo exibiu forçadamente os dentes, divertindo-se ao lembrar como conduzira delicadamente a velha até colocá-la para fora e bater a porta: se tivesse planejado, não teria sido tão perfeito. Duas horas inteiras escutando-a tagarelar para vaticinar o nome escolhido e encerrar a questão com brutalidade. Nem se houvesse ensaiado teria sido tão perfeito! Via a velha a resmungar por todo o caminho de volta, na direção da distante espelunca de onde não deveria ter saído, desfiando as maldições que lançaria por todo o caminho. Tanto fazia, não acreditava em rezas, maledicências, nomes mágicos e palavras sagradas. Ou acreditava? Não tinha fé, mas também não duvidava. A desgraça de se chamar Pródigo era que, não havendo outro no mundo de mesmo nome, qualquer feitiçaria lançada o encontraria. Na modernidade, as benzedeiras e bruxas haviam perdido poder, pois cada feitiço lançado dividia-se entre inúmeros homônimos, incapazes de prejudicar diretamente qualquer um. A velha deveria agradecer-lhe, ora! Batizando a neta como João, poupava-a de qualquer maldição; protegia-a! Era sem dúvida muito melhor do que o nome que esperava, algo como Crebastiana ou Sebastiangela, mas já estava a dizer tolices...

 Desmanchou aos poucos o sorriso dos lábios, perguntando-se por que, afinal, desejava fundar um clã, adiando a intenção de mandar buscar um litro de uísque e alguns cogumelos para apreciar sozinho. Não faltariam oportunidades; a pressa não combinava com a condição de herdeiro. De olhos fechados, via-se novamente diante do barão Álvares Corrêa, escutando suas amarguradas considerações sobre a repetição indevida de nomes. Após a fracassada investida contra as autoridades municipais, o avô pôs-se, sozinho, a anunciar a tragédia do mundo no qual acreditava, convertido numa espécie de profeta apocalíptico. Fora um forte, disposto a dobrar os dias como lhe apetecia; tornara-se um vidente, torcendo pela catástrofe que lhe daria razão e nada além. Contrariado, narrando para o neto a sequência de fatos antigos conforme os entendia, talvez interessado em dar a palavra final nos acontecimentos que haviam escapado do seu controle, o barão Álvares Corrêa erguia o indicador e prolongava as vogais em tom premonitório, ressaltando quantas vezes havia alertado, primeiro as autoridades, depois qualquer um que se dispusesse a escutá-lo, sobre o gravíssimo erro que referendavam ao nomear oficialmente o sétimo filho como guardião de nomes. Ignorado na visita à prefeitura, após noite mal dormida creditou o insucesso ao fato de não ter organizado corretamente os argumentos, crente de que sua imponente figura bastaria para fechar a questão.

Recomposto, escreveu longa carta ao juiz, remetendo cópias às demais autoridades. Argumentou que, alterando-se os nomes ante o impulso de um filho ensandecido, para além do já exposto risco de tornar líquido um conceito por natureza sólido, o que equivalia a se derreterem as pedras que sustentavam as cidades, havia outro aspecto para o qual o digníssimo magistrado não atentava, e que consistia na espinha dorsal da sociedade. Conforme alguns nomes eram repetidos e outros esquecidos, conquanto alguns fossem sepultados para nunca mais serem ressuscitados e outros prosseguissem por infinitas gerações, tecia-se a ética de um povo. Lampião era enterrado com Virgulino grafado na lápide, morria o Conselheiro para nunca haver outro de mesmo nome, enquanto são Francisco, o rei dom Sebastião e o infante João para sempre viveriam na nomeação cada vez mais frequente, os nomes fundidos à própria ideia que um povo fazia de si. Se os primeiros haviam sido batizados como Fernando em honra à obra do grande rei, se chamavam então em homenagem a um avô, tio ou irmão, em honra ao digno coronel de terras que bem conduzira suas gentes, os feitos de dom Fernando reverberando por gerações e gerações, como um dia se dariam com o nome do nobilíssimo juiz a quem se dirigia. A repetição dos nomes sobre os nomes, tornados malditos os dos bandidos e bem-quistos os dos governadores, incorporados ao vocabulário os nomes dos reis e santos, tornava a sociedade melhor, garantindo-se aos homens caminharem juntos e cada vez melhores na direção do Juízo Final. Reparasse o juiz, imaginasse, com quantos Pedros a história já contava, e quantos Barrabás? Quantos Andrés havia para cada Judas? E se um rei João honrava o apóstolo em grandes feitos com o nome do santo, então o argumento se mostrava perfeito. Conhecia um único caso de outro Barrabás que houvesse, indiferente ao nome, se tornado santo? Algum que, nascido com a alcunha, provara ser diferente? Ao permitir que se alterassem os nomes ao sabor da sandice do sétimo filho, daquele que sequer nome tinha, o despreocupado juiz não apenas abria as portas da revolução, mas permitia que a sociedade retroagisse a uma Gomorra, à degradação e bestialidade que fizeram Nosso Senhor enviar o próprio filho em sacrifício. Ao concluir, com o dedo em riste, a argumentação, o barão Álvares Corrêa reproduziu para o neto o gesto do ponto final e assinatura na carta, como se tivesse o papel entre os dedos, dobrando e selando o documento com o brasão da família sobre cera líquida. Na falta de um secretário, produziu ele mesmo as cópias da missiva e as encaminhou através do mesmo chofer que o conduzira na última ocasião, pedindo gentilmente que, quando fosse à cidade, por obséquio as entregasse aos destinatários, de preferência em mãos. Soube, com satisfação, que as ordens haviam sido cumpridas de pronto, como deveriam ser. Contudo, não obstante o esforço argumentativo e a cerimônia da entrega, jamais recebeu qualquer resposta.

 Acariciando o queixo coberto por pelos ralos e mal barbeados, esfregando os lábios duros com o que acreditava ser a perfeita postura de um herdeiro, Pródigo revia as transmutadas expressões do barão Álvares Corrêa: a partir daquele ponto da narrativa, oscilava entre o cansaço e a esperança, descrente ante o esfacelar do mundo como o conhecia, à espera da desgraça que lhe confirmaria inútil razão. Contou ao neto como oscilavam-lhe as resoluções, alguns dias levantando-se cedo, preparando com as próprias mãos o café para, antes da primeira luz matinal, passar em revista o trabalho dos empregados, disposto a rapidamente reconduzir a fazenda à antiga rota de prosperidade e multiplicação de capitais. Na maioria das vezes, no entanto, sofria de insônia, abria os olhos com o sol no meio do céu e de pijamas analisava o túmulo da falecida tornada santa, pedindo que se removesse mancha que só ele era capaz de enxergar, conclamando os empregados para que começassem a rezar o mais depressa possível, abandonando-se os trabalhos incompletos em prol do compromisso com o além.

Só admitia atrasar-se o ministério para receber os muitos que se apresentavam em postura humilde, chapéu nas mãos, em busca de recompensas cada vez mais modestas, oferecidas em troca do relato dos últimos fatos conhecidos sobre o guardião de nomes. Passando pela vila próxima, os andarilhos ouviam que ali havia um barão que pagava por aqueles contos, e melhor conforme a maior quantidade de detalhes. Deixavam a propriedade com uma ou duas galinhas a tiracolo, sempre satisfeitos, intrigados com a postura daquele senhor de terras que, diante de cada novo narrador, primeiro o ofendia, expulsava-o com um gesto do braço, para então reconsiderar e, com a expressão amarrada, escutar atento e interessado os mínimos detalhes do relato. Era o esplendor de um homem vingativo, disposto a escutar o que o torturava até que o conto o satisfizesse, pensara Pródigo quando o ouvira pela primeira vez. Dessa feita, relembrando, concluía tratar-se na verdade de uma espécie de vício, um pobre coitado que se autoflagela e se observa degradado, sem ser capaz de se impedir. Talvez fosse ambos e, reproduzindo para o neto narrativas certamente exageradas, pontuadas pela quantidade de galinhas oferecidas como recompensa, espremia os dedos contra o assento de madeira, fortes e firmes até o limite dos músculos, para então abandonar o braço ao lado do corpo, desfeito.

Contaram ao barão Álvares Corrêa que, passadas algumas semanas das grotescas cenas protagonizadas no cartório pelo desgraçado do sétimo filho – e dias da publicação em diário oficial da sua nomeação como o guardião de nomes do município –, o tipo partiu sertão adentro, em missão oficial, como um missionário da incipiente República. O aglomerado de casas mal construídas depois da última curva da derradeira estrada recebeu com estupefação a chegada do guardião de nomes, os homens do povoado circundando a estranha aparição trajando paletó, gravata e colete, sobre o lombo do burrico, sem concluir nada além de que não era bem-vindo. Olharam-no mantendo as enxadas à mão, prontos para o dilacerarem em golpes rápidos e ainda aproveitarem as roupas e o jumento, ansiosos por qualquer palavra que os autorizasse ao linchamento. Ali estavam reagrupados desde os últimos ataques, todos fugitivos e sobreviventes dos esforços de recaptura, nenhum deles duvidando de que o melhor a fazer era responder com golpes certeiros ao que sequer fora perguntado.

    O recém-chegado desmontou do animal, pediu licença para amarrá-lo, refugiou-se à sombra. Afrouxou a gravata, aceitou água fresca, que tomou de um só gole antes de agradecer, sem antecipar a que viera, apesar dos muitos olhares interrogativos. No tom de voz confidente, postando-se como um colega de roçado a trocar palavras durante o descanso, começou a contar a história do rio que devora os outros rios, nascido inominado no topo do monte. Descrevia, observando os homens nos olhos, a força das águas que capitaneavam os igarapés e os levava consigo, a cabeça avantajada e rabo de serpente que corria na direção do mar, narrando não como o contador de histórias, que se vale de grandes gestos e descrições vivazes para entreter os ouvintes, mas com a fraternidade daqueles que recontam uma história por todos conhecida, mas ainda assim saborosa aos ouvidos, digna de ser repetida entre companheiros. O rio teve muitos nomes, os primeiros inventados, os outros mal-entendidos. Nos mapas antigos, corria com três nomes, três palavras distintas para o que era somente a água a fluir na direção do mar desde antes de existirem homens, e línguas, e nomes, e fronteiras, e que prosseguiria quando novamente os homens deixassem de existir. Tantos haviam perdido a vida naquele rio, perdido a sanidade, perdido os filhos simplesmente por não o respeitarem como era, sem cercas, sem donos, sem designação, pura força. Os nomes não eram grifos, nem sorte, nem benção: eram carne, ou a ausência de carne.

Ergueu-se revigorado, adiantou-se um passo para se postar em meio ao povoado e anunciar, a voz de súbito firme, que ali estava para guardar-lhes os nomes, pois, incorretamente nomeados, seriam para sempre vítimas de uma escolha equivocada. Os nomes de batismo e cristandade eram grilhões. Os nomes antigos os libertariam.

Acolheram-no como a uma criança que o rio entrega anunciando boas novas, dividindo com ele as frutas, a carne pouca, o catre e o trabalho. Após o roçado, ele contava as histórias que os outros já conheciam, os personagens sendo sempre as montanhas, árvores e acidentes que não deveriam ser nomeados. Às vezes, mencionava as antigas designações, lembrando de contos que nunca haviam sido contados: raramente dizia qualquer coisa fora desta liturgia. Descobriu em pouco tempo como cada qual se chamava, o nome dado pela mãe transformado pelas brincadeiras dos amigos. Revelaram que o povoado se chamava Mbanza. Contaram também que, caçados, vendidos e embarcados, recebiam o sinal da cruz e o nome cristão, o chicote garantindo que se esqueceriam do antigo. Com a fuga, haviam descoberto que a liberdade começa na linguagem. Redescobertos os próprios nomes, eram livres. Já se haviam rebatizado.

Quando chegou o dia da partida, prometeu que guardaria os nomes antigos e retornaria com os documentos que os tornariam definitivos. Eles o esperariam lavrando a terra, festejando, venerando os deuses proibidos, comunicando-se na antiga língua, armando-se para quando a inevitável reação chegasse. Manteriam os olhos no largo do horizonte até que o guardião de nomes novamente dobrasse o caminho. Estariam à espera.

Com os lábios frouxos, mostrando-se enojado, o barão Álvares Corrêa terminou de repetir as frases daquele que lhe ofertou histórias do sétimo filho pela paga de três galinhas magras e talvez adoentadas, novamente desejando-lhe a indigestão. Pródigo ainda questionou ao avô como era possível ter o pai encontrado escravos foragidos, se todos bem sabiam que tinham sido libertados décadas atrás. O avô debochou do comentário, observando o neto para averiguar se ironizava, esclarecendo por fim que a assinatura de um papel na capital não mudava nada no interior. Naquela terra, sempre haveria escravos.

Com um sorriso, Pródigo se lembrou – talvez já apreciasse o refletir, rapidamente adequando-se à condição de herdeiro – do avô vociferando contra o narrador desaparecido havia muito pelos caminhos, enfatizando que a tal cidade nada mais era que um agrupamento de pobres diabos que sequer tinham roupas para vestir. Se é que os fatos se haviam passado daquela maneira, se é que não haviam tocado de lá o desgraçado sem nome e que o andarilho não inventara o conto, imaginando agradá-lo enquanto pai, os relatos não eram nada impressionantes, pois tratar aquela gente como o fizera era o mesmo que convencê-la da iminente volta do Cristo, da ressurreição do filho de Deus no sertão, da imortalidade dos bandidos. Criam em qualquer asneira, e o sétimo filho nada mais fizera do que papel de palhaço – que era aquele guardião de nomes, senão a trupe de um só polichinelo?

Com os olhos exageradamente abertos, o dedo em riste, uma vez mais o barão reproduziu as ameaças que o futuro anunciava e apenas ele era capaz de vislumbrar, a guerra civil, a peste, o comunismo, a sodomia, que viriam a partir daquele indistinto renomear, do apocalipse encarnado na figura sem nome do sétimo filho, que vagava pela terra com autorização e cargo especial garantido pela municipalidade. Garantido pela municipalidade!

Rezara para o neto e, ao longo dos anos, para quem se dispusesse a ouvir, aquele sermão apocalíptico, que somente os empregados fingiam escutar: a tantos avisara, e tantas vezes, que não podiam imputar-lhe a culpa pelos feitos do desgraçado do sétimo filho. Apesar do sangue, que não o culpassem, pois a todos avisara. Pródigo sorria, lembrando-se dos achaques do avô, e se considerava privilegiado por descender de tamanha cretinice, imaginando, satisfeito, ora o barão levantando-se cedo para organizar planos que não levaria a cabo, ora passando o dia diante da capelinha, sempre amaldiçoando a noite sepultada em que não interrompera o sonho da esposa suicida. A melhor parte, sem dúvida, era saber que, independentemente do ânimo em que se encontrava, o barão punha no peito as medalhas das guerras vencidas pelas armas alheias e recebia pobres coitados a quem pagava com galinhas mal engordadas, odiando cada instante do relato que não era capaz de deixar de escutar. A Pródigo, bastava o prazer de contemplar a desgraça do avô a narrar a desgraça do pai.

Na época em que o barão Álvares Corrêa repetiu para o neto as torturantes narrativas dos pobres coitados, uma primeira medalha já havia sido vendida para saldar a dívida com o mercadinho da vila. Ainda assim, tocava também aquela condecoração ausente, sentindo-a como um membro fantasma. Após um prolongado bufar, dissecava a memória, destacando, sem se poupar, os trechos que mais o indignavam, esperando assim também indignar o interlocutor. Foi com este objetivo, pressentindo que ainda não trouxera o neto em definitivo para si, que mais uma vez falou sobre aqueles primeiros dias, nos quais o desgraçado do sétimo filho vagava pelas bordas inominadas do vasto sertão. Contaram – com os olhos baixos, o chapéu na mão, os calcanhares juntos, a calcular quantas galinhas valia a história – que o guardião de nomes se surpreendeu ao encontrar, na curva que anunciava um povoado, um primeiro habitante, sozinho junto da enorme pedra, afastado da vila e do rio, à época seco. Ofereceu ao sujeito o pouco de água que ainda tinha, a carne salgada que escasseava, e o outro os devorou sem se preocupar com a natureza da oferta, evidenciando, pela fome e farrapos, a condição de miserável entre os miseráveis. Respondeu ao nomeador que ali chegara com todos os demais, vindo da capital e da praia, em busca de esmeraldas: haviam comprado a vasta propriedade crentes no anúncio de gemas que escapavam das entranhas da terra e só precisavam ser recolhidas com vassoura e pá. Recortaram o terreno, cavaram e quando muito encontraram água, o lençol fraco, um poço logo seco. Os outros se conformaram, abandonaram o sonho para arar a terra dura, criar bichos famélicos, entusiasmados por serem proprietários de sítios que não interessavam a ninguém. Ele não. Recusava-se a qualquer atividade que não apanhar com vassoura e pá as esmeraldas que as entranhas do solo recusavam. Vivia de restos, mais miserável do que todos, embora incontestavelmente honrado, intacta a determinação que os outros mal julgavam.

Sem pressa alguma, apesar do terno e do calor, o guardião de nomes o escutou, atentando ao que dizia sobre os pais – um soldado e uma rezadeira que o haviam batizado João Henrique –, sobre os colegas da vida de mascates – malandros que o apelidaram de Zé Golinho pelo hábito de pedir a cerveja alheia –, sobre as mulheres que tivera e as que desejara ter – disputara todas e conquistara poucas, pretendendo a alcunha de José Barão, ganhando o título de Zé Pidão. Terminou ali, à beira da estrada, à espera das moedas dos raros viajantes ou do retorno do pilantra que vendera a terra sem esmeraldas, a quem cortaria o pescoço, embora prescindisse da faca. Chamavam-no então Zé Bidé, e agradecia o almoço: o guardião de nomes batizou-o José Henrique Matias de Albuquerque.

Entrou no povoado pajeado pelo recém-conhecido, que interrompia todos os passos para apresentar o guardião de nomes, doutor da capital, funcionário do governo federal, enviado especial e amigo íntimo do rebatizado senhor Albuquerque. Sem contradizê-lo, o sétimo filho sem nome do barão Álvares Corrêa aceitava cada palavra com um sorriso passivo, cumprimentando com um menear discreto, movimentando-se conforme o conduziam, aguardando tranquilo a oportunidade de exercer o cargo. Almoçou na maior casa da cidade, aceitando que estourassem a champanhe importada e já avinagrada em sua homenagem, e fingiu almoçar outras vezes no mesmo dia, provando pequenos bocados e deixando que o autointitulado amigo íntimo o ajudasse com seu insaciável apetite. Escutou em diferentes versões, que detalhavam em graus variados os mesmos fatos, a história das terras adquiridas e esmeraldas jamais garimpadas, o solo infértil, a chuva ausente, o rio distante, a sobrevivência possível com a criação de animais magros e habitualmente adoentados, abatidos antes da maturidade. Percebeu que as verdadeiras esmeraldas daquela terra árida eram as tantas bocas famélicas, pois nada parecia faltar aos que buscavam gêneros na costa para revender a preços inflacionados: era o melhor negócio, pois a fome abundava.

Assombrou-o à noite a enorme fogueira, armada com facilidade, e gostou do ritmo das sanfonas e triângulo que havia tempos não escutava. Comeu os doces da terra e nada bebeu além de água fresca. Recusou os convites para dançar e se deitou cedo, inferindo-se, pelo semblante, que estava satisfeito. Na manhã seguinte, de casa em casa, provando novamente das especialidades de cada cozinha, falou sobre a natureza dos nomes, sua eternidade fácil. No tom íntimo, como um familiar a trocar impressões, lembrou os tantos recantos daquela terra onde se diziam nomes de língua desconhecida, perdido o povo e a linguagem, preservada a palavra. Os nomes eram carne, ossos que jamais se decompunham e, se fosse o nome carne morta mal costurada a um corpo vivo, o melhor era extraí-lo e substituir por um coração pulsante. Ao seu lado, penteado e de barba feita, o digno senhor Albuquerque, que também deixara a festa cedo e sem beber um único copo de aguardente, balançava afirmativamente a cabeça, ofertando seu próprio renomear como argumento.

Não se soube quando o último nome foi corrigido, ou quando a antiga cidade de Esmeralda passou a se chamar Bom Jesus dos Perdões, mas por décadas e décadas lembrou-se que, naqueles dias, foram inventados os sobrenomes tradicionais, as famílias inimigas e casamentos proibidos, os direitos de herança e justaposições de cercas que nunca seriam esclarecidos. Um dia após o outro, entre almoços bem preparados e convescotes, o guardião de nomes demarcou o limite dos clãs, o poder da palavra dos patriarcas, o nome dos primeiros da terra. A partida do nomeador demorou a ser notada – acreditavam que estava em casa alheia, haviam-no visto próximo das últimas ruas, estava a ter com o pároco –, mas tornou-se óbvia quando o velho Zé Bidé trançou as pernas no caminho entre o bar e o limite da cidade, rasgando as roupas novas, amaldiçoando o instante em que imaginara ter sido escolhido para acompanhar o guardião de nomes por aquela terra. Na entrada da cidade, próximo à grande pedra, o senhor Albuquerque aguardaria o retorno pronto para o confronto – jurara voltar trazendo os documentos –, armado com uma faca de cozinha sem corte e algo enferrujada.

Satisfeito consigo por ser capaz de refletir por prolongadas horas, ocupando-se já de pequenas tarefas como preparar mais café, fumar e defecar enquanto mantinha-se focado na antiga narrativa, Pródigo sorria ao se lembrar da melhora do ânimo do envelhecido barão Álvares Corrêa ao contar sobre um vagabundo que esperava pelo retorno do sétimo filho, pronto para esfaqueá-lo, indiscutivelmente satisfeito com o candidato a escudeiro que, desprezado, preparara a vingança com instrumento insuficiente. Pródigo reconhecia-se nas reflexões do avô, no ódio assumido com orgulho, na preferência pela retidão do desprezo às concessões da glória. Talvez o barão concordasse, com sinceridade inclusive, ser necessário alienar-se do desgraçado do sétimo filho e da falecida para recuperar a fortuna dilapidada, contudo, de que valeria a fortuna sem as amaldiçoadas convicções sobre as quais se erguia?

Sentado no vaso enquanto tragava um cigarro, Pródigo julgava-se uma versão aprimorada do avô, temperado com sabedoria e melhores características, digno, portanto, de inaugurar uma dinastia. Cuidaria com esmero de todos os temas que lhe despertavam ódio, sem, no entanto, cegar para o que pretendia construir. Sobravam-lhe sabedoria, experiência de vida e força de vontade, e já se portava como o herdeiro que nascera para ser. Nisso também diferia do pai, e se aperfeiçoava em relação a ele: se tivesse chegado a um quilombo entranhado no interior dos sertões, jamais teria registrado os nomes africanos e assistido às danças tribais. O pai os resgatava do que deveriam esquecer, condenava-os a origens rudes que deveriam ser superadas. Para um homem sábio, um homem como Pródigo, era antes de tudo um dever levar tecnologia e civilidade aos rincões da nação. Um dia, receberia honras de Estado pelo feito. Pródigo, fundador de um clã, escultor de povos. Não era à toa que o pai terminara banido dos círculos sociais, malvisto, o título de guardião de nomes sendo impronunciável em qualquer ocasião importante até o falecimento, quando fora bem aceito no cemitério da história. Corrigiria os passos trôpegos do avô e do pai, alçando a família à correta posição social e histórica, mas o faria com novo sobrenome, na palavra que inauguraria. Faltava-lhe somente receber a parte que lhe cabia pelos direitos do nome do pai sem nome, e aguardava, paciente como um príncipe herdeiro, convicto da condição que lhe pertencia por direito de sangue. O primeiro movimento não seria o seu, porém reagiria, sábio e seguro como um regente. Enquanto tal não se dava, aguardava, rememorando as lembranças alheias, evitando pensar que talvez não lhe interessasse construir, mas somente desfrutar...

Contou o barão Álvares Corrêa que, num repente, o pobre diabo que lhe oferecia histórias notou que os dissabores do sétimo filho lhe interessavam mais do que os sucessos. Vislumbrando, quem sabe, uma dúzia de gordas galinhas como recompensa, pediu licença para contar mais um conto, escutado dias antes, enquanto mendigava o desjejum numa parada da estrada. Mencionou, visando apenas testar a recepção, um vilarejo que impedira a pedradas a entrada do guardião de nomes, sem saber se isso de fato ocorrera e acreditando que não, e se desdobrou nos detalhes da narrativa, com os olhos fixos no canto dos lábios do poderoso senhor. Vagando entre povoados empobrecidos daquela terra árida e ensolarada, conhecendo construções, nomes e leis permanentemente provisórios, aquele sétimo filho, que em tudo desonrava o pai, não poderia deixar de encontrar um dos muitos grupos de bandidos que perambulavam pela região. Se um homem decente, a viver uma vida pacata e honesta numa cidade com igreja de torre única, não podia passar seus dias sem se deparar com um bando daqueles, tal sorte não teria um encarregado do governo a viajar entre vilarejos não mapeados, que não constavam na carta geral da nação, aonde era possível chegar apenas perguntando na parada anterior se além dali havia gente.

    Contou-se que o guardião de nomes despertou no momento em que a figura de um bandoleiro obstruiu o sol. Discutiam, indiferentes à atenção da vítima, sobre o que fazer: obrigavam-na a seguir o bando amarrada e nua por algumas léguas, ou a decapitavam de pronto. Desfiavam, enquanto o chefe não pronunciava a sentença, argumentos contra o que sem dúvida era um desprezível agente do governo. O guardião tentou erguer-se, mas a bota contra o peito o impediu. Tentou falar, e a ponta do cano da espingarda, próxima dos dentes, sugeriu que escolhesse com cuidado as palavras. Com simplicidade, apresentou-se como o guardião de nomes daquela terra, a serviço não do governo ou do rei, mas do impositivo de registrar os nomes. Sem lhe permitirem, perguntou, diretamente ao chefe, que seria de seus nomes quando as balas ou os vermes lhes perfurassem a pele, inquirindo se achava justo serem sepultados não com a alcunha de guerra, mas com o nome e o sobrenome autorizados pelo barão que combatiam. Pôs-se de pé enquanto se entreolhavam, bateu as mãos contra as vestes para se livrar da poeira, mirou o chefe nos olhos e respondeu à própria pergunta: carregava consigo o segredo que os tornaria invencíveis. A vitória naquela guerra não viria das inteligentes estratégias ou da quantidade de armas, munições e provisões, mas dos nomes corretamente escolhidos e justamente repetidos. Não pedia nada além de que se apresentassem...

Acariciando diante do pobre diabo as medalhas de guerra ganhas com a pólvora alheia, repetindo o gesto de tocar a condecoração ausente diante do neto malfeito homem, o barão Álvares Corrêa sorria, raciocinando se aquela história era suficiente para incriminar o desgraçado do sétimo filho, provando às autoridades o disparate da nomeação. Se o haviam enviado para o interior com o objetivo de registrar as gentes e cobrar impostos, que soubessem que oferecia seus serviços – e, portanto, os serviços do Estado – aos procurados pela justiça. Confraternizar com os foragidos, dividir com eles água e comida, na opinião do barão era fato bastante para que a polícia o tratasse como o bandido que soubera ser desde que matara a mãe. Cúmplice da bandidagem e matricida, é o que era o desgraçado, livrado do parricídio unicamente graças à presença de espírito da governanta. Sorrindo a navegar pela superfície de raciocínios jurídicos que jamais o interessaram para além do próprio benefício, escutava o pobre diabo descrever o guardião, de terno e gravata, a seguir montado entre os bandidos, ladeado pelo chefe, imaginando se a jornada terminaria com o desgraçado aprisionado ou vítima do fogo das metralhadoras do Exército. Diante do neto, ainda imaginava o saboroso destino, gostando de pensá-lo mesmo sabendo que assim não se dera, ciente de que, pouco depois, os juízes daquela terra enviaram cumprimentos, convites e se disseram honrados em conhecer o famoso nomeador, parabenizando o malfadado barão pelo rebento que o envergonhava.

Contou-se que o guardião de nomes vagou com o bando por dias e noites suficientes para que as roupas rasgassem e se desfizessem os calçados, habitando o ermo entre os municípios sem nome daquela borda bárbara da terra. Adaptado à comida salgada que dividiam, compartilhando os passos sem questionar o destino, não fazia oposição aos movimentos de guerra, aos municípios saqueados e tiros trocados com as volantes, assistindo as batalhas e saques de afastado ponto seguro. Pedia apenas que não chamassem as serras, encostas e planícies, tratando-as apenas como o acidente geográfico sem nome que eram.

Nos momentos de cansaço e silêncio, quando cada gesto se assemelhava a uma provocação e o bando se debatia em perigosas disputas internas, dava a rezar o rosário da antroponímia, contando sobre os empregados do barão Duarte Lobo que, nomeando de acordo com a própria sabedoria, haviam conseguido que o patrão desterrasse. Antes da pobreza e da fome, da mãe que, na casa de barro, dá à luz contando com a boa vontade do proprietário para saciar a sede e amamentar o rebento, eram os nomes que submetiam aquele povo, pois, à espera de favores – ou migalhas –, davam à criança o nome do opressor. As tradições, calcadas nos nomes de reis e santos, serviam a quem delas se beneficiava, para o que reclamava ao rei ou era atendido pelo santo na manutenção do direito que já possuía. O bando acertava ao trocar a enxada servil pela alcunha gravada na arma, porém, de que valeriam aqueles dias se ao final encontrassem na sepultura o nome escolhido pelo antigo coronel?

Já os conhecia individualmente quando, sob autorização do chefe, passou a renomeá-los. Ao que aprendera a ler com a irmã e, a pedido dela, juntara-se à guerra, chamou Professor, aconselhando que se esquecesse do amor fraternal e do antigo nome. Ao que perdera os pais antes de ganhar os dentes, distribuindo com olhos piedosos desgraças maiores que qualquer um dos outros, chamou Flagelo. Gordo foi como batizou o esquálido que ali estava a trocar tiros apenas para ter de comer, e Cabeludo aquele que não esquecia o pai a maltratá-lo por conta dos piolhos. O capitão, por fim, denominou Tião Cruz e Silva, recebendo de volta meio sorriso e o olhar inquisidor: pois já não existia um Tião Cruz e Silva? Era certo que sim, e existiriam outros vinte Professor, Flagelo, Gordo e Cabeludo, todos membros do bando do capitão Tião. Eram vinte os bandidos, bastavam-lhe cinco nomes: a cada baixa, outro assumiria o substantivo, em honra ao falecido, vivendo pela força do nome. Não deveriam mais lutar para afiar as próprias e particulares desgraças, mas pela memória, fama e história daqueles nomes. Todos ali morreriam, mas tal qual a inominada serra ou o leito seco do rio, o capitão Tião Cruz e Silva e seu bando viveriam para sempre a aterrorizar os sertões. Os nomes ofertados os eternizariam, tornando-os imunes às balas, invencíveis; com o passar do tempo, seriam títulos cobiçados.

Escoltaram-no por todo o retorno, e se aproximaram tanto da capital da província que os bandoleiros se perguntaram se, com o novo nome, o capitão ganhara confiança o bastante para atacar as tropas estaduais. Não foi o caso. Conversavam por longas horas, trocando preocupações. O guardião de nomes confidenciou ao chefe precisar retornar aos povoados antes que os nomes se perdessem. Preocupava-o que os casais não soubessem se, na intimidade, poderiam sussurrar os nomes antigos e apelidos conjugais. Imaginava os criadores em dúvida sobre usar ou não o imponente sobrenome, recém-inventado, nos animais. Sem a talha da máquina datilográfica sobre a cédula, as palavras se perderiam. A cidade de Mbanza retornaria aos dias de fuga e escravidão, a vila de Bom Jesus dos Perdões à busca pelas esmeraldas que nunca seriam encontradas. Os nomes precisavam ser guardados.

Aquiescendo, o capitão se declarou sempre à disposição para auxiliar o nomeador, e garantiu-lhe salvo-conduto pelo vasto sertão. Falou de suas próprias preocupações, e deixou um pedido: tinha o capitão um filho nascido homem, morando com a mãe depois da serrinha. Pedia que ele os visitasse, e rebatizasse a criança. Era preciso apressar-se antes que crescesse com a designação incorreta, como certamente ocorria. Todas as noites o capitão sonhava com o filho gritando o próprio nome para, em seguida, ser destrinchado pela gente. Pressentia, não explicava, que a troca o salvaria. O guardião prometeu.

Não foi preciso que o barão Álvares Corrêa entregasse qualquer quantidade de galinhas, magras ou adoentadas, a humildes emissários para receber notícias do retorno do amaldiçoado, aquele que bem expulsara da propriedade e que desonrava o nome que não tinha. Nos trabalhos abandonados pelos empregados da propriedade, enquanto expulsavam sem sucesso os cães vadios que se multiplicavam pelo terreno, misturavam incorretamente a lavagem dos porcos ou colhiam sem vontade as frutas maduras, comentava-se o iminente retorno do guardião de nomes. O barão fingiu não escutar os sussurros dos cortadores de cana durante o rosário em homenagem à falecida, no entanto não pôde deixar de ranger os dentes ao compreender que seria recebido com honras e festejos.

Contou o barão Álvares Corrêa que naquele dia avançou sozinho até o limite da propriedade e, percebendo quão curta já era a caminhada – em pequenas vendas já se desfizera da maior parte do vasto campo –, passou por debaixo da cerca. Prosseguiu em passos firmes pela terra que um dia fora sua, temendo a humilhação de contra ele excitarem os cachorros, incapaz de interromper os passos, pois receberem em honras de Estado o desgraçado do sétimo filho – tal qual um herói que retorna da grande guerra – suplantava em afronta a possibilidade de, na terra que batizara, ser tratado como um ladrão. Venceu uma segunda cerca, admirado por saber que quem dele comprara o terreno já o dividira e revendera, assustado por, de súbito, encontrar luzes, vozes, a vila muito mais próxima do que se lembrava. Eram construções novas, lotes minúsculos, casas erguidas claramente às pressas e sem qualquer planejamento. Na fronteira com o terreno, diversas moradias se erguiam no lote diminuto, tantas pessoas ali que nada daquilo parecia possível; eram estranhas construções, sem qualquer área onde se pudesse plantar para comer ou criar galinhas. Pareciam as antigas casas de escravos, mas sem um capataz a guardá-las. Espiou-as, escondendo-se, até que divisou uma aglomeração; logo compreendeu ser um bar, com duas mesas, algumas cervejas, conversas sob a tabuleta a anunciar o "Boteco do Barão". Transtornado, refez os próprios passos, suando exageradamente, ofegante, sem mais pensar no retorno do derradeiro filho, nos cães, na possibilidade de o confundirem com um ladrão. Os dias como os conhecera lhe pareciam escorrer pelos dedos, e era incapaz de deter-lhes o fluxo.

Dois dias depois, recebeu, em envelope lacrado, assinado pelo prefeito e entregue por oficial administrativo, o convite para a cerimônia de recepção do guardião de nomes, de volta ao seio da municipalidade após heroica jornada pelos bravos sertões. Listavam-se as autoridades que compareceriam, e lá estavam todas, sem exceção. Tratava-se de um colossal engano, um erro de proporções catastróficas que, apesar da desgraçada condição de pai do homenageado, era incapaz de impedir. Conforme a data do evento se aproximava, chegavam-lhe telegramas, felicitações pelo sucesso do último filho nascido homem, comentários que o levavam a amassar, com o punho forte, as diferentes qualidades de papel e jurar não comparecer, dizendo de si para si que, se o matricida não tinha nome, era porque deveria ser esquecido. Bebeu e meneou com a cabeça na noite anterior à homenagem, o cenho franzido como o do condenado na véspera de seu encontro com o patíbulo. Quando percebeu as primeiras luzes da aurora e os gritos ensandecidos dos pássaros recém-despertos, ergueu-se, banhou-se, vestiu as melhores roupas e pediu pelo chofer, sabendo que seria o primeiro a chegar, indiferente à certeza de que pensariam adiantar-se por orgulho paterno.

Mencionou para o neto o calor excessivo na cerimônia, tão vívido na memória que, ao narrá-la, vinte anos depois, o barão Álvares Corrêa pediu água gelada e abanou-se com uma revista especializada nas raças dos cavalos que havia muito vendera. O conjunto de corda, formado pelos três professores municipais, tocou um tema imponente, os alunos cantaram o hino nacional, auxiliados por ruidosa gravação e, num improvisado palco, o sétimo filho sem nome recebeu diploma, medalha de latão e apertos de mão de todas as autoridades presentes, exceto o barão. Não fez qualquer discurso de agradecimento, retirou a medalha do pescoço e guardou-a no bolso junto do diploma, dobrado em oito partes, evidenciando ser o bruto que o pai bem conhecia. O barão dispensou-se do almoço na casa do prefeito, preferindo o prato simples na cozinha de um antigo empregado cujo sobrenome escolhera. Ainda assim, soube que o filho espantou todos com seus maus modos à mesa, comendo tanto quanto podia, usando tanto os dedos quanto os talheres, fartando-se de suco para melhorar a deglutição. Não agradeceu ao anfitrião nem o elogiou. O barão suspeitou que sua falta de modos levaria à suspensão do baile, mas não foi o caso. Compareceu à festa e se surpreendeu com a quantidade de damas que, entre olhares e bilhetes, convidavam-se para uma valsa com o dito guardião de nomes, bruto que não sabia dançar. Quando o uísque lhe subiu, o barão Álvares Corrêa partiu sem se despedir.

 Com os pulmões doloridos pelo excesso de cigarros de qualidade fumados até que a brasa queimasse o filtro – refletir tragando bons cigarros era a marca de um herdeiro –, Pródigo mais uma vez pensava sobre o desgraçado caminho do avô, o outrora grandioso barão Álvares Corrêa. Com as finanças a fraquejar, os cavalos vendidos, as reduzidas fronteiras das terras antes ditas império, deveria ter se aproveitado da repentina fama do sétimo filho para reconstruir as boas relações que lhe haviam pavimentado a fortuna. Se fora o matricídio que dilapidara o patrimônio, nada mais justo que o responsável o auxiliasse a se restabelecer. Uma ereção e uma oportunidade negocial nunca deveriam ser desperdiçadas, assim pensava Pródigo, e sobre essa máxima, inclusive, assentaria seu futuro clã. Admirava o avô pela fibra que demonstrava na desgraça, pelo braço firme com que se agarrava, irascível, ao navio que naufragava, mas de que valia o título de mais honrado dos capitães se comandava uma nau atracada no cemitério das águas? Pródigo sabia deter a fibra do avô, porém a acompanhava o discernimento para agir sempre em benefício próprio, e não talhando o próprio ataúde. Ainda assim, que homem o barão, que honra dele descender, que belo destino assentar o próprio clã sobre o sangue caudaloso dos Álvares Corrêa. Demoraria muito para receber uma oferta dos tios e da municipalidade? Tinha pressa em deixar de perder tempo...

Batidas à porta o afastaram do refletir, e se espreguiçou exageradamente antes de responder aos toques. Sorriu enquanto destravava a fechadura: fizera-lhe falta naquela tarde registrar alguns nomes, entregar substantivos tal qual um nobre atira moedas aos miseráveis. Não era atividade que lhe serviria para o resto dos dias – não estava à altura de seus planos –, mas sem dúvida era um entretenimento fabuloso, suficiente para muni-lo de saborosas histórias. Até poderia, esporadicamente, retornar à cidade natal e distribuir alguns nomes: um herdeiro precisa de passatempos e, se excêntricos, tanto melhor. Herdaria os direitos do pai, a melhor parte de sua fama, a parte que lhe cabia do patrimônio dilapidado dos Álvares Corrêa, e ainda a garantia de se entreter no eventual papel de guardião de nomes. O que poderia haver de melhor para um desgraçado como ele?

À porta estava um homem grisalho, trajando camisa justa que destacava os músculos do tórax e a barriga, óculos escuros apoiados na testa, apesar da noite posta. Sem dúvida, um boa vida, dedicado à boa mesa e à ginástica, crente que se compensavam. Saudou Pródigo com a voz grave. Certamente pensava tão bem de si, e circulava com destreza em tão distintos ambientes, que imaginava honrá-lo com a visita. Que presunçoso... Devia ter um sobrenome com tantas consoantes que a pronúncia correta era desconhecida havia três séculos. Conhecia o tipo: procurava ocasiões em que pudesse forçar a estranha sílaba tônica do sobrenome e soletrá-lo letra a letra, sorrindo compassivo. Se pensava que ali receberia tratamento real, ou que a figura impressionaria um herdeiro da qualidade de Pródigo, enganava-se.

– Já sei: você é vendedor de Bíblia! – Pródigo tinha certeza de que não o era, mas percebendo que o homem enrubesceu, ofendido, decidiu insistir na confusão. – Tenho certeza de que vou para o Céu, meu velho. Não vou comprar. Mas te arrumo um trocado...

Pródigo soltou a porta e caminhou casa adentro na direção da gaveta, percebendo, pelos passos às suas costas, que o outro o acompanhava sem ser convidado. Quando se voltou, sustentando duas moedas, o homem sacara a resma de papéis, exibindo os documentos como se significassem algo, como se aquele conjunto de letras datilografadas pudesse atestar sua superior qualidade. Que presunçoso... Pródigo gostava de imaginar homens como aquele diante de uma catástrofe: decerto, escreveriam um petitório, uma requisição de audiência, um artigo a ser publicado, protestando, em termos enfáticos, contra a aniquilação irreversível da raça e se supondo esclarecidos ante os patrícios que simplesmente fugiam ou rezavam. Que bufão... Não fosse um herdeiro, e portanto obrigado a portar-se como tal, adoraria nele cuspir somente para ver como reagiria. Seria do tipo que grita e ameaça, ou efetivamente partiria para a peleja? Será que sabia trocar socos, ou apenas agitaria os punhos no ar, torcendo para que interrompessem a briga?

– Prezado senhor, eu represento os interesses dos herdeiros do falecido barão Álvares Corrêa, e estou legalmente constituído no espólio em discussão aqui detalhada... – Como Pródigo não apanhava o conjunto de folhas, improvisava um discurso, dizendo mal as palavras na voz exageradamente grave, iniciando a pretensa proclamação. Então era advogado dos tios... Enfim, a proposta que aguardava! Com o sorriso armado no canto dos lábios, Pródigo observava o palhaço, saboreando o modo como distribuía termos raros para se recompor, ajeitando a postura e as vestes, refazendo-se da ofensa a partir das expressões latinas, convenções jurídicas e palavras esdrúxulas, como se nelas repousasse o valor de um homem. Parecia ganhar confiança a cada frase pronunciada inteira, sentindo-se devolvido ao próprio campo de batalha, refeito e já atribuindo à ignorância do interlocutor ter sido confundido com um vendedor de Bíblias. Percebendo-o, Pródigo deixou que avançasse, sorrindo, observando-o escalar o pico retórico de onde pretendia derrubá-lo.

Subitamente, assumiu o tom franco e destilou, confidente, críticas ao Judiciário e aos clientes. Afirmou ser a justiça morosa, um símbolo do atraso da nação, os clientes, ignorantes das questões legais, em conflito permanente, propondo termos que não tinham amparo na lei. Confidenciou ser o espólio do barão Álvares Corrêa muito menor do que se imaginava, pois havia décadas de impostos em atraso que, uma vez descontados do patrimônio, reduziriam a quase nada a soma a ser dividida. Só cuidava do caso pela admiração que a figura do barão lhe inspirava. Oferecia um conselho: um jovem moderno como Pródigo, cheio de vida e oportunidades, não deveria desperdiçar-se em disputas legais, em instâncias, jurisprudências, perícias e cálculos. Se ainda gozasse de tão maravilhosa juventude, pegaria o que lhe ofereciam, assinaria o acordo que, assegurava, era bastante favorável, e partiria para aproveitar a vida.

Como Pródigo não apanhava os papéis oferecidos, nem abandonava o meio sorriso, observando sem nada dizer, o advogado acomodou o contrato no móvel lateral à porta e se preparou para sair. Vacilou entre esticar a mão para o cumprimento, arriscando o vexame de tê-la suspensa sem que o outro a tomasse, e a partida sem o gesto despedida, que lhe parecia antinatural. Decidido, bateu as mãos nas vestes, abriu e fechou os dedos, afirmou estar atrasado e esticou a mão esperançosa:

– Quanto querem me dar? – sem descruzar os braços, saboreando a mão suspensa do outro, Pródigo inquiriu – Quanto querem me pagar, e em troca de quê?

O advogado recolheu o braço, contrafeito, maldizendo o próprio gesto. Incomodava-o sobremaneira não ser convidado a se sentar. Em frases aceleradas, das quais desgostava, inadequadas ao estilo cultivado por toda a vida, reafirmou a morosidade judicial, a burocracia, os custos processuais, o dilapidado patrimônio do barão Álvares Corrêa. Mencionou renegociações, confissões de dívida, ações de execução, e o múltiplo: por maior que fosse o patrimônio, e na verdade era muito pequeno, qualquer soma final dividida por sete se tornava um mero bilhete de bonde, suficiente para uma pequena extravagância e nada além – se muito, uma pequena extravagância. A proposta contida no documento talvez não fosse a que Pródigo esperava, pressupunha que desconhecesse os meandros do espólio, mas era justa; se advogasse para Pródigo, recomendaria que aceitasse. Em suma: os outros herdeiros arcariam com as custas do espólio, e assumiriam a responsabilidade pelos impostos em atraso. Se aceitasse o acordo, Pródigo abriria mão dos direitos sobre a casa, sobre o título do pai, sobre os bens do barão e podia partir, sabendo-se um homem livre de ônus.

– Não me oferecem nada então...

Pródigo enfim abriu o sorriso, e meneou com a cabeça. O advogado sorriu de volta, satisfeito, transparecendo em sua expressão o que pensava: independentemente da resposta – sem dúvida alguma seria negativa –, deixaria a casa vitorioso. Ao apresentar a proposta absurda, entregue após tanto trabalho retórico, apregoava não o que pretendiam de fato pagar-lhe, mas o nada que, para eles, aquele descendente valia. Insistindo na proposta, defendendo-a até o limite possível, os tios tratavam de humilhá-lo.

Ainda que tivesse destratado o advogado, encenado ridiculamente confundi-lo com um vendedor que bate de porta em porta, o fato é que o ouvira pacientemente, atento a cada termo legal para, enfim, saber que propunham não lhe dar nada. Não era uma proposta para ser aceita, mas para ser sofrida, e sofrera-a. A dinâmica da cena não alterava o fato: o advogado nada lhe propunha, e Pródigo o recebera e o escutara. Sorrindo e reforçando os termos, o advogado se recompunha e se sobrepunha.

– Diga-lhes que aceito.

O rosto do homem iluminou-se, certo de que, além de não valer nada, Pródigo era um humilhado, um coitado tão acostumado a ser diminuído que aceitava qualquer qualidade de osso atirada. Uma estranha figura, que recusa o cumprimento, mas aceita a proposta inaceitável. Talvez um bruto como o pai, conforme diziam, criado quem sabe em quais condições, dominado por quem sabe quais instintos... Empolgado, o advogado passou pela sequência de cláusulas e apontou onde Pródigo deveria assinar, sacando, num gesto largo, a caneta importada, acomodando a tampa na base da peça, oferecendo-a tão satisfeito que não mais se importou por ainda estarem de pé.

Pródigo tomou a caneta, alisou a folha, posicionou-se para registrar a assinatura, depositou uma única gota de tinta no papel e estancou, voltando-se para encarar o advogado:

– Aceito, com uma condição: que meus tios troquem de nome. Oficialmente. Acrescente uma cláusula na qual todos aceitam se chamar, a partir da data do contrato, conforme nome escolhido pelo herdeiro do guardião de nomes. E o contrato fica invalidado caso uma única vez utilizem o nome anterior.

– Perdão, senhor?

– Está perdoado, seu merda.

Com as faces vermelhas, o pescoço suado, as narinas dilatadas para sustentar a respiração acelerada, o advogado recolheu os documentos às pressas e se encaminhou à porta, pisando forte.

Abriu-a, deu um passo enérgico para fora, porém voltou-se quando sentiu o chute na bunda, encontrando o olhar desafiador de Pródigo e o pé semi-erguido. Gritou, xingou, agitou indignado os braços, contudo não tentou em nenhum momento trocar socos com Pródigo, que lhe deu as costas e bateu à porta: então era o tipo que agita os punhos à espera de alguém que interrompa a briga... Deveria ter adivinhado...

Satisfeito, Pródigo sentou-se diante da mesa de trabalho, relaxou os músculos das pernas, sorriu enquanto repassava a sequência da cena. Acomodou a caneta importada no centro do móvel, espólio da batalha vencida, satisfeito com o nome do advogado gravado na lateral da peça exclusiva, imaginando o momento em que lhe fariam falta tanto o objeto quanto a coragem para vir buscá-lo. Tamanha presunção, tamanha pose, acreditava-se de tão grande estatura que o chute na bunda lhe doeria por décadas. Se fossem a julgamento, faria questão de mencionar o episódio, para que todos soubessem. O melhor era saber que logo se esqueceria da ofensa, enquanto o ofendido dela se lembraria enquanto vivesse. Que levasse toda a indignação aos tios, para que soubessem com quem lidavam! Que lhes apresentasse a proposta de novos nomes; adorava imaginá-los debatendo-a!

Sustentou a nuca com ambas as mãos, fechou os olhos e rememorou todos os termos jurídicos pronunciados no cômodo, saboreando-os com o prazer da cena final, temperando cada expressão grandiosa com a ofensa do último gesto. Um instante depois, já pensava novamente no pai, deixando uma vez mais a cidade e a cerimônia para, de posse dos documentos, reencontrar os rebatizados e esclarecer-lhes a natureza dos novos nomes. Em Bom Jesus dos Perdões, foi recebido com uma facada mal desferida, e distribuiu os documentos, participou da festa, assistiu ao julgamento e enforcamento do antigo Zé Bidé, enterrado como senhor Albuquerque. Não encontrou os bandoleiros, mas escutou boatos de que, misteriosamente, sobreviviam a graves ferimentos. Da cidade de Mbanza, já nada restava: a partir do registro dos nomes, o quilombo foi localizado, queimado, os escravos foragidos caçados, maltratados, vendidos a preço reduzido em regiões distantes. Grandes manchas de fuligem, restos de instrumentos agrícolas e plantações arrasadas marcavam o local novamente sem nome. O guardião vagou pela terra arrasada com enorme nó preso à garganta, atormentado, até que se agarrou a uma bananeira e, a ela abraçado, chorou em espasmos descontrolados, incapaz de resistir à dor dilacerante. Que sentido havia em chamar-se num mundo onde os nomes eram de tal forma estúpida desrespeitados?

Imaginando o farrapo do pai naquele momento, Pródigo sorriu... Que dia maravilhoso! Adormeceu satisfeitíssimo consigo.

Disseram que em outra terra havia um homem que guardava nomes: aborrecia-o.

Naquela manhã, despertou com o bispo gritando no centro de sua sala, convocando-o. Clarque Roquefeler! O primeiro pensamento veio do medo de que os credores o localizassem, exigindo a devolução de capitais havia muito desperdiçados ou que os papagaios inteligentes se pusessem efetivamente a fazer contas. Também poderiam reclamar prêmios de loteria jamais pagos. Ou de não terem encontrado ouro nas minas de Eldorado. Ou esmeraldas da cidade de Esmeralda. Era mais simples: o religioso reclamava por conta do boato de que o guardião de nomes inspirava rodas de samba. Protestava o bispo: "O senhor agora dá uma de compositor?" Sorriam os empregados, animados com a possibilidade de o patrão ser excomungado.

Escutou a eminência com respeito, apesar de nada ter com aquele absurdo. Os boatos, as histórias do guardião de nomes estavam sempre a rondá-lo, a prejudicar seus negócios. Lembrou-se que, após o golpe no barão Álvares Corrêa e a temporada no estrangeiro, começara, no navio que o trouxe de volta, a escutar histórias sobre o nomeador. Uma mãe recomendava ao filho buscar o guardião de nomes, uma esposa reclamava de que, na nova terra, o marido arranjara um novo nome e casamento. Teve certeza de que aquela terra de trouxas era o próprio paraíso: ao desembarcar, só não beijou o chão por ter a certeza de que estava sujo.

Inteirou-se da economia, sempre em crise, e da política, sempre estável. A revolução sulista quebrava alguma louça, mas a cozinha se mantinha intacta. Nunca dava em nada. Mudavam as figuras na capital, o interior seguia tal qual. Quatro séculos e, felizmente, a terra se mantinha livre da praga do progresso. As famílias importantes e o modo de se fazerem negócios eram os mesmos. Pagou ao jornal para noticiar a chegada do guardião de nomes, dizendo-se disposto a servir às gentes. Vieram mães com crianças remelentas no colo, empobrecidos lavradores pedindo um novo nome para o sítio: dispensou todos, até que o prefeito veio procurá-lo. Então, voltou aos negócios.

No jantar das autoridades, degustando do melhor dos vinhos, explicou a ciência dos nomes. Tinha estudado o tema na Europa, dizia. Não se tratava de crendice: aquilo era numerologia. Cada letra se traduzia em um número, a combinação dos números resultava em sucesso ou fracasso. Explicou para a esposa do presidente da Câmara, pedindo licença ao marido, que, ao assinar, ela deveria abreviar o segundo nome – M., e não Maria – para assim chegar à soma correta. À esposa do prefeito, sugeriu alterar a grafia, suprimindo o "do" que unia o sobrenome dela ao do esposo: era matemática. Ao final das explicações, ofereceram-lhe sociedade. Aceitou, naturalmente.

Contratar um secretário foi o passo lógico seguinte, e o orientou a recusar sete propostas para aceitar a oitava. Guardar os nomes deveria ser algo exclusivo, equivalente à celebração da missa pelas palavras do papa. A ciência dos nomes a serviço dos barões! Quando o convidavam para jantar, ainda que se tratasse do presidente da província, o secretário afirmava só ser possível no final do ano, o que naturalmente inflacionava a qualidade dos pratos e propostas. Jamais recusava uma sociedade. E as assinaturas foram, sem dúvida, a melhor das ideias. Ensinou ao doutor Malta a prolongar a derradeira letra, passando um firme traço sobre a folha: com ares científicos, afirmava que tal posição do traço final traria a prosperidade. Com a mesma pretensão, ensinou tantos outros a compor um triângulo para iniciar corretamente a firma. A ciência dos nomes: o termo rendeu-lhe uma fazenda e a vaga de suplente na câmara dos vereadores.

Quando o bispo pareceu cansar de acusá-lo, abriu os braços, oferecendo um gesto de paz: Bem sabe Vossa Santidade a qualidade dos tipos que correm pela província, valendo-se do meu título, compondo nomes em troca de comida. Se debocham da Santa Igreja, como poderia um reles nomeador estar livre desses bárbaros? Almoçaram juntos. Acertaram uma doação pela vida e obra de Santo Antônio. Riram dos nomes que as gentes escolhiam para os filhos, como se a Bíblia não tivesse nomes o suficiente. Bastava escolher um. Opinou que aquele samba era apenas uma moda.

Havia muitas e variadas narrativas sobre o guardião de nomes: era preciso desacreditá-las. Diariamente repetia que havia muitos farsantes naquela terra, todos a se aproveitarem do prestígio do nomeador. A única ameaça à prosperidade eram aquelas histórias que chegavam quem sabe como – contos de milagres, exageros –, e delas se prevenia. Era possível que outro estivesse contando contos para o barão Álvares Corrêa, comendo suas sobras, e fossem esses que o alcançavam. Era possível que fosse o próprio nomeador a inventar aquilo: como poderia saber? Tinha imensa curiosidade pela figura do guardião de nomes, mas se mantinha tão distante quanto possível, perguntando sobre o tipo, para dele se afastar. Aquela curiosidade era uma ameaça.

Fazia-se urgente uma providência.

Observando detidamente a nuca do carroceiro, Próspero decidiu que era preciso explicar-lhe mais uma vez o passo a passo da ação. Já o fizera cinco vezes; concluiu a sexta tentativa sem ter certeza de que de fato o entendera. Pretendia saltar da carroça em frente à casa do guardião de nomes, supostamente para visitar seu filho desonrado. O carroceiro deveria contornar o quarteirão, sem pausas, sem distrações, e aguardá-lo à porta. Se tudo caminhasse como pretendia, em alguns minutos deixaria a casa com a folha na qual seu nome fora originalmente escrito bem guardada no bolso interno do paletó, porém parecia mais fácil explicar o plano para a mula do que para o condutor. Ao final de cada tentativa, o carroceiro balançava a cabeça e resmungava. Que significava aquilo? Provavelmente, não tinha entendido nada...

Decidiu explicar pela sétima vez quando estivessem diante da casa do guardião de nomes, e se esforçou para afastar o pensamento das habilidades do outro. Estava ansioso. Detestava agir de improviso, embora, naquele caso, fosse necessário. A confirmação de que o herdeiro do nomeador estava embriagado oferecia uma oportunidade. Inspirou. Expirou. Se a porta estivesse trancada, quebraria a fechadura, sem vacilar. O morador não deveria ser problema, pois estaria largado, bêbado, ainda de sapatos, a menos que gozasse de excepcional resistência à bebida. E se estivesse disposto, preparando o café? A curiosidade dos passantes também poderia ser um obstáculo... Se arrebentasse a fechadura, ostensivamente, corria o risco de ser preso.

Talvez pudesse forçá-la um pouco, mas, arrombar, estava fora de questão.

Decidiu que encontraria a porta aberta. Os reis tinham esse poder: ao imaginar algo, tornava-se realidade. Embriagado, fraco para bebida, o outro poderia tê-la esquecido destrancada. Se fosse o caso, deveria entrar com naturalidade, apanhar a página, sair no mesmo passo. O único inconveniente era a nostalgia, que o atacava. Observando os paralelepípedos com familiaridade, reconhecendo a esquina da rua onde o guardião de nomes havia habitado, se lembrava de quando percorrera o mesmo caminho, dez anos antes. Se a porta estivesse destrancada, deveria entrar e sair com determinação, sem vacilar. Não poderia se distrair pensando em si mesmo, nem lembrar de quando empreendera longa caminhada para confirmar com o nomeador se seu nome deveria mesmo ser Próspero.

Inspirou, expirou. Esforçava-se para converter a tensão em concentração. Se o carroceiro falhasse, tão logo conquistasse o trono, mandaria chicoteá-lo. Se a porta estivesse trancada, iria forçá-la: o batente era de madeira velha e poderia ceder com um golpe mínimo. Precisava da porta aberta, precisava liquidar de uma vez o tema. Imaginava o sucesso. Conseguiria. Com a folha na qual seu nome fora originalmente escrito, nada mais o impediria de conquistar a cidade onde nascera e fundar seu reino. Era seu amuleto.

Quando o carroceiro avançou pelo centro da rua, forçando os passantes a desviar, reconheceu a tabuleta do outro lado, a forma de uma janela. A nostalgia era uma adversária persistente. Encontrou a antiga casa exatamente como se lembrava, a porta de verniz descascada e as paredes sujas. Uma casa pequena, sóbria como um túmulo. Dez anos antes, diante da mesma porta, temia que o guardião de nomes não o reconhecesse, que o rebatizasse como André ou Carlos sem saber que era Próspero, nascido como o maior bebê do mundo. Não deveria pensar naquilo. Precisava da página.

Balançou a cabeça para afastar a lembrança e, pela sétima vez, repassou o plano para o condutor. A resposta foi outro resmungo.

Desembarcou sem precisar de ajuda, num movimento ágil. O carroceiro partiu de pronto, conforme instruído. Rezava para que tivesse entendido, embora fosse simples. Se não estivesse à espera quando saísse, estava perdido, o imprestável. Ciente de que sua figura naturalmente chamava a atenção, Próspero venceu os três degraus que levavam à porta e girou a maçaneta, agindo com naturalidade: a casa estava aberta. Aberta! Bem fizera ao se aproveitar dos comentários sobre a embriaguez do herdeiro do nomeador para atacar a casa. O cálculo valia tanto quanto a sorte. A fortuna dos reis o acompanhava. Entrou e fechou a porta, sem bater. Constatou, satisfeito, que o batimento cardíaco e a respiração não se haviam alterado, que a mão permanecia firme mesmo na iminência do crime.

A casa estava silenciosa. A quietude o envolveu, conveniente como um abraço de boas-vindas. Correu os olhos pela madeira da grande mesa, diante da qual, uma década atrás, se postara à espera do veredito. Encontrou os multiplicados livros de registros enfileirados detrás do móvel, calculou se teria forças para sustentar um dos volumes. A casa o conclamava a rememorar, transpirando a história dos nomes, os ali deixados, os ali corrigidos. Próspero resistia, esforçando-se no recorte prático, apurando os ouvidos para inferir a localização do herdeiro do nomeador antes do primeiro passo, visualizando cada um dos movimentos seguintes para que fossem perfeitos.

Como se aguardasse um comando de súbito anunciado, caminhou em passos seguros até o limite da sala. Com a mão em palma, afastou a porta do quarto o suficiente para encontrar a enorme boca aberta, babando, o ronco vergonhoso do traste embriagado. Ato contínuo, voltou-se para o cômodo principal, subiu na cadeira, apoiou um pé na estante, esforçou-se para alcançar com as pontas dos dedos o primeiro dos livros de registros e puxá-lo, sustentando o volume com ambas as mãos apenas para lançá-lo sobre a mesa, onde caiu produzindo um tapa sólido.

Ajoelhou-se sobre a cadeira e iniciou concentrado folhear, o ouvido atento ao ritmo do ronco do outro, correndo os dedos pela sequência de nomes, em busca do que lhe coubera. Se o traste despertasse, deixaria a casa em poucos segundos, levando o volume consigo e contando com o carroceiro disposto em frente à residência. Alguns nomes eram familiares, as lembranças insistiam em se apresentar, porém as afastava virando as páginas: nada lhe interessava além de si. Não era melhor levar de uma vez o livro todo? Tinha o volume nas mãos, a cena posta para a execução. Só mais algumas folhas: se não localizasse a de que precisava, da qual não se daria falta, levaria o tomo, assumindo os riscos do furto.

Próspero! O nome saltou-lhe aos olhos, entregando-lhe imediata descarga de alegria: ali, seu nome, na letra elegante e da forma como fora grafado pela primeira vez, com a caneta tinteiro do guardião de nomes. Próspero! Forçou a costura do livro, segurou a página e a puxou num movimento preciso, arrancando-a inteira, sem um único rasgo. Dobrou a relíquia em quatro partes, acomodou-a no bolso interno do paletó, fechou o livro, desceu da cadeira, avançou para a saída sem se preocupar com as evidências de que ali estivera. Abriu a porta satisfeito por reencontrar o calor e a luminosidade excessivos a banhar o carroceiro perfeitamente posicionado: Próspero! Bateu a porta e, sem precisar de ajuda, tomou impulso para escalar a carroça. Fizera! Bem acomodado, sorriu quando a mula avançou, a desviar dos passantes, dessa vez na direção da saída da cidade: foi perfeito. A folha e a moeda bem guardadas junto ao peito, o nome conquistado, o outro por certo ainda a roncar enquanto carregava o espólio: Próspero! Satisfeitíssimo consigo, concluiu que a sequência evidenciava a razão pela qual alguns conduziam mulas enquanto outros davam ordens. Empreender era uma imensa bobagem: era preciso tomar o que se desejava, ou se conformar com açoitar mulas. Não ele! Jamais Próspero! O nome prenunciou os sucessos sobre os quais se erguia.

Quando finalmente deixou a cidade, entregou ao carroceiro uma moeda leve, a gorjeta justa: optando pela sobriedade mesmo ante o estrondoso sucesso, um rei mantinha um olho permanentemente fixo na inevitável miséria futura. Reparou desinteressadamente no ritmo dos cascos da besta contra os pedregulhos soltos que marcavam o caminho. A mula avançava lentamente, contrariada. As árvores margeavam o caminho, sempre iguais, sempre aborrecidas: detestava o campo. Esticou as pernas, apoiando os calcanhares sobre a mala para aliviar os quadris. Permitiu-se abrir o primeiro botão da camisa e afrouxar a gravata, o vento quente que soprava intermitentemente bastando para aliviá-lo.

Sentindo-se confortável, Próspero deixou-se levar pelas memórias reprimidas no interior da casa dos nomes. Viu a si mesmo uma década atrás: deixara a casa de apoio na cidade grande, a espelunca que lhe garantia algum respeito e três refeições, e se lançara na estrada, sem provisões, sem roupas e calçados adequados, sem um mapa, em busca do guardião de nomes. Queria a confirmação de que seu nome era Próspero. Não revelaria ser o "maior bebê do mundo", aquele que nunca mais crescera. Se o nomeador não o reconhecesse, se o batizasse como André ou Carlos, abandonaria o plano de reinado e conquista. Compreenderia que fora um delírio. Desistiria.

A jornada, contudo, bastou para certificá-lo. O esforço da caminhada quase custou-lhe os dedos dos pés. Vencendo as curvas largas e sobrevivendo aos atalhos, concluiu haver só uma possibilidade para si: conquistar o trono de Tião Medonho. O cansaço daquela impossível jornada o conduziu por raciocínios práticos. Pensava em termos simples: ao novo rei não cabiam coroa, cetro, vestes e as mulheres do falecido? Qual trono não foi assentado sobre ossos brutalizados? Não precisava imaginar um lance engenhoso para ser tal qual Tião Medonho, da mesma forma que o novo rei não precisava construir um novo castelo para si. Bastava se apossar do antigo.

Nos passos finais daquela imensa marcha, pisava descalço sobre calos e cicatrizes, imundo como um animal. Entrou na cidade em busca de refúgio, e, tal qual uma fera escapada da selva, escondeu-se no terreno baldio que lhe ofereceu descanso. A torneira alheia bastou para o banho. Na alvorada, mendigou a primeira refeição, vestiu as últimas roupas limpas que possuía: não se apresentaria em farrapos para o guardião de nomes. Bateu delicadamente à porta, o coração vibrando na garganta; sentiu falharem as pernas quando escutou o nomeador se aproximar. Mais depressa do que previu, a figura prematuramente envelhecida se revelou, os cabelos brancos, sapatos lustrados, terno e gravata, a caneta na mão direita, convidando-o a entrar com o mesmo movimento com o qual lhe dava as costas e se dirigia para a mesa principal. Envergonhado, deu um passo curto casa adentro, fechou a porta atrás de si algo atrapalhado, esperou por uma autorização, que não veio, antes de se colocar sentado diante do guardião de nomes, com os joelhos unidos e as mãos no ventre. Não sabia o que deveria ser dito, e nada disse. No topo do monte sagrado, próximo do teto do mundo, nada pode ser feito exceto aguardar que o céu se abra em milagre.

– Próspero.

O guardião de nomes pronunciou-o: sabia quem ele era. Ergueu-se e abriu a estante, retirou dali o primeiro dos livros de registros, apoiou-o na mesa, folheou as páginas até apontar com precisão onde o nome fora originalmente grafado. Repetiu a palavra: Próspero. Ergueu então os olhos, dispondo-se para qualquer questão além daquela que, não formulada, já fora respondida. O olhar era denso como a face do abismo. Mesmo com o nomeador sepultado, Próspero ainda se sentia paralisado ao se lembrar daquele fitar. Gaguejou, tentou controlar a respiração, perdeu as sílabas. De uma única vez, disparou a frase, questionando se o nome estava correto, já que a vida em nada se assemelhava à prosperidade. Lá estava, caso o guardião de nomes desejasse renomeá-lo, disposto a entregar o nome para outro gigante que porventura não abandonasse o magnífico crescimento. Se o nomeador desejasse, devolvia-lhe o substantivo, aceitando qualquer outro que julgasse conveniente.

Temeu o efeito das palavras pela exagerada honestidade que continham. O guardião de nomes respondeu com delicadeza paternal. Próspero suspirou e sorriu ante a candura do gesto, sentindo-se em paz talvez pela primeira vez na vida.

– Próspero... – chamou-o mais uma vez, ternamente. – O nome é uma sentença. Apenas a execute... – Um instante depois, viu-se na rua, caminhando para fora da cidade, estupefato.

O caminho de volta foi um agradável exercício reflexivo, no qual imaginou diferentes formas de matar Tião Medonho. Havia uma sentença: cabia-lhe a execução. A questão principal era como eliminar o adversário dispondo de braços tão frágeis, porém também precisaria do juramento de fidelidade dos lacaios que havia décadas serviam ao outro. Não apenas o trono, mas o reino. Primeiro, derrotar o rei do crime; depois, subjugar cada jovem príncipe delinquente que sonhava com o assento principal.

Buscou nos estratagemas dos vilões e traidores das antigas histórias o método que melhor cabia para si. Sem dúvida, fazer-se próximo e conquistar a confiança. Sem dúvida, identificar adversários e eliminá-los com intrigas e maledicências. Um passo após o outro, viu-se soprando intrigas nos ouvidos de Tião Medonho para expulsar do bando os mais perspicazes, sugerindo fracos e tolos para posições importantes, impondo a própria sabedoria àquele rei bandido até que assumisse incontestavelmente seu lugar. Um passo após o outro sonhava com o mundo, porém, quando o pôr do sol o forçava a se entocar, exausto após ter abraçado, solitário, glórias tamanhas, lembrava-se de que não tinha qualquer intimidade com Tião Medonho e que se via a sussurrar intrigas para um homem que talvez não escutasse ninguém: havia abissal desproporção entre seus planos e as possibilidades de executá-los. Felizmente, cada nova manhã de caminhada trazia a lembrança do guardião a lhe confirmar o nome, a dizer que era uma sentença que lhe cabia executar. Não era um nome grande demais para si. Era o seu nome.

Descobriu como vencer o adversário quando percebeu, na beira da estrada, algumas crianças que se passavam por órfãs e famélicas para assaltar os viajantes altruístas. Eis algo que lhe interessava: na natureza, o forte devorava o fraco, mas a bárbara humanidade não se realizava com regras tão estritas. Mataria Tião Medonho não apesar dos braços frágeis, mas justamente por causa deles. A fraqueza do adversário era julgá-lo um pobre coitado desprotegido, uma criatura indefesa. A grande vantagem de que dispunha era justamente a forma apequenada. Numa batalha, o maior dos guerreiros era o primeiro a ser alvejado: não era o emir quem derrubava o cruzado, mas o árabe imberbe que corria entre as patas dos cavalos empunhando a cimitarra. No pouco que esperavam dele, na força de vontade mínima que julgavam ter, residia seu potencial: quanto menos dele esperassem, com mais facilidade os derrotaria. Era justamente por esse caminho que executaria a sentença de seu nome, como adivinhara o guardião: seria próspero por nada dele esperarem além da miséria. Concluiu também que não poderia matar Tião Medonho em silêncio, utilizando-se de um veneno. Era preciso decapitá-lo, separar a cabeça sorridente do corpo bem-feito, espetá-la na ponta de uma lança e assim reclamar a obediência dos lacaios. Era preciso o símbolo.

– Patrão? Por favor... é... a gente acerta como?...

O carroceiro finalmente ergueu a voz para reivindicar o pagamento. Pretendia emitir um tom forte, à altura da demanda, porém, após a primeira sílaba, perdeu-se e gaguejou. Ante a frase incompleta, encolheu os ombros, à espera de que a impertinência não tivesse maiores consequências, mas Próspero, de imediato, endureceu o rosto, projetou o queixo e pediu que o outro repetisse o pedido. O carroceiro silenciou. Próspero insistiu, pedindo, pausadamente, que dissesse novamente o que desejava. O carroceiro manteve-se em silêncio, percebendo-se numa armadilha da qual era incapaz de se desvencilhar. Próspero bufou, como se não esperasse, desde a partida, por aquele diálogo: o pagamento? Quer saber do pagamento? Como uma criança, o carroceiro movimentou a cabeça para cima e para baixo, confirmando. Próspero prosseguiu, à vontade no papel que representava: Queria mesmo discutir o tema, já que o trajeto seria, uma vez mais, alterado. Iriam muito mais longe, e iriam juntos, se o outro fosse de fato o trabalhador leal e competente que se mostrara até ali. Adiantava que se tratava de uma oportunidade...

Percebeu o interesse do carroceiro pela saliva acumulada na boca. Anunciou que iria muito longe, até a bárbara borda da província. Um rei seria coroado: participar do palco principal do acontecimento era uma oportunidade única. Poderia então pagar-lhe um adiantamento, um décimo do triplo do que seria o valor justo pelo menor trecho: no destino, receberia diretamente das mãos do monarca a soma total. Quem sabe não seria digno também de um cargo na corte, espaço entre os favoritos do rei, uma posição... Entre a misericórdia e a vaidade régia, havia espaço para se realizar qualquer instância de desejos. Como lhe parecia? A alternativa era deixá-lo na cidade seguinte e com o pagamento possível.

– Então, ainda existem reis?

Próspero sorriu: só entendera isso, de todo o dito? Divertia-se com o modo como aquela mente simplória escolhia as palavras.

– Reis, com coroas e palácios?

Pois sim, existiam, embora, após um século de horríveis revoluções, prezassem então pela discrição. A monarquia também se fazia desorganizada, havendo legítimos descendentes afastados do trono e usurpadores bem assentados. Tratava-se, dessa feita, da glória máxima de uma reconquista, de um legítimo descendente, nascido com porte e estatura real, que retornava para tomar o que sempre lhe pertencera. Diziam que, em ocasiões assim, os céus se abriam e o sol se esforçava para que a coroa melhor reluzisse. Diziam que os anjos eram as testemunhas da coroação legítima, e que qualquer desejo proferido por um coração puro seria atendido. Acreditava-se que o rei sempre teria em especial posição aqueles que o haviam acompanhado no primeiro dia do infinito reinado, abençoando-o para que durasse mil anos em verdade e justiça. O carroceiro não precisava acreditar em tais fantasias, mas era inegável tratar-se da melhor ocasião para dobrar os joelhos e oferecer lealdade. Eis a oportunidade: que fizesse o que lhe parecia melhor.

– Então, ainda existem reis...

Desistiu de apresentar novos argumentos, julgando que já desperdiçara em demasia a própria retórica. Separou quantidade mínima de moedas, tão leves que sequer atentou para o seu valor, e as depositou no banco ao lado do carroceiro, poupando-se de tocá-lo. A um futuro rei, não cabia encostar nos servos, sob o risco de colocar a si e ao futuro reino sob um signo de mau agouro. Naquela jornada decisiva, precisaria de toda sorte da qual pudesse dispor. Era seu destino, seu nome, a sentença que executava desde o diálogo com o guardião de nomes: Próspero. Era quem era. Quanto ao carroceiro, sequer sabia seu nome...

O carroceiro apanhou o pagamento e o depositou no bolso da calça num contorcionismo estranho. Recostado, Próspero tocou a moeda dourada e a folha de papel na qual seu nome fora grafado pela primeira vez, satisfeito. Apanhara a folha com facilidade maior do que imaginara e havia pago menos do que se dispusera ao carroceiro, vingando-se de toda a classe no indivíduo. Calculando cada gesto antes da execução, prevendo toda sorte de contratempos e vias pelas quais improvisaria, o sucesso era um produto do próprio engenho. Deitou os olhos uma vez mais no carroceiro, julgando-o pela nuca: se perdia os dias a domar os humores da mula é porque nunca refletira pouco mais do que ela.

A cidade se desenhou no horizonte próximo, anunciando a conclusão dos esforços do dia. Lembrou-se da infância, quando se afastava do torrão natal para se imaginar o príncipe destronado em iminente retorno. Quando conseguisse reconquistar a cidade onde nascera, quais seriam suas sensações? A cavalo, à frente do grupo de mercenários, cruzando o rio na sanha de se lançar enfim à pilhagem que antecede a coroação, veria a torre da igreja com a nostalgia da juventude ou com a ereção potente do conquistador? Em breve saberia, desde que escolhesse corretamente os passos seguintes. Não obstante os sucessos acumulados, nada impedia uma monumental derrota na investida final. No lance decisivo, ou executaria ou seria executado. Um homem que sonha com a fortuna pode contentar-se com um patrimônio modesto: para Próspero, contudo, era a coroação ou a forca. O futuro ainda poderia nada reservar-lhe senão canções de escárnio, o conto satírico do anão que queria ser rei.

Quando entraram na cidade, a mula finalmente empacou, talvez unicamente interessada em exasperar o condutor. Desinteressado em descobrir qual vontade prevaleceria, porém apostando na derrota do carroceiro, Próspero decidiu saltar, ordenando que o empregado levasse sua mala até a recepção do hotel o mais depressa possível e que lá estivesse no dia seguinte, às sete. Abriu caminho pelas calçadas até a hospedaria, a postura garantindo que lhe dessem passagem e dispensassem gentilezas na recepção. Uma vez no quarto, despiu-se com cuidado, zelando para não estragar as roupas úmidas. Apesar da pressa em delas se livrar, escondia a moeda e a folha com seu nome grafado entre as páginas do livro sagrado que repousava na primeira gaveta. Enfim banhou-se, desgostoso com a deselegância do próprio corpo, satisfeito com o breve toque reconfortante da água quente.

Jantando, reviu os passos daquele longo dia, novamente invadindo a residência do guardião de nomes, tomando a folha que lhe pertencia, observando a bocarra escancarada do filho desonrado do nomeador. Percebia que já rearranjava os fatos, como se tivesse visto o outro por mais do que um relance, como se os gestos não tivessem sido rápidos e precisos, mas contaminados pela nostalgia do reencontro com a casa. Mesmo na primeira visita, o guardião de nomes não lhe havia dedicado mais do que um breve momento; tratava-o, ainda assim, como se ainda lá estivesse, escutando longa dissertação sobre a natureza dos nomes e o próprio destino. Eram evidentes para Próspero os truques que a mente produzia: não se esforçava por corrigi-los, serviam-lhe para reforçar a crença em si. Vestido, perfumado, apreciando um bom pedaço de carne com verduras, conforme ordenara, deixava que a memória imaginativa se distendesse para assim trabalhar a própria lenda.

    Após o jantar, trancou-se no quarto, girando a chave tantas vezes quantas a fechadura suportou. Um rei precisa se proteger. Cogitou bloquear a porta com uma cadeira, mas não tinha forças para arrastar o móvel. Vestiu o pijama, escalou a cama, vigiou a porta. Certo de que estava seguro, apanhou novamente a folha roubada do guardião de nomes e a observou, satisfeito. Pertencia--lhe então a mais importante das páginas da História, a página na qual seu nome fora grafado, amuleto necessário à investida final. Qual o guerreiro que precisa encontrar a espada, precisava da folha original. Somava-se às muitas conquistas acumuladas desde a fuga da cidade natal, desde os primeiros passos na cidade grande, desde que descobrira a fortuna de Tião Medonho. Já tinha tudo o que era preciso, quase tanto quanto lhe haviam augurado quando do nascimento em estatura sobrenatural. Era, pois, o momento de tudo arriscar, incapaz de perceber valor no que não fosse o absoluto.

    Pensava em Alexandre. Quando o imperador desfez o nó com o fio da espada, esclareceu a todos os futuros reis a linha de raciocínio mais adequada ao trono. Jamais seria Próspero, o Filósofo, da mesma forma que não seria Próspero, o Piedoso. Dentre os homens capazes, a maioria inveja o casaco de pele no mesmo passo em que se põem incapazes de esfolar um mero coelho.

    Não era o seu caso.

Disseram que naquela terra havia um homem que guardava nomes. Lá chegara protegida pela noite. Abriu a porta sem bater, passou agilmente pelo apertado vão e cerrou a entrada num movimento preciso. Uma vez acolhida, não descansou a fronte: com as costas apoiadas na madeira, escrutinou cada detalhe do ambiente desconhecido, atenta a rotas de fuga e improváveis armadilhas, percebendo os antigos móveis escuros, o pó acumulado nos livros enormes a lhe irritar as narinas, a louça, pouca e suja, descansando sem incômodo sobre a pia. Tinha fome; doíam-lhe as pernas. Quando enfim pousou os olhos inquietos sobre a figura solitária que buscava, inabalável diante do volume aberto sobre a mesa, tranquilizou-se. Aceitou o convite para que se sentasse como se houvesse sido formulado, como se fosse aguardada havia muito. A chegada incólume à casa do nomeador parecera improvável, o retorno parecia impossível. Ainda assim, lá estava, porque era preciso. Acreditava.

Pediu água e se serviu sem esperar que o guardião de nomes estendesse o braço, autorizando-a. Evitou o segundo copo, apesar de o desejar, por saber que o estômago doeria se precisasse de súbito escapar. Poucos meses atrás – ou já se passara um ano? – as preocupações se resumiam à pia de louça suja, que bem lavava para ajudar a mãe, e à educação dos vinte alunos da escola primária próxima de casa. Antes que a classe aprendesse as vogais, descobriu como caminhar sem ser notada, a memorizar os dados sem jamais anotá-los, a acatar ordens e, em teoria, até a fabricar explosivos. Nunca executara, mas compreendera as lições.

Sobretudo, aprendera a não pensar no passado nem no futuro, e se sentia forte por jamais especular se as crianças que pajeava já sabiam dividir ou sonhar com o dia em que tudo terminaria e poderia retomar o cargo. Havia meses, talvez um ano, não se olhava no espelho, guardando a imagem forte que fixara para si mesma no dia da partida, o último na casa dos pais, conforme a dica do velho que a orientava na ação. Ergueu-se novamente, incapaz de relaxar, atenta ao latido de cada cão da rua, enquanto aguardava que o nomeador erguesse os olhos. Não havia ali uma armadilha, ao que parecia, mas nem por isso deveria estar por muito tempo em um mesmo lugar.

O guardião de nomes enfim a encarou, felizmente sem esboçar qualquer reação. Se não contraíra involuntariamente o rosto ou torcera a boca, significava que a beleza não estava arruinada, como às vezes temia. O melhor era contar como aquilo começara, mas, como começara? Por certo quando o filho do doutor Malta não aceitou a derrota na eleição para o governo da província, e conseguiu na justiça impugnar o resultado das urnas, mas também antes, quando os derrotados por estreita margem cercaram-lhe a casa, exigindo providências, dispondo-se a tudo. Ou então antes, quando os coletivos se organizaram em torno do candidato sem calcular a força de resistência do doutor Malta, dono de cada fio de mato que o gado comia. Por certo, começara mesmo muito antes, com um século sem investimentos na educação daquela gente, na arquitetura de um estado excludente, ou ainda antes, com a terra recortada entre donatários.

Para ela, começara quando o candidato vencedor abandonou a província, de súbito e sem qualquer explicação, sem destino conhecido, deixando claro que não se deveria perguntar o que se passara. Começara quando dois dos professores envolvidos no coletivo sumiram, e ela entendeu que seus nomes deveriam ser esquecidos, e o jornal que apreciava foi fechado por dívidas com a gráfica, de repente exigidas à vista. Mas nessa época, a bem da verdade, ainda não se incomodava: tudo lhe parecia um imenso mal-entendido, e tomava café com os pais como sempre tomara. Se nada mudara na casa, o que poderia haver de tão diferente na rua? Parecia-lhe que, a qualquer instante, o pai falaria sobre aquilo, pois nunca falara, e falaria justamente para dizer que não passara de um mal-entendido, que fora nada mais do que uma crise, que tudo estava superado. Não falaram sobre aquilo quando o policial passou distribuindo folhetos, tampouco quando o chefe de polícia pediu para assistir às crianças cantando o hino. Nem quando tudo aumentou de preço, as xícaras de café diminuíram de tamanho, a mãe substituiu a carne pelo frango, os boatos informando que o doutor Malta era então dono de tudo que o gado e as gentes comiam. Passaram-se meses, e um ano todo, sem nada dizerem. Porém, anunciaram que o nome da cidade seria alterado para o nome do doutor Malta, que nem doutor era, e naquele dia o pai esmurrou a mesa, disse estar sem fome e se fechou no quarto para resmungar. Não sabia exatamente quando começara, mas, sem dúvida, naquele dia já havia começado. Podiam suportar todo o resto, e suportavam, mas o nome, até o nome da cidade, com penas previstas naquela lei ilegal caso fossem flagrados usando o nome antigo? Naquele dia, já começara. E três dias depois havia se olhado no espelho pela última vez, guardando a imagem de força e confiança consigo, conforme lhe aconselhara o velho cujo nome nunca saberia.

Àquela altura – passados meses, ou um ano? – tudo já estava perdido... Não apenas a cidade perdera o nome histórico, não apenas as ruas e avenidas importantes, mas também as vielas dos bairros, as pracinhas e vilas que nem constavam no mapa. De toda parte surgia um apoiador de última hora do Malta com o próprio nome à mão, e eram todos imediatamente aceitos, a indústria da memorabília prosperando como tudo que pertencia ao Malta. Evitava pensar na placa com o nome do admirado educador sendo retirada para dar lugar ao de um irmão analfabeto do Malta, porém, às vezes, pensava obcecadamente nas crianças obrigadas a se acostumarem com o novo substantivo, as punições à palmatória pelo uso da palavra antiga, e daí tirava forças. Quando doíam as pernas com a caminhada longa, ou a fome torcia-lhe o ventre, pensava na odiosa placa e nos olhos pueris a encará-la, e no próprio pai trancado no quarto, e sonhava consigo sobre a escola, a quebrar a placa com golpes de marreta, para estupefação das crianças que reconheceriam a professora desaparecida. Isso sim seria uma aula! Em seguida, iria até sua casa, gritaria pelo pai bem alto, saudando-o como cidadão da cidade da forma antiga, a certa. No meio da rua onde um dia brincara! Distraída, assim sonhava, mas um instante depois afastava tais esperanças, concentrando-se na raiva, sem pensar no passado ou no futuro, como lhe ensinara o velho cujo nome desconhecia. Explicara que provavelmente seria capturada, pois todas as chances estavam contra os clandestinos, e que o melhor era que dissesse a verdade quando jurasse não saber o nome de ninguém além do dela.

– Mas, a bem da verdade, nem do meu nome eu lembro... Só penso mesmo no nome do outro, do doutor que nem doutor é, e em como libertar a cidade daquela deplorável denominação...

Sentiu o coração disparar quando o guardião de nomes se ajeitou na cadeira. Teria corrido para o quarto e atirado o corpo contra o vidro da janela caso a porta de trás de si tivesse sido simultaneamente aberta. Observou-lhe os braços enquanto apanhava a resma de papéis e a caneta tinteiro, já distante da narrativa à qual se entregara um instante atrás, criticando a facilidade com que se pusera a dialogar com o estranho, sem dúvida contando muito mais do que o necessário. A ordem era buscar um encaminhamento para aquela batalha por nomes, pedir ao guardião um palpite, uma direção: ninguém lhe sugerira contar nada sobre os pais ou as crianças, sobre o candidato ou o educador! Se era inevitável que fosse apanhada, se as chances estavam contra ela, que caísse digna, em passos exatos, no combate exemplar, e não abrindo o coração para um papa-livros, como se fosse um psicólogo! Indiferente às críticas que ela se fazia, o guardião de nomes desabotoou, dobrou o punho da camisa e começou a rascunhar, concentrado, escrevendo e reescrevendo, reescrevendo muitas vezes, com a letra elegante, o antigo nome da cidade. Como era lindo o nome da sua cidade... Que maravilha lê-lo... Poderia ficar a noite toda a observá-lo escrever e reescrever a palavra que designava a cidade em que habitava, sua casa entre todas e, como se soubesse, o guardião de nomes seguiu escrevendo-a e reescrevendo-a, até preencher toda a folha e começar uma nova, e outra, e outra, com o lindo nome da cidade onde nascera e pela qual lutava, o verdadeiro nome da sua cidade entre todas.

– Quer tentar?

A mão tremeu por um instante ao perceber a delicadeza do papel; o punho gostou do peso da caneta, rememorando de pronto as horas de estudo e o prazer de ensinar, o carinho com que corrigia os trabalhos dos alunos. Não foi necessário um segundo convite do nomeador para que lhe repetisse o gesto, primeiro desenhando com cuidado as letras da palavra que ansiava por resgatar, testando a ânsia com que a caneta depositava a tinta sobre a folha, para logo dominar a técnica e avançar por todo o papel, tomando então uma segunda e uma terceira folha, uma quarta, a resma toda gasta na infinita repetição do antigo nome pelo qual lutava, o verdadeiro, escolhido pelos primeiros habitantes, quando a cidade nada mais era que o projeto de um conjunto de casas a ser acomodado na foz do rio. Como era possível que um desgraçado, nada além de carne e sangue como ela, mas diverso em absoluto, se sentisse no direito não apenas de sequestrar e matar, mas também de impor o seu nome a toda a gente? Pensava sempre na imoralidade daquilo: viveria para assistir à incorporação do substantivo maldito à língua tal qual se dera com Alexandria ou Constantinopla? Era imoral. Era revoltante. Pensava na dimensão do absurdo e escrevia e reescrevia o antigo nome – o verdadeiro! – invocando-o.

Suspendeu o gesto, assustada consigo, quando o guardião de nomes segurou a caneta pela ponta livre, impedindo-a de prosseguir, um instante antes de rabiscar a mesa, a resma toda preenchida. Abriu os dedos para, entre aliviada e vencida, entregar-lhe a pena, limpando em seguida a lágrima única que escorria discreta do olho esquerdo, perguntando-se se manchara o rosto com a tinta que sujava os dedos. Tanto fazia, também. O guardião bateu o conjunto de folhas contra a madeira da mesa, alinhando-as, e em seguida pôs-se a analisar os nomes mil vezes grafados, como se fosse um professor a lhe analisar o trabalho. Satisfeito, escreveu então uma única vez, com letra miúda, o nome do desgraçado, do tirano tornado cidade, o nome odioso contra o qual se punha. Era horrível, imundo, indecente, prova viva de uma realidade vergonhosa, mesmo que exposto uma única vez, na letra miúda, desprovida de paixão.

O nomeador espalhou as folhas pela mesa, o verdadeiro nome mil vezes repetido. Em algum lugar entre os muitos, tão maravilhosos assim repetidos, em alguma linha diminuta e indiferente o nome usurpado, então impossível de localizar em meio às folhas espalhadas. Onde fora parar? Perguntava-se apenas por hábito, o pensamento contaminado, porém aos poucos o encantamento a salvava, deslumbrada ante a repetição do nome pelo qual lutava, a tomar tudo, dando-lhe a impressão de que, ao retornar, encontraria as placas já alteradas, a antiga denominação recuperada, as indicações que mencionavam o usurpador largadas em qualquer aterro, à espera de quem as vendesse por nada além do peso do metal.

De súbito, percebeu que mantinha a boca entreaberta e os sentidos completamente absorvidos pelo nome, e recompôs-se rapidamente, travando os lábios, olhando ao redor, apurando os ouvidos para ter a certeza de que os latidos ocasionais dos vira-latas mantinham a frequência. Reencontrou em seguida o olhar do guardião, que parecia aguardá-la, satisfeito com o resultado da demonstração antroponímica. Falou com a voz tranquila, confortando-a, que o nome usurpado morreria com o usurpador, e o verdadeiro, mil vezes repetido, retornaria na língua do povo como se nunca a houvesse deixado. A doença do tirano seria a doença do nome. A morte súbita, por doença, por atentado, a súbita morte do nome. Certo é que morreria, como morreriam todos os homens. O verdadeiro nome viveria enquanto vivesse a língua, e houvesse as gentes, e os livros a guardar a memória da língua e das gentes.

– A batalha por um nome é uma guerra perdida, pois o nome que reside na linguagem já luta por si mesmo e invariavelmente vence.

Sorriu com a conclusão; quando sorrira pela última vez? Pensou nos nomes cuja troca era forçada como sementes que invariavelmente nascem, ainda que proibidas e enterradas: já estava a romantizar, como o velho sem nome a instruíra a não fazer. O guardião afastou as folhas e retornou ao livro, grafando com a letra firme e a tinta habituada o nome da cidade, o verdadeiro, disposto no grande livro, para de lá não sair. Quem dera a política pudesse ser estável como aquela pequena casa com grandes livros, bem-posta como uma estaca no princípio e centro do mundo... Ergueu-se rapidamente! Já divagava! Parecia que a estada naquela casa de nomes quebrava-lhe a concentração, porém contava com as sombras do caminho, o cansaço, a fome e a sede para lhe devolverem o foco. Na luta, era preciso se apoiar na adversidade, não no sonho.

Agradeceu e deixou a casa, afastando-se em passos rápidos. A tentação de pedir para ficar e assistir ao guardião era de repente muito maior do que imaginava. Chegou aos limites da cidade e à estrada ainda concentrada nos nomes vislumbrados, um passo após o outro sem mais pensar nos alunos forçados à postura militar, ou nas placas substituídas por decreto, ou no destino dos colegas de magistério e do candidato, mas na inutilidade de tudo aquilo, da luta e resistência: toda a sua geração entregaria a vida por uma guerra que nada seria além de uma mísera linha na história do século, todo esforço direcionado para uma luta que seria ganha sozinha, em cinquenta anos o nome novamente instalado como se nunca houvesse sido usurpado, um rei que morre idoso sem se lembrar das doenças da infância. Poderiam vencer, e ela derrubar a marretadas as placas com o nome do tirano, como sonhara? Sem dúvida. Quantos morreriam, contudo, de todos os lados? Os passos se aceleravam, certeiros, conquanto os pensamentos se fizessem confusos: se era certo que o nome retornaria, antes ou depois e por si próprio, qual o sentido da luta?

Quando a fome, com força redobrada, torceu-lhe o ventre, apertou mais o cinto e se concentrou no ritmo dos passos, decidida a retomar as convicções que possuía antes da jornada. A sede forçava-a a pensar na casa dos pais, e nas pernas doloridas, e em um banho quente. Logo encontraria o velho, no local combinado, e lhe narraria a visita ao guardião de nomes. As questões que a afligiam logo seriam uma crise superada. Seriam? Esperava que sim; esperava que não...

Caminhou a noite toda, caminhou um pouco mais. Chegando ao ponto de encontro, já não sabia que destino tomaria: pensava naquilo como se a decisão coubesse às pernas. Avistou, do outro lado da praça, supostamente a alimentar os pombos, a conhecida figura do velho. O velho... Tinha por certo dez anos a menos do que o pai, e dez a mais do que ela, mas os cabelos tinham perdido a cor por completo e a postura era envergada graças aos sacrifícios da luta. Afirmava, sem emoção, que era impossível viverem até o final daquele ano, as chances todas pesando contra, e tudo aquilo, as vidas de ambos entregues à causa de um nome que morreria por si só...

Percebeu que o velho a observava, e o observou de volta, cada qual de um lado da praça, as pombas alvoroçadas entre eles graças ao milho ofertado. Então, prosseguiu caminhando, sem acenar. Havia na praça da infância um homem com um tabuleiro, um tipo que batia o metal contra a madeira para anunciar as guloseimas. Como se chamava o doce? Como era mesmo que os avós chamavam aquilo? Sem o nome, não conseguia se lembrar do gosto.

Quando voltou o rosto, o velho já havia desaparecido.

Despertou num salto, um instante antes repousando perturbado e semidesperto, mal imerso em sonhos quase esquecidos, um instante depois sentado sobre a cama, confuso, o olhar assustado, os dedos enrijecidos contra o colchão velho, um estranho gosto na língua. Testando a textura da pele, Pródigo tocou a face e alisou os cabelos. Deitou-se novamente, e observou o bolor do teto: falara dormindo? Incerto sobre os fatos, apoiava-se em impressões, crente de que passara a noite a recitar todos os nomes do mundo. Parecia-lhe que, das profundezas da terra, o pai soprava em seus ouvidos a matéria que lhe compunha as fibras, o vento espalhando os nomes que em si guardava desde que se tornara pó.

Balançou a cabeça e torceu os lábios, desgostando da ideia um instante após formulá-la. Esticou braços e pernas, contraindo-os com força para, em seguida, erguer-se, relegando quaisquer metáforas ao desconhecido umbral que não habitava. Era um herdeiro: tinha assuntos a administrar.

Preparou o café com pouca habilidade, sem ter certeza da melhor quantidade de água para cada colher de pó, pensando que a velha bem poderia ali estar para lhe fazer o desjejum e receber, em agradecimento, um pé na bunda. Precisava mesmo era de um mordomo que abrisse as cortinas no horário correto, apresentasse café e frutas selecionadas na décima batida do sino, aceitasse, sorrindo, qualquer ofensa e secretamente pensasse em matá-lo. Quando empregado, a criar porcos e invejar a fartura da lavagem, pensara o mesmo, e imaginava que assim sonhava cada escravo a observar o capataz.

Torceu o rosto ao bebericar da caneca fumegante, certo de que errara a medida, desconsiderando lançar o bule na pia e tentar novamente. Estava feito. Como herdeiro, um mero segundo de sua vida valia mais do que todos os dias dos demais. Não podia desperdiçar-se em questões menores. Era preciso atender os que ainda buscavam pelo guardião de nomes – quando deixariam de vir? –, encaminhar as questões pendentes com a municipalidade, que por certo lhe devia vultosa indenização, e preparar-se para nova investida do empolado advogado dos tios, aquele que ousadamente não lhe oferecera nada, tratando-o como um coitado. Bem fizera ao chutar-lhe a bunda! Que lembrança maravilhosa! Em breve, contudo, estaria de volta e melhor preparado: deveria ter os nomes à mão para impô-los aos desgraçados dos tios. Que faria se aceitassem? Sorrindo, ao terminar a xícara de café, imaginou levar o processo até às últimas consequências, insistir num acordo sem sentido para, no fim, desistir de assinar.

Deixou a louça na pia e relaxou sobre a cadeira, confortavelmente. Logo chegaria alguém interessado num nome: ordenaria que lavasse a louça e preparasse um café. Precisava mesmo de alguns lacaios, dois, no mínimo, pois bem sabia que o valor de um homem era determinado pela quantidade de outros sobre os quais pisa. Pensando assim, seu pai não valia nada. Tocou a própria barriga, notando que, infelizmente, não engordara, ansioso pelo abdômen dilatado dos que vivem bem, o belo e gordo ventre que o apresentaria como satisfeito entre os famélicos.

Cortou as unhas com atenção, procurou sem sucesso por uma lixa, decidiu começar a usar um creme para as mãos e uma base transparente para as unhas, tal qual soubera, no meretrício onde gastara tudo que tinha, fazerem os ricos. Precisava encontrar nomes para os tios, tão ofensivos que, por mais que quisessem, não se sentiriam capazes de aceitar o acordo, nomes que os colocassem em impossível conciliação entre os benefícios do arranjo e a humilhação do registro. Quais seriam? Pensando em si, no nome que o humilharia, que, independentemente de quão maravilhosas fossem as vantagens, recusaria, concluía que aceitaria qualquer um, exceto o do pai: tudo menos ser um Júnior, um Filho ou um Segundo, os dias, desde o primeiro, fazendo-se a partir da personalidade alheia. Uma vez mais agradecia à perspicácia do barão Álvares Corrêa, que o poupara da possibilidade ao negar um nome ao pai.

O raciocínio, contudo, não servia para lidar com os tios. Eram uns tipos tão imbecis que com certeza adorariam ter o mesmo nome do barão. Como chamá-los? Talvez com os nomes das mulheres com quem se deitara – na ordem! –, ou com os dos empregados da fazenda, aqueles que recebiam menos comida e mais trabalho que os antigos escravos. Sabia que recusariam, porém, queria a oportunidade de humilhá-los.

Analisando a cutícula das unhas recém-cortadas, mais uma das muitas atividades às quais um herdeiro deveria se dedicar, Pródigo de súbito se lembrou dos cachorros que o avô criava, grandes mastins importados, bem treinados para acompanhá-lo em expedições de caça. Conforme morriam, o barão os substituía, mantendo o nome e a quantidade. Eram Otávio, Tibério, Cláudio, Nero, Vespasiano e Tito, outrora imponentes e bem alimentados cães treinados, de impressionante pelagem e constituição, por fim seis cachorros magros, cravejados de carrapatos e pulgas, enxotados pelo barão quando neles tropeçava, repetidamente amaldiçoados. Estava decidido! Pródigo sorria, satisfeito consigo, dando por concluído o trabalho com as unhas: quando o advogado retornasse, apresentaria os nomes escolhidos. Melhor seria enviar um mensageiro com a proposta diretamente ao mais velho dos tios, o que seria tio Otávio. Um herdeiro precisa de lacaios e mensageiros...

Uma mão suave resvalou na porta e Pródigo de pronto se ergueu, imaginando, pela delicadeza, encontrar a velha. Não era possível que fosse tão teimosa! Desta vez, expulsaria a desgraçada a vassouradas. Diante da casa estava um sujeito robusto, com terno mal cortado e muitas vezes lavado, gravata fora de moda, suando no pescoço apesar do dia fresco, carregando pasta com documentos. Seria o advogado da prefeitura? Sem dar as boas-vindas, Pródigo abriu passagem, analisando o tipo enquanto ele retirava o paletó, o acomodava nas costas da cadeira, e pedia autorização para se sentar. Será que sabia preparar um café? Não tinha postura de advogado, assemelhando-se mais a um vendedor de filtros de água... Bem, fosse quem fosse, não sairia dali sem lavar a louça!

– Pois não?

Encarou o homem de frente, dando a entender que não era bem-vindo. O tipo abaixou os olhos, exibiu as mãos rechonchudas, sussurrou qualquer coisa sobre um guardião de nomes, desculpou-se, indeciso entre contar ou não a que vinha. Balbuciou o nome de um banco, resmungou algo sobre o sistema financeiro. Que queria aquele coitado? Como era possível que tantos idiotas acreditassem na magia dos nomes, ou o que quer que aquilo fosse? Quando mais uma vez o homem pediu desculpas, Pródigo se impacientou, decidindo que, para um herdeiro, não estava sendo devidamente servido naquele dia:

– Amigo, arregace as mangas, lave a louça, faça um café para nós dois enquanto me conta a história. Que tal? – Quando o homem parou de piscar e foi na direção da pia, Pródigo enfim se sentou, satisfeito e disposto a escutar.

Contou se chamar João, e fez-se de súbito fluente ao lavar a louça, expondo as costas largas e a cabeça calva. A vida toda trabalhara no banco federal, galgando cargos, reconhecido por sobrar-lhe obediência, senso de hierarquia, honestidade e disposição, conforme registrado no prontuário de competências, do qual se orgulhava. Dedicara-se com afinco aos cursos necessários, lia com atenção os relatórios, cumprimentava com deferência os superiores. Recebendo o justo para se manter na posição que o mantinha, o bastante para que não procurasse outro emprego e tampouco enriquecesse, administrava também a esposa e os dois filhos, o apartamento hipotecado em quinze anos, os raros exercícios físicos, algum apoio espiritual, pílulas para disposição, a vida segundo as recomendações do departamento de pessoal.

    A fatalidade se dera quando decidiram interligar os sistemas. No primeiro contato com a novidade, sem saber o que buscar, lançou o próprio nome. Descobriu que o banco empregava outro de mesmo nome e idade, detentor de distinções semelhantes, igualmente casado e com dois filhos, também pagando hipoteca. Imaginou que, se tivesse acesso ao sistema de todas as instituições financeiras, descobriria ainda outros, e no fim quantos não seriam como ele, com as mesmas camisas sociais, combinadas com gravatas das cores do banco para agradar à chefia? Não deveria se importar – em suma, tanto fazia! –, mas, naquele dia, dirigindo de volta para o apartamento, procurava, obsessivamente, o ponto em que diferia do homônimo, questionando-se: em que consistia a própria individualidade? Sem encontrar resposta, passou a noite insone, pensando que seria melhor ser como qualquer um dos muitos que teve de demitir por não se adequarem aos valores da instituição. Ser como o gerente que dispensou, semanas antes, por descobrir que, durante o horário de serviço, escrevia um romance, escondendo-se no banheiro, o vagabundo.

    – O pó de café está no armário de cima, amigo.

    As semanas seguintes foram de luta consigo mesmo, imaginando planos para se especializar em temas financeiros que já dominava, surpreendendo-se a investigar cada detalhe da vida do homônimo, frustrando-se por, a cada tentativa de se diferenciar, descobrir-se mais semelhante: formados no mesmo curso, casados com a mesma idade, lua de mel na mesma praia... Passara a agir como o filho único que descobre ter um gêmeo, um príncipe destronado por herdeiro desconhecido, a mulher que descobre ter o marido outra família. Certa noite, passou em baixa velocidade em frente à casa do outro, desesperado por conhecer sua aparência, resmungando que só faltava compartilharem o nariz longo, a calvície e o sobrepeso. Um guarda o abordou: não soube explicar o que ali fazia.

Liberado com ordens de voltar para casa, teve certeza de que chegara a um limite, ao ponto a partir do qual se perderia; deveria retroceder, retomar antigos planos de promoção, responsabilidade, obediência e conforto, abandonar o desespero de individualidade que o dilacerava. Confessou os problemas à esposa, que o aconselhou a procurar o guardião de nomes. Talvez, bastasse outro nome para resolver suas aflições. Não queria ir ao psiquiatra. Lá estava, pedindo que o salvasse...

Apreciando o café forte e quente – o pobre diabo lavara a louça muito bem e sabia preparar café –, Pródigo sorriu quando o tipo terminou a narrativa, maravilhado. Adorava um farrapo humano, e aquele era um belíssimo exemplar! Deviam exibi-lo em museus – tal qual deveriam ter exposto os ossos da criança gigante, sem dúvida morta havia décadas – ou apresentá-lo em um circo lotado. Após a fortuna, quem sabe, este poderia ser seu passatempo: criar uma fundação de amparo, uma casa auxiliadora apenas para escutar histórias como aquela, enquanto bebia um café bem preparado. Talvez fosse essa a razão pela qual, além dos incentivos fiscais, os velhacos milionários se travestiam de benfeitores. Pródigo tinha certeza de que nascera para ser um herdeiro, um ricaço, pois conhecia de antemão todos os truques. Era um deles – sempre fora! –, faltando-lhe apenas a fortuna: em breve a teria, e então poderia distribuir nomes e apreciar quantos coitados quisesse nos intervalos entre o críquete e o polo.

– Bem, você quer então um nome único, certo?

O tipo chacoalhou a cabeça, tal qual uma criança a pedir doces.

– Um nome único, mas que não seja esquisito, não é mesmo? Um que te ajude a ser promovido, reconhecido. Um nome exclusivo, de um homem bem-sucedido.

O outro abriu um sorriso, vendo-se compreendido. Era exatamente aquilo de que precisava.

Pródigo destapou a caneta e começou a empilhar números, pensando na soma. Não podia pedir muito, o valor de uma casa, tampouco o preço de um café. Um nome exclusivo deveria custar o equivalente a cinco diárias num bordel de luxo na capital federal. Era importante agir com naturalidade, como se fosse aquele o ritual. O tipo não parecia inteligente. Tinha certeza de que cairia naquela.

– São cinco mil réis.

– Cinco mil réis? – o outro piscava, incrédulo.

Pródigo confirmou.

– Mas por qual nome?

– O nome será entregue após o pagamento.

O homem passou a mão na testa suada. Suspirou longamente, indeciso. Por certo pensava na despesa com o material escolar dos filhos, no plano de pintar as paredes da casa, nos trocados que guardava na caderneta de poupança para uma eventualidade. Queria o nome, mas já estava acostumado demais a ser um capacho para tomar a decisão. Incapaz de decidir, balbuciou:

– Eu... Eu preciso falar com a minha esposa...

A resposta padrão. Pródigo sabia que ouviria a sentença antes mesmo de as palavras chegarem aos seus ouvidos. Também já conhecia o restante da história: a esposa diria que também não precisavam daquilo, que esquecesse, que o amava... A natureza das mulheres e dos casamentos era um mapa que estudara com afinco. Como herdeiro, não precisava e não queria o dinheiro daquele coitado. Em breve receberia uma parte considerável da fortuna dos Álvares Corrêa, acertaria contas com a municipalidade, assim, qualquer cheque daquele pobre coitado seria um mero trocado.

– Pois o preço acaba de triplicar. Diga para sua dona que são quinze mil réis.

Colocou-o para fora, empurrando-o pelas costas. Merecia viver e morrer com um nome comum. Se voltasse, iria batizá-lo como Próspero e gastaria as economias da família com uísque e putas.

Fumando num ótimo ritmo, como se fosse um maratonista, acendeu um segundo cigarro e admitiu que deveria admirar o pai, pois tudo fizera sem nada pedir ou dever ao barão. Talvez fosse também esse um dos motivos de irritação do avô: ao oferecer um emprego medíocre ao sétimo filho, perdera a chance de negar-lhe a mesada que entregava aos outros seis. Pior do que isso: assistira indignado aos sucessos do desgraçado sem nome, recebendo sinceros e irreprimíveis cumprimentos pelos serviços prestados à província pelo guardião de nomes, sendo também o destinatário de toda a parafernália a ele enviada.

Na primeira vez, atiçou os cachorros contra o mensageiro da vila, obrigando-o a fugir e derrubar pelo caminho as doze dúzias de flores remetidas pelo município de Bom Jesus dos Perdões. Contudo, as entregas tornaram-se tão constantes que os cachorros se acostumaram ao ritual, e já uivavam satisfeitos ao farejarem o funcionário, escoltando-o enquanto descarregava as caixas de frutas enviadas pelos traficantes de gentes, as cartas com cumprimentos de juízes e banqueiros, os convites para bailes beneficentes de associações de damas ou ofertas de sociedade acompanhadas de contrato.

Pródigo se lembrava, com um sorriso, do barão Álvares Corrêa declarando que lia cada uma daquelas cartas – donzelas solicitando o nome que as ajudasse a casar, comerciantes implorando pelo substantivo que impulsionasse os negócios, políticos garantindo cargos caso a alcunha correta garantisse vitória no pleito – apenas para, ao final, atirá-las ao fogo, jamais entregando qualquer uma ao destinatário, afirmando que assim buscava extirpar do mundo o mal que gerara. Da mesma forma, acariciando as medalhas de guerra que ainda possuía, continuava a receber qualquer miserável que oferecesse notícias, pagando-lhes com galinhas magras. Dizia que assim monitorava as atividades do sétimo filho: sentia-se responsável, como homem, por aquele flagelo a vagar pela terra, e esperava pelo momento em que lhe narrariam o crime que autorizaria a caçada. Enquanto não se dava, consumia-se com o crescente sucesso do maldito, induzindo os que o rodeavam a especular se aquele sétimo filho não era, na verdade, o preferido, tão absurda era sua obsessão.

Contaram ao barão Álvares Corrêa que, nos bailes cujo convite recusava, o guardião de nomes era disputadíssimo pelas damas, ainda que comprometidas. As casadas sussurravam terem curiosidade sobre os dotes de jovem tão especial, e se dispunham a instruí-lo nos nomes secretos do amor. As damas solteiras, indiferentes à impossibilidade do dote e ausência de nome do sétimo filho, sonhavam com o enlace que agradaria simultaneamente a elas e aos pais. Por mais tímido que se mostrasse, sussurrando que lhes pisaria os pés, recusando olhares indiscretos e convites explícitos, bastava que se levantasse para apanhar um copo d'água ou ir ao banheiro para que elas o envolvessem, rodopiassem com ele pela pista, provocando-o ao comprimir o ventre contra o sexo, frustrando-se quando a música cessava e o rapaz se afastava, murmurando desculpas. Enciumados, os demais jovens debochavam daquele comportamento, tecendo teorias, concluindo que, por isso e aquilo, o pai o rejeitava, inventando flagras acobertados pelo nome do barão. Indiferentes, as jovens tratavam-no como um prêmio, um príncipe que poderia alçá-las a uma fabulosa condição.

Multiplicavam-se também as ofertas de sociedade em negócios cuja natureza os interlocutores não conseguiam explicar ao barão Álvares Corrêa, transações que não envolviam mercadorias, mas créditos tributários, além de pedidos para que o guardião de nomes compusesse, como suplente, diferentes chapas eleitorais. Interessava, à sociedade comercial e à política, a mesma figura sem graça que se dispunha a estar quieto no canto do baile, ofertando nada além da própria presença.

Contaram ao barão Álvares Corrêa que era comum que o sétimo filho sem nome, habitando quando na cidade ainda o pequeno quarto da época em que ingressara no cartório, despertasse com as insistentes batidas do alfaiate que, em nome de um deputado, oferecia-lhe terno novo. Advogados traziam contratos acompanhados de adiantamento em espécie e os assessores do prefeito sempre apresentavam convites para um almoço fora da agenda. Diziam, inclusive, que, por conta do assédio, preferia estar na estrada, encontrando e rebatizando terras e gentes, ao invés de instalado.

Certa noite, chegou tarde ao pensionato, obrigado, madrugada adentro, ao baile e charutos recusados, e se espantou por encontrar o quarto vazio, sequer ali a cama na qual poderia atirar-se vestido para, no dia seguinte, esclarecer o ocorrido. Desperta, a dona da pensão contou que agentes da prefeitura, supervisionados pela polícia, haviam levado tudo que possuía, deixando como explicação um endereço e um molho de chaves: caminhou poucas quadras e, pela primeira vez, abriu a porta da casa onde Pródigo então fumava, doada pela municipalidade, seus pertences já organizados dentro do imóvel, armários e a despensa repletos de mantimentos, sobre a mesa de trabalho a carta na qual o prefeito lhe agradecia pelos serviços prestados.

Que teria feito o pai naquela primeira noite ali? – pensava Pródigo. Sentira-se satisfeito ou incomodado com a oferta? Dormira com um sorriso nos lábios, ou caminhara de um lado para o outro, imaginando meios de recusar? O que se soube é que o guardião de nomes partiu para os sertões logo ao amanhecer, declarando a urgência de rebatizar a terra, sem agradecer. Levou consigo as chaves, cadernos, lápis e tintas necessários ao ofício; deixou para trás toda a comida, certo de que apodreceria. Voltou após três meses, direto para um baile em sua homenagem, onde cumprimentou o prefeito, sem mencionar o presente. Talvez se sentisse tratado como parte do gado, que instalam em novo rancho esperando apenas que produza leite de melhor qualidade...

O barão Álvares Corrêa estragou o assento da cadeira ao narrar para Pródigo o desgosto que foi comparecer ao cartório

– especialmente bem vestido, conduzido por motorista e ladeado por dois antigos empregados – para assinar a venda de dois lotes ao norte da propriedade. A fronteira sul estava desfeita; a cerca, atrás da qual polvilhava toda sorte de construções, aviltava-o por estar muito próxima, a apenas três dezenas de passos do muro da casa. A perda antiga, contudo, o incomodava menos do que a nova, pois as janelas do seu quarto eram orientadas para o norte. Os primeiros vizinhos estavam perto, mas não o aborreciam tanto, pois não podia vê-los. Com a venda dos lotes ao norte, não haveria manhã em que deixaria de constatar a decadência do que denominara império. A linha do horizonte não lhe permitiria mais fantasiar que as perdas eram mínimas e facilmente seriam repostas.

Incapaz de evitar renegociações de renegociações, postergando prazos pela inadimplência ou valendo-se da força de seu nome para desencorajar medidas judiciais – ao invés de se intimidarem, os advogados se assanhavam para processá-lo –, o barão tratou de assinar a venda em sua melhor forma, esperando que acreditassem ser um negócio especialmente lucrativo, que nem o barão poderia recusar. No cartório, no entanto, receberam-no com piedade, fingindo não reparar nos empregados velhos, mal pagos e maltratados, nos trajes do barão, já fora de moda, usados, lavados, passados e repassados para inúmeras ocasiões. Postado em frente ao prédio, o chofer não segredou que não trabalhava para o barão, mas o conduzia por amizade, em retribuição ao combate aos ilegais. Nem mesmo o comprador deixou de dizer que o preço da negociação estava abaixo da tabela, revelando a necessidade do barão Álvares Corrêa na venda.

Assinou a escritura floreando a letra, satisfeito por, ao menos no documento, deixar os traços e pontos efusivos de seu nome sobre os do avaro comprador. Estava feito: na qualidade de barão entre os homens, deveria resignar-se. Havia tempos consolava-se dizendo que a qualidade de um homem não se mede pela quantidade de escrituras, que, independentemente da condição, seria sempre um barão. Sentiu-se liquidado, contudo, quando o escrivão mencionou a casa doada pela municipalidade ao desgraçado do sétimo filho, esclarecendo que, como o rapaz não tinha documentos, a escritura fora lavrada no nome do barão Álvares Corrêa. Incrédulo, pediu que o escrivão repetisse a informação, que repetisse uma vez mais e, sem conseguir entender, enfurecido, pediu que contasse tudo novamente. Por fim, desferiu um murro contra a mesa, quebrando a caneta com que assinara a escritura, rasgando nas costas a camisa que o apertava. Deixou o cartório aos gritos, vermelho, suado, ordenando aos empregados que buscassem as armas. Conduziram-no à casa, deram-lhe chá e o colocaram na cama, temendo-o como a um leão sem dentes.

Na primeira vez em que escutou, da boca do próprio e enfurecido barão, a narrativa do chilique a que se entregara no cartório, Pródigo teve de se esforçar para não rir, concentrando-se nos dedos do avô, a estragar o assento de palha da cadeira, para sustentar a expressão séria e compenetrada. Passados quinze anos, fumando bem instalado na cadeira do falecido pai e à espera da soma a ser paga pelos tios e pelo município, já sorria satisfeito, encantado com o nada a que se reduzira um homem que se julgara tão grandioso. Melhor ainda foi escutar que, no dia seguinte, apesar da cena protagonizada no cartório, o barão comportadamente se sentou, recebeu outro vagabundo e escutou as detestadas histórias sobre o sétimo filho, posto como o animal feroz que o circo exibe.

Contaram ao contrafeito barão Álvares Corrêa que, daquela feita, o guardião de nomes ultrapassara os limites da província, levando-o a perguntar-se se, ao extrapolar a suposta jurisdição para trocar os nomes, poderia ser implicado em alguma das muitas linhas do código penal. De terno e gravata sobre o pequeno jumento, trazendo presa à sela a pasta com os documentos necessários ao registro, o guardião avançou guiando-se pelos ossos das vacas e carcaças das aves que enfeiavam o leito seco do rio.

Passava pelas frágeis formas de barro e pedra do que um dia fora uma vila, pelos escombros de um engenho inutilizado desde os tempos da guerra, e sofria por ser incapaz de colar o ouvido na terra para escutar os nomes antigos e resgatá-los, sofria pelas palavras que nunca seriam pronunciadas novamente e das quais ninguém se lembraria. Contaram ao barão Álvares Corrêa que o cenário de aniquilação doía tanto que o guardião de nomes atravessou alguns trechos largado sobre o jumento, desfeito como um baleado.

O barão sorria como havia tempos não fazia ao imaginar aquele calvário, perguntando-se como poderia enviar o desgraçado do sétimo filho para outros sítios semelhantes e de jornada ainda mais longa, a fim de que novamente padecesse, acreditando plenamente no narrador graças ao delicioso sabor da narrativa. Descreveu-se ainda uma pequena cerimônia solitária em honra aos nomes insepultos, realizada com fogo e sangue na madrugada, as cinzas dos ossos dos esquecidos lançadas ao vento ao som de nomes cuja pronúncia correta se perdera com a aniquilação dos nativos. Contou-se que, após tal dilacerante solidão, quando já muito distante das estradas longínquas, o guardião de nomes finalmente encontrou homens. Tinha o olhar vago dos que sobrevivem à guerra, mas permanecem escutando as explosões da batalha, a pele tão curtida pelo sol que o acreditaram contaminado por qualquer nova peste, balbuciando lista de nomes desconexos dos fatos e sem se lembrar de pedir água. Ainda assim, deram-na, e trataram-lhe as feridas, saciaram sua fome, cuidaram de seus pertences como se recebessem o homem que realiza a profecia. Refeito após quarenta dias, narrou, aos que se reuniram para ouvi-lo, a passagem por aquela terra de desesperado silêncio como uma jornada pelo mundo dos mortos. Depois, partiu sozinho.

Contaram ao barão Álvares Corrêa que o guardião de nomes se dirigiu ao litoral, trilhando rota esquecida pelas autoridades, dividindo caminho com traficantes de papagaios e macacos.

Percebeu com facilidade que naquele território cada qual se rebatizava antes da primeira viagem, enfrentando as dificuldades não pela promessa de fortuna, mas pelo prazer de consagrar o nome inventado. Almejavam a alcunha digna do aperto de mão dos bandidos, dos comentários dos desconhecidos, do temor dos delegados. Entre tais tipos perigosos, o guardião de nomes fez seu caminho tranquilamente, saudando quem fixava os olhos nele, deixando que o tomassem por um missionário. Alguns disseram que sorria e, recontando os contos dos pobres diabos, o barão Álvares Corrêa inferia que, sem dúvida, o desgraçado do sétimo filho sorria, pois estava em casa entre bandidos a se esconder por estradas abertas a facão e botina, a escolha deliberada de um nome que bem sustentasse os crimes sendo o ideal de mundo do dito guardião de nomes.

O barão Álvares Corrêa admitiu que, para sua infelicidade, tudo que escutara até então sobre o matricida não constituía crime. Por mais que as histórias do sétimo filho o dilacerassem, seguia escutando e pagando aos pobres diabos por acreditar na iminência do flagrante que lhe daria razão. Acabariam por lhe dar razão, pois tinha razão! Não poderia ser de outra forma. Lembrando-se, com um sorriso sem dentes, das palavras do avô, Pródigo meneou a cabeça, perplexo com a inocência da sentença, certo de que tal obsessão só poderia significar que preferia, dentre todos, aquele sétimo filho. Seria mesmo essa a natureza de pais e filhos? Não era possível.

Contaram ao amargurado barão Álvares Corrêa que, uma vez no litoral, o guardião de nomes foi imediatamente reconhecido, servido nas mesas destinadas aos marinheiros com fama de destemidos. Havia meses, uma mesma discussão dominava as vielas do ancoradouro. De um lado estava a autoridade portuária, a encarcerar por uma noite e negar o embarque aos ditos rebatizados, que insistiam ter recebido do guardião novo nome com o qual desejavam partir para o além-mar. Do outro lado, posicionavam-se vigaristas havia muito rebatizados por conta própria, meretrizes e condenados, todos jurando a legalidade do tema, garantindo terem escutado de fonte indubitável o decreto que designava um guardião de nomes para a província, com poderes para alterar as palavras e perdoar quaisquer crimes. A providencial chegada do guardião de nomes selou a paz entre os habitantes do porto e confirmou a certeza compartilhada de que tempos de prosperidade se anunciavam. Tornou-se uma celebridade. Convites se multiplicaram.

Um tipo franzino, conhecido por João Tostão, passou a organizar sua agenda, cobrando comissão pelos encontros, declarando-se assistente e adiantando uma tabela de preços. O guardião parecia apático, desnorteado. Aceitava, sem ponderar, cada possibilidade que o porto lhe oferecia, incapaz de compreender sua dinâmica. Se a polêmica relativa à existência do nomeador se dissipara, com paixão havia muito não vista, argumentava-se sobre a natureza daquele homem, facções defendendo que se tratava de um santo, partidos vociferando que encerrava o mal-estar daqueles tempos, evocando que, se nem nome tinha, era porque nem humano era. Pensava-se em atentados, em oferecer dinheiro para que nunca deixasse a terra, em fazê-lo sócio de uma frota de barcos, em aprisioná-lo... Os desentendimentos eram insuflados por João Tostão, que inflacionava o preço dos encontros com o guardião de nomes, descobrindo nele a ave rara que sempre buscara traficar. Servia-o como o mais dedicado dos lacaios, garantindo que a partir do porto poderia renomear o mundo todo.

Um raio pareceu estalar cada língua quando chegaram notícias do retorno do timoneiro, que trazia, amarrada à nau, a maior baleia jamais vista. Antes de especular sobre o que o almirante faria com tanta carne, de estimar o número de mortos na viagem, de calcular o lucro da expedição, os fotógrafos convocados para registrar a cena afirmaram que aquele era o famoso Leviatã, jurado de morte por um capitão dos mares ao norte, aquele que condenara a própria tripulação graças ao despropósito de caçar o bicho. A embarcação nem nome tinha, o marinheiro sequer era um capitão, e assim mesmo posava com seus homens ao lado daquela enormidade. Nos perigosos estreitos, sustentando as pedras engorduradas do dominó e o baralho viciado, contabilizando apostas e acertando facadas, cada qual comentava a incrível coincidência de ter ocorrido o milagroso feito da embarcação sem nome justamente quando o guardião de nomes habitava o porto. E se encontravam na declaração do timoneiro: afirmara aos repórteres que, sem saber que se tratava do próprio Leviatã, caçaram-no por terem fome.

Cada qual de acordo com a própria mística, não havia tipo que não teorizasse sobre os fatos, dando-lhes um significado conforme o que traziam nas entranhas, inaugurando-se nova polêmica que o esperto João Tostão decidiu aproveitar, sobretaxando as consultas ao guardião, dificultando o acesso a ele. Bebia sozinho no balcão, calculando quanto faturaria naquela semana, satisfeito por imaginar que poderia, mais cedo do que pensava, ter a própria frota, quando um burburinho crescente despertou-lhe a atenção.

O guardião de nomes estava no centro da única praça, a argumentar contra todos, ignorando as mãos nervosas a tocá-lo. Com o dedo erguido, declarava que as naus não poderiam ter nome, pois nada mais eram do que madeira e pregos. Não deveriam tratá-las como nada além de um casco. Indiferente ao gesto rápido de João Tostão, que tentava afastá-lo, afirmava que cada criança ali nascida deveria receber o nome de um barco naufragado, até que se esgotassem. Era heresia aquele nomear, e ali os corrigia. Eram todos ali responsáveis por cada um dos mortos no mar, cada qual cúmplice da morte de cada afogado, por terem pactuado com o fato de pregos e tábuas e velas deterem um nome. No caso do timoneiro, barco e monstro deveriam permanecer sem nome. Se tivesse decência

– dizia o guardião –, sem ponderar as palavras que escolhia –, usaria a fama para inaugurar um porto de barcos anônimos.

Enquanto o nomeador continuava a vociferar, João Tostão tentava contê-lo, empurrando alguns, ameaçando outros. De repente, viu-se sozinho. Arrastado, em vão implorou, já incapaz de se livrar da turba. Apedrejavam-no, acusando-o de culpá-los pelos que o mar afogara. Morreu agarrado à tabela de preços.

Contou o barão Álvares Corrêa que, ao receber e confirmar as terríveis notícias vindas do porto, animou-se a, imediatamente, procurar o promotor público para inquiri-lo se, daquela feita, os fatos eram graves o bastante para ver incriminado o desgraçado do sétimo filho. Por todo o caminho, imaginou no mínimo uma acusação relativa ao distúrbio da ordem, porém sustentava a esperança de ver o maldito acusado de cumplicidade no linchamento do assistente. Os fatos haviam sido confirmados, não podiam simplesmente desconsiderá-los. Havia testemunhas – numerosas! – a narrar pela província o crime no qual o declarado guardião de nomes se envolvera. Se o Executivo ignorava o ocorrido – e dele até se aproveitava, a bem da verdade –, cabia ao Judiciário garantir o retorno à normalidade. Era imperativo! Era preciso que o escutassem!

Não obstante, contudo, a vasta argumentação que o barão Álvares Corrêa desenvolveu de si para si, plenamente convencido do elementar da tese, desanimou-o o modo compassivo com que o promotor público o recebeu, sorrindo e tocando-o nas costas, insistindo para que aceitasse uma xícara de café. Antecipou-se ao clamor de justiça do barão Álvares Corrêa, impedindo-o de proclamar a necessidade de punição exemplar: o sétimo filho pertencia àquela terra e ali estava seguro. As gentes do porto nada mais eram do que homens sem caráter, batizados com muitos nomes que trocavam ao sabor da conveniência, jamais merecedores da presença do guardião de nomes, o melhor fruto daquela terra, símbolo da visão de futuro dos homens dali. Se houvera um acidente, sem dúvida o sétimo filho do barão Álvares Corrêa não figurava entre os responsáveis – graças, antes de mais nada, ao sobrenome do pai, que validava seu caráter.

O barão pretendia responder, e ergueu o dedo para destacar a importância da sentença, mas o outro mantinha-se impávido a isentar – explicitamente! – o desgraçado de quaisquer responsabilidades. Ignorava que não tinha nome, ignorava o matricídio! Assombrou o barão em definitivo ao anunciar que, em breve, haveria outro baile em honra ao retorno do guardião de nomes, antecipando que seria encerrado com a entrega de importante doação fundiária ao nomeador. Ao ouvi-lo, o barão agradeceu e deixou a sala, apoiando-se nas paredes, sentindo esvaziar o corpo, deixando-se levar pela nítida sensação de que murchava...

De volta à casa que se reduzia, resistindo mal-humorado aos espasmos insistentes do estômago, contemplando imóvel o que um dia fora a propriedade, sofria antecipadamente com os louros a serem recebidos pelo desgraçado do sétimo filho, as propriedades que acumularia – usando seu nome! – graças ao embuste. Tudo aquilo era uma sandice que era preciso interromper, e se baseava em seu nome. Se algo não fosse feito – e ele o faria! – não poderia mais orgulhar-se de seu nome.

Contou o barão Álvares Corrêa ao último dos netos – que o escutando falar sobre o patrimônio ansiava saber qual parte lhe caberia no pretendido adiantamento da herança – ter decidido, naquela precisa noite de terríveis humores estomacais, dilapidar por completo o patrimônio. Arriscar, em incertas jogadas mercantis, não apenas as intocadas terras a leste e oeste da casa grande, como também as propriedades que o outro acumulava em seu nome. Com a própria miséria – não a verdadeira miséria, mas a miséria de um barão – deporia contra o guardião de nomes, apostando que, se as leis e os legisladores não eram capazes de detê-lo, o sistema financeiro o seria. Começaria já no dia seguinte, comprando títulos do esforço de futuras guerras, que eram oferecidos no banco e só renderiam em caso de aniquilação completa da civilizada Europa, dando como garantia o terreno a ser doado no baile ao qual não compareceria.

    Fumando talvez o décimo cigarro, contemplando a porta fechada à espera de alguém que a ela batesse, Pródigo, curioso, lembrava-se daquele momento, perguntando-se que ironia era aquela que regia a vida do avô. Perdera a esposa, o patrimônio, o respeito dos congêneres quando julgava construir um império, fez fortuna quando decidiu falir. Haveria um nome que designasse aquilo? Haveria tal palavra no pitoresco vocabulário do pai? Tragava, sem saber responder, vendo-se ansioso diante do avô, pouco interessado na narrativa, perdendo o fio daquelas histórias amarguradas para imaginar de que categoria e quantidade de mulheres poderia se servir quando, enfim, deixasse a casa. Deliciava-se, era verdade, com o farrapo do avô a narrar sobre o farrapo do pai, porém aquilo equivalia a assistir um número com marionetes quando já se está crescido. As palavras do avô de nada serviam, exceto para confirmar as certezas de Pródigo quanto aos motivos da própria partida, confirmar a certeza de que, uma vez livre do título do pai, faria o próprio nome.

    Apagou o derradeiro cigarro antes de chegar ao filtro e ergueu-se para abrir as janelas. Ansiava pela liberdade que, na qualidade de herdeiro, desfrutaria. Contemplou a rua, talvez em busca de um novo nome para registrar – quem sabe a velha voltava?! –, mas considerou o gesto indigno de si.

    Novamente sentado, reviveu a sensação que o dominava naquele ponto da narrativa, em que o avô contava sobre o retorno glorioso do pai. Fazia-se ansioso ao perceber que se aproximava o ponto que lhe diria respeito, a nota na vida paterna que levara à sua. O pai lhe dera o nome, e nada além de uma frase para justificar a escolha. O avô revelaria a história toda, aquela que Pródigo desconhecia e pela qual ansiava, e o faria de perspectiva inédita, tratando-a como se o neto já soubesse. Suara diante do avô, e, novamente ansioso, sentia-se ridículo pelo tema incomodá-lo após tantos anos passados.

    Enterrado o pai e com ele todos os nomes do mundo, morto o avô e havia muito perdido o título de barão entre os homens – quem sabe o que era ou fora feito da mãe –, não deveria deter-se em nenhuma questão senão na parte que lhe cabia na herança paterna, os nomes de cães com que humilharia os tios, a fortuna que exigiria em espécie. Contudo, falhava. Imiscuía-se em considerações e memórias que julgava perdidas, remoendo mágoas e motivos sepultados.

    Bateu o maço contra o dorso da mão para apanhar um novo cigarro, mas se arrependeu um instante após o gesto, o envelope vazio sujando-o com um resto de tabaco. Lembrava-se. Naquela mesma casa, na infância sepultada – ou que assim deveria estar, enterrada na mesma sepultura do pai –, contemplando os livros e nomes registrados, pai e filho se incomodavam antes de mais nada por não terem o mesmo nome. Certo dia e não outro, a questão explodiu: os pelos floresciam, a voz se firmava, o bíceps se pronunciava em músculo digno de assim se chamar. Observou debochadamente o pai a atender um velho qualquer, cumprindo o ritual a que se propunha, cuidando da palavra alheia na mesma medida em que descuidava do filho. Lembrava, com clareza, da demora do velho, que parecia proposital, insistindo no desnecessário. Naquele dia, naquela sala, como detestara aquele velho...

    Finalmente, foi embora e Pródigo fez questão de abrir-lhe a porta somente para batê-la com força. Lembrava-se do pai com os olhos muito abertos, algo esgotado graças ao dia, mas sabendo que a situação lhe exigiria forças. Esperava a palavra que o filho lançaria após procurá-la por uma década e meia, o nome oriundo de toda uma vida mal trocando palavras. Bateu na mesa com força, o mesmo móvel do qual então se servia. Perguntou o que sempre se perguntava, sem saber que era essa, enfim, a questão: Por que este meu nome?

– Por que Pródigo, dentre todos os nomes do mundo?

Lembrou-se de que o pai passou a mão na boca, e, pela primeira vez, olhou-o como um homem, no encontro decidindo-se a natureza do confronto. Limpou os cantos dos lábios com os dedos em pinça, descansou ambas as mãos sobre o tampo da mesa. Disparou:

– Pois todo filho é, em suma, o filho pródigo.

Socou a mesa com força, novamente, remetendo ao gesto antigo, reproduzindo-o sem bem saber por quê. Naquela ocasião, levantou-se e se foi, deixando a cena apenas com as roupas do corpo e uma caneta roubada, na direção da casa do avô. Só reviu o pai dentro do caixão. Desta feita, suspirou longamente, certo de que a proximidade dos livros de registros fazia-o perder a cabeça. Novamente pensava, quase obcecado: que teria sido feito do gigante Próspero, aquele que o pai batizara com o nome que deveria ser o seu?

Disseram que naquela terra havia um homem que guardava nomes. Chegou ao endereço a partir de rota confusa, incerto sobre o tempo dedicado à estrada. Nunca aprendera a recortar os dias em semanas, meses e anos. Decidia que era tempo de reencontrar os filhos quando a última corda do violão estourava: substituía-a e dava meia-volta. Ignorava também o mapa objetivo, que dava conta da menor distância entre dois pontos, e dos informes das estradas em melhores condições: acompanhava o fluxo humano, escolhendo o mais denso, como se, tocando na roda de samba, seguisse sempre o pandeiro. Ganhando a vida como músico, interessava-lhe estar onde estavam as gentes, dividir as agonias e assuntos do povo: não tinha aonde ir, apenas ia junto. Ao decidir pelo encontro com o guardião de nomes, ignorou a direção. A cada chegada, simplesmente questionava se era aquela a vila onde habitava o nomeador. Quando confirmaram que estava no lugar certo, sustentou o sorriso incrédulo até cruzar a porta e perceber-se diante do enorme livro.

Anunciou-se e gostou do modo como a voz reverberou: se houvesse movimento, bem poderia se apresentar sobre a mesa. Sentou-se sem esperar por um convite, ajeitou o violão e o tamborim, comentou sobre o calor, sobre o bom movimento na rua para uma cidade pequena, sobre o guardião de nomes ser conhecido mesmo longe e como as gentes o punham em partido alto. Se fosse um artista itinerante, por certo não lhe faltariam moedas. Se um dia considerasse, que contasse consigo para uma dupla. Ele cuidaria das rotas, das finanças e da orquestração, cabendo ao nomeador a presença que traria sucesso!

A menção lembrou-o a que vinha, e pediu um copo d'água, erguendo-se para apanhá-lo sem esperar pela autorização: explicou que era um artista, um músico, um sambista. Nascera na vila e a levava consigo. O nome de batismo, contudo, era completamente inadequado: culpa do mau gosto do pai. Chamava-se Joãolenon, e os nomes dos irmãos completavam o conjunto. Era incapaz de imaginar para si desgraça maior do que essa...

– Veja o senhor, pois. Como pode ter sucesso um sambista chamado Joãolenon?

Explicou ao guardião de nomes que um samba começa modesto, as notas partindo de um instrumento solitário, posto como o homem apaixonado a cantar sozinho no centro da vila. O segundo músico entra delicado, atrasando o compasso por um instante, como alguém que espreita pela janela, escondido. Então, reforçam-se, gostam-se, evoluem. Neste momento, o cantor graceja para o público e todos os instrumentos entram juntos, a paixão de um único homem se torna a febre de toda a cidade. Um bom samba não deixa ninguém indiferente, aquele que está de passagem caminha no ritmo do tamborim, o que apenas acompanha a namorada ergue os indicadores para dançar. Explicou ao guardião de nomes que seu samba era um bom samba, as mulheres aplaudiam e os homens acompanhavam, os mestres aprovavam as notas que se sucediam, na cadência e no compasso. Contudo, quando agradecia o cachê, aceitava os aplausos e anunciava que era Joãolenon, os bambas estranhavam: aquilo não era nome de sambista...

– Pois um bom samba precisa de um bom nome que o apresente...

Claro que já tentara solucionar aquilo. Deixara a casa paterna quando sequer tinha costeletas, seguindo o conjunto que o aceitou como percussionista. Rodou pela primeira vez a província prestigiando aniversários, festividades e inaugurações – inclusive de cidades. Conheceu os truques para se antecipar ao movimento das gentes, aprendeu a saber, antes mesmo que a organização imaginasse, onde se concentrariam as multidões. E em cada parte, e de cada músico, escutou a sentença de que o nome era inadequado: Joãolenon não servia!

Após rir o suficiente, o grupo decidiu rebatizá-lo. Como método, escolheram apresentá-lo em cada cidade com um nome diferente e assim testar a recepção do público. Tentaram Jaleno, Leno, Juno, Nonô, Zileno e toda combinação que o álcool inspirava. As reações variaram entre a indiferença e a confusão, entre os sorrisos amarelados e o esquecimento. Esqueciam-no, e um bom samba precisa ser lembrado!

– Numa destas paradas, no tempo em que eu ainda me dizia Jaleno, um cantor me deu duas opções: que procurasse o guardião de nomes ou cortasse o cabelo com a tigela e assumisse o iê-iê-iê. Jurou que, não havia muito, o nomeador havia salvo uma criança da morte ao trocar-lhe o nome e feito outra crescer até se tornar um gigante. Se operava tais milagres, o meu caso deveria resolver...

O guardião de nomes o encarou ante as menções, sem negar ou corrigir. Numa folha avulsa, começou a traçar as letras, sem conexão entre si, e que inicialmente pareceram a Joãolenon as notas musicais que nunca aprendera a ler ou grafar. Logo entendeu se tratar da busca pelo nome, o método semelhante ao que utilizava para compor, dedilhando o violão em busca da sequência correta de sons, da posição perfeita de cada nota para formar a melodia. Trabalhava incansavelmente o instrumento, descrente, por vezes aborrecido, até que uma nota se ligava à outra em combinação tão perfeita que aparentava lá estar desde sempre. Dali partiam as demais, encaixando-se, esticando-se, até que surgia um novo samba, oriundo de um incômodo. No traço cada vez mais seguro do nomeador, as letras alargavam-se, os gestos se tornavam mais firmes: Joãolenon se culpava por ter estudado pouco. Incapaz de compreender o significado daqueles garranchos, era obrigado a aguardar que a palavra lhe fosse oferecida.

Quando o nome parecia prestes a ser pronunciado, o guardião de nomes deitou a folha de lado e apanhou uma nova, insatisfeito. Era precisamente aquilo que as pessoas não entendiam nos artistas: nada aborrecia mais o sambista do que a negociação do cachê. Por toda a vasta província, donos de botequins e de mata-fomes, que nada sabiam fazer além de limpar o balcão, contar as moedas e expulsar os bêbados, torciam o nariz para o preço do artista. Adoravam dizer – diziam todos, julgando-se especialmente irônicos – que deviam ter aprendido violão: ganhando tal soma por hora e por dia, em uma década se aposentariam. Não compreendiam que a remuneração era magra, miserável, se considerassem uma vida de dedicação, a família distante, o perigo dos caminhos e a inaptidão para tudo que não significasse os arranjos. Não se pagava o artista pela hora dedicada a entreter os comensais, mas pela entrega.

O guardião de nomes abandonou mais uma folha e Joãolenon concluiu que certamente o maldiziam, afirmando tratar-se de um serviço sobremaneira simples, dar um novo nome às gentes e registrá-lo no livro, nada além de grafar uma única palavra com alguma perícia. Não compreendiam que, enfim, escrever a palavra, limpa e certa como um golpe, como um samba que o violão entrega na melhor cadência e compasso, exigia toda uma vida dedicada. Guardava os nomes sem nada exigir em troca... Exaltavam-no sem perceber que não o fazia pelas pessoas, mas pelos termos.

– Meu amigo! – o sambista de súbito exaltou-se, atinando para o que lhe pareceu de imenso mal jeito. – Sequer lhe ofereci um samba! Posso tocar uma composição, em agradecimento pelo trabalho?

Moveu o braço, ágil, em direção ao instrumento, porém o guardião recusou a oferta.

A vida seria outra com a fama, e nada lhe faltava além do nome. Receber com antecedência, manter-se confortavelmente instalado no seio familiar, tirando sambas das brincadeiras das crianças enquanto as infinitas cópias do próprio trabalho eram distribuídas. Encontrar o palco pronto, os instrumentos afinados. Distribuir autógrafos. Ser tratado como mestre, perceber o silêncio reverente ao entrar na roda. Só lhe faltava um nome para ser um rei, deixando para trás a vida de plebeu, da qual já extraíra tudo que havia. Um rei... Seu samba a ser reproduzido com melhor qualidade do que ele próprio era capaz de produzir, enquanto descansava e gerenciava investimentos. Só tocaria em ocasiões únicas e especiais, e com uma gravação a garanti-lo... Sem dúvida, para aquilo nascera, embora com o nome errado.

Impacientou-se quando o guardião de nomes abandonou outra folha, incapaz de concluir. Àquela precisa hora, havia uma aglomeração em frente à rua do Ouvidor, os homens organizados contra o abuso da soldadela no mata-fome, pois diariamente ignorava a fila e exigia atendimento imediato. Na rua do Quartel, os soldados faziam outra aglomeração: sorriam uns para os outros, certos de que, naquela noite, correriam embriagados pelas ruas estreitas a quebrar janelas e perseguir mulheres, a desforra previamente autorizada pelo comando. Enquanto lá estava, Joãolenon perdia oportunidades: a bolsa pesava o mesmo, mas lhe parecia mais leve. A pior coisa não era o sambista desafinado, a quem falta o ouvido: pior era aquele que, enquanto o público aguarda, torce as cordas do violão num sentido e no outro, incapaz de começar, sem perceber a diferença entre a apresentação e o ensaio. Num bom samba, os instrumentos se afinam enquanto são tocados! Um bom samba apenas começa!

Tamborilou os dedos na cadeira, bateu os pés: melhor lhe parecia seguir como Joãolenon do que perder a tarde a observar os rascunhos do nomeador. Arte é movimento. Se se pretendia artista, almejando reconhecimento, o procedimento do guardião de nomes não poderia ser mais inadequado, entregando ao público uma nota perfeita quando a apresentação acabava.

De súbito o nomeador deitou a caneta sobre a mesa, anunciando a conclusão. Joãolenon suspirou, aliviado: estava a um instante de entregar uma grosseria. O guardião de nomes estendeu-lhe duas folhas, ambas grafadas, cada qual contendo um nome. Na primeira, Avelino Imperial, as letras exageradas, a ponta de uma consoante correndo a página para se emendar com a outra. Se passasse a se chamar Avelino Imperial, cada roda do próximo carnaval tocaria uma composição de sua autoria, e tantas vitrolas e rádios quantos houvesse na capital a reproduziriam. Descansaria bem assentado na fama, teria paz e fortuna, porém, em uma década, ninguém dele se lembraria, restando no último de seus dias o dinheiro, da forma como o investisse, e velhos recortes de jornal a falar do que fora.

O outro nome era Carlos Modesto, as letras como as de uma criança recém-alfabetizada. Se deixasse a casa chamando-se Carlos Modesto, apresentação após apresentação seus arranjos ganhariam qualidade, afixados na memória popular e nos elogios dos mestres. Seria exigido em cada roda, escutado com devoção. No centenário de seu sepultamento, seu nome e figura seriam mais conhecidos do que nunca, fazendo-se indissociável do estilo. Em vida, contudo, as gravadoras o recusariam, julgando-o pequeno e marginal, inadequado. Seria obrigado, enquanto tivesse forças, a suportar a penúria. Só poderia deixar a casa com um dos nomes, e nunca mais poderia voltar.

Não precisou pensar mais do que um instante para se decidir: sorrindo, apontou a folha na qual o guardião de nomes grafara Avelino Imperial, e apertou-lhe as mãos, beijou-as, deixou a casa pronto para a fama. Enfim, a fama! Dezenas de milhares de discos a serem distribuídos pelas rádios e vitrolas da capital. O seu nome na capa: Avelino Imperial, eis quem era! E pensar que, impaciente, quase perdera a chance. De qualquer forma, conseguira, e o peito transbordou de emoção quando o nomeador o registrou no enorme livro.

Deixou a casa apressado, e, sem titubear, gastou as economias no som de qualidade, digno do artista que, enfim, se tornara. No fim da tarde, no encontro da rua do Ouvidor com a do Quartel, no ponto tomado pela eletricidade que precede o quebra-quebra, tocou, dedilhando enérgico, o primeiro samba do Imperial, e nele insistiu, sem perder tempo em ganhar o público com os sucessos alheios, apreciando quando percebeu a multidão em coro a lhe devolver o refrão. "Eis o samba do Imperial!", anunciava entre uma composição e outra. "O samba do Avelino Imperial!" Tocou do fim da tarde até o dia seguinte, e tão bem que os homens esqueceram de se bater.

Após poucos dias tocando naquele ritmo, sempre no encontro entre as ruas – não mais a buscar os pontos de concentração, mas provocando-os –, veio-lhe o convite para a série de apresentações na capital. Após poucos meses, gravou o primeiro disco, passou a liderar um grupo de músicos profissionais, conquistou o Carnaval e a fortuna. No ano seguinte, cada vitrola vendida trazia, na caixa, uma cópia do "Samba do Imperial". Voltou à cidade natal por apenas uma temporada, para descansar e compor novos sucessos.

Num domingo, após o almoço, o pai ligou o rádio para que escutassem juntos as composições de Avelino Imperial. O locutor, contudo, anunciou um grupo de forró. Ao telefonar para a gravadora, pediram que aguardasse pelo retorno do empresário. Quinze ligações não atendidas depois, conformou-se em não mais discar: melhor era se preparar para a futura série de apresentações nas melhores casas, onde ansiavam pelas novas composições. Não ansiavam: um telegrama lhe explicou que a moda do forró já passava, e os casais então só dançavam o foxtrote, que Avelino Imperial desconhecia. Decidiu descansar até que o samba voltasse à moda: naquela batida, correu a década. Dedicou-se aos negócios. Se tivesse uma gravadora, poderia decidir o que todos escutariam.

Um dia, mexendo em caixas antigas, encontrou o primeiro tamborim que conseguira comprar, na lateral gravado o antigo nome, Joãolenon. Só então se lembrou do guardião de nomes, e respirou longamente, como se, desde que entrara na casa, tanto tempo atrás, a respiração estivesse suspensa, à espera de algo ainda maior. Fora o que fora. Qual era mesmo o outro nome, o que não escolhera? Não se lembrava.

Por muito tempo, naquele dia, passou os dedos pelas letras do antigo nome, refazendo os traços que um dia a ponta aquecida havia marcado na madeira. Perguntou-se se algum outro sambista havia procurado o nomeador e, tendo escolhido o outro nome, gozava da vida que ele dispensara. Qual era mesmo o outro nome? João Humilde, José Discreto? Não se lembrava. Havia anos, sequer para a família tocava. A preocupação era gerenciar os investimentos; não podia perder o que conquistara. Era então um homem de negócios. Perdera algum dinheiro com a gravadora, mas com a criação de gado acertara em cheio. Fornecia carne de rendimento para os mata-fomes de toda a província.

Ergueu-se interessado em escutar o rádio para descobrir o sucesso do dia. Talvez pudesse aprender um novo estilo... Talvez, depois de conferir as planilhas, ligar para os clientes, analisar o gado e falar no banco, pudesse voltar a pensar nessas coisas...

As batidas à porta levaram Pródigo a piscar os olhos – três movimentos das pálpebras para três toques contra a madeira –, mas não se dispôs a qualquer movimento além do involuntário. Em pequenos intervalos as batidas se reiniciaram – provavelmente algum pobre coitado em busca de um nome, ou o advogado a reclamar os termos, o que tanto lhe fazia: que derrubassem a porta, se tivessem coragem! Na qualidade de herdeiro, reservava-se o direito de obedecer aos ditames do fígado, preferindo a própria e terrível companhia à dos humilhados que habitualmente lhe aprazia contemplar. Naquele dia, não atenderia ninguém.

Fumava, mas a fumaça que lhe penetrava os pulmões, ora delicada, ora rude, era um prazer inócuo. Apoiava as costas contra a cadeira favorita do pai – seria mesmo a preferida, ou a única? – pensando em dispor do patrimônio do falecido como bem entendia, porém, a palavra final nessa discussão sem contraparte já não mais o satisfazia. Aventurara-se pelo perigoso esporte de desenterrar memórias e já não podia evitá-lo, aprisionado defronte ao velho barão Álvares Corrêa, novamente a escutar a narrativa da qual deveria ter sido poupado. Haveria qualquer coisa para si entre tantos nomes, entre o nome Próspero que pretendera e o Pródigo que recebera, ante a boca amarga do pai a dizer-lhe que eram pródigos todos os filhos do mundo e o avô disposto a humilhá-lo? Se o pai o afirmara, se tratara a condição como fato, não podia ignorar, contudo, que só ele, seu filho, assim se chamava, cabendo-lhe o peso dos nomes e crimes de todos os filhos viventes, de todas as decepções, de cada mesa socada e porta batida, o peso de abandonar a casa paterna com a parte magra que cabia a todos os filhos ingratos de todos os tempos. Era justo que lhe coubesse tal fardo? Assim pretendera o pai? E o avô, narrara os fatos com alguma verdade ou apenas disposto a se vingar do sétimo filho, o matricida? Os pensamentos se confundiam, mas, ainda assim, Pródigo a eles se entregava, incapaz de se desvencilhar da história dos nomes enterrados. Deveriam apodrecer junto do pai e do avô, porém ele cavava aquela cova sem saber o que procurava. Lá, só haveria vermes.

   Contou o barão Álvares Corrêa – batida, batida, batida, impossível rememorar sob aquele martelar –, contou o barão Álvares Corrêa – o avô animado para apresentar seus melhores argumentos contra o sétimo filho –, contou o barão Álvares Corrêa a história do único dentre os nomes dos netos que não foi escolhido por ele, fazendo questão de sublinhar cada detalhe, talvez imaginando que, ao conduzir Pródigo pela narrativa, neto e avô se encontrariam na conclusão. Teria o barão se sentido satisfeito ante os lábios tortos com que Pródigo escutara a história, ante a boca seca e o olhar injetado? Quando, ao final da narrativa, ele se levantou e partiu, sem se despedir do avô, batendo a porta no que parecia a marca final da própria juventude, deixando para trás o maravilhoso farrapo que se tornara o outrora poderoso barão Álvares Corrêa, caniço que o tempo devorava enquanto a cidade avançava sobre suas terras, teria o avô se sentido vitorioso, detentor da palavra final na discussão que, sozinho, travava contra o guardião de nomes, ou enfim percebera a própria desgraça, entendendo que seu sobrenome e título já eram indiferentes ao dicionário de nomes do mundo? Tanto fazia, tanto fizera a Pródigo na ocasião e nessa altura valia menos que nada, contudo, voltava à questão, incessantemente.

   Eram inequívocos os sucessos do desgraçado do sétimo filho, dito guardião de nomes, ao retornar da odisseia pelo interior e litoral. Para além dos nomes distribuídos ou negados, dos louros que lhe adornavam os cabelos ou corpos que lhe pesavam às costas, fato era que as expedições inegavelmente inauguravam canais de diálogo e oportunidades comerciais aproveitadas vorazmente pelas autoridades. Saudavam-no como a prosperidade encarnada, oferecendo-lhe jantares, bailes e presentes generosos, como se fossem pagãos a sacrificar reses. Recusava seguidamente as muitas propostas de sociedade, candidatura e casamento. Ignorava, no entanto, que usavam seu título assim mesmo, dispondo-o em faixas, santinhos e *jingles* eleitorais, dando-o até como proprietário de estabelecimentos comerciais que desconhecia.

O barão Álvares Corrêa se esforçava em lances financeiros ousados, ofertando o patrimônio alheio como garantia, arriscando-se como nunca, porém as doações eram recebidas em tal ritmo que se via incapaz de falir e assim implodir a reputação do último filho. A cada ida ao cartório para hipotecar uma propriedade, descobria-se dono de outras três, vivendo um ciclo de amaldiçoada prosperidade, que era incapaz de deter. O desgraçado do sétimo filho, enquanto isso, concentrava-se em nada mais do que registrar os nomes, atendendo aos que de longe vinham em busca do substantivo correto para se redefinirem, para salvar uma criança enferma, para auxiliar um tio desenganado a bem encontrar o caminho dos céus. Buscavam-no para que trocasse o nome de cônjuges a fim de que novamente se interessassem um pelo outro, para que rebatizasse bandidos condenados e os tornasse justos; queriam até mesmo novas denominações para as vacas e sítios, o que recusava.

Eram tantas as doações deixadas junto à imponente porteira anunciadora das terras do barão Álvares Corrêa que, rapidamente, coelheiras, granjas e currais se fizeram cheios: o barão – conforme discorria, esbravejando a cada renovado cacarejar que lhe chegava aos ouvidos, sobre quão licencioso era aceitar doações para que os outros delas dispusessem – se dispondo a receber cada miserável que ofertava histórias apenas para aliviar a pressão demográfica que o desgraçado do sétimo filho lhe lançava sobre os ombros. Os visitantes, que já não precisavam passar pela vila para ouvir sobre o pai do guardião de nomes a pagar por histórias do filho preferido, vinham diretamente à propriedade, impressionando-se com os bandos de avestruzes que povoavam o terreno, este o mais recente investimento do barão que, sem maiores cálculos, apostava na carne da ave a conquistar todas as mesas da nação, exceto a sua.

Trajado com a farda militar, ainda a ostentar as muitas medalhas de guerra ganhas no conforto do lar, antes de escutar o conto do andarilho e julgar quantas galinhas, cabras, coelhos ou cavalos valia, fazia questão de mostrar que sabia de cor o nome das avestruzes, chamando-as Antônio, Toninho, Tonico, Tônio e demais derivações do maldito nome que a falecida desejara para o desgraçado do sétimo filho, preferência cujo motivo escapava aos visitantes. Ignorado pelos bichos, exausto por elevar a voz contra o horrível grasnar que produziam, o barão retornava enfim à cadeira de balanço. Servia-se então de um longo gole d'água e, sem nada oferecer ao visitante, permitia-lhe, com um gesto da fronte, entregar a narrativa.

Contaram ao barão Álvares Corrêa que a chegada de três freiras à capital da província, buscando pelo guardião, alvoroçou a cidade. Especulava-se sobre uma criança nascida em segredo no interior do convento, uma doença grave a assolar a madre superiora, uma perda de fé que levara as jovens irmãs a, em um gesto desesperado, buscar no guardião de nomes uma resposta sobre o nome secreto do Altíssimo. Não se hospedaram na cidade, preocupadas em não revelar o motivo da viagem. Trouxeram provisões, dispostas a retornar no mesmo dia, certas de que, evitando arrumadeiras e garçons, manteriam bem guardado o segredo que as conduzia. Ignoravam, no entanto, as outras freiras: incomodadas por permanecerem enclausuradas enquanto as três se aventuravam, especularam, com quantos foi possível, sobre os motivos da viagem. Quando as três deixaram a residência e escritório do guardião de nomes, certas da própria discrição, já circulavam, de ouvido em ouvido, seus motivos e esperanças, ainda que inventados.

À época, o barão Álvares Corrêa, em voz alta, afirmou à governanta, que tentava comentar o caso enquanto fiscalizava uma empregada a preparar o café, não ter qualquer opinião além do que muitas vezes proclamara sobre o desgraçado do sétimo filho: ou era indiferente a ele, ou o condenava. Neste caso, que fossem ambos! E achava que não havia no caso nada de especialmente bizarro que suplantasse o absurdo de as autoridades enaltecerem e sustentarem um pobre coitado sem nome a alterar os batismos, proclamando-se um "guardião". Havia, contudo, variadas opiniões, que desfilavam diante do barão acompanhadas dos diferentes detalhes dos fatos. Convergiam ao afirmar que as três jovens freiras haviam recebido permissão para partir após implorá-la, por dias seguidos, à madre superiora, e que esta, antes de concordar, consultara o bispo.

Vivia no convento uma irmã emudecida, ali desde que todos se lembravam, querida pela minoria. Se durante o dia, e tal as demais, ela cumpria corretamente a rotina de trabalho e oração, sem nada exceder e um pouco faltar em relação às outras, ao cair da madrugada era a primeira a destrancar o próprio dormitório. Organizava, sem precisar de palavras, animados campeonatos de cartas em que se apostavam as roupas, e fazia questão de demonstrar para todas como dançava um homem, pressionando-as com uma meia bem ajeitada sobre o sexo. Bebia tanto que, em suas orações, as demais agradeciam que não pudesse falar, temendo o que seria delas se concebesse qualquer nome. Mais do que tudo, intrigava as colegas ao exibir conhecimentos tão íntimos sobre festas, homens e bebidas, pois, ao que se sabia, jamais havia deixado o interior da construção. As que a desprezavam advogavam que era o Outro, visitando-a diariamente, quem lhe ensinava os segredos da materialidade. As três jovens freiras, suas amigas, defendiam que metade ela aprendera na literatura francesa, ali passada de mão em mão, e o resto imaginara, sobrando à emudecida tempo para inventar, pois o economizava ao nada dizer.

A ausência da madre superiora – e nisto todas concordavam – culminara no problema então enfrentado. Obrigada a visitar a família, ela imaginou que bem faria ao não indicar nenhuma das freiras para substituí-la, evitando rivalidades. Cada uma se dedicaria, como sempre, ao próprio trabalho, e assim a ordem seria mantida. Esta decisão, bastante razoável, foi, no entanto, rejeitada por todas as irmãs.

Assim que a madre partiu, fez-se tal algazarra no convento que se estranhou não ter a religiosa escutado, a léguas de distância, a confusão e de imediato retornado. A muda, sem ter quem a contestasse e interpretando a seu modo as orientações superiores, bebia, dançava e jogava, provocando as demais. Haviam-na visto no sótão completamente embriagada; juravam que dormia nua na cama da madre, que trocara socos com outra ao ser acusada de roubar no baralho e testemunhas confirmavam que havia gritado palavrões e amaldiçoado o pão. De súbito, desmaiara: as freiras trataram de acomodá-la na cama e organizar até a última pedra da construção, afirmando à madre em seu retorno que os excessos haviam sido poucos e que desconheciam a origem da doença que se apossara da emudecida.

Por sete noites esteve entre o coma e o esgotamento, a mesma ausência servindo a diferentes diagnósticos. O fato de roncar forte – como um homem! – exacerbava as opiniões: organizadas em partidos, as irmãs debatiam se um paciente em coma é ou não capaz de roncar como um estivador.

Quando a muda despertou, atraiu todas as atenções também graças ao desaparecimento do horrível ressonar. Em gestos acessíveis e estranhamente tranquilos, pediu água, e gesticulou para que todas se juntassem numa oração de agradecimento durante a qual bateu no peito com força e chorou copiosamente, no estranho espetáculo de um sofrer silencioso.

A emudecida tornou-se, a partir daquele despertar, a mais humilde e dedicada das irmãs do convento. Como se algo dela houvesse saído, teoria com a qual todas concordavam, fez-se diligente nas orações e tarefas, rezando fervorosamente, jejuando e confessando, em gestos obscenos, pecados que seu confessor invariavelmente absolvia. Oferecia-se para ajudar nas piores tarefas: no dia em que lhe cabia a louça, rapidamente concluía a tarefa para auxiliar na limpeza dos banheiros. As outrora agredidas, as adversárias no jogo, as que se indignavam ante o vinho consumido como água, creditavam todo o malfeito a uma personalidade extinta, enquanto as antigas parceiras perguntavam-se se a mudança não se revelaria um enorme chiste, aproximando-se ainda mais da amiga à espera de um desenlace inesquecível, disfarçando a saudade dos antigos disparates. Notaram, contudo, que adoecia, a pele dia após dia perdia o viço, os lábios murchavam, os olhos encovados e arroxeados dando-lhe a aparência de um cadáver.

Subindo os degraus com dificuldade, um mês após despertar da ausência, sentiu as pernas fraquejarem e rolou escadaria abaixo, terminando a jornada novamente na cama, desperta e a morrer. No dia em que vomitou sangue, as três jovens irmãs que mais a queriam, suas companheiras nas danças, jogos, bebidas e também na posterior obediência, ajoelharam-se e se deitaram diante da madre superiora, implorando que as deixasse procurar o guardião de nomes e questioná-lo quanto ao nome da irmã. Criam piamente que só morria porque, impossibilitadas de pedirem pelo nome correto, não eram escutadas pelo Criador. Rezavam pela irmã mudinha, pela querida emudecida, pela calada, mas como poderia o Pai saber de quem se tratava? O guardião de nomes poderia descobrir seu nome e assim abrir o caminho para que as orações se fizessem efetivas, o nome como uma estrada até o sagrado. Ainda que o pedido pudesse soar profano, pediam, imploravam, pois querer um nome era querer a vida da irmã.

Contou o barão Álvares Corrêa – finalmente desistiram de bater, compreendendo que aquela porta pertencia a um herdeiro, um nobre que atendia a plebe quando bem entendia – que o desgraçado do sétimo filho partiu em direção ao convento poucos dias após a visita das três freiras. Saiu muito antes do nascer do sol, para atender ao pedido de discrição. De terno e gravata, equilibrava-se sobre o burro, que trotava acelerado sob o sol.

Ao acender mais um cigarro, Pródigo reviu a si mesmo, contraído diante do dilatado barão, à espera do golpe que dava como certo na conclusão da narrativa. Ansioso, aguardava os fatos, enquanto o avô se esforçava na rememoração, valendo-se do conto que o neto ouvia para maltratar o filho. Talvez tenha sido aquele o momento de maior agonia entre os dias vividos por ele; perguntava-se se, naquela humilhação, não residia a razão do fracasso de seus planos grandiloquentes. Quem sabe se a culpa por ter terminado a jornada além da casa a criar porcos, e invejar sua lavagem, na verdade não recaíra sobre o avô e seu apetite pelo pai. Tragou fundo: tanto fazia. Ao menos encerrara o assunto cuspindo no chão da sala do outrora imponente barão Álvares Corrêa e estremecendo as estruturas da casa com a batida da porta, partindo, sem olhar para trás, e para nunca mais voltar. Ao menos isso fizera, mas a lembrança do gesto final não aliviava o trauma gerado pelo olhar cínico do avô, que se deliciava a revelar os detalhes – que não tinha como conhecer – da concepção do neto.

Contaram ao barão Álvares Corrêa que o guardião de nomes, para ser recebido, mal precisou tocar na aldrava da pesada porta que delimitava o convento, a madre superiora ordenando sua imediata entrada, a fim de defender o segredo tão difundido. Apesar da autorização formal do bispo, a entrada de um homem – e leigo! – na clausura despertaria fatalmente toda sorte de maledicências, especialmente por se tratar de figura tão conhecida. Convidaram-no a solitário e bem servido desjejum antes de o conduzirem até à presença da madre, que fez questão de frisar sua confiança na vontade divina, a desconfiança em relação ao método, a concessão à solução exclusivamente por conta da insistência das três jovens irmãs. Já vira muitas outras freiras falecerem e tantas outras se recuperarem, sempre de acordo com a vontade divina. Alegrava-se por uma delas ganhar os céus, e esta era a lição a ser aprendida. Ainda assim, consentira: não parecia digno à emudecida ser sepultada numa lápide lisa – sem que por ela pudessem intervir, no além-mundo, por não terem como chamá-la. Confessava ao guardião de nomes que, antes de escrever ao bispo explanando o caso, lera todo o dicionário de nomes à muda, crente de que algum dos substantivos a faria reagir. Não só fracassara como, terminada a leitura, a irmã parecera ainda mais adoentada. Tratava-se, dessa forma, da reparação de um dano pelo qual se sentia responsável.

O guardião de nomes a tranquilizou, garantindo que encontraria qual, dentre todos os nomes do mundo, lhe cabia. Agradeceu, com modos tímidos e algo rústicos, a confiança, prometendo não causar nenhum inconveniente. Partiria, veloz e discretamente, tão logo o caso estivesse esclarecido. Questionou se poderia oferecer-lhe qualquer novo fato sobre a vida da moça, em especial da infância; ante a negativa, manteve-se imóvel e paciente até a madre se erguer para conduzi-lo, certo de que a superiora ainda conservava restrições quanto à sua ajuda.

Avançou por longos, recortados e estreitos corredores, parcamente iluminados, sustentados por antigas pedras, entre as quais abrigavam-se sombras de horrível expressão. Uma porta se revelou onde imaginou não haver passagem. Aberta sem ranger – esperou por um rangido que não veio –, exibiu o quarto da enferma, abafado, cheirando a sopa.

A luz expôs, pouco a pouco, a madeira escura, os objetos herdados das outras enfermas ali falecidas, os pesados cobertores sob os quais a vida escapava daquela forma feminina. A madre suspirou e esticou o braço, mostrando-a ao guardião. Aguardaram uma reação, percebendo quão difícil era para a enferma abrir os olhos.

– O senhor precisa de mais alguma coisa?

Não pediu nada.

– Logo uma irmã virá buscá-lo. Espero que tenha sucesso.

Deixou-os a sós.

Antes de prosseguir com a narrativa, o barão Álvares Corrêa sorriu cinicamente, questionando se Pródigo sabia o que se dera em seguida. "Já lhe contaram o que aconteceu depois, certo?" Balbuciou que sim, e repetiu o que escutara: tão logo os passos da madre deixaram de ser ouvidos, a freira emudecida firmou o corpo, de súbito encontrando forças. Sentada, exibiu o corpo frágil e apequenado, no colo desnudo os ossos marcados, os lábios secos, descoloridos, os olhos afundados em profundas olheiras arroxeadas. Na parede oposta à da cama, o guardião de nomes, de camisa, gravata, calça e paletó bem cortados, com a postura ereta, os dedos entrelaçados à frente do corpo, sentou-se numa cadeira. Num esforço, ela ajeitou os cabelos, deslizando os dedos por toda a extensão dos fios. Olharam-se. Como se recebesse um sopro em seus ouvidos, o guardião de nomes, imediatamente, soube como se chamava. Modelou as sílabas com a boca e, pela primeira vez, chamou aquela mulher pelo seu nome. Assim se apaixonaram.

– Foi assim que lhe contaram? – o barão Álvares Corrêa questionou a Pródigo, que confirmou com a cabeça e prosseguiu, notando, contudo, que o avô salivava.

Contaram-lhe que o pai foi conduzido para fora do convento entre apertos de mão e os sinceros agradecimentos da madre superiora, que lhe beijou as faces. Impressionava-a a súbita recuperação da irmã emudecida. Surpreendia-a ainda mais saber, então, seu nome. Contaram-lhe que, com inaudita alegria, o pai fez o caminho de volta distribuindo nomes. Parara apenas para colher uma margarida e, com o cabo roto, rabiscar o nome da amada na terra.

– Para escrever o nome da amada com o cabinho da flor? – nesse momento, o barão Álvares Corrêa gargalhou, como se escutasse uma piada. Implorou para que o neto prosseguisse.

Contaram a Pródigo que, tão logo o pai chegou em casa, limpou o escritório, desempoeirou os livros, encomendou biscoitos e preparou o café, pronto para um longo e bem cumprido dia de trabalho, exemplar no exercício de guardar os nomes. Contaram que vieram muitos, buscando descobrir os motivos da evidente alegria do nomeador. E que se multiplicaram as incursões do pai pelo interior, que aceitava convites desde que os caminhos o aproximassem do convento. Interessava-se por qualquer história vinda dali, talvez crente que ouviria dizer que certa freira de lá escapara, em absoluto silêncio, à procura do nomeador.

– O que mais contaram, Pródigo? Prossiga, prossiga. Conte os detalhes românticos!

Contaram que, passado um ano e meio, a madre superiora, conduzida sozinha e de madrugada pelo único chofer no qual confiava, percorreu o mesmo trajeto que autorizara as três jovens irmãs a seguir. Ao entrar na cidade, o condutor reduziu a velocidade, parando na porta do guardião de nomes por apenas poucos minutos. Quando a superiora retornou para o carro, partiu com a mesma discrição, e acelerou tão logo ruas e casas ficaram para trás. Quando a cidade despertou, uma novidade corria de boca em boca: o guardião de nomes recebera uma criança dos braços da madre superiora e, com ela, o título não requisitado de pai. Perplexos, os habitantes especulavam sobre os detalhes da história; concordavam todos num ponto: a emudecida e o filho sem nome do barão Álvares Corrêa se haviam descoberto destinados um ao outro.

– Seu nascimento foi puro romantismo, Pródigo! Que mais? Conte!

Nesse momento, ele parou de falar. Incomodava-o o avô a salivar, preparando as palavras que em seguida saborearia, tal qual um vinho que aguarda uma ocasião especial. O barão ainda insistiu: Mais nada? Não houve então serenatas ao luar, nem recitação de versos? Negou. Mais nada. O barão Álvares Corrêa se ajeitou na cadeira, sorriu mais uma vez, como se se lembrasse de uma piada. Questionou então: Pródigo jamais estranhara a súbita recuperação da freira emudecida? Em um instante à beira da morte, no minuto seguinte pondo-se a conhecer o guardião... Não estranhara a adivinhação súbita do nome, o nome que a madre superiora penara, inutilmente, a procurar sem descobrir, lendo todo o dicionário de nomes? E também não estranhara que, apesar de se ter despedido com – como era mesmo? – "sinceros agradecimentos, apertos de mão e beijos na face da madre superiora", o pai nunca mais pôde voltar ao convento? Não estranhara nada disso, na história que lhe haviam contado?

– Seu pai estuprou a moribunda. Assim você nasceu.

Tragando fundo, Pródigo não conseguia se lembrar exatamente de quem lhe contara as versões românticas que narravam o encontro dos dois amantes sem nome, seus pais. Contudo, da figura envelhecida do barão Álvares Corrêa, afirmando cinicamente, deliciado, o estupro, lembrava-se com clareza. O avô provavelmente mentia – certamente, mentia –, mas o fato era que o humilhara. Por décadas aguardara o momento de se vingar do desgraçado do sétimo filho, e conseguira. O conto terminou com um cuspe sobre o carpete outrora valioso, a porta batida, os passos firmes para nunca mais ver o barão – sequer o vira no caixão –, porém, de que valera a reação extrema se, antes dela, aguardara passivamente o fim do relato? Teria o barão gargalhado diante da reação ou, sem esperar por ela, espantara-se? Deliciara-se, era claro, como Pródigo se deliciaria se fosse ele a narrá-lo, e estava certo de que, no lugar do avô, ainda teria acendido o melhor dos charutos e pedido música, quaisquer notas, desde que alegres! Se o conto fosse novamente contado, o escutaria todo novamente, cada palavra massacrante, pois quem pode resistir a uma história da qual é personagem principal? O avô era um desgraçado. Envolvera a história numa teia bem tecida, apresentando-a sem pressa, fazendo-o acreditar em uma herança, oferecendo detalhes que desconhecia da vida do pai apenas para atirar-lhe a derradeira ofensa, a acusação final contra o desgraçado do sétimo filho, o sem nome, o matricida. Na mesma medida em que detestava o avô, admirava-o, almejando, na qualidade de herdeiro, tornar-se um homem da mesma categoria. Não era preciso apenas vencer, mas humilhar, limpar as botas cheias de merda no rosto do filho de cada inimigo, e ainda vê-lo lamber a sola. Se depois cuspiam e batiam portas, que diferença fazia? Por tal ranço do caudaloso sangue dos Álvares Corrêa ansiava; iria destilá-lo para que fosse ainda mais vigoroso. Assim, seria um homem digno do próprio nome, mesmo que nascido de um pai indigno.

Bateu no maço disposto ao vigésimo primeiro cigarro, de pronto negado, e sentiu-se tolo diante do envelope vazio. Atirou a embalagem amassada sobre a mesa, sem se incomodar com o tabaco a se espalhar. Ergueu-se rápido e sentiu as pernas fracas, a vista de súbito turva, concluindo que ficara muito tempo na mesma posição. Recuperou-se. Pelo menos, haviam parado de bater, aos poucos compreendendo que entre aquelas paredes não mais vivia o guardião de nomes, mas sim o seu herdeiro. Deveriam aprender a aguardar sua boa vontade, a lhe admirar o ânimo, a bajulá-lo e a lhe obedecer. Podiam maldizê-lo pelas costas; diante dele, porém, cabia somente a reverência.

Abriu a janela e as portas tranquilamente, satisfeito com o ar fresco pronto para inundar os cômodos, indicando que poderia atender a um ou outro que buscasse por um nome. Queria educar o povo a aguardar sua boa vontade. Quando tivessem aprendido, poderia converter a casa numa mercearia apenas para embasbacar os desgraçados. Avançou até a calçada, parou um moleque e mandou que lhe comprasse dois maços de cigarro: como herdeiro, tratava todos que o rodeavam como lacaios.

Notou que, do outro lado da rua, três homens o observavam, e reconheceu o primeiro enquanto vinha em sua direção. Era o advogado dos tios, desta feita protegido por dois seguranças, contratados exclusivamente para a ocasião. Que divertido saber que fizera questão de dois homens musculosos, mal enfiados nos ternos, somente para vir falar com ele, tão incomodado ficara com o chute na bunda. Se tivesse sorte, lhe daria outro, e diante dos que deveriam protegê-lo!

Adiantou-se dois passos, pondo-se no limite da calçada, forçando o trio a parar no meio da rua, incomodados por atrapalharem a passagem dos carros.

– Senhor Pródigo, trago aqui uma propositura, uma moção que vossos parentes oferecem em contraproposta à alegação apresentada...

Sacou do interior do paletó um envelope e o adiantou, sustentando o gesto, o sorriso cínico e as sobrancelhas arqueadas, sem perceber os seguranças a se agitarem, mal posicionados, desviando dos carros no meio fio.

– Contraproposta? – meteu as mãos nos bolsos, recusando-se a apanhar o documento. – Eles preferem nomes duplos ao invés de simples?

– O senhor pode se afastar, por favor? – desviando de um automóvel, cujo retrovisor quase lhe acertara o braço, o primeiro dos seguranças agitava-se. Pródigo se manteve imóvel.

– Os meus contratantes, na qualidade generosa de parentes, tios e seres humanos, oferecem-lhe dez por cento do valor da herança, livres de impostos, a serem pagos após a assinatura dos termos. Gostaria de frisar que essa extremamente generosa proposta é a última em acordo, a partir desse ponto passando-se ao inevitável litígio – mantinha o braço esticado, usando o movimento para explicar-se melhor.

– O senhor pode, por favor, se afastar? – o grandalhão elevou o tom de voz, irritado.

Pródigo mirou, com uma expressão propositalmente confusa, primeiro um, depois o outro segurança, como se não compreendesse o que diziam. Converteu então o olhar embaraçado em face ferina, e sorriu cinicamente para se dirigir ao advogado.

– Estes senhores estão com você?

Ainda sem se mover, esperou pela débil afirmativa do outro, pelo renovado bufar irritado dos brutamontes, e ainda um instante mais apenas para provocar os ânimos e reafirmar que aceitava qualquer proposta, desde que os tios trocassem os nomes conforme sua escolha. Quando o advogado iniciou a resposta, escolhendo os mais preciosos termos jurídicos, que supostamente justificavam o valor dos honorários, ele apanhou num golpe o contrato, atirou-o na direção da sarjeta e entrou na casa, liberando espaço conforme batia a porta, gargalhando, certo de que jamais seriam capazes de forçar a entrada. O envelope sujo deslizou por debaixo da porta e os passos se afastaram, satisfeitos como se o trabalho houvesse sido concluído.

Pródigo bem sabia que, após seu nascimento, ninguém teria coragem de atentar contra a casa, pois sob tal signo de assombração passara a infância. Se, conforme contou-lhe o deliciado barão Álvares Corrêa, antes o pai fora disputado em bailes e lucrativas sociedades, se o título e imagem adornavam as campanhas eleitorais, a glória transformou-se em medo, o guardião de nomes sendo consultado não mais pela crença num futuro melhor, mas pelo temor de um presente obscuro. A aura de prosperidade abandonou-o no mesmo passo em que Pródigo cresceu; a imagem de uma criança maltrapilha, vagando sem propósito e sem educação pela cidade, tendo como pais um matricida e uma freira, os dois sem nome, concebido por um estupro, bastando para que o pai fosse considerado um bruxo. Os boatos sustentavam que os livros nos quais os nomes eram guardados possuíam poderes extracorpóreos, sugerindo-se que um mero rabisco do guardião sobre algum dos nomes ali registrados bastaria para matar o rebatizado. Ao envelhecer, saboreando as próprias idiossincrasias, o guardião de nomes converteu-se na imagem que dele faziam. As doações escassearam, restou a jamais corrigida pensão oferecida pela municipalidade. As vestes se fizeram velhas e rotas, os cabelos, outrora sempre bem cortados, cresceram esbranquiçados em diferentes direções, as unhas ficavam constantemente sujas e compridas pois, nos piores tempos, economizava até com os objetos necessários à higiene. Temido e poderoso, encarnava o mal no imaginário coletivo.

A infância cruel plantou em Pródigo a semente que o levaria ao tapa firme contra o tampo da mesa e à porta batida, fazendo-se homem a partir da revolta diante do fato de se alimentar de doações, vestir-se com remendos, suportar sozinho o desprezo de toda a cidade. Primeiro considerara o pai uma espécie de santo, um eremita dedicado à humanidade e que por ela era desprezado, oferecendo toda a perfeição do trabalho que melhor executava em troca de caridade. Depois, considerou-o um trouxa, dedicado a uma causa insignificante, pois haveria nomes independentemente de seu trabalho, já que todos os homens, em diferentes sítios e culturas, possuíam nomes. Por fim, considerou-o um charlatão, um vagabundo que se apoiava na crendice alheia, satisfeito por viver na miséria, um cão velho que late na madrugada e recebe as sobras da panela, um preguiçoso sem ambição, um nada.

Lembrava-se com clareza do dia em que o pai, sentado na mesma mesa onde ele então fumava, corrigindo com a caneta tinteiro a caligrafia dos nomes registrados, dignou-se a ouvir o filho reclamar. A fome irritava-o. Vinte pessoas atendidas naquele dia – vinte! – e lá estavam ambos com fome. Não deveria fazer nada por aquela gente. Eram ingratos. Vinte atendimentos! Se cada qual tivesse deixado apenas uma moeda, poderiam se fartar como príncipes!

– Não é pelas gentes, Pródigo, é pelos nomes. É preciso guardá-los.

Na época, gravou as palavras como se tivessem grande sabedoria, buscando nelas qualquer sabor que suprimisse a fome. Um dia, porém, revelou-se o que sempre fora, uma pedra seca que lambemos em busca de sal, mas que nada faz além de açoitar a fome, um poço infinitamente profundo, mas sabidamente seco. Não tivera sempre razão o avô, o barão Álvares Corrêa? Que era o pai, além de um bruto, um místico ignorante, um feiticeiro de antiga cidade modernizada, mendigando entre os arranha-céus? A Pródigo coubera o papel de filho do adivinho, nascido em um tempo em que nada mais se poderia adivinhar. Que outro destino lhe caberia senão criar porcos e invejar sua lavagem?

Um toque delicado na porta trouxe-o de volta, e, sabendo de quem se tratava, abriu-a sem pressa e sem se importar. Apanhou os maços de cigarros, entregou ao moleque uma moeda, mas nem uma palavra em agradecimento. Se, no instante seguinte à porta cerrada, precisasse descrever o menino, já não seria capaz de fazê-lo. Ainda assim, era certo que o pai lhe escolhera o nome, e constava nos livros de registros tal qual gritavam-no pelas ruas do bairro. Voltou à casa acendendo o cigarro, e contemplou os bem alinhados volumes em capa dura. Faltara comida na infância, mas jamais tinta importada para a caneta, jamais o papel de alta densidade para os rascunhos. O trabalho da vida do pai.

Encontrou na consciência o que ela, já havia tempos, lhe sussurrava. Sorrindo, perguntou-se: e se queimasse tudo aquilo?

Disseram que naquela terra havia um homem que guardava nomes. Quando o motorista encontrou o endereço e estacionou o automóvel bem em frente da casa, como convinha, apesar da rua estreita e movimentada, o barão Jacomias de Oliveira sentiu-se satisfeito. Desceu após o chofer contornar o veículo, dar-lhe passagem, e apreciou sua iniciativa de abrir a porta da casa, deixando-o entrar sem engordurar as mãos na maçaneta. Uma vez no interior, desapontou-se com a penumbra e os móveis velhos, com o ar de biblioteca antiga que dali emanava: senhor do próprio tempo, consultou as horas por hábito, aproveitando para admirar a joia que trazia pendurada ao pulso. Ao perceber que o homem sequer erguera os olhos para observá-lo, considerou partir de imediato: os tipos intelectuais sempre se julgavam superiores, mesmo empobrecidos, a viver em meio à sujeira.

 Avançou casa adentro, martelando o calçado de couro contra a madeira do piso. Sentou-se espalhafatoso, arrastando a cadeira, retirando o paletó para pendurá-lo no encosto, largando o corpo pesado no móvel para forçar o gemido dos encaixes. Quando concluiu a representação, encontrou os olhos bem abertos do nomeador, concedendo-lhe, enfim, a atenção que lhe era devida. Começou de imediato a tratar do caso, pois um homem importante não desperdiça um único instante. Esclareceu que ali estava por indicação do primeiro dos empregados, para tratar de um caso de máxima importância envolvendo o próprio nome. Anunciou-se distendendo com prazer o título e o nome, as sílabas bem separadas. Esticou a mão direita e sorriu, oferecendo a honra do cumprimento. Como o guardião de nomes não correspondeu à gentileza, julgou-o rústico, alguma espécie de eremita, um bruxo, e disfarçou a mão esticada tocando os cabelos com os dedos, penteando-os. Deveria ter procurado um doutor da capital...

Foram a quantidade e qualidade dos livros, a indicar que recebia visitas e presentes de homens de poder e decisão, que o impediram de abandonar a reunião. Apesar da falta de educação do outro, levaria aquilo até o fim. Decidir com base no modo como era tratado não era nada além de vaidade, e esta dama sempre se fazia presente para lhe confundir o raciocínio. Perdoando a deselegância, já indiferente ao guardião de nomes, novamente voltado para os seus papéis, entrelaçou os dedos sobre a barriga e iniciou o relato. Gostava de falar de si. Sua história era inspiradora: as pessoas precisavam conhecê-lo. O nomeador parecia absorto, mas concluiu que era por ser orgulhoso. Certamente, queria ouvi-lo. Se não o quisesse, também não importava: o que valia era conseguir o que buscava. Não chegara longe preocupando-se com a opinião alheia.

– Bem, vamos começar pelo começo...

Levantou-se. Descrevendo semicírculos diante da mesa de trabalho do nomeador, contou que começara a vida num bar, com três paredes azulejadas pela metade, herança do avô para o pai. O balcão à esquerda, sete pequenas mesas à direita, a fileira de garrafas cujo preço era anunciado conforme a qualidade do freguês. Antes de aprender a ler, e confessava que sabia pouco além do próprio nome, aprendeu a servir as vinte doses que a garrafa continha, a evitar que dois clientes se estranhassem, a diferenciar quando cobrar adiantado e quando deixar a garrafa. O bar não era dos melhores, mas sustentava a família. E, graças ao hábito do pai de adicionar dois dedos d'água a todas as garrafas, chamavam-no de Pinga Fraca. Embora reclamassem, os fregueses mantinham-se fiéis ao bar do Pinga Fraca.

– Um velho dizia que havia os bares bons e caros, e os bares baratos e ruins. O bar do Pinga Fraca era o único caro, e ruim!

Riu sozinho, já indiferente à falta de reações do nomeador. As responsabilidades chamaram-no quando o pai foi encontrado caído no centro do estabelecimento, fulminado por um ataque cardíaco no meio da madrugada. As economias foram depositadas no caixão: para sorte do papa-defunto, a memória do pai exigia um enterro elegante. Aos treze anos assumiu o bar, responsável por levar comida à boca dos irmãos menores. Garantiu à mãe que manteria o estabelecimento funcionando, que substituiria o pai à altura. Recusou as propostas de venda do negócio – queriam pagar uma mixaria! –, prosseguiu com a estratégia do genitor, às vezes deixando a garrafa, às vezes cobrando adiantado, sempre adicionando dois dedos d'água nas garrafas, a pinga invariavelmente fraca.

O antigo truque não bastou, contudo, quando, atendendo ao pedido de um concorrente, a prefeitura transferiu o ponto de ônibus, o sucesso da outra família significando a fome da mãe e irmãos. Faltava comida enquanto as bebidas sobravam e, angustiado por desconhecer as alternativas que o pai encontraria, diluía ainda mais a aguardente, afastando os poucos fregueses fiéis, que, jocosamente, chamavam então o bar de Pinga Rala. "Pinga Rala, o filho do Pinga Fraca", gritavam da rua os bêbados, voltando do bar concorrente, divertindo-se às custas da gestão fracassada.

Torcia-se na cama, convocado à vigília pela fome, quando se deu o milagre: apanhou uma garrafa vazia, caminhou sozinho até o posto de combustíveis, comprou dois litros do líquido inflamável. Riscou na fachada, com um resto de tinta, o novo nome do local: Bar do Pinga Brava. Por garantia, adotou a expressão carrancuda e acomodou uma barra de ferro debaixo do balcão, prevenindo-se dos excessos.

Não poderia ter agido melhor. Movidos primeiro pela curiosidade, depois pelo desafio, os fregueses voltavam e desafiavam outros a voltar, a bebida com dois dedos de combustível ganhando fama e adeptos. Oferecia um trago aos policiais sempre que o visitavam, passou a comprar as garrafas à vista e com desconto, ampliou a gama de produtos de teor alcoólico proibido. Naturalmente se multiplicaram os acidentes, brigas e desmaios, ocasionais comas alcoólicos que o pai tanto temia, porém as histórias de acidente traziam novos fregueses, o bar tornado o centro da cidade. Não tinha dezenove anos quando inaugurou, orgulhoso, outras duas unidades, consolidando a marca e a alcunha pela qual ficara conhecido.

– Se o doutor guardião de nomes for à minha cidade e perguntar pelo barão Jacomias de Oliveira, vai demorar para me encontrar. Mas, se pedir pelo Pinga Brava, de pronto vai receber a indicação correta!

Parecia discursar, diante do nomeador, enquanto narrava os próprios sucessos desde a noite de famélica insônia. Às duas unidades, somaram-se outras cinco. Transferiu a família para uma residência elegante, pagou para que os irmãos recebessem educação adequada, casou-se com a princesa do comércio no mesmo ano em que adquiriu o automóvel e contratou o chofer. Apoiava os políticos locais, conhecia até os figurões do estado, os bares que administrava servindo também como palanque de campanha. Dizia-se que qualquer um que pagasse uma rodada de pinga brava nos sete bares garantia ao menos uma vaga de suplente na câmara municipal.

No dia em que um vagabundo qualquer beijou-lhe a mão e o chamou de doutor Pinga Brava, teve a ideia de adquirir o título de barão. Conseguiu-o por uma ninharia; vendeu-o um daqueles barões empobrecidos que nada mais têm além de histórias e uma velha farda. Organizou-se uma enorme cerimônia para que recebesse o título diretamente das mãos do governador. Queimaram-se fogos de artifício, distribuíram-se bebidas, assaram o maior boi que a cidade já vira. No dia seguinte, porém, alguém o chamava de barão Jacomias de Oliveira? Naturalmente que não. Só se falava da tremenda festa que o Pinga Brava dera para o povo!

Secou a testa com o lenço, controlando o suor e a vermelhidão, que denunciavam a sensibilidade do tema. Procurou os termos mais delicados para explicar ao guardião de nomes que compreendia o povo, que viera das gentes e com elas ainda estava. Se, por não saber dosar o próprio vício, um vagabundo qualquer morria em um de seus estabelecimentos, sofria como se fosse um parente seu. Queria, contudo, que compreendessem que progredira: cumprimentá-lo com tapas nas costas ou chamá-lo de Pinga Brava simplesmente não era mais adequado.

Investia nos melhores tecidos, cortados e costurados pelos melhores alfaiates. Mandava lavar a roupa de baixo com água de rosas no estabelecimento que já atendera o rei, nos tempos da Coroa. Os pés que pisavam as calçadas esburacadas eram protegidos pela pelica mais nobre e macia, o par de sapatos renovado semanalmente. Diziam que os banquetes que oferecia se igualavam em bom gosto e variedade aos organizados nos grandes salões de Paris. O governador tratava-o pelo primeiro nome! E, ainda assim, todo e qualquer vagabundo da cidade se sentia à vontade para lhe acertar três tapas nas costas e chamá-lo de Pinga Brava. Como barão Jacomias de Oliveira precisava que entendessem que vencera, que o Pinga Brava estava tão sepultado quanto o Pinga Fraca, seu pai. Contudo, como fazê-los compreender? Sentou-se, exausto...

– Veja, o governador me fez uma proposta, no dia da cerimônia do baronato. Tomávamos o uísque importado, só nós dois, quando ele me sugeriu compor uma chapa imbatível, a coisa arranjada. "Pinga Brava 88, nesse você pode confiar." A proposta era boa, mas, ao mesmo tempo, ridícula, ultrajante! Não se pede a um rei que se vista de plebeu, tampouco a um barão que volte a ser o Pinga Brava. Me aconselharam a procurar o doutor guardião de nomes para explicar às gentes, de uma vez por todas, que sou o barão Jacomias de Oliveira. Eu paguei por esse nome! Hoje em dia, quando me gritam na rua "Ó, Pinga Brava!" a única vontade que tenho é de responder "É a mãe!".

Ergueu os olhos para o guardião de nomes para suplicar ajuda: poderia resolver? Queria investir, dobrar o número de unidades, tentar novos ramos, quem sabe um dia governar a província. Sonhava com muito mais. Queria contribuir para o crescimento daquela jovem nação, inspirar com sua história outros jovens no caminho da honestidade e trabalho duro, explicar que lamúria não paga conta. Queria, em suma, deixar para trás os dias e noites de balcão, os gritos dos embriagados, as provocações dos invejosos: destes, bastavam as moedas.

O governador o aconselhou a, entre os nobres, apreciar o nobre tratamento, mas sem abandonar aqueles que lhe entregavam todo o salário e ainda ofereciam um prato de comida, insistindo para que aceitasse. Parecia-lhe cinismo, contudo, ser um homem com dois nomes. Queria ser o barão, mas sem perder tudo que tinha. Poderia ajudá-lo? Dinheiro não era problema, se o doutor guardião de nomes pudesse ajudá-lo. Era só dizer quanto custava...

– Dispense o doutor, por favor – sem erguer os olhos, o nomeador o corrigiu.

Abriu a gaveta à direita, para resgatar uma elegante caneta, a peça central bem-feita em prata, a tampa em ouro com uma enorme gema fixada à ponta. Gravados ao longo do comprimento da joia, havia minúsculos homens a trabalhar a terra ao redor de um castelo, soldados e cavalos bem-postos em estilo medieval. O guardião de nomes esticou o braço sobre a mesa, oferecendo a joia enquanto apanhava a resma de papéis para a colocar diante do barão Jacomias de Oliveira, satisfeito com o peso da peça. Valia a pena estudar apenas para ter nas mãos uma caneta daquelas, concluía de si para si. Bem fizera ao não apressar a partida, vaticinava, imaginando quem teria presenteado o guardião de nomes com aquela joia e a dimensão da fortuna nela contida.

– Escreva ou desenhe qualquer coisa.

Apesar de se envergonhar da carência de estudos formais, especialmente quando observado, não resistiu a manejar o tesouro. Era a caneta com que um rei autoriza uma execução, a peça com que um imperador conclui um tratado de guerra. Era pesada! Endireitou o punho, envolveu a peça com a ponta dos dedos, lembrando quando lhe ensinaram a segurar o lápis em um bico de passarinho. Tocou delicadamente a folha de papel, pronto para escrever seu nome e título, mas se surpreendeu ao perceber que a caneta não derramava tinta. Com um gesto automático, chacoalhou a peça, para frente e para trás, temendo que a tinta se soltasse toda de uma vez: devia estar sem uso havia muito tempo. Novamente arriscou a grafia e uma vez mais o mecanismo falhou, a pena passando sobre a folha de papel, sem marcá-la.

– Está quebrada? – questionou, algo entristecido.

– Não serve para nada – respondeu o nomeador – Se quiser, pode levá-la. Não vale nada.

Não pôde deixar de abrir os lábios e piscar excessivamente diante da oferta, a caneta ainda entre os dedos. Como assim, não valia nada? Aquela peça, apenas pelo peso, valia tanto quanto tudo que acumulara em vida. Valia mais do que os sete estabelecimentos, a casa e o automóvel. Como podia dizer que não valia nada e oferecê-la assim? Qualquer homem que tivesse aquela joia presa à camisa, ou sobre a mesa de trabalho, seria visto como um rei: como podia deixá-la no fundo da gaveta e oferecer ao primeiro que aparecia? Incapaz de reagir à oferta, mantinha-se entre estático e embasbacado, olhando quieto.

– Está quebrada. E foi fabricada com tanto esmero que o conserto é impossível. Nunca mais vai escrever: não vale nada. É sua, se quiser, ou pode dá-la para o motorista... – já indiferente à falta de reação, o guardião puxou de volta a resma de folhas. Pôs-se então a rascunhar com a caneta ordinária, mostrando que a tinta fluía abundantemente, tingindo o papel como a outra não fora capaz de fazer.

Como se o encanto houvesse sido quebrado, o homem se ergueu, deixando a mais cara das canetas sobre a mesa. Ajeitou as vestes, deu as costas, partiu sem nada dizer. Antes de fechar a porta, contudo, escutou a batida oca da joia contra o fundo da gaveta.

Manteve-se em silêncio no interior do automóvel, ignorando os olhares do empregado, que o sondava, interessado em descobrir como a coisa se dera. Retumbava-lhe nos ouvidos o som da peça largada, como se não fosse nada, na escuridão do móvel, bem como a impressão que produzira o objeto único, talvez fabricado para o próprio rei deposto, a deslizar pelo papel sem produzir qualquer palavra, inútil como os dedos de uma criança a acariciar a folha. Teria mesmo entregue a caneta, sem nada exigir, só porque não escrevia? Parecia-lhe que sim, dado o modo como a descartara, indiferente à sua preciosidade, como se fosse um santo – ou um bruxo.

Descrevendo uma larga curva ao redor do chafariz da entrada, o automóvel estacionou em frente à residência. Bem-posto à porta, sob as elegantes cornijas, o mordomo aguardava pelo barão. Quando o chofer movimentou-se para contornar o carro e abrir a porta, cortou sua intenção com um som mínimo de lábios, ordenando que fossem primeiro ao bar. No caminho, perguntou-se se agira adequadamente diante do guardião de nomes, se extraíra tudo que o encontro oferecia ou se partira antes de alguma espécie de encerramento mágico.

Quando chegaram, saltou do carro, deixando para trás quaisquer dúvidas. Abriu a porta sem esperar pelo chofer e saudou satisfeito os fregueses, alguns conhecidos desde os tempos do pai. Fixou os olhos na fachada, dedicando um instante a observar as letras que, duas décadas atrás, pintara com tinta velha. Pediu uma dose da pinga que batizara, bebeu um mínimo após o brinde coletivo, ofereceu uma rodada por conta da casa. Contou que se lançaria à política, "Pinga Brava, 88, deputado federal", e declarou humildemente contar com os votos dos amigos.

– Doutor barão Pinga Brava, nosso deputado, conte conosco – o vagabundo que certa vez lhe beijara a mão ergueu o copo, algo emocionado, oferecendo eterna fidelidade ao patrício.

– Dispensem o "doutor barão", meus amigos. Eu sou o Pinga Brava.

Deveria ter abandonado o carroceiro, relegando homem e mula sem pagamento aos dissabores da própria miséria. Apesar de terem se apresentado naquela manhã no horário correto, limpos, descansados e mal alimentados, de cima da carroça, confortavelmente conduzido, Próspero era incapaz de se livrar de alguma forma de mau humor cuja origem desconhecia, mas que atribuía ao outro. Imaginara despertar duas horas antes do horário combinado para fechar a conta, contratar o primeiro condutor que surgisse e partir, satisfazendo-se ao imaginar a expressão vitimizada que se desenharia no rosto sujo do carroceiro: se assim tivesse feito, por certo a pequena vingança matinal embalaria a viagem, garantindo-lhe frescor. Irritava-o perceber que o pelo do animal fora escovado logo na alvorada, para bem servir à condução de um rei. Desdenhava da barba e cabelos aparados do carroceiro, bem como da capota e cartola que, sabe-se lá onde, o outro conseguira, trajando-se para a imaginada coroação, buscando meios de bem se portar para agradar à majestade real. Ruminando, Próspero mantinha os olhos na estrada à procura dos piores trechos: se vislumbrasse um atoleiro, mandaria mula e carroceiro justamente por aquele caminho. Ansiava pela desgraça do par; cria na cena como o remédio que o livraria dos dissabores.

Pensava no condutor de mulas que atirara sua mala na lama para sorrir enquanto dele debochavam: uma vez coroado, seria preciso agir contra todos que lhe haviam desrespeitado. Os reis antigos recebiam o manto, o cetro e um novo nome, e se sentavam no trono para o primeiro dia de uma nova vida: morto o fidalgo, nascia o monarca. Crimes e covardias eram esquecidos, o nome do homem anterior ao rei enterrado sob o trono para que jamais fosse novamente pronunciado. Tal possibilidade, contudo, não estava disponível para Próspero: concebido e registrado pelo guardião de nomes, não poderia dissociar os anos a caminho do trono das décadas a reinar. Se o primeiro carroceiro o humilhara, atentara contra o rei, ainda que por ignorância. Uma vez coroado, Próspero precisaria responder àquele e a qualquer outro gesto anterior e indigno: o bando que queimara a casa na qual nascera, o prefeito e o delegado que permitiram a barbárie, cada tipo que se deitara com a mãe e o carroceiro que o destratara, começando pelo último. O mais apropriado seria buscar o indivíduo, ou enforcar uma dezena para se vingar na classe? Havia ainda o descendente: se a garçonete tivesse mesmo engravidado, deveria trazer o rebento para ocupar a posição de príncipe, desde que fosse um homem. Insatisfeito com as texturas daquela manhã, embora alheio aos motivos que o guiavam, tinha certeza de que deveria se pôr vingativo e autoritário, cuidando ainda para que cada gesto fosse grafado na crônica oficial: só assim seria digno do título que para si almejava, Próspero, o Vil, aquele que reconquistara o trono que lhe fora negado para cobrar com juros a justiça que lhe era devida. Que sonhassem com o retorno de um rei de coração nobre e justo: dilaceraria as expectativas de cada um dos fiéis súditos.

    A mula avançava pela estrada em um ritmo excelente, levando-o à certeza de que estariam às portas da conquista com um dia de antecedência. Ao menos para isso besta e carroceiro serviriam: a chegada antes do previsto lhe garantiria tempo suficiente para corrigir desvios e animar a cavalaria. Antecipando-se, poderia reforçar as instruções e avaliar os mercenários um instante antes do ataque, dispensando qualquer um que parecesse especialmente independente ou mais interessado na pilhagem do que no soldo. Até o último instante, faria todos acreditarem que o alvo era a cidade vizinha: na hora decisiva, ordenaria que passassem ao largo das torres e entradas reforçadas para atacarem a cidade seguinte, o verdadeiro alvo, aquela na qual nascera. Desde que os boatos fossem na direção planejada, estaria desprotegida. Imaginava, naquele instante, os cidadãos de bem da primeira cidade distribuindo munições, limpando rifles e estudando ângulos de defesa, o pároco conduzindo as orações, bravos meninos se oferecendo como voluntários. Imaginava os habitantes da borda bárbara onde nascera, o povo de sua terra, a debochar da má sorte dos vizinhos, oferecendo-lhes algumas armas velhas apenas para se pretenderem solidários, discutindo a meia voz de que formas poderiam aproveitar-se da iminente desgraça alheia. Por décadas haviam sido alvo de deboche, desde o malfadado e grandiloquente plano de nação com o qual haviam juntos sonhado: seria a hora da desforra. Que assombro sofreria seu povo quando a infantaria passasse ao largo da primeira cidade e, em formação triangular, saltasse por sobre o riacho para invadir e conquistar o verdadeiro alvo. Próspero estaria bem protegido, observando tudo do alto, trajando o manto real, nas mãos a lança com a cabeça sorridente de Tião Medonho bem espetada na ponta. Que imagem teriam dele, que oportunidade de contemplar a História daria àqueles habitantes. Era preciso que também o arauto contratado chegasse a tempo: não seria a mesma coisa sem um arauto...

Apesar de satisfeito com a imagem de si a desfilar diante dos humilhados súditos, não conseguia se livrar do mau humor que lhe torcia as vísceras. Percorrido algum trecho, parecia que o carroceiro adivinhava sua indisposição, mantendo os olhos fixos na estrada enquanto a mula batia os cascos, ritmada. Se era capaz de visualizar o ataque e a conquista, apesar de postos no futuro, os passos daquele caminho também já haviam sido antecipados, muitas vezes contemplando-se ali, porém no comando de um feroz galope. Incomodava-o a distância entre o imaginado e o caminho de fato percorrido? Ou julgara o café da manhã comum demais?

Apoiado no estofado puído, ainda buscava um atoleiro, embora fosse ridícula a ideia de voluntariamente se atrasar. Sabia que em momentos de indizível aborrecimento somente o sorriso morto de Tião Medonho poderia aliviar-lhe o peso do dia. Se a cabeça do outro estivesse consigo, com certeza o inspiraria. Lembrou-se dos dentes ocres, da pele macilenta, mal sustentada pelos ossos, dos cabelos quebradiços: desfez a expressão carrancuda, e balançou a fronte para concordar que o melhor era seguir em frente, em passo acelerado. Dedicou-se então à lembrança da confecção do cetro, vislumbrando cada detalhe para assim tê-lo consigo: se o lacaio responsável se esquecesse de trazê-lo, seria esfolado.

Primeiro foi preciso separar a cabeça de Tião Medonho do pescoço forte, rompendo as fibras depositadas qual sedimentos desde o ventre materno. Antes, porém, foi preciso vencê-lo. De volta à cidade grande após a impossível jornada, descansado e alimentado graças à caridade, deixou a casa de apoio satisfeito com o imenso a que se propunha. A estatura de um homem é a dos desafios que vislumbra; este o caminho para a glória. Tratou de repisar cada espaço da cidade grande, forçando toda categoria de passantes a dele desviar, vendo a si mesmo como um príncipe disfarçado, o velho Ulisses que vaga pelo próprio reino para conhecer os pretendentes e o que fora feito de seu nome. Ainda não era tempo de se revelar: primeiro era preciso ter nas mãos o arco, depois esticá-lo; no momento, saborear a liberdade de se apresentar como um miserável para planejar o caminho certo para a vitória.

Era ao final do dia – exausto após tantos passos –, que rezava para uma divindade que acreditava existir e servir exclusivamente aos reis. Precisava descobrir um meio de vencer, da mesma forma como o primeiro regente havia submetido a nobreza. Recebia a garçonete, e contava-lhe sobre os futuros bailes, liteiras e lacaios, prevenindo-a contra as conspirações palacianas. Ela dizia entender: falava da lanchonete, das adversárias no serviço, e da vez em que puxou os próprios cabelos, se despenteou e estapeou para jurar ao patrão que fora agredida, forçando a demissão da cozinheira, de quem não gostava.

O conto o iluminou. Ali, soube-se tocado pelo sagrado. Dias depois, Próspero pôs-se a caminhar, apressado e tenso. A cada passo veloz, acreditava com mais convicção no que inventava, crente na violência sofrida enquanto estapeava o próprio rosto, deixando falharem os pés para rasgar os joelhos contra o calçamento. Caminhou rápido e rente ao muro para que sua textura ferisse o tecido e a pele, fugindo apressado do que inventava, contendo um choro que não tinha propósito: entrou na espelunca onde a amizade com Tião Medonho lhe garantia um assento e todas as refeições convencido de que fora espancado. Tinha a expressão do estapeado: as roupas rasgadas, a pele cravejada por gotículas de sangue, os joelhos marcados. Guardou o silêncio, aceitou o copo d'água e todos os olhares. Bastava nada dizer, reagir depois que reagissem. Acreditava piamente na história inventada, que fora agredido por ser protegido pelo famoso contraventor. Podia ver a cena: o grupo o cercou, empurrou, cuspiu-lhe na face ao escutar o nome de Tião Medonho. Correu quando dele desistiram, felizmente vivo; envergonhava-se da derrota, como se de fato a tivesse sofrido.

Não demorou para sentir a enorme mão a lhe envolver o ombro, confortando-o, declarando que estivesse tranquilo, pois o agredido na verdade era o próprio Tião Medonho. Sorria, os dentes enormes, os lábios largos; tudo estava bem. Narrou o ocorrido com poucas palavras, destacando a ofensa e a ligação com o protetor. Tião Medonho não alterou a expressão branda, limitando-se a uma troca de olhares com o primeiro do bando e a palavras doces, como pareciam ser todas que pronunciava:

– Esta noite, você dorme na minha casa, amigo – conduziu-o, sem saber que proferia a derradeira ordem.

O olhar enfastiado de Próspero iluminou-se ao enfim vislumbrar um atoleiro, a mancha de densa lama escura a se anunciar entre as aborrecidas árvores. Ergueu o tronco com alegria incontida, repreendendo-se, em seguida, pela naturalidade do gesto. O atoleiro devia estar ali havia décadas, indiferente às chuvas e estiagens. Escuro e úmido, suficiente para reter toda uma tropa de mulas e seus respectivos carroceiros. Antevia, satisfeito, o carroceiro completamente imerso na gosma, empurrando em esforço inútil o animal imundo, arruinando o traje novo, maldizendo o esforço despendido no escovar dos pelos. A cena lhe faria tão bem quanto a conquista da cidade e a coroação: nas celebrações anuais de seu reinado, ordenaria que toda uma tropa de mulas e condutores fosse atirada à lama a fim de reviver a glória daquele dia. Ergueu o braço e impostou a voz, disposto a lançar a ordem, mas vacilou, suspendendo-a: se prosseguisse, quem o conduziria até a conquista e coroação? Cumprido o desejo, estaria também ele atolado, ou então obrigado a sustentar a mala e caminhar sozinho pelo horrível terreno, um futuro rei a se apresentar mendicante ao próprio trono. Não poderia fazê-lo. Dramático, vasculhava o horizonte em busca de qualquer outro meio de transporte que pudesse acolhê-lo, e se aborrecia com a vastidão tediosa do campo.

    Recolheu o braço, conteve a ordem, observou o atoleiro a se afastar em renovado mau humor, um famélico que vê partir o vendedor de marmitas por não ter a moeda necessária para chamá-lo. A horrível verdade sobre si é que ainda era um general, obrigado à objetividade dos cálculos, à frieza dos jogos militares e considerações sobre capacidades e conveniências. Só um rei poderia ser caprichoso, exigindo a força dos braços de dez mil homens, abrindo mão do trigo que plantariam para erguer o monumento. Consolava-o saber que, em breve, seria coroado; de general se faria rei, e afundaria carroceiro e mula, presos pelos pés, diretamente no fundo do poço de lama. Ele os empalharia assim cobertos e os deixaria expostos em uma sala qualquer do palácio, a ser reconstruído sobre os escombros da casa incendiada:

quando os chefes de Estado viessem ter consigo, apresentaria a obra de arte, destacando que se tratava de modelos vivos...

– Mais rápido.

O carroceiro estalou o chicote contra o dorso do animal, que acelerou a passada para obedecer ao capricho. Insatisfeito, apesar da pronta obediência ao pequeno desvario, Próspero recostou-se na almofada puída, os lábios paralisados na expressão incomodada. Suspirou, devolvendo-se à cena anterior, quando, mal coberto pelos trapos rotos após a suposta agressão, foi conduzido até o interior de um táxi, a corrida antecipadamente paga por Tião Medonho. Apreciava ver-se travestido como frágil, crendo-se agredido, satisfeito pela condição que lhe servia para ter o adversário próximo e indefeso. Rejubilava-se consigo: quantos homens eram capazes de se fazerem humilhados, estapeados, exporem-se como covardes para derrotar o adversário? Por isso era um rei, o único entre os homens, e a caminho da coroação. Era essa a sentença do nome que carregava.

A casa de Tião Medonho era deslumbrante, a escadaria da entrada anunciando-se apenas após vencida a larga distância que separava o portão fortificado do chafariz. Os empregados acolheram Próspero diligentemente, conduzindo-o, entre colunas e corredores, do vestíbulo à mesa principal, na qual um prato generoso o aguardava. Quando se serviu a sobremesa, um creme alvo e denso embebido em calda doce, a passada de Tião Medonho ecoou de longe, anunciando-o a se aproximar, vindo quem sabe de qual ala do edifício. Saudou Próspero com o ânimo possível ao homem exausto, sorrindo com os olhos cansados. Pediu-lhe para ficar à vontade na casa, fazendo-a sua até estar plenamente recuperado. Frisou que não deveria preocupar-se com os agressores; dentro em breve trocaria algumas palavras com eles, suficientes para que tomassem consciência da covardia cometida. Bebericou o chá quente, servido com uma pequena dose de anis, que lhe relaxava os músculos. Despediu-se, desejando pronto restabelecimento, desculpando-se por não permanecer mais alguns instantes.

Próspero compreendia Tião Medonho, percebendo claramente a necessidade do outro em ser admirado. Justamente por isso, dirigia-lhe um constante sorriso abobalhado, fingindo-se deslumbrado por estar diante da figura que o adversário acreditava ser. Enquanto balançava a cabeça, grato, observava a disposição dos empregados na parte externa, a direção do dormitório, a gaveta da cozinha na qual descansavam as facas. Até mesmo o chefe dos seguranças tratava Próspero como à criança que pede um autógrafo ao ditador: esta indiferença era seu trunfo.

Quando terminou de jantar, o empregado o conduziu ao dormitório. Atirou-se na cama e fingiu dormir, apreciando a textura dos lençóis. O corpo pedia descanso, a respiração se convertia facilmente em um ressonar: sabia, contudo, que, renunciando àquela noite, ganharia todas as demais. Sentou-se no chão para afastar o risco do sono involuntário. Apoiou as costas contra a porta e atentou para os sons da casa, enquanto organizava mentalmente os passos seguintes.

A hora morta da madrugada se aproximava; nela, agiria. Quando a noite se tornasse escuridão, quando até os insetos dormissem, quando o último vigia sentisse os olhos pesarem, certo de que, daquela feita, não resistiria ao sono, estaria plenamente desperto para, em silêncio, caminhar pela casa. Primeiro a cozinha, onde se armaria. Depois o quarto no qual executaria a sentença do próprio nome, conforme anunciara o guardião. Antes disso, permaneceria com as costas contra a porta, o mapa da área através dos sons que lhe chegavam, o pequeno relógio a tiquetaquear, a respiração contida, comedida, tranquila.

Na hora morta da madrugada, as divindades todas estariam adormecidas, exceto aquela que guarda os reis e imperadores e o servia com exclusividade. Relaxava o corpo para, ainda que desperto, descansar. Mantinha a mente livre de qualquer ideia que não o crime, o tigre que, imóvel, espreita a presa, pronto para o bote. Prometia à divindade imponentes monumentos, o sacrifício de reses, a religiosidade oficial nas escolas e repartições, a disposição do tesouro real para a fundição de estátuas de ouro: na hora morta da madrugada, quando a solidão de cada homem se mostrasse absoluta, que estivesse consigo, que guiasse seus passos, que o abençoasse com a verdadeira fortuna que acompanha um rei: inspirava, expirava, calculando os tiques e taques vencidos até a hora fatal.

Ergueu-se exatamente às quatro horas da manhã. Tomou os calçados novos, presenteados, na mão esquerda, e com a direita girou a maçaneta, recostando a porta atrás de si. Como se buscasse inocentemente o banheiro, deslizou até a saída de serviço para acomodar os sapatos e a muda de roupas. Depois, encontrou o jogo de facas, sustentou com firmeza o melhor dos cutelos, gostando do peso, o balanço da arma tornando-a uma extensão do braço. Avançou até o fundo do corredor, em busca da porta certa.

Avistou, após poucos passos, uma grande entrada de madeira nobre, a aldrava elegante revestida de ouro, selada por sete fechaduras à prova de arrombamento. Seria impossível passar por aquela porta sem acordar todo o quarteirão. Sorriu: fingindo o olhar cabisbaixo, ao final do jantar, havia notado que Tião Medonho não entrara por aquela porta, mas pela posicionada à direita, de madeira simples, aparentando a desimportante entrada de um banheiro. Havia muito compreendera Tião Medonho, deduzindo-lhe o tipo: estava certo de que se protegia de qualquer atentado não com trancas, armas e fortificações, mas disfarçado atrás da porta ordinária. Julgava que qualquer homem dirigiria o ataque contra a madeira fortificada, garantindo-lhe tempo de reação. Sorrindo em meio à escuridão, o cutelo firme entre os dedos, Próspero concordava com o adversário que o truque o protegeria de qualquer homem, mas não de um rei. O pescoço rígido de Tião

Medonho o separava do trono: se pudesse opinar, o outro concordaria que não era o melhor lugar para repousar a garganta...

    A carroça balançava e Próspero sorria, satisfeito com a agradável lembrança de uma guerra vencida. Diversas vezes escutara relatos homicidas que descreviam um desprendimento na hora do ataque, alguma espécie de torpor que impedia o assassino de saborear plenamente o momento do bote. Atentava para cada detalhe de tais narrativas desde a primeira infância, certo de que um dia precisaria matar – qual rei não era também um homicida? –, e perguntava-se se as feras concordariam com essa ausência do próprio espírito em momento tão decisivo. De si para si, afirmava com certeza que assim não se dera, sendo capaz de citar cada detalhe do atentado com uma clarividência absoluta. Ou sua natureza era distinta, como supunha, ou os contos homicidas também eram contos de vítimas, narrados não pelo protagonista, mas pela imagem que dele faziam. Quão terrível seria ser privado de uma experiência tão visceral? Um homem dedica-se a matar: lhe faltaria justamente a memória do momento em que havia retalhado o corpo da vítima? Seria como reinar sem o poder sobre a vida e a morte.

    Lembrava-se de cada detalhe: do modo como testou os dedos contra o cabo do cutelo, com uma mão muito mais quente do que a outra, porém sem suar. De como empurrou a porta, sequer trancada, com a mão esquerda, e como, de arma em punho, avançou quarto adentro, percebendo de imediato a dilatada forma de Tião Medonho a ressonar. Em passos rápidos, cuidando para não tropeçar, posicionou-se à esquerda da cama. Tomou o livro que repousava sobre a mesinha e o atirou contra a parede oposta, o último ato da armadilha. Sobressaltado, Tião Medonho ergueu o corpo de uma única vez, buscando a ameaça no canto errado do cômodo. Afundou então o cutelo na nuca do adversário, cuidando de penetrar a lâmina ao máximo e logo retirá-la, deixando fluir o sangue. Deferiu o segundo golpe, no mesmo ponto. E o terceiro. E o quarto. A partir deste, já estava montado sobre as costas largas do falecido, como se fosse um touro. Batia, batia, batia o cutelo contra o mesmo ponto, separando nervos, músculos e os ossos da coluna, embevecido por cada nova fibra dilacerada, metodicamente, até que a última conexão do corpo com a cabeça fosse desfeita. A mancha de sangue expandia-se sobre o carpete, reforçando a escuridão. A hora morta da madrugada: quando as primeiras luzes surgissem, nasceria um dia no qual não mais existia um velho rei chamado Tião Medonho.

Ao abrir novamente a porta, sentiu deslizarem os dedos úmidos de sangue pelo metal da peça. Deixara a arma para trás, mas sustentava pelos cabelos a cabeça decepada. A cada passo, novas e delicadas gotas de sangue marcavam o caminho. Guardou a cabeça do amigo em uma sacola de pano, desculpando-se pela indelicadeza. Lavou as mãos, trocou as roupas. Apanhou fósforos na cozinha e queimou as cortinas da sala principal, a mesma onde jantara. Ateou fogo no sofá e poltronas. A casa ardia quando se calçou: lembrou-se de amarrar os cadarços dos sapatos para não tropeçar. Sem nele repararem, os empregados se lançavam em iniciativa enérgica e inútil; tranquilamente, cruzou o portão principal para caminhar em direção à cidade baixa. Alvorecia um dia único, a cidade despertando em tons dourados que os olhos mortos de Tião Medonho já não podiam contemplar: o velho rei estava morto, que se erguessem vivas ao novo rei. Vencida a madrugada, o reino preparava-se para o primeiro dia da nova era. Infelizmente, os olhos vivazes do velho rei precisaram ser poupados de tal resplendor.

Refugiou-se sob a maior das pontes, desabitada graças ao esgoto despejado próximo, o cheiro tão forte que enojava até os ratos. Acomodado sobre a terra permanentemente úmida, contemplava o rio de detritos a correr ainda dourado pela luminosidade oblíqua do alvorecer, a corrente d'água de beleza única: para Próspero, a mais bela paisagem, do mais belo dos dias, cada detalhe composto exclusivamente para ele em toques artísticos.

O colorido dos sacos plásticos contrastava alegremente com a escuridão da água e bolhas amarronzadas, o conjunto rodopiando sobre si enquanto trazia consigo brinquedos quebrados, latrinas despedaçadas, carcaças de pneus de acidentes havia muito esquecidos e uma infinidade de garrafas, tantas quantas parecia haver no mundo, um carrossel de cores e movimento banhado pelo incrível sol de um novo dia.

Sentindo o cansaço chegar, Próspero resistia, os olhos exageradamente abertos, disposto a saborear ao máximo o momento que lhe pertencia: quando finalmente a exaustão o venceu, acariciou os cabelos úmidos de sangue da cabeça de Tião Medonho. Uma pena não poderem mais conversar, ou trocar um aperto de mãos. Uma pena o outro ter sido tão inocente a ponto de confiar-lhe o catre. A falta do amigo – seu único amigo no mundo – era a parte de sacrifício que lhe cabia. Consolava-se imaginando a casa calcinada, bombeiros, policiais e jornalistas comentando o horror do caso, enquanto empregados e capangas especulavam sobre o que fariam. Compartilhava com aqueles de quem se escondia as saudades e, quem sabe, alguma dor pela morte violenta do velho rei; quão brutal não era imaginar o sepultamento de um decapitado? Era Próspero o único privilegiado com o contato íntimo com o falecido, com momentos de paz particular para se despedir adequadamente. Cabia-lhe, no entanto, suportar o odor hediondo: eis o privilégio e sacrifício que cabiam à realeza. Em breve consolaria todos, oferecendo-lhes um novo rei para reverenciarem. Naquela magnífica manhã, contudo, merecia descansar. Nenhum detalhe lhe escapara: conduzido sobre a carroça, aborrecido com o tedioso campo, lembrava-se de como cuidara de encaixar a cabeça de Tião Medonho no vão entre duas vigas para que os ratos não a roessem enquanto descansava. Bem guardado o prêmio, repousou, embalado pela música da cidade outrora hostil.

Tatear lembranças agradáveis o satisfez. Era fundamental a um rei o domínio sobre si, conhecendo a melhor forma de readequar os próprios sentimentos pelo bem da coletividade. De que valia um rei misericordioso em tempos de guerra, ou impiedoso em tempos de paz? Um rei precisa ser intolerante e avaro quando assina tratados comerciais, porém, desprendido quando decide atirar moedas aos mendigos. Tal disposição em se dominar era inata, e fluía no sangue real, de monarca em monarca desde o primeiro dos reis do mundo, o bárbaro que, com os músculos, submeteu um grupo de desordenados guerreiros. Se um rei decide enforcar vinte condenados antes do desjejum, quantos não seriam os plebeus, conselheiros e juízes a julgá-lo tirano? Próspero compreendia a atitude, pois só um rei é capaz de entender outro: esfolando vilões, assistindo torturas e execuções – ou bailes, homenagens, casamentos – um rei trabalha os próprios humores para que funcionem na direção necessária ao reino. Sabia-se Próspero destinado a reinar: sobre a amaldiçoada carroça, dedicara-se a lembrar do sucesso contra Tião Medonho para se por confiante e bem-humorado rumo à coroação.

    Adivinhou, detrás da montanha próxima, na direção do rio, a cidade onde pernoitariam, mais uma a ser vencida antes da coroação. Aquela rotina o aborrecia: ansiava pelo leito real e damas da corte. As camas de hotel são sempre as mesmas, enquanto o dormitório de um rei é único no mundo. Observando que o carroceiro o havia poupado de qualquer palavra durante o trajeto, sacou do bolso uma solitária moeda, suficiente para uma cama, um trago e uma refeição fria, e a ofereceu sem tocar a mão do condutor, o gesto executado como se contivesse a mais pura benevolência:

    – Obrigado, meu senhor.

    Absteve-se de responder, ou mesmo de pensar naquela insignificância. Algo maior o aguardava, e deixava que a satisfação se distendesse. O primeiro dos lacaios, conforme orquestrado, o encontraria na cidade seguinte para informar sobre o andamento da guerra. Concebera o plano com alguma flexibilidade, afirmando ao serviçal que o esperaria em diferentes dias e regiões apenas para testar sua disposição e fidelidade. Ao anoitecer, estaria bem-posto na indumentária real, a aguardar as batidas na porta que anunciariam o súdito. Se não se apresentasse na noite em que era aguardado, ainda que as ordens lhe reservassem o direito de estar um ou dois dias atrasado, perderia o posto de favorito. Já estava farto de travestir-se de plebeu, incapaz de continuar a se apresentar como o homem comum que não era: partiria na manhã seguinte, rumo à conquista, sem esconder sua condição real. Então, carroceiro e mula poderiam exibir o pelo escovado, cartola e fraque de segunda mão; autorizaria o queixo em elevado orgulho do condutor, o trote acelerado no esforço da besta.

Bateu firme a mão contra a lateral da carroça quando finalmente entraram na cidade, um horrível conjunto de casas que não merecia ser nomeado. Dispensando-se de dobrar o dorso na direção do carroceiro, elevou o tom de voz para proferir a ordem, mandando que manobrasse em direção à periferia. Logo encontrou a casa, propriedade de um dos homens do bando, o portão baixo e sem tranca, o quintal suficiente para abrigar a mula e a carroça durante a noite, talvez também o carroceiro. Após todo o dia sobre a carroça, sentiu-se estranho com a súbita interrupção do movimento. Conteve a ânsia de saltar e entrar, dando ao corpo o instante necessário à adaptação.

– Me ajude aqui.

O carroceiro ofereceu o braço para que descesse em segurança. Finalmente, abriu o portão, autorizando homem e animal a se servirem da água da torneira nos fundos do terreno. Estavam dispensados até a manhã seguinte. Encontrou sob o capacho as chaves da casa: o ambiente aconchegante, embora humilde, o satisfez. Despiu-se do paletó, gravata e sapatos, soltou o corpo sobre o sofá: enfim, algum conforto na simples morada alheia que tomara para si, a fim de esconder o tesouro real. Tal qual o dormitório ordinário de Tião Medonho, que escondia atrás de uma porta destrancada o rei do crime, aquela humilde casa de periferia, em uma cidade que sequer merecia nome, guardava o maior dos tesouros de sua majestade Próspero, o Vil.

Trancou as portas com duas voltas na chave, atentou para os sons da rua antes de se fechar no banheiro e se despir. Ligou o chuveiro e, após a água esquentar, bateu rápido a mão contra o fluxo, lançando sobre si respingos mínimos, suficientes apenas para umedecer o corpo. Secou-se então, esfregando a toalha com força contra a pele, já imediatamente vestindo as roupas de baixo e se perfumando, dispondo o saiote, o fardão, a sobre blusa e a pesada capa do traje real. Abriu a porta e, de meias, encontrou os enormes tamancos, calçando-os para se apresentar dez centímetros mais alto. Assim, terminou de enxugar o rosto, suspirando satisfeito com o peso do traje, com o qual se identificava.

Apreciando o som forte dos tamancos contra o assoalho ordinário, indigno dos passos reais, finalmente avançou para o armário menor, recostado na lateral. O dia todo, e por toda a jornada, aguardara por aquele momento: esticou o corpo para afastar os cabides, tocou com cuidado a madeira do fundo do móvel para desprendê-la, deixou que cedesse em contato com suas pequenas mãos. Entre as sombras, revelou-se a cabeça decapitada e empalhada de Tião Medonho, bem presa à ponta do cetro de madeira nobre, cristalizada no largo sorriso de dentes ocres, com os olhos esbugalhados. Antes de tomar o cetro, sorriu de volta, o peito satisfeito pelo reencontro com o velho amigo. Gargalhou, maravilhado: quão bem lhe fazia contemplar o sorriso do falecido Tião Medonho...

Caminhou de volta à sala, equilibrando-se sobre os enormes tamancos, retendo firme, com ambas as mãos, o pesado cetro. Uma vez acomodado na pequena poltrona, ignorou que em nada se assemelhava ao futuro trono: alinhou a posição dos pés à base do cetro, a cabeça do adversário pouco acima da sua, exibindo o maxilar alegremente empalhado para si, saboreando-o nos tons da luminosidade elétrica. Não poderia imaginar que ficaria tão bom, considerando como estava na manhã seguinte ao homicídio: ao despertar, ainda diante do rio que exalava os intestinos de toda a cidade, primeiro procurou pela cabeça decapitada do adversário, temendo tê-la perdido para os ratos. Após encontrá-la a salvo no ponto bem escolhido, retirou-a da imprestável sacola de pano para cumprimentar o morto, desgostoso com as bochechas e olhos flácidos, o lábio entreaberto com a língua pendente. Endireitou o corpo e observou as pilhas de lixo, as enormes bocas a despejar o esgoto, o fluxo de água imunda, já sem reconhecer ali nenhuma beleza particular. Descansara, mas não poderia lá estar por muito mais: logo aquele esgoto o adoeceria.

Pôs-se a revirar o lixo em busca de um saco de lona. Embebida em sangue, a sacola de pano já estava inútil. Não sabia se era procurado por assassinato ou se a estatura o excluía da enorme lista de suspeitos: quem sabe nem houvesse qualquer interesse em desvendar o crime, agentes, lacaios e adversários dedicados a disputar a posição do falecido. Se fosse o caso, ainda assim, a todos seria de enorme conveniência culpar o anão, motivo adicional para, por ora, estabelecer-se na zona oposta ao centro de operações dos lacaios de Tião Medonho. Sabia que eram justamente esses os momentos mais perigosos da vida na corte; enquanto a coroa é polida e o trono preparado para acomodar o novo rei, nos dias entre o sepultamento do velho monarca e a coroação do sucessor, doces bebês de sangue real são executados, concubinas deportadas, conselheiros julgados por traição, capitães destacados da guarda real envenenados e pretendentes distantes enforcados. O júbilo da coroação é sobretudo o suspiro de alívio da corte por ter sobrevivido à barbárie que precede o ordenamento. Ciente da lógica do trono vazio, Próspero vagaria distante, pondo-se a salvo enquanto preparava o lance decisivo contra os pretendentes: fuçando o lixo em busca do invólucro adequado para a cabeça decapitada daquele rei morto, via-se como o general que ordena o cerco à espera do esgotamento das provisões do castelo.

Julgou perfeito um saco de cimento vazio, o tamanho adequado à enorme cabeça de Tião Medonho. Sustentando o outro pelos cabelos, acomodou a peça com cuidado, desculpando-se desta vez pelo pó químico que inevitavelmente se depositaria sobre os olhos mortos do amigo. Lançou o conjunto sobre as costas e iniciou a caminhada, contando com a força adquirida pelas pernas, dependendo mais do que nunca da capacidade de conduzir o corpo maltratado por longas distâncias. Mirava o chão: o rei travestia-se de estivador para que os súditos no porto não o reconhecessem.

Naquele dia, sentiu-se observado uma centena de vezes, e temeu cada viatura avistada de relance. Seguiu em passos curtos e constantes, forçando os pedestres a desviarem, ignorando os ombros e o quadril a protestarem contra a posição. Calculava pernoitar no sítio mais seguro que pudesse encontrar, ainda que fosse no interior de um bueiro. Precisava chegar até o taxidermista e exigir o serviço. A impossibilidade de retornar à casa de apoio era um fardo adicional, que não considerara nos cálculos do atentado: tentava-o retornar à zona familiar da cidade, onde, em situações normais, teria um catre a aguardá-lo e uma refeição garantida na espelunca. Afastava esta voz imprudente, lembrando-se de que a garantia de mesa e cama jazia decapitada, agarrada às suas costas.

Descansou próximo à pequena igreja, ignorado símbolo do bairro desconhecido. Refugiado sob a mais imunda das marquises, pôs-se de joelhos e exibiu as mãos suplicantes, esforçando-se para não pensar na imensa tragédia de um rei indigente, rangendo os dentes enquanto ansiava pela caridade dos estranhos, jurando a si mesmo que, no futuro reino, executaria uma boa safra de mendigos apenas para se vingar da má sorte daquele dia. A cada centavo lançado ao chão, que recolhia diligentemente, mentalizava xingamentos e maldições enquanto proferia o mecânico agradecimento: multiplicava a soma arrecadada pelos minutos ajoelhado, para prever por quanto tempo precisaria assim estar, jurando que se humilhava pela última vez na vida. Atiraram-lhe o resto de um sanduíche: ele o recolheu e o devorou, a fome impondo-se ao orgulho.

Esteve de joelhos por todo o dia, maltratando-se até reunir as moedas necessárias ao catre. Alcançada a soma, não conseguia mover as pernas. Arrastou-se, lutando para carregar o saco de cimento com a cabeça do adversário e proteger o rosto dos passantes distraídos: conseguira reduzir-se ainda mais, posto na condição de aleijado a rastejar contra o chão escarrado. Entrou, dobrado sobre si, no bordel mais próximo, obrigado primeiro a elevar a voz repetidas e humilhantes vezes até o recepcionista se dar ao trabalho de observá-lo, depois a pagar antecipadamente pelas chaves do quarto, três andares acima.

Venceu a escadaria um degrau após o outro, erguendo os quadris para depois içar o crânio decapitado, uma vez mais devolvendo-se à torturante infância para encontrar a força de vontade, à porta construída em dimensões que nunca alcançaria, ao pé direito calculado para abrigar um gigante bíblico, aos tijolos calcinados e à forca preparada para executar todos os membros da família. Estava próximo, não apenas do quarto onde repousaria, como da liteira sobre a qual fortes escravos o carregariam na direção preferida, controlando seu movimento a partir de assobios e chicotadas. Mais alguns degraus, o último corredor imundo a ser vencido, e enfim poderia trancar-se. Conseguira. Ajeitou a cabeça atrás da porta, despiu-se, endireitou os ossos lentamente antes de se erguer, banhar, lavar as vestes e recompor.

Lembrando-se da cena, Próspero se indagou se fora aquela a última vez em que se banhara com prazer e lentidão, aproveitando dos vapores, ou se houvera qualquer outra ocasião. Acreditava que não, aquele de fato havia sido o mais desgraçado de seus dias, o último no qual nada fora além de um andrajoso qualquer. Deixou o quarto na manhã seguinte, refeito, confiante nas próprias forças. Horas depois, entrava no escritório do taxidermista, dando instruções precisas para a confecção do cetro e exigindo um trabalho perfeito. Qual profissional seria capaz de recusar, ou mesmo cobrar, de um cliente que adentra o escritório sustentando pelos cabelos o adversário decapitado?

Notou o olhar aterrorizado do carroceiro através das janelas e já depois do muro, estarrecido ante a visão de Próspero, em trajes reais, a sustentar o mórbido cetro. Olharam-se nos olhos pela primeira vez, e apenas por um instante: no momento seguinte, quando Próspero cumprimentou-o com o queixo e ergueu um pouco o cetro, a fim de exibir o sorriso mortificado de Tião Medonho, o carroceiro deu um passo para trás e correu deixando mula, carroça e todos os pertences para trás.

Descansou o cetro e sorriu: a reação do primeiro dos lacaios, ao contemplar pela primeira vez o rosto do falecido senhor bem espetado na ponta da madeira nobre, foi a mais adequada. Quando o cetro ficou pronto, Próspero esgueirou-se pelas ruas vazias, de volta à residência de Tião Medonho, para encontrar as portas ainda abertas, a enorme ala queimada exibida como uma ferida que não cicatrizara. Invadiu o edifício, escolheu no terceiro andar a maior das cadeiras para servir como trono. Com toda a força dos pulmões, gritou pelo primeiro dos lacaios, convocando o cão fiel que permanecia na casa mesmo com o patrão enterrado. O homem surgiu atordoado na ponta da escada, estupefato com os ecos pela casa morta, na mão direita um martelo com o qual pretendia defender-se. Tal qual procedera com o carroceiro, Próspero exibiu o cetro, exigindo reconhecimento. Primeiro o empregado ficou paralisado, a vontade perdida em qualquer ponto entre o próprio corpo e o etéreo. Então, ajoelhou-se, encostando a testa no chão para, sem uma única palavra, jurar eterna fidelidade ao novo rei.

Conquistado o trono, tratou de acolher as súplicas dos demais lacaios, ordenar o recolhimento dos fundos, restaurar a casa e o reino, distribuir alguma misericórdia e enormes injustiças a fim de justificar o título. Ocasionalmente, mandava buscar a garçonete: quando declarou que estava grávida, mandou-a embora.

Conduziu os negócios até que lhe chegou, no informe matinal apresentado pelo mordomo, a notícia da morte do guardião de nomes, os sinos calados, proibidos de dobrarem, uma infinidade de renomeados migrando, comovidos, para acompanhar os rituais fúnebres. Neste dia, soube que era chegada a hora: enfim, recuperaria a folha na qual seu nome fora originalmente grafado – relíquia sem a qual não poderia vencer a batalha, equivalente à espada do cavaleiro – e reconquistaria a cidade natal, instalando ali o verdadeiro reino, o trono restaurado.

Girou o cetro para mais uma vez contemplar o rosto empalhado de Tião Medonho. Atirou-lhe, cúmplice, uma piscadela, à qual o morto não respondeu. Com a página que trazia seu nome bem guardada junto do peito, trajado com as vestes reais e de posse do cetro, cabia apenas aguardar que o primeiro dos lacaios se apresentasse com os informes sobre o silencioso movimento das tropas. Se fosse um homem comum, Próspero poderia admirar-se com a própria jornada, uma década antes incapaz de caminhar no calçamento público, uma década depois a liderar um ataque. O raciocínio, contudo, não lhe chegava: sentar-se no trono, dirigir lacaios e mercenários nada mais eram do que gestos naturais para um ser de seu nome e condição, óbvio como sugar o leite materno. O resto era nada mais do que o infortúnio facilmente superado, inclusive indigno da própria biografia. Não era um homem comum que se alçava a uma condição superior, mas o príncipe restaurado sobre o trono. Sua história era a da reconquista.

Ouviu passos a se aproximarem; uma das vantagens daquele posto avançado na periferia da desimportante cidade era ser impossível alguém acercar-se dele sem ser anunciado pela reverberação do som e latido dos cães. O ritmo da passada indicou tratar-se não do carroceiro, que arrastava os pés, mas de um militar reformado, naturalmente o primeiro dos lacaios. Próspero moveu os ombros e endireitou a espinha, elevando o queixo enquanto apontava o nariz do cetro na direção da porta. Relaxou a face, a fim de guardar a melhor e mais indiferente expressão: a porta aberta enfim revelou o empregado, que exibia o orgulho do portador das boas notícias. Ajoelhou-se, encostou a testa no chão, beijou os pés e depois a mão do monarca: Próspero dispensou-o de prosseguir a reverência. Que lhe entregasse, enfim, as notícias da guerra que lhe pertencia. Qual verdadeiro rei poderia prescindir de uma horrível guerra?

Disseram que em outra terra havia um homem que guardava nomes: detestava-o.

Se um dia o nomeador foi uma oportunidade para Clarque Roquefeler, os nomes transmutados em cifras, passara a ser um estorvo. Multiplicavam-se as rendas, oportunidades, prêmios, sociedades: os boatos, contudo, cercavam-no, e venciam centenas de quilômetros para prejudicar os seus rendimentos. O contador, inclusive, fizera questão de apresentar, valendo-se de uma rubrica especial, o prejuízo gerado pelas histórias que os caixeiros entregavam junto das mercadorias – como se não tivessem mais o que comentar. Impressionava-o o poder dos boatos, como eram hábeis em solapar o que, com tanto esmero, havia conquistado. A origem de tudo aquilo era só uma, não havia dúvida: o guardião de nomes, ainda que vivendo em terras muito distantes, agia contra seus interesses. Odiava-o.

Haviam se passado meses, mas ainda ruminava o almoço na casa do doutor Malta. Recebido como um amigo, abraços na entrada, confidências. O cardápio escolhido com um mês de antecedência, três entradas, três sobremesas. O convite para que fizesse parte do dia a dia da administração pública, cuidando de renomear avenidas e pontes, disponíveis todos os benefícios com que os amigos podiam contar. Então, o telefonema. O mordomo a anunciar a ligação urgente. O Malta voltou transtornado, com o olhar injetado. Encarou-o ofendido: Quer dizer que o senhor também troca os nomes dos inimigos do Estado? Nada disse além daquilo. Acompanharam-no até a saída.

Descrente, apurou o incabível da história. Escreveu uma carta para o doutor explicando que havia, longe dali, um tipo que se dedicava a imitá-lo, trocando os nomes para extorquir o povo, conjurando feitiçarias. Eram superstições, não a ciência dos nomes. Assemelhava-se aos que praticam rituais em nome do Nosso Senhor. Já agira para desbaratar aquilo, mas a crendice das gentes proliferava tal qual as baratas. Apesar do esforço retórico, não houve resposta.

Já acontecera outras vezes. Certa vez, o bispo, anos antes de o questionar sobre a autoria de um samba, apertou-lhe o braço, firme, para inquirir sobre uma freira grávida. Uma freira grávida!? Que tinha ele com isso? A eminência acrescentou que a irmã morreu após ser forçada a se separar da criança e foi enterrada sem nome, o bebê entregue para ser criado pelo pai, o guardião de nomes. Respondeu, abrindo os braços: Bem, aqui não há criança alguma. Riram. O bispo sempre aceitava suas explicações e concordava quanto à categoria de estelionatários a vagar pela terra. Não o Malta: perdera o negócio de sua vida, e tudo porque o guardião de nomes decidira atender uma clandestina. Indignava-o o absurdo daquilo.

Se era certo que em outra terra havia um homem que guardava nomes, deveria restringir-se a ela. Multiplicavam-se as rendas e propriedades, os lucros oriundos das assinaturas refeitas e letras recalculadas. Embora houvesse muito a conquistar, tinha muito mais do que sonhava no tempo dos papagaios inteligentes. Conseguira fixar-se. Remetia discreta mesada para os familiares, a fim de garantir que não o procurassem. Jamais poderiam saber que era o filho do capitão Tião Cruz e Silva, ou que um charlatão metido a adivinho cruzara o sertão para lhe oferecer outro nome, que felizmente a mãe recusara. Acostumara-se a dizer-se o filho renegado do barão Álvares Corrêa, a falar da mãe enforcada e dos irmãos que o desprezavam.

Todas as manhãs, acordava tenso. De olhos ainda fechados, temia perceber a casa excessivamente quieta. Só relaxava após constatar que não havia um novo boato armado contra seus interesses, uma acusação de paternidade, conspiração, cumplicidade em um linchamento. Já não bastava cuidar das relações e se prevenir, alertar os amigos sobre a existência, na fronteira, de alguém sempre pronto a se aproveitar do nome dos homens bons: era preciso agir.

Chamou o secretário. Deu a ordem. Pensando naquilo, achou curioso que vacilara nos dias em que se punha indignado, destilando os boatos que o afligiam, para agir quando, enfim, assombrado pela paz.

Dois pesados volumes aguardavam, descansando sobre a enorme mesa de madeira, enquanto Pródigo folheava o primeiro dos livros de registros. Revolvidas, as páginas desgrudavam-se em pequenos estalos, exibindo os nomes grafados sem uma única gota de tinta mal colocada. Nomes e mais nomes, incrível pensar que tantos por ali haviam passado: em cada linha uma jornada, uma narrativa e uma sentença. Disposto a queimar o trabalho da vida do pai, então o admirava atentamente, perdendo os pensamentos entre antigas lembranças, de volta ao tempo daquelas páginas em branco, às batidas assustadas contra à porta, principalmente à noite, que se supunha o melhor horário para se visitar um velho bruxo e seu filho amaldiçoado.

Nunca pudera aproximar-se da mesa, muito menos tocar os livros e observar-lhes o conteúdo. Habitualmente questionava o pai quanto à ocupação e recebia como resposta um resmungo. Então, podia dispor daquilo como bem entendesse, desprotegidos os nomes enquanto o pai jazia inerte. Repetidamente concluía que devia queimar os livros: gostava de imaginar a enorme fogueira em frente à casa, aquela gente desgraçada a contemplar, embasbacada, o fogo. Na contramão dos próprios pensamentos, contudo, retirara um volume com cuidado e o folheava como o que primeiro encontra o tesouro, evitando até fumar para proteger as páginas. Sequer em si era capaz de confiar: de que categoria de nomes, afinal, se faziam os próprios pensamentos?

Os volumes não tinham datas, mas, pela posição, sabia ser aquele o mais antigo, iniciado poucos anos antes do próprio nascimento. Lembrando-se da narrativa do avô, imaginava o pai entre bailes e propostas, elegantemente vestido, postando-se como um jovem doutor bem-sucedido a anotar, compenetrado, os nomes no enorme livro. Certamente atendia ali médicos e fazendeiros, amigos e admiradores do barão Álvares Corrêa, e rejeitava propostas de sociedade e matrimônio, levando todos a crer que o aguardava destino ainda mais nobre. Como era possível tratar-se da mesma casa, do mesmo homem, da mesma vida, se as lembranças narradas pelo avô diferiam tanto das próprias? Não contestava a conclusão do avô, de que a concepção de Pródigo foi a responsável pela passagem de uma categoria a outra, do sucesso no cartório ao isolamento, de jovem promissor a velho bruxo, mas talvez o pai nunca houvesse sido nem uma coisa nem outra, o argumento aviltando-o na mesma medida em que lhe dava dimensão, vingando-o de ofensas cujo teor desconhecia. Ou conhecia? Bastava a quantidade de nomes de uma página, de um único volume, para compreender a solidão de sua infância, o pai a guardar os malditos nomes enquanto o filho perambulava ao redor, sempre inconveniente, sem refúgio em uma casa onde a sua presença era dispensável, sem espaço na cidade onde era malquisto – o maldito filho do bruxo! Morto o pai e com ele os nomes, os registros expostos, frágeis como fósseis, cada página do volume deslizava para perguntar o que Pródigo faria delas. Importava-lhe que soubessem que faria o que bem desejava.

    Por ignorar a maior parte dos nomes, deu-se conta de que buscava por um específico, avançando pelas páginas após mal fixar os olhos além da primeira letra de cada substantivo. Eram muitos, e se impacientava com a dificuldade, perguntando-se se deixara o nome passar. Também se confundia com a grafia do pai, notando com facilidade quando o registro fora feito no final de um dia cansativo, um dos malditos dias em que duas dezenas de desgraçados eram atendidos e, em plena madrugada, restavam ele e o pai, ambos em silêncio, cada qual com a respectiva fome.

Irritava-o, na infância, que em alguns dias tinham tanta comida que era preciso jogar uma parte fora, oferecê-la aos que buscavam nomes, insistir para que aceitassem, pois apodreceria, enquanto em outros era preciso beber muita água para que o ventre pesasse e conseguissem dormir, enganosamente saciados.

Os que buscavam nomes recusavam, mal disfarçando, qualquer coisa da casa. Mesmo que com fome ou sede, não pediam água e, se aceitavam a comida que sobrava, era para descartá-la longe dali, prevenidos de que, de uma casa maldita, não se deve levar nada além do que se foi buscar. Os que traziam alimentos entregavam-nos como oferendas, sempre em enormes quantidades, preparados com temperos exóticos. E bodes... Por que sempre insistiam em trazer um bode, mesmo sem sabê-los cozinhar direito, obrigando Pródigo a se fartar com aquela carne dura, fedida e mal preparada? Por que ofereciam um bode malcozido ao invés de um chocolate?

Destacando as páginas, uma após a outra, com inevitável cuidado apesar do declarado desprezo, evitando tocar as antigas letras para não lhes prejudicar o traçado enquanto acreditava planejar o incêndio, procurava entre os nomes aquele que gostaria que fosse o seu, registrado antes do seu nascimento, interessado nas letras que o pai escolhera para batizar o gigante. Próspero, o filho do guardião – este deveria ser seu nome e título. Assim se chamando, por certo as oferendas seriam adequadas e jamais sentiria fome. Sem encontrá-lo, limitava-se às lembranças que continuavam a assaltá-lo, como se os nomes do livro se desprendessem e, juntos, evocassem o passado sepultado em cova rasa.

Foi na escola que, pela primeira vez, ouviu qualquer coisa sobre o maldito gigante, na mesma época em que descobriu existirem os tios e o barão Álvares Corrêa. Antes, a vida fora apenas a casa, aprendendo o que podia graças ao nada que o pai lhe ensinava, mais parecendo um cachorro, ansioso para que nele reparassem. Esgueirava-se entre as paredes, sempre a incomodar, conhecendo o mundo através das estranhas histórias dos que buscavam nomes, crente de que a vida além da porta se constituía da barbárie narrada pelos mal nomeados. Às vezes, escapava: o pai não se importava. Fora de casa, atraía olhares, era apontado e evitado, estranhamente reconhecido e repelido. Uns moleques sempre lhe atiravam pedras, e sentia-se como uma fera que escapa ocasionalmente do zoológico para desespero e diversão do povo, embora ignorasse existirem tais coisas.

Um dia veio um homem, talvez o único que não buscasse por um nome. Queria tratar sobre Pródigo, e apontou-o diversas vezes, gesticulando de forma a deixá-lo ansioso. Fora cordial com o pai, mas não lhe apertara a mão, nem aceitara nada da casa. No dia seguinte, estava na escola, e o mundo descortinou-se numa terrível multidão de crianças. Havia as letras a serem aprendidas, e os cálculos. Alguns jogos, algumas disputas, algum desinteresse por jogos e disputas. Satisfazia-se a observar. Espiava os assuntos alheios, e encantou-se ao ouvir um grupo de crianças especular sobre um gigante – então existiam mesmo gigantes! –, um enorme ser nascido não longe dali, um bebê do tamanho de um adulto. Que descomunal estatura teria, se já completava sete anos? Pródigo maravilhava-se com a especulação alheia, e disfarçava o entusiasmo enquanto ponderavam sobre os hábitos e capacidades do corpo formidável. Afastou-se quando um qualquer mencionou que o gigante se chamava Próspero, batizado pelo guardião de nomes, requisitado especialmente pelas autoridades para a tarefa. Talvez estivesse ali, na frase solta da conversa alheia, o germe que o levara ao tapa contra a mesa do pai e ao escarro sobre o tapete do avô, o primeiro passo do caminho que terminara na criação dos porcos alheios e inveja da lavagem.

Também na escola logo soube haver mais do que ele e o pai a dividirem o sangue, primeiro reparando no modo desacelerado como o professor pronunciou seu sobrenome, tomando-o com estranha surpresa, depois recebendo constantes e desfavoráveis notícias do resto da família. Sempre havia os que não se contentavam em relegá-lo à solidão a que o haviam condenado, insatisfeitos com a barreira por eles mesmos imposta, divertindo-se com a passividade com que, como um pequeno animal assustado, Pródigo se comportava. Faziam questão de perguntar-lhe por que não conhecia os tios, por que não frequentava a fazenda do barão Álvares Corrêa. Como era possível que eles, que sequer sobrenome tinham, soubessem que havia uma fazenda, uma porteira e avestruzes, enquanto ele, que, supostamente, do barão descendia, sequer sabia do que se tratava? Não sabia, mas os insultos serviram para revelar-lhe que descendia dos primeiros da terra, e imaginou seu direito de herança aviltado pelo pai. Sonhou acordado com a enorme casa, com a terra onde florescia a fortuna, com o túmulo da avó feita santa, e compreendeu a glória para a qual ele e o pai não eram bem-vindos. Sabiam que Pródigo existia? Mapeando aquela genealogia tão próxima quanto inacessível, colecionando as histórias dos antepassados, perguntava-se se em algum momento nele pensavam. Imaginava o nobre barão Álvares Corrêa como um rei de destacadas barbas brancas, seu bondoso avô, e o via lamentando a distância do neto, traçando estratagemas para contatá-lo, para romper a barreira imposta pelo pai. Só podia ser o pai a causa de tamanho afastamento! Quando criança, estava certo de que o tão bem falado barão não deixaria um neto perdido: enquanto fantasiava meios lúdicos de fugir para a fazenda do avô, e criava contos sobre a dinastia da qual descendia, acumulou o ranço que, fermentado, explodiu na adolescência.

 Folheando, lentamente, o enorme primeiro livro de registros diligentemente preenchido pelo pai, observando cada marca por pressentir a presença do nome que buscava, torcia a boca, atacado pelas considerações que emanavam dos nomes antigos. Os tios tentavam trapaceá-lo nos cálculos da herança, mas havia muito percebera que sorte fora não conviver, durante os primeiros anos de vida, com tal corja de aproveitadores. Na adolescência, começara a compreender, e então via, perfeitamente, o mais velho deles retornando dos infindáveis estudos na capital somente quando os problemas com a polícia se haviam tornado irremediáveis. Fora dos autos, acordara-se uma retirada definitiva da cena para se evitar o escândalo. Sabia que ele retornara mal-humorado, calculando destinos ainda mais longínquos, onde poderia multiplicar as farras criminosas. Imaginava o espanto do tio ao encontrar o barão Álvares Corrêa magnificamente próspero. Se antes pretendia exigir uma ordem de pagamento do velho pai e partir após uma única noite de sono, ao avistar os avestruzes decidiu rezar demoradamente diante do túmulo da mãe, batendo no peito, lamentando a morte como se recente fosse. Se combinara com os irmãos informar o novo destino, intimando-os para de novo se reunirem, de pronto deles se esqueceu, afirmando ao pai que completara os estudos e ali estava para servi-lo.

Imiscuiu-se em tudo, somou cada bem, fez questão de conhecer o cartorário, o banqueiro, o padre e o delegado, esforçando-se por exibir à nobreza da terra os conhecimentos universitários que não detinha. Em qualquer ocasião, elevava a voz para contar as maravilhas da capital, sugerindo para si a missão de trazer o futuro até ali. Em segredo, procurou um advogado e encomendou todas as procurações necessárias, traçando planos para afastar o patriarca e assumir os negócios da família. Não compreendeu de pronto a origem do surto empreendedor do pai, desconhecendo porque se dedicava a lances negociais arriscados ao invés de simplesmente proteger o nome da família. Tampouco questionou o destino do sétimo filho, mal se lembrando do irmão. Diariamente avançava nos temas que o interessavam, tratando sempre do futuro, economizando nas menções aos conhecimentos universitários para não se contradizer, buscando, por diferentes caminhos, apontar para uma mesma conclusão: o negócio familiar pedia por um jovem administrador, alguém – como ele! – que, dispondo de plenos poderes legais, pudesse dar novo ímpeto à empresa.

Nos primeiros bares frequentados por Pródigo – jovem demais para beber, como se isso existisse! –, cada vagabundo se esforçava por lhe contar, em cores e caricaturas, as agruras daquele filho e daquele pai, a fábula da jovem raposa a tratar com a velha dona das uvas. Eis um conto que bem acompanhava um copo cheio! Disseram que o barão Álvares Corrêa com tudo concordava, que saboreava a companhia e as opiniões do primogênito. Aceitava inclusive o plano de sucessão, e bem recebia a sugestão das procurações. Cotidianamente, contudo, estragava os planos do filho um instante antes de se realizarem: não seria necessária uma nova caneta para momento tão importante? Não deveriam chamar um fotógrafo? Não se sentia bem pois comera muito; não se sentia bem pois comera pouco; estava escuro demais, estava claro demais, sentia dores de cabeça... Jogaram por meses aquele jogo, até que o primogênito decidiu-se por um lance extremo: anunciou que partiria no dia seguinte, pois recebera o convite de um outro barão para lhe administrar as propriedades. O barão Álvares Corrêa pretendeu-se comovido, e pediu-lhe um mês. Por vinte e nove dias, mostrou-se inclinado a, enfim, abdicar da soberania. Anunciou um almoço para o grande dia.

Naquele domingo, o primogênito acordou cedo, bem se barbeou, e caminhou pelas terras que em breve lhe pertenceriam. Deu ordens aos empregados, antecipando-se. Viu no horizonte uma fumaça, terra erguida que se mostrou um comboio. Chegaram, para o almoço, os outros cinco irmãos, acompanhados das esposas, todos convocados para se inteirar do tema da sucessão patrimonial.

Serviram-se tantos pratos quantas opiniões havia sobre o futuro da família e dos negócios, todos se dizendo habilitados a conduzir a empreitada, estimulados pelo pai a assim se mostrarem. O barão Álvares Corrêa estava satisfeitíssimo com a família reunida, o clã reunificado: provou de todos os pratos, teceu todos os elogios. O primogênito perdeu a fome.

Bebendo sem idade para beber, Pródigo inferira a relação entre os eventos da infância e as decisões do avô. Ao chegar à escola, estava previamente marcado pelo retorno dos tios à cidade, que preveniram os professores contra o filho do desgraçado do sétimo filho, o maldito dos malditos. As disputas com os tios multiplicaram o trabalho do pai, o que lhe agravou a solidão da infância. E, para além da escola e da casa, o retorno dos seis filhos nascidos homem do barão Álvares Corrêa atiçou a cidade com a maravilhosa praga do progresso.

A partir da nuvem na estrada que anunciou a comitiva, Pródigo testemunhou o efeito de cada uma das iniciativas comerciais capitaneadas pelos tios. Crescendo em tal cenário, observando extasiado, compartilhando as sensações, mas sem ter a quem expressá-las, qual outro poderia ter sido seu destino? Na adolescência, escutando as histórias que davam sentido àqueles dias, culpara o pai e o barão pelas aflições da sua infância. Talvez fossem, contudo, as circunstâncias – a cidade, os forasteiros, os novos boatos sempre comentados – as responsáveis pelo seu descaminho. O que poderia buscar, em qualquer outra cidade, se não mulheres e bebida? O desperdício da cidade, da dinastia, tornou-se seu.

As primeiras consequências da convocação do barão Álvares Corrêa, e do almoço que arruinou os planos do primogênito, chegaram a Pródigo quando um dos poucos professores de quem gostava afastou-se da escola. Aos alunos que vagavam pelo pátio, sem ter o que fazer enquanto um substituto não se apresentava, explicaram que o professor ganharia o triplo para matar avestruzes na fazenda do barão Álvares Corrêa. Um dos filhos recém-chegados da capital havia decidido intensificar o ritmo de abate das aves para investir na exportação da carne exótica. Na falta de maquinário adequado, era necessário caçá-las uma a uma, o que demandava enorme contingente de braços. Contratavam qualquer um, pagando o triplo de qualquer salário anterior. Na falta de aulas, os meninos da escola se dispuseram a atacar uns aos outros, os mais fortes elegendo-se caçadores de avestruzes e obrigando os mais fracos ao papel das aves, a Pródigo reservado o inócuo posto de observador do sofrimento das crianças menores. O professor logo foi substituído pelo padre, supôs-se que nada se passaria além do aumento do tédio das aulas, mas, em poucas semanas, todos os professores deixaram o colégio, relegando a quem se interessasse a responsabilidade pela grade curricular. Tornaram-se todos matadores de aves. A cidade passou a cheirar a sangue e carne salgada.

Ainda folheando as páginas, sorrindo com as memórias daqueles tempos de sórdido empreendedorismo do clã familiar, Pródigo se lembrava de que, já no fim da infância, concluíra ser o pai um acomodado, um diletante satisfeito com a desgraça que lhe cabia de registrar os nomes. Não se conformava com sua apatia, com seu desinteresse por algo melhor. Dia após dia firmava a decisão de se fazer conhecido dos tios, apresentar-se ao barão Álvares Corrêa, seu avô, para que compreendessem que era do mesmo sangue: suas fibras o ligavam muito mais ao avô do que ao pai, pelo que dele sabia. Mais do que tudo, já que não o procuravam, queria apresentar-se. Tanto imaginou conhecer a propriedade do avô que, quando enfim a conheceu, pareceu-lhe familiar, embora fosse completamente diferente do modo como a imaginara.

Mergulhado em memórias que evitava, espantou-se quando viu se aproximarem as derradeiras páginas do livro, estranhando folhear sem encontrar o nome que buscava. A desgraça da reflexão era justamente essa, ver escapar o objetivo principal, perder-se em elucubrações. Apesar de decidido a ser um homem reflexivo, não deixava de notar as óbvias desvantagens da prática, o risco de perder os dias a imaginar um futuro ou reviver o passado sem propósito. Precisava equilibrar-se entre o homem de ação, que era, e alguma reflexão sobre as próprias decisões, para que não terminasse novamente a criar porcos. Naqueles dias, ainda assim, nada tinha a fazer senão aguardar a proposta que o transformaria em próspero herdeiro, humilhar tanto quanto podia os tios e distribuir nomes para alguns pobres coitados.

Fechou o livro para retomar a busca desde a primeira página. Refaria tudo, doravante mais atento. Sorriu pensando que, desde o começo, tangenciara: sabia muito bem o que desejava. Começaria por tomar para si o nome que, por direito, lhe pertencia, o seu entre todos os nomes do mundo. O nome que para si grafaria sobre o corpo morto do pai. Renomeado, partiria para viver o que lhe fora roubado, pois deveria ser próspero desde o primeiro dia de vida. Irritado por não fumar para proteger as páginas – deveria queimar tudo aquilo! –, reiniciou a leitura, deslizando o indicador para buscar, nome a nome, aquele que lhe pertencia. Não conseguia deixar de reviver a época em que, naquela mesma mesa, os nomes eram grafados. Tinha certeza de que, nas páginas desgrudadas, os mortos sussurravam os próprios nomes quase esquecidos, reivindicando a história neles contida.

Pompeu... Deslizou o dedo sobre o nome, rapidamente, por não lhe interessar, lembrando-se da figura associada à palavra única. Possivelmente debutasse no bar quando aquele vagabundo se adiantou, desculpando-se pelas mãos peludas e engorduradas, oferecendo-se para pagar a conta do filho do guardião de nomes. Talvez aquele fosse o primeiro gesto gentil que recebera em sua vida, e gostou de ouvir o velho contar como o pai o rebatizara, encontrando o nome que melhor lhe cabia. Vivera o tempo da guerra, percorrendo todos os caminhos possíveis a ferir os pés com as botas e a lama, íntimo de todas as doenças que a exaustão e a imundície daquele eterno caminhar eram capazes de produzir. Alistou-se obrigado pelo pai, a família tinha uma dívida, assim paga. Na primeira oportunidade, provou a inabilidade com a arma: riram dos tiros perdidos, mas lhe responderam que a guerra, como um patrão ganancioso, produzia ocupação para todas as habilidades. Mesmo sem saber atirar, era indispensável.

Mesmo que desperdiçasse as balas, não seria dispensado. Coube-lhe percorrer os campos de feridos, atirando nos sobreviventes de tão perto quanto pudesse, cumprindo matá-los com um único tiro para que compensasse as balas desperdiçadas pelos outros. Tornara-se o atirador mais eficiente. Quando a munição faltava, ainda assim percorria os campos, germinando um cemitério, plantando com a faca. Naquela guerra, não cabiam feridos.

Pagando-lhe bebidas, ensinando Pródigo a combinar os líquidos para aquecer os ânimos sem passar vergonha, o velho Pompeu contou que cumpriu com esmero as funções para as quais fora destacado, a guerra devolvendo-o à casa paterna com as dívidas da família perdoadas e a pensão, que poderia beber mensalmente. As mãos, porém, tremiam, o corpo convulsionava, nos ouvidos ressoavam os gritos dos que ceifara naquele imenso campo de atrocidades. Buscou notícias sobre a guerra e constatou que só havia uma versão dos fatos, os inimigos esmagados, seus nomes perdidos entre as árvores retorcidas do sertão. Como era possível estarem perdidos, se suas mãos trêmulas e ouvidos ensandecidos testemunhavam sua presença? Precisava curar-se e, entre a medicina e a religião, permaneceu onde estava.

Enfim, levaram-no ao guardião de nomes, que de pronto o reconheceu. Grafou seu antigo nome em tinta e papel, mandou que o sepultasse no mesmo lugar em que cometera as barbáries, explicando-lhe que aquele nome, como tantos outros, estava morto, devendo jazer sob o sal da terra. Que não se preocupasse, o guardião zelaria pelos nomes: o fardo era exagerado para aquele ceifador. Sepulto o nome, deveria retornar, despido da palavra, para ser rebatizado. Assim o fez, e assim tornou-se Pompeu, nada mais que o quinto filho de seu pai.

Pompeu... O velho lhe ensinou a beber e brigar, a falar com voz firme com o dono da espelunca na qual se serviam. Aconselhou-o ainda a buscar junto do barão Álvares Corrêa a parte que lhe cabia do patrimônio. Explicou, desculpando-se, que o pai e o avô eram dois gatunos, faziam-se pelo suor do rosto alheio, explorando sabiamente os nomes dos outros: Pródigo bem faria ao encontrar os próprios cálculos naquela grande fórmula. Quando começasse a se barbear, não poderia continuar a viver das sobras que lhe atiravam da mesa principal; não era um cachorro. Quando chegasse o seu momento, era preciso pedir pouco e levar tudo.

Contava-lhe também as histórias dos tios e do avô, posteriormente temperadas pelo barão Álvares Corrêa: como resultado de todo o investimento realizado, o capital mobilizado em braços e sangue, carcaças salgadas e transportadas, acidentes de trabalho, contratos de exportação, ataques a sindicatos incipientes e análises cambiais, o patrimônio da família pouco se alterou, convertendo-se de ativos fixos em capital de giro, porém de mesma monta. Em gestos de desprezo, revelando aos seis filhos, novamente reunidos, a permanente decepção com tudo desde a fatídica morte, da qual não falavam, fez questão de demonstrar que a suposta enorme margem de lucro se perdia em miudezas: facas que precisavam ser amoladas, empregados que comiam mais do que o calculado, avestruzes que saltavam as cercas para serem atropelados... Em um breve discurso, ensaiado em resmungos por toda a vida, frisou não ver grande serventia em estudos tão dispendiosos na capital se, ao final, os filhos não compreendiam a natureza da riqueza. Explicou-lhes, paciente: os nomes. Nos nomes residia a fortuna.

Rasgou, teatralmente, as demonstrações contábeis. Bateu na mesa, consciente da própria força: enquanto não se ativessem aos nomes, o lucro de todo aquele esforço lhes escorreria pelos dedos. Nos nomes corretos estava o corte da carne junto do osso para que não houvesse desperdício, a pele perfeitamente destacada para preservar-lhe o brilho, a quantidade exata de sal em cada carcaça, os empregados comendo conforme o planejado. Indiferentes aos nomes, os seis filhos homens do barão Álvares Corrêa não eram nada senão palhaços a se bater contra avestruzes. A renda do clã escapava para o desgraçado do sétimo, que afirmavam ser seu filho – por certo o sem nome ria dos esforços ali aplicados. Se quisessem qualquer coisa, que tornassem ilegal aquele ridículo guardião, aceito pelas autoridades. Que sepultassem cada nome escolhido, reassumissem o controle do cartório, devolvessem ao barão daquelas terras o direito sagrado de determinar o nome e destino dos ali nascidos. No direito sobre os nomes, repousava a dinastia.

Tão logo o imponente barão Álvares Corrêa deixou a sala, lançando aos seis filhos homens o desafio de retomar os nomes, todos puseram-se a gargalhar, secando as lágrimas que fluíam involuntariamente enquanto imitavam o amalucado pai, apresentando-o como um imperador ensandecido a disparar ordens irrealizáveis. Debochavam em especial do tom grandiloquente e da estranha teoria antroponímica que sustentava, concluindo também que nada entendia de negócios. Finda a diversão, contudo, decidiram tomar providências contra o suposto irmão apenas para mostrar que eram capazes. Se o pai fazia questão de escrever aquelas velhas certidões, que fosse! Concordavam que só naquele horrível interior a existência de um nomeador era possível. Só a ignorância podia sustentar semelhante figura, julgando-o como um antigo curandeiro, um pajé, um velho feiticeiro que a modernidade aniquilaria. Decidiram: para concretizar um gesto em favor do pai, e principalmente para introduzir na cidade os tempos modernos, havia muito chegados à capital, solucionariam a antiga questão do guardião de nomes expulsando-o dali junto com seu filho amaldiçoado, candidato a sobrinho. Uma questão menor, um verme que se esmagaria.

Foram os seis ter com o cartorário. Exigiram uma sala fechada, apontaram-lhe o dedo, acusando-o de só ser alguém graças à benevolência do pai, que, gentilmente, lhe vendera o registro civil. Propuseram recomprá-lo – que desse o preço! –, porém, percebendo que a questão ia mal, de súbito mudaram de estratégia, o comedimento ganhando voz. Poderia fazer-lhes a gentileza de não mais trocar os nomes, abandonando a prática possível apenas naquela borda bárbara da terra? Que tal aceitar a civilização moderna e seus hábitos? Não tinham à mão os argumentos todos que o pai certamente destilaria, mas não os julgavam necessários. Bastava escolher entre a civilização e a barbárie. Terminaram convidados a se retirar, confrontados com o não solicitado veredito de que pareciam brutos, incapazes de negociar ou dialogar com a elegância dos antepassados. Responderam xingando da rua, dando assunto para os populares.

Tentaram o mesmo junto da administração municipal, desta feita primeiro rodeando o tema, fingindo interessar-se pelos pormenores da coisa pública, um irmão completando as frases do outro, como haviam ensaiado. Imitavam mal os velhos argumentos do pai, perdendo-se entre motivos e objetivos, e se descompensavam conforme vinha-lhes a percepção de que não teriam sucesso, o prefeito disposto a escutá-los o quanto fosse necessário, mas já tendo à mão, antes do encontro, as mesmas razões entregues ao patriarca quase dez anos antes: o renomear dinamizava e assentava o tecido social, inaugurava relações comerciais bem aproveitadas pela gestão pública, e era um privilégio disporem do guardião de nomes a residir na cidade. Que perigo torná-lo ilegal! Reagiram esmurrando móveis, ameaçando patrocinar uma chapa de oposição, xingando pelo salão principal a família do mandatário. Era uma gente tacanha a daquela terra, uma gente burra e tacanha!

Em nova reunião na sede da fazenda, então sérios, unidos e determinados como nunca haviam sido, decidiram ser implacáveis: investiriam em dois novos ramos de atividade, escolhidos não pela rentabilidade, mas pelo contingente humano necessário. A rentabilidade poderia ser mínima, levemente negativa, desde que arregimentasse o maior número possível de trabalhadores. Pagariam bons salários, acima até do salário de fome, e fariam uma única exigência: que abandonassem em definitivo o nome rebatizado, sendo obrigatório o tratamento pelo nome original. Disporiam capatazes disfarçados entre os trabalhadores, e aplicariam punição exemplar ao primeiro que descumprisse a regra. Com a máquina moderna, o trabalho em mutirão, aquela sociedade arcaica seria corrigida. Anunciaram as contratações e condições em alto falantes, por toda a cidade, dia e noite a repeti-las. Pela economia, corrigiriam a sociedade.

Pródigo se lembrava do carro a rondar repetidas vezes o perímetro da casa paterna, destacando o salário ofertado, o pagamento adiantado, a exigência – única – de se apresentarem com o nome de batismo. Lembrou-se também – à época encantado por descobrir, nas palavras do velho Pompeu, uma nova perspectiva dos fatos que julgava conhecer – da absoluta indiferença do pai, sobre como se manteve impassível diante dos frequentes anúncios, que inclusive lhe cortavam o sono, programados para tal fim. Aproveitou o movimento reduzido para folhear os livros, tal qual Pródigo então fazia, e tratou com mais atenção os que por ele demandavam. Pródigo sabia que, se pudesse reencontrar o pai e perguntar-lhe como lidava com a afronta, ouviria a mesma resposta: o importante era guardar os nomes. Só então compreendia que, na curiosa cosmologia paterna, as pessoas nada mais eram do que instrumentos para os nomes. Se bem guardados, os próprios nomes reagiriam à afronta: Pródigo se lembrava do pai, naqueles dias, diante dos livros, acariciando as palavras, registrando-as mesmo sem haver demanda.

Apanhou da estante um segundo volume, talvez se houvesse confundido e ali estivesse o que buscava, embora não parecesse provável. Aquele nome lhe pertencia: buscava-o como um relógio perdido. Correndo os dedos, atento, pelo segundo volume, era incapaz de passar indiferente pelos ali registrados em sua infância. Voltou às memórias daqueles dias. Via-os então sob outra perspectiva, depois de analisados pela visão de Pompeu.

À luz do sol, as ruas se haviam tornado descampados, cada qual abandonando as atividades anteriores pela oportunidade oferecida na fazenda do barão Álvares Corrêa. Os comerciantes faturavam, o preço dos alimentos alcançava soma absurda, crianças abandonavam a escola para buscar, junto com os pais, o salário tão facilmente ofertado, disponível a qualquer um, exceto o guardião de nomes e seu filho, embora estes fossem os que mais escutassem os anúncios. O padre reclamava das missas esvaziadas: até os sexagenários deixavam a novena para se apresentar como hábeis trabalhadores. Organizados, os senhores de outras propriedades reclamaram com o prefeito, exigindo o estabelecimento de um salário máximo, ou mesmo o retorno à escravidão. Aquela absurda política econômica dos Álvares Corrêa inflacionava os ordenados, obrigando-os a reduzir as dilatadas margens de lucro. E se durante o dia as ruas ficavam desertas, palco da brincadeira das crianças, à noite inimaginável contingente humano afluía, cada viela tomada por apostas, conversas, brigas que tornavam impossível o transitar. O sol sempre surgia revelando garrafas quebradas, vômito, urina, sangue e invariavelmente um corpo, vítima daquela convivência impossível. Os poucos varredores da cidade mal se preocupavam em apresentar um resultado satisfatório, certos de que, por mais que limpassem, no dia seguinte a sujeira seria a mesma.

Dessa vez foi o prefeito quem pediu uma audiência com os seis filhos do barão Álvares Corrêa, e incomodou-o que agendassem o encontro somente dez dias após a demanda. Defenderia enfaticamente que, pelo bem da municipalidade, renunciassem ao lucro das atividades, porém era um raciocínio estapafúrdio, no qual nunca acreditara: ensaiava os argumentos sem convicção. No dia marcado, chegou à fazenda no carro oficial. Antes de o conduzirem à casa grande, fizeram questão de mostrar os avestruzes sendo capturados, destrinchados e salgados, além das duas novas atividades, a fabricação de tijolos e de carvão a mobilizar uma imensidão de braços, todos a amassar o barro e fatiar as toras, imersos na cáustica nuvem de fumaça que significava o progresso: concluiu o passeio com o calçado arruinado. Sentou--se para negociar descrente no resultado, perguntando-se como poderia fazê-los abandonar a imensa empresa, apresentando, entristecido, os argumentos ensaiados. Ouviu de volta que deixariam as duas últimas atividades, e dispensariam todos os contratados, indenizando-os, assim que o desgraçado do sétimo irmão, o dito guardião de nomes, fosse expulso da cidade, sob uma chuva de esterco, e a câmara municipal lavrasse a proibição de seu retorno. Apertaram as mãos, selaram o acordo.

As notícias de que havia um problema nas terras do barão encontraram o prefeito enquanto o mandatário revisava, com a caneta em punho, os detalhes do projeto de lei a ser votado em sessão urgente, os vereadores todos de acordo sobre o tema, os discursos convenientes já redigidos, o esterco separado para se atender plenamente às exigências. O executivo ainda se preocupava com as possíveis reações populares ao gesto enérgico, temendo ser necessário aplacar uma pequena revolta, perigosa dada a quantidade de recém-chegados ao município: requisitara reforços para o efetivo, alertando também, e em segredo, os mandatários vizinhos, que forneceram homens e se puseram de sobreaviso. Considerava também o risco de exagerada queda na arrecadação, o esvaziamento da cidade com o gesto extremo, e preferia um meio termo. Felizmente, na política nenhum rompimento era definitivo: uma vez satisfeita a sanha dos Álvares Corrêa, encerradas as atividades, dispersos os forasteiros, arrochados os salários, poderiam os senhores de gentes retomar o tema, e quem sabe devolver tudo ao estado anterior. A sociedade estava sempre disposta a retroceder. Naquele momento, contudo, a simbólica expulsão, a humilhação, e os reforços no efetivo policial para proteger o patrimônio público se faziam necessários. Agiria rapidamente, de modo a minimizar as consequências para quando decidisse retroceder, a cena posta antes mesmo do nascer do sol para que os testemunhos fossem confusos e pouco confiáveis. Quem sabe acreditassem que o guardião de nomes tinha partido por conta própria? Como ninguém lia os registros dos atos oficiais, o gesto autoritário poderia passar desapercebido. E se um lugar próximo acolhesse o nomeador, tudo aquilo não seria nada. Era com isso que contava ao selar o compromisso: com a própria capacidade de desidratar as decisões e manter as coisas como estavam. Fundamentalmente, era isso que a cidade dele esperava, e havia muito o percebera, abandonando os sonhos grandiloquentes anteriores à vida política. Tal qual o corpo, o organismo público pedia algum exercício e muito descanso.

Tocava repetidas vezes o documento com a caneta, aplicando-lhe pequenos golpes, quando a notícia lhe foi entregue pelo primeiro dos assessores, os olhos a faiscar: um acidente na propriedade dos Álvares Corrêa. O tom tornou a mensagem clara para o político experimentado: poderiam abandonar, por ora, o acordo. Fatos novos trariam novas negociações.

Dera-se naquela manhã, na troca de turno. Os que chegavam para o trabalho riam dos olhos avermelhados e da tosse dos que concluíam a jornada. Gracejavam, descontraídos, apesar dos salários de fome, quando o mais velho dos Álvares Corrêa os surpreendeu. Chamavam-se pelos nomes escolhidos pelo guardião, ferindo, assim, a única regra exigida pela empresa. Desdenhavam dos investimentos, da movimentação de capitais da família, que dizia visar unicamente a instrução do povo. Afirmara aos irmãos que era impossível lidar com tamanho contingente humano sem nenhuma desobediência. Acertara: os capatazes eram coniventes. Cobrara-os e nada vira além de cascudos em uma ou outra criança.

Naquela manhã, encontrou o que buscava: uma vítima. Escolheu um dentre os trabalhadores, empunhou o chicote, forçou um círculo em passadas fortes, como fazia em seus dias de glória e crime na capital. Antes de iniciar a esganadura, desferiu no escolhido uma rápida sequência de golpes no rosto com o cabo da arma. Queria um exemplo.

O assessor do prefeito queria expor detalhadamente a cena. A expressão do mandatário exigia concisão, mas o outro, entusiasmado, prosseguia: a mão rude do chicote rasgava a pele do pescoço da vítima, que se debatia, sacudindo os pés suspensos, quando o primogênito do barão Álvares Corrêa cuspiu sangue. Disseram que uma dezena de facas lhe perfurou as costas. A polícia teve dificuldades em se aproximar do local do homicídio: de súbito, a infinidade de trabalhadores se dispersava, levando consigo todo e qualquer objeto de valor; idosos e crianças, mulheres e pobres coitados carregando os membros amputados dos avestruzes, ferramentas e cacos de tijolos. Mais depressa do que qualquer cálculo econômico poderia indicar, compreenderam a falência da empresa. Satisfeito, o prefeito sorriu ao final do relato, e rasgou o documento que analisava, relaxando as costas. Só restava, então, preparar-se para o velório. Mandou encomendar flores e derramar o esterco.

Da cerimônia fúnebre, Pródigo se lembrava com profusão de detalhes. O pai o acordou cedo, cutucando-o sem intimidade. Apontou-lhe no canto do quarto roupas de domingo, paletó, colete e gravata, e ajudou-o a se vestir, indiferente aos protestos e às perguntas sobre para onde iriam. Saíram à rua: encontraram as portas das lojas fechadas a meia altura, os homens sem chapéu, os carros estacionados, sussurros nas esquinas, olhos abismados por avistarem Pródigo e o pai caminhando juntos, seguindo o fluxo. Lembrou-se de ter puxado a calça do pai, exigindo uma explicação sobre o que acontecia. Não era nada, um corpo seria sepultado, um nome a ser grafado na lápide. Avistou também outros colegas da escola, todos bem vestidos, sérios, caminhando com os pais. Compreendeu que se tratava do funeral de alguém importante. Escutou o sobrenome e assustou-se: era um parente, o mais velho dos tios; enfim conheceria sua família. Sentiu-se aliviado por não estar maltrapilho como de hábito.

Uma multidão punha-se na parte mais alta do cemitério, cercando a capelinha na qual eram enterrados os Álvares Corrêa desde que aquela terra ganhara um nome no mapa. Apoiava o corpo contra o pai, agarrava sua mão, que constantemente escapulia, incomodado com os adultos que os cercavam; não podia se mexer, estava preso e amedrontado com aquela cerimônia pública. Dali iriam para onde? Não via nada; escondido no meio daquela multidão, como o barão Álvares Corrêa o reconheceria? Foi então que aconteceu.

Um após o outro, os homens se afastaram, abrindo espaço e o fechando em seguida, sussurrando, estupefatos com a presença do guardião de nomes. Testemunhavam uma cena inédita: o encontro entre o barão Álvares Corrêa e o sétimo filho, após anos de separação. Poucos passos à frente, no interior da igreja revelou-se o círculo íntimo no qual posicionavam-se os cinco jovens, semelhantes nos traços ao pai, todos de pé ao lado do caixão. À frente deles, robusto, barbudo, carregando no peito as reluzentes medalhas de guerra, apoiado na bengala com cabo de prata, relógio de bolso no colete, sapatos bem lustrados como os do pai jamais haviam sido: o magnífico barão Álvares Corrêa, seu avô. Pareceu não reparar no pai, dirigindo-se diretamente a Pródigo:

– Eis o meu neto. Como se chama?

– Pródigo – o pai adiantou-se, adivinhando a boca seca do filho, fixando o olhar do barão.

– Pródigo? Pródigo Álvares Corrêa? Por que Pródigo?

– Porque todos os filhos são pródigos.

O barão ficou em silêncio, a expressão congelada, lábios separados, mirando imóvel o desgraçado do sétimo filho, o que tentara matá-lo, aquele cuja voz nunca havia escutado. Balbuciou então, lentamente, a afirmação, repetindo-a: Todos os filhos são pródigos, eis uma verdade, e converteu de súbito o balbuciar em gargalhada, avermelhando-se, o riso sardônico, sacudindo as mãos, assombrando todos, enquanto os tios vacilavam, indecisos entre interferir ou não. Tirou um lenço do bolso, secou o rosto, conteve-se, enquanto Pródigo sentia o corpo todo quente, o rosto em brasa, perplexo com a citação de seu nome. Retiraram-se, as pessoas abrindo-lhes passagem, orquestradas como em uma marcha militar muito ensaiada. Por cima do ombro, ele ainda avistou o avô, o barão Álvares Corrêa, que enxugava os olhos, repetindo a piada.

Afastando o tomo, Pródigo se ergueu rápido, chacoalhando os ombros, saltando como se, a partir das lembranças, uma longa sombra o houvesse envolvido e fosse preciso afastá-la enquanto havia tempo. Apanhou o maço de cigarros, riscou o fósforo, tragou fundo, mantendo distância dos livros de registros, cuidando do fogo como se o risco fosse muito maior do que de fato era, preocupando-se com os volumes sem ser capaz de explicar o próprio gesto: pouco lhe importava também. Que fosse porque todas aquelas páginas escritas sem dúvida valiam alguma coisa, e era preciso protegê-las para se arrancar um bom dinheiro de um colecionador. Que fosse! Abriu a porta com um golpe exagerado, respirando, satisfeito, o ar da rua, a brisa a iluminar a chama do cigarro; agradava-lhe a noite fria desenhando a fumaça. Muito melhor estar do lado de fora, sem dúvida alguma: não condizia consigo ficar enfurnado a manipular os livros. Precisava mesmo era de um bom trago de cachaça, a garrafa sobre a mesa à sua disposição para que bebesse como um herdeiro, o quanto e até quando quisesse. Já passara da hora de liquidar os assuntos mal resolvidos naquela casa e partir em definitivo.

À porta, tragando já um segundo cigarro, mantinha o pé prazerosamente apoiado no batente, compreendendo que seu tempo ali estava terminado. Havia outros povos, cidades desconhecidas a serem exploradas, outras gentes de quem poderia se aproveitar. Aquele sítio, os espaços da própria infância cheiravam então a carnes insepultas e terra revolvida. Cansara-se.

Ouviu o próprio nome chamado de curta distância e se voltou assustado, incapaz de evitar o sobressalto. Do lado esquerdo da porta, tendo se aproximado com extremo cuidado, estavam o advogado e os dois capangas. Exibia um sorriso nos lábios finos, que mal escondiam os dentes exageradamente clareados:

– Perdão se o assustei, senhor Pródigo.

Tentou encontrar o melhor ângulo para se colocar, porém estava preso entre o batente e o degrau. Incomodava-o a satisfação do outro. O que queria? Novamente exercitar a insuportável prática do discurso? Expor jurisprudências e entendimentos que não lhe interessavam? Só queria saber do próprio dinheiro: quanto e quando receberia. Interrompeu aquele estúpido matraquear:

– Amigo, vão me pagar quanto, e quando? É isso que interessa. Me dê um número e uma data. Nada mais.

– Caríssimo senhor Pródigo, não estamos nos entendendo aqui... – abriu um discreto sorriso, a embocadura do lobo antes da mordida. – O senhor declarou, diversas vezes, que não queria nada, nem um centavo, desde que seus tios aceitassem trocar os próprios nomes. Estes dois senhores, aqui conosco, são o oficial de justiça e seu assistente, que registraram a proposta. Pois venho comunicar-lhe que o acordo foi aceito, e está selado: seus familiares aceitam ter os nomes alterados, e conforme a sua escolha, de acordo com o proposto. Sua parte irrevogável do acordo é abandonar esta casa e tudo que nela é contido até amanhã pela manhã. Em seguida à desocupação do imóvel, ao qual o senhor renunciou, iremos até o cartório de registros civil para oficializar a alteração dos nomes dos seus tios. Imagino que já os tenha escolhido...

Paralisado, com as pernas fracas, o sangue parecendo ter escapado do corpo, Pródigo balbuciava sons incoerentes, incapaz de emitir qualquer ideia. Então não eram capangas, mas testemunhas. Tornou a balbuciar, mas já nada dizia, e sentou-se na soleira da porta, indiferente aos que o ladeavam.

– Considere-se citado, senhor.

Uma folha de papel repousou ao seu lado, mas não se deu ao trabalho de observá-la, por adivinhar o conteúdo. Tinham então aceitado o acordo? Pensava lentamente, incapaz de concatenar as ideias. Não receberia nada e os rebatizaria? Nunca quisera isso... Mantinha o olhar fixo no vazio, imóvel na soleira da própria porta – que não mais seria sua? –, imaginando-se junto dos miseráveis, vagando pelas estradas, levando no bolso as chaves de uma casa perdida muito tempo atrás para o jogo ou a bebida, como um símbolo vazio. Não receberia nada? Em passos lentos, retornou para o interior da casa alheia, apanhando o papel como um vencido, sentando-se novamente na cadeira e de frente para os livros. Como chegara àquele ponto?

Mecanicamente, folheou uma vez mais o volume que continha os registros – o trabalho da vida do pai –, tateando pensamentos sem força, imaginando quanto conseguiria pelo conteúdo da casa, onde encontraria um colecionador disposto a despender uma fortuna pelos tomos, como os carregaria, e que nomes entregaria aos desgraçados dos tios. Sentia-se sobretudo incapaz, sem forças para decidir ou odiar, anestesiado como se, de súbito, houvesse sido informado de uma doença incurável a lhe devorar os órgãos. Tinham então aceitado o acordo, cabia-lhe batizá-los e deixar tudo para trás... Como fora estúpido, uma vez mais agira como um tolo! Tanto fazia como se chamariam os tios, só queria a parte que lhe cabia em tudo aquilo que o pai conquistara. Por que apresentara aquela proposta idiota? Onde estava com a cabeça ao não constituir um advogado? Precisava urgentemente tomar providências, mas, letárgico, nada conseguia fazer senão folhear o livro, admirando indiferentemente a imensa lista de nomes que desfilavam à sua frente. Registraria os cinco tios ainda vivos com um palavrão humilhante e iria embora; que mais poderia fazer? Se resistisse, era capaz de ainda terminar machucado. Restava-lhe conformar-se em ser a desgraça de um herdeiro deserdado...

De súbito, arregalou os olhos, um ponto específico do livro de registros tragando sua atenção. Em um instante, entregue, no outro, em êxtase, tal qual o afogado que, pouco antes de adormecer nos braços do mar, nota um farol no horizonte. O que era aquilo? Na exata metade do livro, em sequências, estavam grafados os seis nomes dos tios, os nomes dos seis filhos nascidos homens do barão Álvares Corrêa. Estavam escritos com esmero, conforme a ordem de nascimento, e justamente na época em que os familiares investiam contra o pai. Não compreendia, contudo, o pai ter grafado no livro os nomes dos seis irmãos tal qual o avô os registrara, se era certo que nunca haviam estado naquela casa. Chamava-lhe a atenção, em especial, um firme risco horizontal em tinta preta no nome do primogênito, o mais velho dos tios, brutalmente morto pela mão anônima da multidão de empregados, o único riscado entre todos os nomes do imenso livro de registros. O que significava aquilo?

De pé, gravemente, sustentando o queixo, Pródigo ponderava: se riscasse os outros cinco nomes, seria capaz de assim matar os cinco tios, que, traiçoeiros, o haviam deserdado? Era capaz de fazê-lo? Sem dúvida, era capaz. Apanhou o vidro de tinta e a caneta tinteiro, concentrado. Carregou a caneta, limpou a ponta numa folha de papel, distribuiu riscos aleatórios para se livrar do excesso. Com um gesto preciso, apesar da excitação, passou um traço firme e escuro sobre o primeiro dos nomes, e em seguida sobre os demais, anulando-os um após o outro. Ainda ereto, admirou o resultado, aguardou a secagem, fechou o pesado tomo e devolveu-o à estante, guardados os livros como se nunca tocados.

Voltou à soleira da porta, acendeu um cigarro, gargalhou forte, sozinho, ensandecido! Que grande e louco mundo era aquele?! Se nada se passasse, no dia seguinte estaria a caminhar pela beira da estrada, entre os miseráveis, de tudo desprovido. Se os tios subitamente falecessem, seria o mais poderoso dos homens vivos.

Fumava, acreditando piamente no improvável.

Se ostentasse um sobrenome com quinze consoantes para apenas três vogais, absolutamente impronunciável para os nascidos deste lado do mar, ou outro que coincidisse com um dos dezenove nomes da família do imperador, com toda certeza não o teriam deixado aguardando. Se seu sobrenome constasse grafado nas pedras da torre do reino, ou mesmo dentre os dos fiadores da nova República, ele já teria defendido tantas famílias importantes e companhias de capital aberto que poderia ter-se levantado e partido, intolerante a um único minuto de atraso, a vaidade permitida a quem pode ser vaidoso. Ou o problema estava no nome próprio, exageradamente vinculado àquela terra pobre? Enfim autorizado, em passos enérgicos o advogado passou do lobby do hotel à sala de reuniões, encontrando novamente acomodados os cinco irmãos e uma sexta cadeira vazia, assento onde o primogênito deveria estar.

Apertou cada uma das mãos, incomodado com o cumprimento frouxo e o toque úmido que fraternalmente compartilhavam. Cumprimentavam com o punho mole, sem olhá-lo nos olhos. Após sentar na ponta oposta da mesa, ele abriu a pasta para afastar o incômodo do atraso e o asco da mão umedecida. Bateu a resma de folhas contra a mesa e destampou a caneta. Marcou a data no canto superior direito da folha, como se houvesse realmente qualquer coisa a anotar, e os encarou. Quanto antes terminasse, melhor. Agradeceria se o poupassem de desinteressantes histórias de família...

Vacilantes, os cinco irmãos o encaravam meneando a cabeça, os lábios apontados para baixo, desviando os olhos, em silêncio.

Moviam-se lentamente, cautelosos, como se tivessem qualquer notícia desagradável e cada um preferisse que o outro iniciasse a conversa. Seria demitido? Sabiam do chute na bunda e, sentindo-se humilhados, o dispensariam? Não era possível que soubessem, se nem para si mesmo o advogado falava sobre aquilo. Precisavam aguardar, obtivera sucessos após a cena deplorável. Iria vencer o desgraçado do sobrinho, e com elegância. A menos... A menos que aquele rato, o desgraçado daquele filho de um sétimo filho houvesse espalhado o fato cidade afora, gabando-se. Só podia ser isso, mas não era um fato, e sim uma versão! Se só se passara entre os dois, poderia negar, insistir que fora justamente o contrário, e era a palavra de um advogado contra a de um filho pródigo. Em quem acreditariam? O problema todo era que o sobrenome do outro, ainda que nada valesse, era Álvares Corrêa, e o advogado, embora a certidão de nascimento discordasse, não tinha sobrenome algum. Se o outro tivesse espalhado aquela história – aquela versão! –, era sem dúvida o fim da sua carreira, pelo menos naquela província. Enquanto os cinco irmãos resmungavam, incapazes de iniciar a tratativa, imaginava-se descendo de um vapor para iniciar a carreira numa província ainda mais pobre, defendendo moças defloradas e mascates que se declaravam perseguidos pelas autoridades. O nome que o libertava, o nome que o condenava...

– Prezado doutor, adiantamos aqui o desagradável assunto...
– Preferíamos que os termos fossem outros, que fique claro.
– Nunca esperamos chegar a tal categoria de tratativas.

O advogado tocou os óculos escuros – sempre postos sobre a cabeça, independentemente da luminosidade – e retesou os músculos do tórax e pescoço até forçar a costura do terno. Se fosse demitido, obrigado a deixar a província, condenado pelo nome à ausência de qualquer perspectiva profissional, seria com a voz grossa, com o vocabulário elaborado e a postura firme com que dava cada passo. Ele o faria como um homem, ainda que não um

Álvares Corrêa. Sentiu a axila umedecida e o corpo a exalar o perfume escolhido.

– Não obstante a qualidade de seu trabalho...

– E referências...

– Precisamente. Prezado doutor, tergiversamos por ser o tema sem dúvida desagradável, mas deixe-nos esclarecer de uma vez, sem meias palavras. Estávamos na capital federal, cada qual cuidando dos próprios assuntos, quando soubemos da morte de nosso pai.

– Que Deus o tenha.

– Exato, que Deus o tenha. Sua idade, sem dúvida, era avançada, porém é claro que as situações desagradáveis pelas quais passou lhe arruinaram a saúde. Toda uma vida sendo desonrado pelo último filho, o sétimo sem nome. A perda do primogênito e da santa esposa, nossa mãe...

– Que Deus a tenha...

– Sim, que Deus a tenha. Ter de lidar com questões comerciais complexas, em idade avançada, sem a força do sobrenome graças às humilhações a que o sétimo filho o submeteu, sem o primogênito para ajudá-lo, foi demais para o pai.

– Para quem não seria?

– Só numa terra atrasada um barão é assim tratado...

– A terra trabalha contra os homens de visão.

– De fato. Depois do bárbaro assassinato do primeiro de nós, fomos à capital federal. Não podíamos permanecer aqui, com nossas esposas e filhas, depois de ver nosso irmão ser furado como um porco.

– Se fosse apenas por nós, reagiríamos a bala, mas tínhamos que protegê-las.

– A verdade é que a criação de avestruzes caminhava bem. As empresas da família sempre foram bem. Ainda assim, julgamos que o certo era atender ao pedido do município, pois não poderíamos só pensar em nós, só nos lucros. Desmontamos os novos negócios e nos afastamos, deixando que o pai prosseguisse com a fazenda, preservando a herança familiar, remetendo nossa parte nos lucros...

– O tempo que passasse...

– E passou, correu meia década.

– Precisamente. Assim, estávamos já estabelecidos na capital federal, cuidando de nosso nome, esposas e filhas, sem lembrar dessas coisas da terra, observando à distância a evolução dos negócios, quando chegou o telegrama que informava a morte do barão Álvares Corrêa, nosso pai, que Deus o tenha. Cinco telegramas, um para cada filho, que não mencionavam as condições do ocorrido...

O advogado massageou a têmpora esquerda, raspando nas hastes dos óculos escuros, cuidando para que não despencasse no próprio rosto. Se, no início, acompanhara cada palavra com atenção, esperando por um veredito sobre si, a partir de então já se entediava. Como podiam apreciar aquele falatório? Se era difícil suportar um único cliente explicando a demanda judicial, aguentar aqueles cinco era insuportável! O que parecia mais velho – seria aquele o segundo? – afirmara que passaria ao tema sem meias palavras justamente para iniciar uma desnecessária narrativa familiar – outra! Aquela história simplesmente não lhe interessava! Como tinham um sobrenome imponente, ali desde os primeiros da terra, julgavam que todos ansiavam por conhecer as intimidades familiares, como se fossem a própria família real. Mencionavam tudo aquilo para enfim chegar ao maldito chute na bunda e, dizendo-se desonrados, demiti-lo? Devia mesmo era se levantar e deixar a sala, ou interromper a narrativa e cobrar a conclusão. Insatisfeito consigo, martelando a folha de papel com a ponta da caneta, o advogado mantinha-se atento, calculando que o nome ordinário o obrigava à espera. Se fosse ele o doutor Álvares Corrêa, os outros é que estariam a escutá-lo...

– Partimos juntos no mesmo vapor, enviando ordens para que não sepultassem o pai até a nossa chegada. O vapor prosseguiu lento, desconfortável, parando em todos os portos.

– De fato. Mas aproveitamos a demora para planejar o funeral. Organizamos tudo que sabíamos sobre os enterros reais, repassamos as histórias do sepultamento do primeiro imperador, e a cada parada do navio visitávamos uma casa bancária ou telégrafo para expedir ordens de pagamento e cobrar os preparativos. Da capital encomendamos o esquife, talhado sob medida por marceneiros formados no além-mar e instruídos pelo mestre que assinara o caixão do último rei. Flores foram plantadas para serem colhidas na data do enterro. O mausoléu, composto em mármore e com capela em anexo, só perderia em imponência e bom gosto para aquele erguido para a santa mãe, pois esse fora pessoalmente supervisionado em cada detalhe pelo nosso falecido pai...

– Que Deus o tenha...

– Sim, que Deus o tenha. O banqueiro conseguiu telegrafar-nos ainda a bordo e garantiu cartas de crédito para tudo que fosse necessário. Encarregou-se pessoalmente de convidar cada um dos barões da província e de nos receber quando enfim chegamos a esta terra quente e atrasada...

– Pestilenta...

– De terno completo de gabardine, rodeado de carregadores e cavalos, aguardava-nos no porto, assanhado...

– Exato, chegaremos lá, caríssimos. Fato é que desembarcamos com nossas famílias e fomos recebidos pelo banqueiro em pessoa. Conduziu-nos até o hotel destilando gentilezas, mencionando que pagaria pelas acomodações.

– O safado...

– Negócios, senhores.

– Vejam: chegamos, instalamo-nos, fomos checar as contas? Não. Que fizemos? Tomamos providências para que o sétimo não se aproximasse do caixão. Não foi este o nosso desejo?

– Precisamente. Chegamos e, informados de que todo o solicitado para o funeral estava de acordo, tudo conforme nossas instruções, tomamos providências para que o sétimo não se aproximasse, sequer deixasse a casa, como teria sido sem dúvida o desejo do pai. Convidamos todos os barões, acompanhados das respectivas comitivas, e reservamos todos os quartos do único hotel da cidade, o que não foi suficiente: os últimos a chegarem precisaram ser acomodados nas casas dos conhecidos. Um carroceiro ainda circulou pela cidade, e nas cidadezinhas ao redor, anunciando o sepultamento, bem como o dia todo de missas e a encomenda após sete dias.

– Isso após dois meses do falecimento.

– E os pistoleiros...

– Chegaremos lá, senhores. Encomendamos também o trabalho de dois homens armados, experientes, que se puseram na porta da casa do sétimo, ou melhor, da casa que o município lhe ofereceu sem nada pedir em troca. E se saíram bem, garantindo sua ausência, sem que fosse necessário nenhum excesso.

– A gente daqui é supersticiosa... O sol na cabeça, o sangue misturado, essas coisas... Foi difícil encontrar quem aceitasse o serviço...

– Acreditam que o sétimo tem poderes, veja...

O advogado somente saboreava a narrativa quando os irmãos se desentendiam. Tudo aquilo para, no final, o demitirem, dizendo-se humilhados e mal representados? Talvez não. Nas discordâncias familiares, pressentiu um espaço para si, uma brecha que, tão logo pudesse ver com clareza, usaria a seu favor.

Esticou uma longa linha pela folha de sulfite, empunhando firme a caneta à medida em que se sentia mais confiante. Talvez só quisessem ressaltar a importância do caso para si, interessados em expor uma vasta gama de reflexões juridicamente indiferentes. Rasurou o canto direito do papel, desperdiçando ali a tinta importada: não era possível que soubessem do chute dado pelo rato e prolongassem a explanação apenas para o dispensarem da causa; ou era? Queria comunicar-lhes que venceria.

– Nunca houve nesta terra, e arrisco afirmar que nunca haverá, cerimônia fúnebre como aquela com que honramos nosso pai, o grande barão Álvares Corrêa. Sendo honesto, sabemos que outros sepultamentos superaram em comoção e número de populares o enterro do pai, como se deu com o dito guardião de nomes. Não me refiro, contudo, à dimensão da multidão, ao comprimento do cordão humano a acompanhar o caixão, mas sim à importância da cerimônia entre os nomes que sustentam a província. Me sinto particularmente orgulhoso em afirmar que todos os barões, sem nenhuma exceção, compareceram à cidade, trazendo consigo as respectivas famílias e um pequeno séquito de empregados. Todos.

– O jornal da província chegou a escrever que o magnífico sepultamento do barão Álvares Corrêa marcava o fim do império e do longo século. Foi o fim de uma era.

– E tudo às custas de nossa herança...

– Financiadas pelo banqueiro...

– Precisamente. Chegaremos lá, senhores. Fato é que conseguimos organizar um funeral à altura do patriarca, transportando inclusive os restos mortais de nossa santa mãe para o novo mausoléu, para que juntos repousem. Carregamos orgulhosos as alças do esquife. Não houve cenas inapropriadas no funeral, nada que se assemelhasse ao humilhante diálogo entre o pai e o sétimo no sepultamento do primogênito.

– Depositamos o caixão de nosso pai na terra entre cavalos marchadores, vestimentas sóbrias, salvas de tiros, um breve discurso do cardeal e todos os barões da província perfilados, com chapéu na mão e os olhos respeitosamente baixados. Um funeral correto, à altura do nome e sobrenome da nossa família. Um sepultamento que nos orgulha.

– Ao final, cada um dos barões nos apertou a mão, e lhes desejamos sorte nos negócios e saúde à família. O cardeal demorou-se em elogios à organização, às flores recém-colhidas, aos sinos dobrando simultaneamente, à madeira nobre do caixão e sobriedade bem-posta...

– Felizmente, o impedimento do sétimo se deu sem maiores acidentes. Talvez nem tivesse a intenção de comparecer, nunca se deu com o pai, e o mais provável é que sozinho celebrasse a morte.

– Os pistoleiros, ainda assim, mostraram alívio quando puderam deixar o posto e gastar a paga.

– Que será que imaginavam? Serem petrificados ante um olhar e algumas palavras mágicas do sétimo?

– Quem sabe, senhores, quem sabe... Fato é que cumprimos com honra nosso sagrado dever. De volta ao hotel, pudemos enfim dormir uma merecida noite de sono. E esta é a parte que de fato interessa ao doutor advogado: quando despertamos, o banqueiro nos aguardava para o café da manhã.

Um silêncio correu a mesa e os irmãos retesaram os lábios, simultaneamente, engolindo com dificuldade. O advogado inclinou-se para a frente, crente de que enfim algo o interessaria, ansioso por ouvir mais do que elogios à grandeza familiar e ao funeral, como se naquela terra atrasada fosse possível realizar qualquer cerimônia semelhante a um sepultamento real. Tinha certeza de que haviam omitido incontáveis atrasos, os cavalos a defecar diante das esposas dos barões, o calor excessivo deixando todos empapados e fedidos, as crianças perguntando se aquilo demoraria para terminar...

– Em uma única folha, que esticou para que analisássemos, constavam todas as despesas efetuadas, desde as passagens no vapor para nossas famílias até a hospedagem, que julgamos que gentilmente oferecera...

– Cobrava por cada um dos vinte e um tiros disparados, por cada café degustado por cada barão...

– A escovação dos cavalos por oficiais da reserva, as flores plantadas, regadas e colhidas, os donativos para o dobre dos sinos, na hora precisa, em cada igreja, simultaneamente...

– A soma era abissal, impagável.

– Analisando as contas, descobrimos que o pai fora sepultado um dia após o falecimento. Tecnicamente, é compreensível: não havia como nos aguardar. Porém, só na fatura descobrimos que havíamos velado e carregado um esquife vazio;

do pai só havia o nome gravado. Dirigimos nossas preces, a oração do cardeal e a lágrima discreta de nossas esposas para um caixão vazio.

– O pai já estava entregue aos vermes enquanto enterrávamos um caixão vazio.

– Pagamos por tudo, inclusive por dois funerais.

– Precisamente. Precisamente... De fato, senhores, a soma apresentada pelo banqueiro era de um montante assombroso. Não estávamos, naquele momento, especialmente a par da situação patrimonial da família, pois julgávamos mais adequado analisar os números após prestar as devidas honras. Havíamos suspeitado, porém, que os compromissos assumidos afetariam substancialmente o cálculo da herança, talvez algo na ordem de dez por cento de tudo que possuíamos. O banqueiro mostrara-se gentil desde o primeiro momento, mas aplicava juros compostos de uma dezena a cada despesa paga, explicando-nos depois que eram aquelas as taxas praticadas em nações menos dinâmicas em termos de negócios, com leis sobremaneira favoráveis aos proprietários.

– Essa baboseira.

– Fazendo contas enquanto enterrávamos um caixão vazio...

– A soma já passada, no dia seguinte, como se fosse a conta de um bar.

– Quem nos dera fosse apenas um décimo da herança...

– De fato, senhores. Notando nosso despreparo, apresentou-nos as opções de pagamento à vista, uma composição a juros, ou que outra instituição financeira assumisse a obrigação. Mencionamos que precisaríamos nos colocar a par das finanças familiares, levantar as propriedades, ao que ele indicou o nome de um perito, um certo doutor cujo nome nos escapa, que poderia nos auxiliar, mas adiantou o resultado, as somas já efetuadas pela mencionada equipe técnica que o assessorava.

– Uma quadrilha, este o nome certo para a tal equipe técnica.

— Se tanto sabia, por que não nos alertou previamente das condições? Se tanto entendiam de negócios, por que financiavam as empresas do pai?

— Uma quadrilha!

— Exato. O que cinco anos antes havíamos julgado a experiência nos negócios do pai, e que nos assombrava, a sabedoria para encontrar um ramo inimaginado, no caso os avestruzes, e convertê-los em uma empresa rentável, nada mais era do que pagamentos e recebimentos girando desfavoravelmente. Julgamos que houve alguma espécie de interesses no prejuízo, objetivando não a prosperidade, mas a execução dos instrumentos. Enfim, segundo a análise técnica apresentada, todas as propriedades restantes deveriam ser executadas para que se pudesse honrar os compromissos, e digo restantes porque descobrimos que já executavam o pai. Pelos cálculos do interessado, que poderiam ser conferidos com o contabilista indicado pelo mesmo, nos restaria algo da ordem de um décimo do patrimônio total, o suficiente para que tivéssemos uma mesada para toda vida, e nada além. Teríamos conosco o nome de família, as memórias, e, claro, as relações, porém não muito mais do que uma vida modesta na qual não haveria lugar para nenhuma extravagância.

— Que seríamos, após o documento assinado? Teríamos que reservar dinheiro para que os filhos pudessem estudar, cuidar das roupas para que durassem, demitir os empregados? E quem se encarregaria de tudo?

— Pareceu-nos a situação derradeira, na qual o homem só tem duas escolhas.

— Se matássemos o banqueiro — éramos cinco ali! —, se rasgássemos a folha e retornássemos à capital, haveria um herdeiro, um gerente encarregado, a segunda via de um documento...

— Guardamos o silêncio, vislumbrando a calamidade, enquanto o banqueiro explicava que poderíamos vender tudo o que estava no interior da propriedade, os jogos de ouro e prata, os faqueiros, as armas antigas que talvez valessem o peso do ferro...

– Precisamente. Ao final da explicação, entreolhamo-nos, e vimos que não havia o que fazer. Era, enfim, nosso nome, o único que tínhamos, e não havia alternativa senão honrá-lo. Os documentos assinados pelo pai, e lavrados em cartório, obrigavam-nos. Considerei ainda me consultar com algum dos outros barões – um bom conselho poderia salvar-nos? –, mas seria humilhar a memória paterna. A bem da verdade, o tempo dos barões já terminou, restando a cada qual observar a reduzida dimensão da propriedade, dar ordens a envelhecidos escravos alforriados, todos sem ter para onde ir, à espera do próprio esquife vazio. Daquele momento em diante, só nos restaria, como insisto aqui em dizer a meus irmãos, juntar forças para mais uma vez reerguermos o nome, para restaurarmos a honra dos Álvares Corrêa.

– Como se fosse possível...

– Como se bastasse decidir...

Calaram-se, baixaram os olhos, afundaram o tronco no estofado da cadeira. O advogado soube que o vindouro seria desagradável. O relato não se dera apenas para colocá-lo a par da importância do caso: havia algo para si e tamborilava os dedos na mesa, perguntando-se se tratariam do malfadado chute na bunda, afirmando que a humilhação os atingia, manchava-lhes o nome, que não estava em seus melhores dias. Algo a se aprender sobre as famílias bem-postas no nome: ainda que não mais gozem do capital, acreditam-se distintas, orgulhosas da tradição, dispostas a proceder como fariam os antepassados. Não é o talher de prata sobre a mesa, mas a oração que precede a refeição, o modo como sustentam a faca e cortam a carne... Pelo visto, julgavam que só poderiam abordar o tema desagradável e demiti-lo após explanarem todos os fatos que os levavam ao processo, tornando elementar a decisão, demonstrando como a encaravam e porque era preciso se apegar à força do nome – tudo que lhes restava –, ao invés de perdoar e relevar. Ou não se tratava disso? O advogado os encarava, incapaz de interromper o tamborilar dos dedos, ansioso. Que dissessem de uma vez e o deixassem reagir. Mais do que tudo, aborrecia-o ter que escutar.

– Chegamos, pois, ao desagradável do tema...

– Não obstante, friso, a qualidade do seu trabalho...

– Nunca, doutor, imaginamos recorrer a tal categoria de tratativas ...

– Precisamente... Sem meias palavras, doutor, o fato é que o modo como o banqueiro conduziu a questão nos deixou em situação financeira bastante frágil, conforme dito. Somos hoje cinco famílias a se sustentar da venda do que restou do mobiliário das propriedades e de alguns parcos rendimentos do que um dia foi a grande empresa dos Álvares Corrêa. Não temos espaço para extravagâncias de nenhuma natureza, e o nome da família, que nos orgulha, por si só não nos garante privilégios comerciais. Estamos inteirados dos custos dos seus serviços, honorários mais do que justos, cujo pagamento, porém, nos é impossível neste momento. Enfim, doutor, não temos como pagá-lo, mas aqui estamos à disposição para escutar e analisar de imediato qualquer outra proposta que porventura imagine. Se pudermos pagar-lhe não em capital, mas com uma outra parte do espólio... Se, por exemplo, pudéssemos de alguma forma nos apropriar do patrimônio do sétimo e utilizá-lo como pagamento dos honorários...

Silenciaram, enfim. O advogado passou os olhos por cada um, e apreciou o que viu. Estavam com o queixo retraído, as mãos junto do corpo, a boca murcha, como crianças diante de uma autoridade para confessar a travessura. Era isso então, e nem uma palavra sobre o revés sofrido no primeiro embate com o filho do sétimo filho: o falatório excessivo servira para se desculparem previamente. Tendo vivido toda vida sem dificuldades financeiras, não sabiam como proceder. Era maravilhoso... Apesar de ser ele o principal prejudicado na situação, em teoria o perdedor, o advogado não conseguia deixar de sorrir, encantado como o endividado que recebe o perdão da dívida. Os Álvares Corrêa, descendentes diretos do desbravador, diante dele a afirmar a falência: a grande glória do direito era justamente exercer os próprios direitos... E ele julgara que seria demitido por conta daquela tolice com o sobrinho...

    Prolongou o instante, mantendo a palavra suspensa a seu bel prazer, acariciando o queixo enquanto analisava as possibilidades. Quando pobres diabos se apresentavam em situação semelhante, nunca os dispensava, e habitualmente tais negociações eram mais vantajosas do que as tradicionais. Quando o cliente possuía a soma exata para pagamento do serviço, negociava toda sorte de vantagens, deixando clara a posição do advogado como empregado. Quando não tinham a soma e necessitavam dos serviços jurídicos, podia exigir o que fosse, sendo invariavelmente atendido. Já parcelara a obrigação em cotas que somavam o triplo do valor justo para a causa, e também se servira de uma esposa desesperada por salvar o marido preso, chantageando-a com a descrição das horríveis cenas dos guardas golpeando-o com o cabo do facão. Em casos assim, sempre conseguia tudo o que queria, negociando com ampla vantagem, porém, claro, não poderia apenas ter casos dessa natureza, pois era preciso sustentar a própria casa. Acariciava o queixo, sem pressa alguma, imaginando o que poderia exigir-lhes, certo de que ali residia uma enorme oportunidade para si.

    – Senhores, preciso de um instante para refletir.

    Ergueu-se, sem mais fitá-los, e deixou a sala sem se preocupar em fechar a porta. Estava novamente no próprio terreno, perdera tempo demais ouvindo aquele impossível matraquear: que o esperassem, ansiosos, enquanto urinava sem pressa. Cinco barões empobrecidos, falando-lhe pomposamente como se naqueles tempos bastasse o nome para fazer qualquer coisa, obrigando-o a temer pela reputação e carreira quando na verdade pediam-lhe um favor! As condições eram então novamente as suas, aquelas às quais estava habituado, e se perguntava o que poderia exigir-lhes, quanto conseguiria levar dali, como se fosse um pirata que, diante do tesouro em prata, compara o peso do metal à resistência dos bolsos. Deixou o mictório sem lavar as mãos, pronto para selar o acordo obrigando os contratantes ao toque imundo. Estava certo de que aceitariam as condições impostas: esperava que ainda levassem a mão à boca para compensá-lo pelo falatório despropositado.

 Retornou à sala de reuniões sem bater à porta; deixou-a aberta para obrigar um dos irmãos a se erguer e fechá-la. Escolheu a expressão severa, convencendo-se de estar ofendido com a sequência dos fatos, demonstrando que só retornava à mesa por imensa consideração aos interlocutores, concessão que, ainda assim, lhe desagradava. Bateu as folhas na mesa, pigarreou, destampou a caneta e apontou-a para a resma de sulfite antes de encará-los. Agora seriam eles a escutá-lo.

 – Antes de mais nada, agradecemos o breve retorno, doutor.

 – Adiantamos aqui algumas possíveis propostas, que nos parecem interessantes...

 – Apesar de carecermos da soma monetária específica, a título de honorários, imaginamos que haveria interesse e ganho em ser o advogado da família...

 – Legalmente constituído.

 – Precisamente. Senhores, tudo a seu tempo... Agradecemos, antes de mais nada, o breve retorno, não obstante as condições desfavoráveis, e a disposição em negociar, ainda que fora do que é o padrão. Temos absoluta fé na negociação, na capacidade de os homens de qualidade se entenderem, desprendendo-se, inclusive, do corte do capital. Eu e meus irmãos formulamos algumas propostas, doutor, que aqui trazemos: em primeiro lugar, constitui-lo legalmente como advogado da família, não apenas do caso específico. Sabemos que representar um sobrenome como o nosso pode abrir-lhe outras boas possibilidades, com remuneração absolutamente adequada ao trabalho. Seria o doutor o nosso advogado, porém sem exclusividade, com liberdade para agregar qualquer outra família e serviço que lhe interessarem. Propomos também oferecer-lhe parte dos bens do sétimo, dos quais hoje aquele rato se serve: retirando-lhe o sobrenome e afastando-o daqui, conforme demanda inicial, podemos dispor da casa e do que ali houver, conforme descendentes diretos. Além da possibilidade de nos representar em todas as questões, tendo o nosso sobrenome atrelado ao do doutor, pagaríamos conforme as vitórias, oferecendo porcentagem justa das conquistas. Afastado e executado o filho do sétimo, que ainda se vale do nosso sobrenome, poderemos oferecer-lhe a décima parte do imóvel outrora doado pela municipalidade, ou o que mais interessar ao doutor...

– É uma proposta justa.

– Apresentada com respeito, em uma negociação entre homens.

– Jamais confiaríamos nossa representação a um qualquer.

– Precisamente. E, sem meias palavras, uma proposta decente, talvez irrecusável.

Com os lábios tensos, soltou o ar, inconformado consigo por ainda não ter se pronunciado. Eram eles que deveriam ouvi-lo! Pediam que trabalhasse de favor, tendo como pagamento a duvidosa honra de representá-los, e ainda declaravam a enorme vantagem que teria em aceitar. O sobrenome se convertia em desfaçatez, numa absurda pretensão... Deveria levantar-se e não mais voltar, bater a porta ao invés de deixá-la aberta, oferecer-se para advogar em nome do filho pródigo e contra aqueles parentes!

A proposta, contudo, não era ruim... Nas investidas contra o filho do sétimo, reparara nos livros acima da estante, aqueles nos quais o guardião de nomes por toda vida registrara os renomeados. Ali estavam todos os nomes grafados nas últimas cinco décadas. Os catedráticos da universidade da capital, e também os políticos da região, poderiam interessar-se pelos volumes. Talvez fosse possível controlar um ou outro elemento, ameaçando riscar seu nome; o delegado podia pedir que o município adquirisse os livros... Imaginava toda sorte de feitiçarias advindas dali, a coleção de tomos possivelmente valia mais do que a casa, da qual ainda teria uma parte ao preço módico de expulsar o moleque que o humilhara.

Relaxou o corpo e exibiu as marcas das mãos, abandonando a indignação graças à qualidade da proposta. Talvez fosse este o ponto: nas famílias importantes, as idiossincrasias iam além do limite aceitável. Acreditavam demais em si mesmos para escutar o especialista. Eram insuportáveis, porém as vantagens eram imensas. Acrescentaria o sobrenome dos outros ao seu, lucraria com uma parte da venda da residência, ficaria com os livros e ainda daria uma lição no moleque: era de fato um pagamento mais do que justo, e, sentindo-se em vantagem, deixou de se incomodar com os outros a monopolizar o discurso.

– Vejo que temos um trato, doutor. Excelente.
– Represente-nos adequadamente.
– À altura!
– Como se fosse o senhor doutor um Álvares Corrêa!
– E livre-nos daquele rato de uma vez por todas.

Anunciou que, já no dia seguinte, entregaria os termos do acordo, a serem redigidos pela secretária. Fez questão de mencionar a contratada, mesmo que ainda trabalhasse sozinho. O primeiro passo, contudo, seria concluir a vitória sobre o filho do outro, escolhendo a melhor narrativa para o inteligente lance de disfarçar o oficial de justiça e cartorário como capangas. Fisgara-o pela boca, arrancando uma declaração oficial enquanto o adversário atirava sandices. Era melhor que todos ali, só lhe faltava o nome. Escapara, por sorte, de ser dispensado e desonrado, desterrado sem nome; salvara-se pela sorte de a humilhação não ter chegado aos ouvidos da família. Se representava os Álvares

Corrêa, era então um deles, carregava-lhes o nome: não poderia, jamais, expor-se a um desconforto público.

Ergueu-se e todos acompanharam seu movimento. Fez questão de apertar a mão de cada um e tocar-lhes o rosto, exibindo forçada gratidão apenas para completar o gesto. A proposta era generosa, reencontrou a rua satisfeito pela conclusão favorável, diferente da que antecipara; sentia-se, porém, enojado: a carapuça da submissão era-lhe cada vez mais insuportável. Julgava, de si para si, que só devia qualquer coisa à mãe e ao padrinho; somente aos dois devia demonstrar qualquer gratidão e, representando pobres diabos, julgara que nunca mais seria humilde diante de ninguém. Percebia que fora ingênuo nas conclusões definitivas da juventude, pois há uma diferença entre advogar e ser um grande advogado, a quem recorrem os poderosos para reescrever a lei. Precisava, urgentemente, livrar-se da roupa que o incomodava: adequada, contudo absurdamente incômoda no pescoço, tal qual a beca da formatura.

Acenou uma última vez para os irmãos, sustentando um sorriso sem dentes, e se lançou dentro do carro. Balbuciou a direção desejada, e quando o carroceiro pediu que repetisse, gritou a resposta, irritado. O cavalo recebeu a chibatada e acelerou, o carroceiro alternando o olhar doce com que se voltava para o advogado e a brutalidade com que tratava o animal, xingando-o e golpeando com força muito além da necessária. Assim era.

Em casa, entrou no escritório e espalhou propositalmente os sapatos e as meias, pendurando somente o paletó, para que não amassasse. Deixou as peças no chão para que alguém apanhasse. Sentado, pôs-se a rascunhar, desenhando as letras do nome do barão Álvares Corrêa, organizando em seguida os sete filhos em uma árvore genealógica malfeita, até chegar no adversário, o filho do sétimo filho. Aquela era sua hora; uma vitória poderia alçá--lo a outra categoria de clientes. Quem sabe, um dia teria diante de si os distintos filhos de uma importante família, dessa feita escutando-o? Imaginava, satisfeito, um par de jovens príncipes, educados nas melhores escolas, calados ouvindo-o discorrer sobre a realidade nacional e os meandros jurídicos: com uma vitória indiscutível, não mais desperdiçaria os conhecimentos e experiências com os ouvidos analfabetos. Trataria com os esclarecidos, os eruditos e endinheirados, que não mais lhe pagariam pelo caso, mas por hora.

Antes, precisava de tal vitória. Vetar ao filho do guardião de nomes o uso do próprio nome, e de forma juridicamente tão engenhosa que criasse uma jurisprudência sobre o tema. Uma vez interditado, tomar-lhe os bens e desterrá-lo; sem o nome, que direitos teria sobre qualquer coisa? Sozinho, vislumbrava, passadas cinco décadas, o caso ainda em discussão pelos professores de direito, o elogio acadêmico à engenhosidade do advogado. Via-se idoso, vencendo três degraus que separavam os estudantes do púlpito, palestrando com o braço esticado para que reparassem no relógio de ouro. Bastava uma vitória indiscutível e o caso Pródigo Álvares Corrêa entraria para os anais da literatura jurídica, ganhando tanta repercussão, fazendo-se de tal modo fundamental que o nome do advogado se confundiria com o do adversário – criador e criatura. Ao fim da vida – ou quem sabe já após o trânsito em julgado –, seria reconhecido como o doutor Álvares Corrêa.

Observando na folha de sulfite a árvore genealógica em círculos mal traçados, deteve-se demoradamente no nome do filho do sétimo filho. Tomou de volta a caneta, separou nova folha de papel, esticou o braço para livrar o cotovelo da camisa apertada e grafou, letra a letra, o nome que não lhe pertencia: doutor Pródigo Álvares Corrêa. Escreveu uma vez mais, e por fim o assinou sete vezes seguidas, como se lhe pertencesse, na primeira vez estranhando assinar um nome distinto, na última já apreciando a força daquilo – doutor advogado Pródigo Álvares Corrêa: quão bem soava! Deixou a folha grafada de lado, apanhou uma nova e escreveu-o por extenso, uma única vez, no centro exato. Abaixo do nome, em letra menor, marcou a profissão: Pródigo Álvares Corrêa, doutor advogado. Necessitava de uma vitória indiscutível. Aquilo soava sobremaneira adequado...

Chamou-lhe a atenção a ausência de disparos e, erguendo os olhos, percebeu os mercenários almoçando, reunidos sem sequer vigiar o adversário. As armas no chão, as botas descalçadas enquanto atacavam as marmitas de alumínio com o garfo voraz, limpando a boca com as costas da mão e trocando piadas. Aquilo era ridículo! Se fosse ele a comandar a tropa, diria que só comeriam quando tivessem baleado o último inimigo! Que tipo de guerra era aquela, na qual havia intervalo para um banquete? Do outro lado, era possível que também se servissem, já que não disparavam: Próspero concluiu que os soldados, sob qualquer bandeira, eram um bando de imprestáveis. Os mercenários remunerados, lutando por causa alguma, poderiam considerar-se sujeitos às regras dos demais trabalhadores, portanto com direito a jornada padrão e pausa para o almoço. O que dizer, contudo, dos que defendiam a cidade? No cair daquela tarde estariam todos baleados e, ainda assim, dispunham-se a rir e banquetear. Não valiam nada e bem faria em liquidá-los.

Com as melhores intenções, e talvez visando um posto na guarda real, o jovem mercenário que conduzia a mula retirou do saco de lona a marmita enrolada em dois lenços de pano e a ofereceu ao chefe. Deduzira, pela direção do olhar de Próspero, não a raiva contra aquela guerra com direito a cigarros, piadas e pausa para o almoço, mas a fome e o constrangimento por não ter se lembrado de providenciar a própria alimentação. Talvez o rapaz resvalasse na compaixão, adivinhando que o esforço em administrar a máquina de guerra levara Próspero a esquecer-se de si, em admirável abnegação. Notando, enfim, as mãos em oferta, o sorriso cúmplice com que o outro estendia-lhe a marmita – por certo alguma carne e todo arroz e feijão que a esposa adolescente conseguira enfiar no pote metálico –, Próspero demorou a reagir, observando o soldadinho com a boca torta e olhar paralisado. O que era aquilo? Julgava-o por acaso um mendigo, um boia fria distraído, que deixara a lata de comida no barraco? Era imbecilidade demais para um único dia, exagerada cretinice para um único grupo de soldados!

Estendeu a mão e apanhou a marmita, sem sorrir. Ainda de pé, colocou-a sobre o banco e desdobrou, com cuidado, os trapos que revestiam o almoço. Destampou então a marmita e, no instante em que sentiu o cheiro da comida – acertara na dedução, alguma carne e todo o arroz e feijão possíveis –, atirou-a sobre o rapaz. De tão mal-humorado, sequer saboreou a visão dos cabelos, rosto e roupas sujos do jovem, o olhar assombrado contendo uma teimosa lágrima, a testa algo dolorida pelo golpe da lata arremessada. Acertara em cheio! Se tivesse força para sustentar uma arma, teria disparado contra aquele imbecil. Voltou-se novamente para a guerra, sem se importar com o que o rapazola faria em seguida, se comeria do chão ou se se resignaria. Que comesse do chão, como o cão que era!

Concentrou-se uma vez mais na disposição dos soldados, desejando que uma peça de artilharia os surpreendesse a almoçar: se o inimigo tivesse capacidade de executar um ataque de surpresa, seria fácil liquidá-los. Teria prazer em contratar outro grupo de soldados, negando àqueles preguiçosos um túmulo e a oração. Que apodrecessem! Não percebiam que, desconsiderando a relevância histórica do momento, humilhavam-no? Os adversários conseguiam ser ainda mais incapazes, desperdiçando tamanha oportunidade. Sem reagir – talvez se banqueteassem, comendo os pratos preferidos por serem os últimos –, condenavam-se.

Os mercenários enfim se ergueram, espreguiçaram-se e retomaram as posições. Só faltava mesmo decidirem-se por uma sesta, ou parar para saborear um café! O primeiro tiro pareceu disparado apenas para alertar o outro lado sobre o reinício do combate: igualmente letárgicos, os defensores da cidade retomaram as posições. Bufando, Próspero ansiava por conquistar a cidade para ordenar que fuzilassem aqueles combatentes. Seria uma punição mínima em comparação com seu desleixo na luta! Pelo visto, restaria obrigar o cronista a um esforço criativo, tão distante estava aquele tiroteio banal da guerra de conquista que sonhara para si.

O jovem mercenário não apanhou a comida do chão, sustentando firme postura militar, enquanto ruminava, faminto. Ao menos tivera a decência de não se pôr de quatro a apanhar os pedaços de carne, suportando a fome como um soldado. Infelizmente, os símbolos do poder eram imprescindíveis: sem o cetro, o soldadinho que segurava a mula já estaria abusando do cargo tal qual fizeram o carroceiro e o desgraçado que atirara sua mala na lama para rir junto dos demais. Sob o olhar da cabeça empalhada de Tião Medonho, ninguém ousaria desrespeitá-lo, qualquer homem vacilando diante da visão do cetro. Apesar do mau humor a que aquela feia guerra de conquista o obrigava, Próspero concluía que se tratava da melhor parte da jornada, a concretização do seu plano de vida. O resto seria reinar. Após a conquista do título de rei do crime, do trono e coroa de Tião Medonho, após conseguir o juramento fiel de cada um dos lacaios, nada fizera senão gerir com eficiência os recursos acumulados, a fim de se preparar para lançar a pedra fundamental do reino. Nada desperdiçara em luxos, não adornara as paredes com ouro ou distribuíra presentes: reconstruíra a casa, treinara os homens e comprara armas. Acumulara para que a guerra que inventara tivesse uniformes novos, cavalos puro sangue e fuzis de cano reluzente. Quão humilhante não seria fundar um império com pistolas enferrujadas e pólvora molhada... Com as finanças em ordem, fora apenas o tempo de se despir de luxos e se lançar à jornada com o amaldiçoado primeiro carroceiro. Travestido de homem comum, confundido com um pobre anão qualquer, suportara os assessores das autoridades a pisarem-lhe no pé e travarem o tronco, impedindo que se aproximasse do corpo do nomeador. Sequer avistara a infinidade de nomes depositados sobre o caixão, como se fossem flores. Disseram que os devolviam ao guardião para que os levasse consigo.

Então, a caminhada de volta, o medo de que os cães o atacassem, o segundo carroceiro, a folha com a grafia original de seu nome, relíquia sem a qual não poderia lançar-se à conquista... Aquela guerra preguiçosa não poderia deixar de ser o melhor momento da jornada, o magnífico retorno e, se a observava contrafeito, era porque sonhara excessivamente. Talvez a vitória sobre os persas ou a destruição de Cartago não se distanciassem tanto daquela batalha sertaneja: em mil anos, os cronistas deixariam de mencionar o almoço e os cigarros para falar dos cavalos saltadores, rifles reluzentes e uniformes novos. Que fosse! Importava mesmo era fuzilar de uma vez a resistência, praticar alguma crueldade, desfilar vitorioso pelas ruas, ante a multidão horrorizada. Quão maravilhoso seria: estava tão próximo!

Um passo após o outro, saltando entre as trincheiras improvisadas, os mercenários avançavam pela rua principal, lançando granadas e atirando, cobrindo a retaguarda do posto avançado, enquanto este corria e ganhava posição. Não demoraria para avançarem até os edifícios principais e executarem os oficiais adversários. Que ao menos os atirassem do alto: era preciso algo a narrar! Os tiros do interior da cidade rareavam, enquanto os atacantes desperdiçavam munição, indicando que as forças se desequilibravam a favor da conquista. Estava tão próximo... Buscou a ponte improvisada sobre o riacho e percebeu que o arauto já aguardava, quem sabe preparando a voz para o anúncio máximo de sua carreira, a conquista de um império! Que relevasse o temperamento dos soldados; se algo valessem, seriam generais e não capangas. Uma vez concluído o enorme edifício de seu império, quem se lembraria dos pedreiros?

Faltava um nome para aquela guerra, a batalha tão sua, tão querida que o aborrecia como o filho que não atinge as exageradas expectativas do pai. Dedilhando nomes que pareciam insuficientes – comuns demais, reaproveitados de outros conflitos, inadequados para aquela grandiosa vitória – percebia a imensa falta que o guardião de nomes fazia àquela terra. Apesar das óbvias pretensões do filho errante do grande nomeador – ao postar-se com o traje apertado do pai ao lado do caixão, evidenciara as próprias intenções –, não havia ali uma descendência, os nomes mortos entregues ao guardião, os nomes dos batizados depositados sobre o esquife declarando que pertenciam mais ao nomeador do que aos próprios batizados. Como as pessoas se chamariam, após tais fatos? Como as conversas habituais seriam retomadas, após terem os nomes enterrados junto do nomeador? Talvez se abstivessem de falar, como diziam que fizera, pelas duas primeiras décadas de vida, o sétimo filho nascido homem do barão Álvares Corrêa. Seria um gesto digno, à altura da figura. O silêncio produzido pelo sepultamento era uma boa medida de quem fora o homem.

Os mercenários já haviam avançado até o limite da rua principal, e se preparavam para atravessar a área descoberta que levaria à entrada da prefeitura. Por certo, dispensavam-se da honra de combater primeiro, pois o posto avançado era um alvo fácil. Se o soldado escolhido sobrevivesse, Próspero lhe entregaria uma medalha! Se tombasse, poderia batizar a guerra com seu nome. Descartou a ideia: poderia o mercenário ter um nome ridículo, impróprio ou comum demais; aquela batalha pertencia a ele, Próspero, e a ninguém mais. Não poderia ficar conhecida como a "batalha do Ribamar" ou algo do gênero. A fome e o som dos tiros, pelo visto, embaralhavam seu raciocínio: só precisava denominá-la adequadamente e desfilar de uma vez pelas ruas da cidade conquistada. Aceitaria um banquete em sua honra, na mesa da melhor das famílias, ocasião na qual lhes lembraria de como ali havia sido destratado, trinta anos antes. Após a sobremesa e eloquentes pedidos de desculpas – que aceitaria, gentilmente –, mandaria executá-los: a cozinheira da casa refogaria a carne esquartejada dos patrões e a serviria aos empregados. Que nome teria aquela preguiçosa conquista que se desenhava diante de si? Se em três minutos não escolhessem um coitado para atravessar o descampado, enviaria como voluntário o jovem mercenário que conduzia a mula.

Uma profusão de tiros ecoou pela cidade, indicando que finalmente se haviam organizado para a etapa seguinte do conflito. Dobrado sobre si, correndo tanto quanto podia, o escolhido avançou enquanto os disparos explodiam às suas costas, mirando o alto do edifício municipal. Saltou pelos paralelepípedos encaixados um século dantes, desviou de um caixote de frutas esquecido no caminho, ergueu os olhos um instante para verificar se, contra todas as possibilidades, conseguiria. À distância, Próspero acompanhava cada passo, sem saber se deveria torcer pelo sucesso do gesto heroico: as vitórias pessoais o obrigariam a dividir a glória da conquista com os personagens menores? Quando o mercenário finalmente encostou numa das pilastras que sustentavam o prédio da prefeitura, pronto para se agachar e respirar, salvo, um tiro finalmente o encontrou, preciso, lhe explodindo o crânio e marcando o mármore da coluna com uma rapidez impressionante, o corpo que um instante atrás corria, enérgico, já desmontado e sem vida, o sangue escorrendo como uma pintura. Era simplesmente maravilhoso! Próspero assoviou forte, incapaz de se conter, pegando o jovem oficial pelos ombros para que o rapazola compartilhasse consigo a estupefação. Vira aquilo?! Todos haviam visto! A guerra que oferecia ao mundo era também uma obra de arte!

Os soldados reforçaram a carga de disparos contra as janelas das casas próximas, sem se importar com os civis por ventura ali abrigados, buscando, pelo excesso, atingir o atirador oculto. Aproveitando-se das cargas, outros três mercenários, sem se coordenar, correram pelo descampado, igualmente agachados, conservando alguma distância uns dos outros. Os passos do mais lento foram imediatamente cortados por uma rajada que o levou a tombar e agonizar – ainda vivo: arrastou-se patético e ensanguentado, enquanto os outros dois conseguiam completar a travessia e lançar-se ao solo. A primeira sequência de explosões foi detonada no interior do prédio público e, enquanto tiros eram trocados nas salas e escadarias da prefeitura, uma vintena de soldados cruzava o descampado, um instante depois concluída a conquista da cidade, a maior parte dos resistentes baleados, talvez uma dezena rendida e ajoelhada, a aguardar pelo julgamento militar.

Estava feito! Tal qual os césares, tal qual os reis medievais, Próspero entraria na cidade vencida para que os novos súditos o contemplassem em máxima glória. Vencera! Os mercenários já percorriam cada rua e cada casa, chutando as portas para desmantelar qualquer derradeira resistência, mas nada encontravam além de famílias encurraladas, um ancião escondendo um pote de biscoitos para que fosse poupado do saque, uma mãe prestes a envenenar as filhas para que delas a tropa não dispusesse. Vencera! Fora surpreendentemente rápido no final, uma corda tracionada até o limite, o rompimento impossível, e, de súbito, cada fibra abandonava a resistência e todo o conjunto cedia. A beleza daquilo era impressionante, comovente.

Paralisado, Próspero mantinha o olhar fixo, sem entregar a ordem nem deixar a pose de iminente comando, esperando enquanto os sobreviventes eram agrupados na rua, metidos em trapos, aguardando-o. Tudo dilacerado em um instante: o poder municipal, havia três séculos instalado, esfacelado quando uma vintena de soldados cruzara o descampado, as portas de Roma abertas para as invasões bárbaras, a Pérsia ajoelhada diante de Alexandre. A primeira das cidades – estava decidido: seria a Batalha da Prosperidade, tal qual o novo nome da cidade – deveria estar assentada na certeza de que um dia um grupo de soldados tentaria cruzar o mesmo descampado para destituí-lo e restaurar a República. Antes de caminhar gloriosamente pela capital do império, Próspero já se preocupava em assegurar que a glória não fosse efêmera. Qual verdadeiro rei não tivera preocupações semelhantes? Permanecia abismado: não imaginava que seria tão fácil, uma vez atravessado o descampado...

Enfim, deu a ordem, não de pé, bramindo o braço ereto na direção do povoado, como sempre imaginara, mas discreto, murmurando: que avance! Após o toque nas rédeas, a mula se movimentou num trote alegre, enérgica e saltitante. Percebendo sua aproximação, o arauto preparou a reverência e os soldados se perfilaram, preocupados em não desagradar ao contratante. Sentia-se sobretudo cansado, como se tivesse vencido a guerra sozinho. Mirava o campo e os corpos ali dispostos, e de repente toda a beleza que pouco dantes o comovia parecia dissipada, a língua do primeiro baleado pendente tocando a terra, o segundo morto dobrado sobre si numa pose antinatural, como se um grupo de crianças houvesse montado e desmontado o corpo, numa brincadeira excessiva, terminando por deixá-lo abandonado. Nas batalhas seguintes – pois nenhum império é imune às batalhas –, permaneceria bem assentado no trono a aguardar por notícias. Mandaria açoitar o mensageiro se fossem desfavoráveis, lhe entregaria a melhor cama quando comunicasse a vitória: tomado por súbito mau humor, apesar de tão perto do enlace sempre sonhado, decidia que, para aquela vida, bastava-lhe uma guerra.

– Rei dos reis. Magnânimo...

Descrevendo sucessivos círculos com as mãos enquanto curvava o corpo, o arauto saudou Próspero da forma como o instruíra o primeiro dos lacaios. Pôs-se então à frente da mula e se adiantou, entrando na cidade com passos largos, saltitantes, esticando muito as pernas, evitando dobrar os joelhos num ridículo excesso teatral. Ereto e orgulhoso diante dos soldados e da população rendida, tocou o tema da conquista, inflando e desinflando as bochechas enquanto enrubescia. Declamou então o longo panegírico, bem ensaiado, anunciando, com tantos títulos e adjetivos quantos fora capaz de inventar, a presença do grande conquistador, o verdadeiro rei, imperador, libertador, augusto, césar, rei dos reis.

As roupas do arauto eram novas, costuradas com a sobreposição de diversas camadas de fino tecido colorido. A corneta reluzia, o instrumento afinado com esmero para bem servir à ocasião. Os calçados, contudo, eram velhos e estavam sujos de lama, um detalhe que obviamente escapara ao primeiro dos lacaios e que ao próprio arauto deveria parecer indiferente. Um instante antes de entrar na cidade conquistada, Próspero vagueara o olhar pelas roupas coloridas e os calçados imundos, perguntando-se: qual dos dois a população ajoelhada perceberia? Tudo aquilo não seria ridículo? Não ririam dele quando o medo passasse? Não teria exagerado na realização dos antigos planos?

Deduzindo que a hora era apropriada, o jovem mercenário bateu as rédeas contra a mula, autorizando seu movimento. De pé, apoiado no cetro de onde o crânio decapitado de Tião Medonho a todos contemplava, com o manto real a pesar-lhe nas costas, Próspero enfim reviu a rua principal da cidade onde nascera, com suas lojas e residências. Ao fundo, a igreja, a torre decorada pelos tiros. No centro do povoado, o grupo de mercenários uniformizados, a população ajoelhada entre os cadáveres, cada par de olhos que, durante trinta anos, primeiro o idolatrara, depois o odiara e, por fim, o esquecera, a contemplar seu vitorioso retorno. Eis a glória pela qual ansiara toda a vida.

Os soldados saudaram Próspero com um grito em uníssono, simultaneamente batendo a coronha dos fuzis contra o tórax.

Conquistado o reino, entregavam-lhe a liberdade, outorgando--lhe o poder sobre os indivíduos para que mantivesse coeso o corpo social. Do alto da carroça, desfilou diante dos conquistados, deixando que o contemplassem, encarando a um e a outro para vê-los baixar os olhos. Lá estava a rua principal, a ele proibida por ser impossível cruzá-la sem que fosse alvo das mais terríveis zombarias. Um pouco mais distante, a colina onde os homens haviam erguido a maior de todas as casas, a antiga residência de um gigante, convertida em terra morta. À frente, a prefeitura, a imponente construção que, em si, nada significava. Porém, dali haviam partido todas as decisões que decidiram seu destino: o bom augúrio, o batismo, a frustração, a chacina e a desgraça. Quem hoje residiria na casa onde a mãe lavava roupas e recebia visitas remuneradas? Os pais ainda viviam, ou a terra já os havia coberto no campo santo dos miseráveis e indigentes? Enquanto Próspero admirava a conquista, dissecando perguntas e memórias esquecidas, mesmo os pássaros silenciavam, o ar se movia quente e lento para não lhe perturbar os pensamentos. De súbito, voltou-se, e bastou sussurrar a ordem para que fosse ouvida por cada habitante: Que lhe trouxessem o prefeito!

    Os soldados não tiveram dificuldade em localizar o mandatário, os cidadãos se afastando para indicar-lhe o caminho, incapazes de disfarçar o alívio e a curiosidade pelo destino do outro. Trêmulo, o prefeito se ergueu, buscando encontrar o olhar de Próspero, sondar suas intenções, decidido a ganhar tempo até que viessem em socorro. Num instante, refez-se, o hábil político que sempre fora adiantando os passos na direção da carroça de onde Próspero o convocara. Antes de discursar, dobrou os joelhos em elaborada e elegante reverência:

    – Próspero! Que o Senhor o abençoe. Vida longa ao nosso Próspero – a voz reverberava nas casas expostas, nas janelas quebradas, na intimidade revelada diante das famílias convocadas à rua. – Eu era um inexperiente político, em meu primeiro mandato, quando recebi a notícia de que um gigante havia nascido em nossa terra. Extasiado com as possibilidades que o nascimento representava, movido pelo impulso da saudosa juventude, confesso, eu sonhei com uma importante metrópole, sonhei o sonho de todos os homens antes de mim, sonhei grandemente, como deve ser. Os fatos, porém, solaparam os planos, e nada houve nas últimas três décadas senão a frustração por aqueles sonhos não realizados. Ainda que aqueles enormes planos tenham deixado dívidas, pagamos juntos cada promissória. Eis que hoje presencio o milagre do teu retorno, e te saúdo, Próspero. Humildemente, ponho-me à disposição para juntos sonharmos novamente. Vida longa a Próspero!

Ordenou que lhe arrancassem as pernas. Enquanto os súditos contemplavam o prefeito ser arrastado até o descampado, amarrado, mutilado e cauterizado para que dali em diante se arrastasse a mendigar pelas ruas da cidade, Próspero observava-os, interessado em saber como cada qual reagiria à barbárie. Horrorizavam-se.

Conduzido pelos passos orgulhosos e lentos da mula, deixou a cena. Inesquecível para os súditos, para Próspero, o Vil, era apenas mais uma decisão prazerosa e necessária. Diante do edifício municipal, encontrou algemados, exaustos e ajoelhados, os vencidos defensores da cidade: deveriam sentir vergonha, ansiar pela morte após terem falhado na defesa do mandatário e do povo que os alimentava. Transparecia, no entanto, estarem entre o medo e a esperança por misericórdia, revelando-se dispostos a jurar fidelidade ao novo rei, beijar-lhe os pés e executar ordens atrozes, em troca da palavra que os salvaria. Haviam sido derrotados por nada valerem, por banquetearem em meio ao tiroteio, acreditando que bastaria disparar a esmo até que alguma força estadual viesse acudi-los: Próspero cogitou ordenar que lutassem sem armas até que um último sobrevivesse, a este oferecendo a misericórdia. Julgando, porém, que o espetáculo seria indigno da conquista, concedeu-lhes um tiro de misericórdia na nuca. As pernas decapitadas do prefeito e a execução dos soldados vencidos revelavam ambas as faces do rei. Os súditos, contudo, não compreenderam sua infinita benevolência.

Entrou na prefeitura depois de os mercenários terem revistado o prédio. Decepcionou-se com os adversários, uma vez mais, ao ser informado de que não havia armadilhas. A defesa fora patética... Que falta lhe fazia Tião Medonho! Se pudessem trocar ideias, gargalhariam juntos – eram cômicas as preguiçosas decisões daquele bando de incompetentes.

Apreciou o modo como as rodas enlameadas da carroça marcaram o piso importado: ainda montado, ordenou que os retratos de todos os antigos prefeitos fossem atirados à rua e queimados. Mandou também destruírem os símbolos republicanos, os poucos presentes oferecidos por um ou outro governador no período eleitoral, diferentes versões de códigos legais e constituições já caducas, estátuas de inspiração greco-romana compradas em promoção.

A maior das cadeiras foi disposta no maior dos cômodos para que servisse provisoriamente como trono. Um gabinete foi esvaziado, os móveis, atirados pela janela: nele instalaram uma enorme cama, retirada da casa do primeiro dos proprietários rurais. O padre foi chamado para que abençoasse o recém-fundado palácio e preparasse a missa da coroação; Próspero garantiu que Igreja e Estado caminhariam lado a lado. Escolheu-se do corpo marcial uma unidade de elite: deveria buscar a garçonete, descobrir se engravidara, encontrar o descendente e trazê-lo para o reino.

Os preparativos iniciais organizados, o primeiro dos lacaios compreendeu que era o momento da cena final. Mandou buscar o mais antigo habitante, um velho que exibia vasta cabeleira branca desde o nascimento de Próspero e, surpreendentemente, ainda vivia. Indiferentes aos ossos carcomidos, às maldições praguejadas e movimentos sofridos, puseram-no de quatro na lateral da carroça para que, pisando-lhe as costas, o novo rei desembarcasse em segurança.

Após tantas horas mal equilibrado sobre a carroça, Próspero estranhou a estabilidade do piso, o que não o impediu de dar os dez passos finais da conquista e se sentar no trono. Descansou o cetro, contemplou os soldados e lhes agradeceu com um movimento mínimo do queixo: um grito de vida longa ressoou, para marcar o fim do ato.

Percebendo o velho ainda de quatro ao lado da carroça, tal qual a mula, ordenou que viesse de joelhos beijar-lhe a mão antes de ser dispensado. Os mercenários ergueram-no pelos ombros e o arrastaram até o rei. Contemplando suas formas caquéticas, Próspero dele lembrou-se, era um dos tantos que haviam frequentado a casa materna em horário impróprio, que lhe gritara ofensas cada vez em que, sozinho, caminhara pela rua principal. Por certo também se havia oferecido para auxiliar o pai na construção da maior de todas as casas, a residência de um gigante, bem como se aliado à turba que decidiu incendiá-la. Esticou a mão para o velho, que a tomou como se apanhasse um pássaro, cuidadoso. Que a beijasse e partisse de uma vez: a cena era deplorável. Desviou o olhar, desinteressado da humilhação alheia, mas de súbito voltou-se, espumando ao perceber, primeiro pela umidade gosmenta, depois pela visão do caldo esverdeado a lhe escorrer entre os dedos, que o desgraçado do velho havia escarrado em sua mão. O desgraçado! A mão escarrada e o velho a sustentá-la, olhando-o nos olhos em saborosa indignidade, tal qual a criança que propositalmente desobedece para conhecer a reação dos pais.

– Você é o filho pródigo desta cidade.

Puxou o braço, enojado, enquanto o velho balbuciava a frase ainda com um resto de baba a escorrer pelo queixo. Um instante depois, os dedos já estavam limpos, secos e perfumados, e o velho morto e esquartejado, o sepultamento proibido, a cabeça exibida na entrada da cidade, os membros suspensos em diferentes árvores.

Os soldados deixaram o palácio real para exercitarem alguns abusos. Em vão, o primeiro lacaio tentava animar o novo rei, sugerindo maneiras de estruturar o governo. Perturbado, sem compreender ao certo as próprias impressões, Próspero preferiu retirar-se para o aposento real. Trancou a porta.

Descansou o cetro com a cabeça empalhada de Tião Medonho sobre a enorme cama, ajeitando o rosto morto do adversário sobre o travesseiro. Despiu-se do opressivo manto real, satisfeito por se livrar do seu peso. Descalçou os sapatos que lhe elevavam a altura, movendo os artelhos para aliviar a dor. Ainda incomodado, livrou-se das meias e do cinto, abriu os primeiros botões da camisa e tirou-a para fora da calça: o tecido parecia queimá-lo; o quarto vedado era uma prisão. Inspirou e expirou repetidamente, como se houvesse escapado do afogamento: que havia consigo? Pela primeira vez na vida, ansiava por se despir, mas o dia já tivera de excessos o suficiente.

Destravou a porta envidraçada e saiu para o balcão; algum vento, ainda que morno, lhe faria bem. O ar, porém, estava parado. Na ponta dos pés, dependurou-se para observar a rua principal, ver os corpos ainda estendidos, a torre da igreja crivada de balas, os pequenos comércios fechados, as vitrines quebradas. Não foi capaz de identificar, dentre as mal distribuídas ruas secundárias, onde vivera com a mãe. À frente, o infinito campo, seu primeiro lar, os escombros calcinados do que um dia fora a residência de um gigante.

Pensou uma vez mais no velho que lhe escarrara nos dedos: mandaria também queimar sua casa, desabrigando seus filhos e netos. Por que o desgraçado lhe escarrara na mão? Pisara em suas costas, era verdade, mas sairia vivo dali; não era para tanto. Que tipo orgulhoso, o velho: tais sentimentos não cabiam aos miseráveis. De que valera? Incomodava-o a afirmativa de que era um filho pródigo, logo ele, o verdadeiro rei, o príncipe cujo trono fora usurpado pela ignorância daquela gente. Como poderia ser um filho pródigo, se era o herdeiro legítimo? Tentava concentrar-se nos planos para a futura capital do império, no recrutamento dos homens para as grandes obras, na nova disposição do traçado urbano, nas casas que seriam derrubadas, nas estradas abertas – na pirâmide! –, mas se punha de volta a notar a própria mão úmida, escarrada, e o olhar de satisfação do velho, diretamente no fundo de seus olhos, livre como só um maldito pode ser. Não podia julgá-lo um filho pródigo pois era o primeiro dos filhos da cidade, aquele que a salvaria, que conduziria aquilo que era apenas um ordinário conjunto de casas ao seu verdadeiro e singular destino histórico. Ou estava certo? O velho o confundira com o gesto; nascera, porém, gigante, o maior bebê do mundo, e justamente naquela bárbara borda de terra: eis os fatos. O resto era uma ridícula opinião dos que sempre preferem a tradição ao progresso. Aquele conjunto de casas surgira para ser grandioso. Ao renegarem-no, atrasaram o destino. Rebatizada de Prosperidade, a cidade encontraria a verdadeira e inescapável glória; aquele seria o primeiro dia de um reino de mil anos.

    Focou o olhar quando notou que alguém acenava; o que era aquilo? Sorriu, imaginando que se tratava de um primeiro súdito a reconhecer a maravilhosa importância do dia, de um reino inaugurado para além de alguma violência necessária. Num instante reconheceu o carroceiro, o rapazote imberbe que o conduzira por toda a província recebendo pagamento mínimo, o pobre diabo que bem fizera em humilhar ao longo do caminho, maldizendo os infinitos passos da mula. Que ali fazia, o inútil? Se vinha cobrar, mandaria esquartejá-lo, aproveitando as facas ainda quentes dos mercenários, porém se sentia alegre com o reencontro, a repentina fuga do outro o tendo decepcionado.

    Ergueu discretamente a mão, mostrando que o reconhecera. Em resposta, o carroceiro fez uma perfeita reverência, dobrando os joelhos, torcendo as costas e abaixando a cabeça, apresentando-se como orgulhoso súdito, quem sabe reivindicando a posição de favorito. O poder... Mesmo o mais ignorante dos homens sabe reconhecê-lo... Sabendo que não poderia ser visto dali, Próspero sorriu, satisfeito. Então, deu as costas à cidade conquistada e ao súdito, voltando-se para o interior do palácio.

Disseram que em outra terra havia um homem que guardava nomes: havia.

A satisfação com que o secretário se apresentava naquela manhã diante de Clarque Roquefeler, a liberdade que se permitia, indicavam que a empreitada fora bem-sucedida. Não se tratava de um crime, mas de uma transação. Pediu-se uma ordem: uma ordem foi proferida. O outro dava-lhe prejuízos, ano após ano. Não mais! Não se tratava de um crime, mas de uma correção contábil, um investimento. Uma liquidação. A manhã começou adorável, sem uma dose excessiva de silêncio ou qualquer boato armado contra si. O café forte, quente, aguardava-o como um sinal de bom agouro. Permitiu que o secretário gracejasse, contasse um conto de estrada para rirem juntos. A descontração indicava o sucesso. Findo o desjejum, passaram ao escritório a fim de tratar dos detalhes.

Disseram que em outra terra havia um homem que guardava nomes: estava morto. Só havia então um único detentor do título, que, sentado no escritório, diante do secretário, sorria. Fumavam juntos os charutos, trocavam elogios. Os prejuízos seriam apenas narrativa, contos bem-humorados sobre os desafios dos primeiros dias. Todo homem bem-sucedido precisa dispor de histórias de superação. Não mais os boatos a se anunciarem, a acusação de ter negado um nome a uma pobre devota, a insinuação de que insuflava os trabalhadores tal qual fizera com o Ernestinho – e quem raios era Ernestinho? Celebravam. Os problemas vencidos, os inimigos derrotados, as perdas comerciais sepultadas: o rancor convertido em graça. Finalmente, a paz da prosperidade.

Trancou a porta, certificou-se de que ninguém se colocava debaixo da janela para escutá-los. Moderou o tom de voz: Como se dera? Estava resolvido, era melhor que não soubesse. O secretário tinha razão: a ignorância era uma aliada. Contudo, permitia-se um instante de curiosidade, um descuido. Sofrera? Naquele dia e naquele cômodo, diriam tudo que havia para ser dito. Nunca mais tocariam no assunto. Nenhuma menção, nenhum olhar, exceto ali. As paredes sepultariam o segredo.

– Veneno, patrão.

Não deveria dizer mais nada, era imprudência, mas detalhou que o guardião de nomes, perdão, o outro, que se passava pelo guardião de nomes, alimentava-se do que o povo levava, das oferendas. Bastou impedir as visitas por alguns dias e então enviar o preparado. Simples como arapuca de passarinho.

– Rápido?

– Deitou-se para dormir e não acordou mais. Fechou o livro e adormeceu.

Certamente o secretário exigiria um aumento, e merecia. Talvez fosse preciso forrar-lhe os bolsos e dispensá-lo, o que faria com prazer. Não podia mais admiti-lo na família, pois as letras de seu nome continham sangue. Não era crendice: era numerologia. A soma de seu nome fora maculada. Talvez travassem o último diálogo cordial, pois haveria exigências. Só com sangue se paga o sangue derramado. Era melhor que dissesse tudo. E depois, o que houve? Quem o encontrou?

– Depois houve um grande silêncio, doutor.

Contou o secretário que alguém entrou e saiu. Depois, entraram muitos: saíam e voltavam. Deu-lhe agonia imaginar o próprio corpo assim exposto, pronto para ser observado, tocado por qualquer um. Temeu que os populares começassem a arrancar-lhe as carnes, buscando relíquias. Chegou um guarda, trouxeram um lençol, um caixão. Ninguém roubava nada da casa, o que era estranho. Pela mão do povo, o guardião de nomes, digo, o outro, que se fingia de nomeador, foi lavado, vestido, acomodado no caixão. Carregaram-no até o campo santo. Não dobraram os sinos, não houve anúncios, mas todos sabiam. O silêncio. O calar-se. Ninguém dizia nada e todos chegavam, vindos de todos os cantos; uma multidão, como se fosse falecido o pai de toda a gente.

– Muita gente?
– Como se não houvesse mais lugar no mundo, patrão.

Cavaram os homens a cova com as mãos: por algum motivo, recusaram os instrumentos. As carpideiras, mesmo sem terem sido contratadas, batiam no peito e exibiam a face avermelhada. De todas as partes surgiam carroças, famílias inteiras vindas de longe para testemunhar o sepultamento. Até um anão de circo, metido num terno! Políticos abraçando as gentes, vendedores de jazigos e de pipoca. As pessoas entre comovidas e assombradas, um homem repreendido porque contava piadas, outro a pedir que todos tirassem o chapéu.

– Você tirou?
– Tirei, patrão.

As alças do caixão disputadas, pois da família só havia o filho. Fotógrafos. Jornalistas. Nenhuma flor, nenhum padre. Alguns policiais para manter a ordem, mas não era preciso. Todos se prestavam a defender a solenidade, como se se tratasse de um santo.

Quando o corpo foi deitado na terra, o gemido de toda a gente, enfim, transbordou. Primeiro, as carpideiras. Depois os velhos, as mulheres, até as crianças. Um policial secou as lágrimas. Não apenas o choro: um urro coletivo, dolorido, como se, ainda a bater, o coração estivesse sendo arrancado do peito. Como se todos, simultaneamente, soubessem do filho morto na guerra. Como se constatassem, juntos, que o passado era sepultado e não havia mais esperança.

– E você, chorou, peão?

– Funguei um pouco, patrão.

Contrariado, pediu que prosseguisse. Só lhe interessava a história pela certeza de que não viriam acusá-lo; o secretário, no entanto, se dispunha à poesia. Somente numa terra atrasada os estelionatários se punham a santos e os matadores, a poetas. A terra errada desde o nome, desde a escolha das letras: não era opinião, era ciência. A cada minuto nasce um trouxa, e o secretário se esforçava para se reunir ao grupo. A sedução da manada. Que contasse aquilo de uma vez!

Faltava apenas o enterro, que o esquife fosse coberto pelas mãos dos mesmos homens que haviam revolvido a terra. Ninguém se movia. Seguiam a derramar as lágrimas, a contorcer o corpo, a se estapear, desesperados. Não queriam que terminasse. Gritavam para que ressuscitasse, patrão! Comovidos, ninguém se prestava a nada. Não se depositava sobre o túmulo a primeira mão de terra: permaneciam estáticos, como se o final pudesse ser outro que não o pó.

Não soube como começou: quando se deu conta, já havia acontecido. Pedaços de papel recortado, canetas, lápis, e, depois, peças de roupa rasgadas, farrapos, tocos de carvão nos quais as pessoas escreviam seus nomes, toda aquela gente a registrar humildemente o próprio nome da forma como era possível – com a terra, quando acabou o carvão, com as unhas, se faltasse terra. Entre letras trocadas, grafismos malfeitos, entre analfabetismos e erudição, com canetas importadas ou lama, todos os nomes marcados, registrados, escritos. Os nomes de toda a gente assim dispostos.

– De todos?

– Menos o do filho, nisso todo mundo reparou.

– E então?

E então depositaram os nomes sobre o esquife. Nomes. Tantos nomes e assim, com eles, o corpo foi enterrado. Algo bonito, patrão. Ao invés de flores, o nome de toda a gente.

– E você, também colocou seu nome?

– Coloquei sim, patrão.
Socou a mesa.
– E depois?
– Depois partiram todos, sem nome, de volta. Todos os nomes deixados para trás. Os nomes sepultados para que o nomeador os guardasse, para que junto dele descansassem. Eu mesmo, depois daquilo, não mais chamei, nem fui chamado. E acho que vou ficar assim, sem nome.
– Filho da puta.
Colérico, fez-se imprudente – expulsou o secretário! Não obstante o pagamento combinado, o cálculo, a frieza que sempre o acompanhavam em cada golpe, expulsou o bandido, o vendido, o traidor. Aquilo não tinha limites! Era incabível! Só naquela terra o matador se prestava a homenagear a vítima, a tirar o chapéu e entregar o próprio nome. Aquela gentinha, o povo da terra, escrevendo os nomes com os dedos sujos de lama, em trapos, e os depositando sobre o caixão? Era nojento. Só numa terra atrasada aquilo era possível. Era de uma ignorância perturbadora. Tudo distante demais da verdadeira ciência dos nomes...
Demorou a se acalmar. Tirou um charuto, reservado para a ocasião e, tragando-o sem pressa, recuperou-se. A raiva contra o secretário, contra as gentes, voltava-se então contra si: fora imprudente! Primeiro, ao expulsar o capanga. Uma bobagem, um desatino, mas podia remediar. Logo se acertava. Liquidar o adversário, contudo, fora um erro: não deveria tê-lo feito. A comoção daquilo fora exagerada, não imaginou que assim se daria. Com um sepultamento daquela proporção, como seguiria apresentando-se como o outro? Como ainda se diria o guardião de nomes, e venderia a ciência dos nomes? Haveria perguntas demais, histórias demais. Haveria, entre cada orientação quanto ao correto assinar, o questionamento se não era um discípulo, pois haviam escutado sobre o maior dos funerais. Errara ao não calcular corretamente as consequências. Seu talento estava em

acreditar em si, não em prever. Errara. Seria possível reverter? Certamente, haveria uma forma.

Dispensou o almoço. Passou a tarde fechado no escritório, entre charutos e cálculos, afastado do dia. Quando pressionou o derradeiro charuto contra o cinzeiro, desfazendo-o, a noite se punha. Onde estava a família? De repente, notou a casa quieta demais, envolta num silêncio excessivo. Rodeava-o o calar que sempre temera. Onde estavam todos?

Abriu a porta do escritório, avançou contra a casa calada. Chamou, mas não recebeu resposta. Forçou a voz, mas ninguém veio atendê-lo. Adiantou-se para o balcão e do primeiro pavimento contemplou a casa cercada. Todos ali. Conhecia-os. Exibiam o papel amarelado dos bilhetes de loteria falsificados e a certeza de que não seriam ressarcidos. Não queriam nomes, nem contos, tampouco uma moeda: estava perdido. Com a morte do guardião de nomes, toda a província atinara para a fraude: ele não era o nomeador, mas um vendedor da ciência dos nomes, que migrara do golpe dos papagaios inteligentes para o das assinaturas refeitas. A cada minuto nasce um trouxa e todos haviam atinado, simultaneamente, que ele os enganara. Ante a turba, não haveria diálogos, estratagemas, explicações. Não lhes poderia oferecer uma compensação em cheque a ser sacado, ou afirmar que só iria ajeitar os cavalos, para assim escapar. Estava perdido.

Constatou, abismado, que, apesar de terem fechado todas as saídas, não haviam roubado as maçanetas importadas ou vasos de cerâmica no jardim. Reclamavam o prejuízo, mas não se interessavam em receber a dívida dilapidando a casa. Queriam-no, e sequer sabiam seu verdadeiro nome. Se o destroçassem sem conhecer-lhe o nome, era como se não houvesse existido.

Enquanto os mais exaltados escalavam o muro, aproximando-se perigosamente do balcão de onde observava a iminente tragédia, ele subiu nas grades que levavam ao telhado. Sobre as telhas, contemplando do alto tudo que conquistara, viu chegarem pelo lado oposto novos atacantes. Queriam-no. Não, não exatamente a ele, mas a Clarque Roquefeler, sem saber que já tivera muitos outros nomes. Mal equilibrado, pôs-se na borda do telhado e revelou o segredo que escondera até de si: gritou seu nome de batismo, aquele inventado pela mãe, o nome mais bonito. Atirou-o à multidão, como derradeira ofensa. Que soubessem, que dele se lembrassem. Que os marcasse.

Então, caiu.

Percebeu primeiro o gosto amargo na boca, a cinza do cigarro, havia muito apagado, impregnada às mucosas escuras a lhe estragar o paladar. O sol lhe cutucava os olhos fechados, contrapondo, ao prazeroso calor matinal, as sensações desagradáveis: os músculos entorpecidos pela má posição, o estômago vazio, os pés doloridos graças aos chutes irritados dos passantes. Sentado diante de casa, Pródigo, entre um e outro gole de aguardente, sonhara que, riscando os nomes no livro do pai, se tornaria detentor do poder sobre a vida e a morte. Adormeceu contente, acordou miserável. Que desgraça despertar à vista de todos, envergonhando-se gratuitamente. Pelo comportamento naquela noite, merecia mesmo perder os direitos de herança...

Lentamente, pôs-se de pé, atraindo olhares. Esticou os braços, moveu o pescoço e, antes de entrar, chacoalhou os ombros. Com a porta ainda aberta, despiu-se: se nele reparavam, que lhe vissem a bunda. Escarrou no chão, na entrada, prevenindo-se: se o expulsassem, como anunciado, o cuspe seco atestaria que nunca ali quisera viver.

No banho, incapaz de raciocinar, deixou a água lhe cutucar a cabeça e escorrer pelo tórax. Talvez assim expulsasse a letargia. Alongou os músculos até o limite, ensaboou-se – ansiava por se livrar dos odores da madrugada –, gargarejou e cuspiu a água. A luz da manhã, combinada às gotículas d'água e à corrente de vento, a soprar da pequena janela, dissolvia o plano mágico da noite. Saboreara, poucas horas antes, a perspectiva do milagre que o faria um homem poderoso. Naquele amanhecer, porém, já não conseguia crer em nada além do despejo e da mendicância. Riscar os nomes dos tios em um livro e assim matá-los, ficando com todo o patrimônio: como pudera acreditar seriamente nisso? Banhava-se com cuidado, talvez fosse seu último banho gratuito em anos; preparava-se para os dissabores que, certamente, o espreitavam da esquina.

Enrolado na toalha, caminhou pelos cômodos; saboreava, em cada um, a sensação de posse. Nu, estendeu-se na cama. Voluptuosamente, entregou-se ao toque macio dos lençóis, os mesmos em que o pai repousara. Queria deixá-los bem sujos para o primeiro desgraçado que ali se deitasse, após se apropriar da casa. Os planos de desforra, contudo, foram frustrados pelo corpo, que o condenou a espreguiçar-se enquanto rolava de um lado para o outro, atribuindo a incapacidade à noite mal dormida.

Com o ventre exposto, observou o teto, admirando a luz a vaguear pela argamassa. Será que o aceitariam de volta no criadouro de porcos? Lá ao menos teria comida – pouca, é verdade –, e um teto semelhante àquele, embora embolorado e compartilhado com uma vintena de empregados. Maldissera o patrão, jurara nunca mais voltar, mas apenas de si para si; nada fizera além de abandonar o serviço e sair às pressas para acompanhar o enterro do pai. Não era algo injustificável. Se não houvesse outro a criar os porcos, poderia retomar o lugar que havia deixado. Seria possível? Primeiro, aguardaria pelo improvável milagre da morte súbita dos tios. Depois, assinaria o maldito acordo. Talvez conseguisse uma carona que o dispensasse da caminhada...

Felizmente não expusera, aos desgraçados do criadouro, o plano de se fazer herdeiro e jamais voltar. Desconheciam que, na mão firme com que sustentara a alça do esquife paterno, buscava carregar a si mesmo para uma nova vida. Ao menos poderia voltar, pretendendo ter comparecido apenas por respeito ao pai. A bem da verdade, se soubesse que seu destino seria retornar, ainda assim teria partido, satisfeito com um único dia a se desperdiçar, a gastar no bar as notas graúdas do trabalho alheio, a desfrutar plenamente da parte que lhe cabia, ainda que modesta. Mesmo que só lhe oferecessem um aperto de mão e o lugar de honra em um jantar após o sepultamento, uma deferência qualquer, teria partido, e pelo simples prazer de mostrar aos desgraçados com quem dividia a labuta ter algo que nem o guardião de nomes lhes poderia conceder: um sobrenome. Assim foi quando a morte encontrou o barão: espalhava o sal sobre a lavagem, sentindo o estômago torcer-se pelo almoço magro e ainda distante, quando, em comitiva, os companheiros trouxeram a notícia, adiantando que o patrão já sabia haver, entre os empregados, um neto do barão Álvares Corrêa, filho do sétimo filho. Se fosse acompanhar os funerais, não haveria problema, fariam seu trabalho. Cuspiu no chão, desdenhando. Em seguida, agradeceu aos camaradas com honestos apertos de mão, esclarecendo que escarrara nos pés do avô e batera a porta, disposto a jamais retornar, mesmo que para contemplar-lhe o cadáver. Impressionou-os: além de um sobrenome para exibir, Pródigo tinha, entre os ancestrais, um barão para esnobar.

O patrão partiu tão logo recebeu a notícia, após organizar uma pequena comitiva e delegar instruções. Se sabia do neto entre os empregados, também adivinhava-lhe a posição na importante família, dispensando-se de convidá-lo para acompanhar o enterro. Pródigo comportou-se adequadamente nos sete dias que se seguiram, inclusive quando badalou o sino próximo, como certamente repicavam por toda a província, indicando o corpo a descer à terra, sob enorme construção de mármore. Fingiu alguma dor e imenso rancor, sem saber se de fato os sentia, atento aos relatos dos empregados sobre o funeral, histórias imprecisas que, de boca em boca, venciam a distância: o imenso cortejo, as maiores autoridades, os parentes todos presentes, à exceção do sétimo filho, o dito guardião de nomes. Flores frescas sobre a campa, exaustivos discursos, aplausos. Tiros militares: as três armas e os três poderes reverenciando a grandeza do barão Álvares Corrêa.

Ouvindo as diferentes narrativas, todas grandiloquentes, Pródigo ficou satisfeito por não ter comparecido. Se, no criadouro, podia exibir seu rancor, no funeral estaria condenado à casa do pai, obrigado à desimportância. Sequer poderia voltar e mentir sobre uma alça do caixão reservada para si, dizer-se o neto predileto, pois lá estavam o patrão e mil olhares populares a tornar lenda cada gesto. Nu sobre a cama do pai, uma vez mais concluía que bem fizera ao ficar, resguardando-se o papel do ofendido.

O patrão retornou e mandou chamá-lo, a convocação em frente aos empregados servindo para reforçar seu prestígio. Ensaiou recusar o convite – àquela hora, não poderia –, mas seria forçar os já favoráveis fatos. Entrou na casa grande com a coluna reta, limpou os pés no capacho para exibir as botas asseadas. Que soubessem: ali não estava um reles empregado, mas um herdeiro usurpado. Se pretendia conversar, o patrão dialogaria com um semelhante, descendente de um barão; um superior, na verdade, embora empobrecido, pois o outro era um proprietário, e Pródigo era um nobre. Sentou-se e aceitou uma dose de uísque, sem ter certeza de que lhe fora oferecida. Havia aprendido que, entre homens de qualidade, as formalidades eram dispensáveis.

Sem preâmbulos, o patrão esclareceu que lhe narraria os fatos não por especial predileção ou atenção – era um empregado como qualquer outro –, mas em honra à memória do grande barão Álvares Corrêa. Além disso, ansiava por descrever o vivido – quantas vezes era possível ver morto um grande senhor? – e, se todos os homens de valor já haviam acompanhado os ritos fúnebres, restava-lhe escolher algum dos brutos dali para transmitir o que vira. Quem melhor do que Pródigo? Contando-lhe, honrava o barão e, ao mesmo tempo, oferecia um tento à própria honra. Ajudava-se também a fixar os fatos, adornando-os tanto com os detalhes percebidos quanto com os imaginados, para, assim bem guardados, permanecerem como prova de quem era e do que pensava do mundo. Com os músculos agradavelmente distendidos sobre o colchão, e ainda exposto o sexo flácido, Pródigo descansou as mãos sobre o rosto enquanto se lembrava do tom desapaixonado com que o patrão lhe narrara o funeral – se precisasse contar para viver, certamente aquele proprietário passaria fome. Chegou cedo, motivo pelo qual parabenizou os cavalos, dando-lhes cenouras. Dispensou a comitiva. Desfeitas as malas, trocadas as roupas, ocupou-se de um convescote informal com os demais proprietários, no qual debateram as cinco décadas de negócios do barão Álvares Corrêa, os comentários girando principalmente sobre a tresloucada aventura empresarial capitaneada pelos filhos. Depunham, alternando-se, contra a absurda movimentação de gente e capitais – como se estivessem no além-mar, ignorando que aquela terra atrasada não tinha apetite pela pujança! –, insistindo que não era mais o tempo de desbravar a terra, quando qualquer empresa era possível, pois muita coisa ainda não havia no mundo. Era o tempo dos sábios, dos experimentados; passara a época da aventura. Todos concordavam que aquelas ideias nasciam dos filhos, que estudavam negócios no velho mundo e voltavam crentes de que bastava aplicarem-se os cálculos para se dobrar a terra. Não percebiam que as planilhas não computavam a moleza dos recém-libertos, as máquinas sabotadas, a fome de toda uma família que um único par de braços deveria saciar, as revoltas que estouravam aqui e acolá e contra as quais era preciso contribuir, visando manter as boas relações com o Estado. Um homem como o barão Álvares Corrêa, experimentado na empresa antes de nascer, jamais deveria ter se permitido tamanha entrega. Se os filhos queriam administrar uma granja, que antes aprendessem a engordar uma única galinha! Era incabível a criação de avestruzes, bem como todos os demais lances empresariais do barão Álvares Corrêa. Reunidos, os barões concordavam, aproveitando-se dos episódios para se adularem, bebendo juntos, compartilhando conceitos, expondo os fatos para deles degustarem.

O banqueiro atraiu as atenções ao detalhar a difícil decisão de executar as propriedades que garantiam os empreendimentos do barão Álvares Corrêa. Escolheu com cuidado o momento do relato, que servia de alerta aos endividados proprietários. Exagerava as reticências, cuidando para que não os dispusesse contra o sistema financeiro. Contou, como se confessasse, que tomara para si a responsabilidade de comunicar a execução, acompanhado apenas do oficial de justiça. Na data escolhida, sentira-se aflito ao entrar na fazenda, refazendo o caminho que, num dia distante, cumprira para saudar o barão pelo primeiro filho nascido vivo. Encontrou a estradinha sem pedras – até aquilo as gentes roubavam... –, as fezes e ervas daninhas a reclamarem o centro do caminho, os pomares mortos por falta d'água, as árvores transbordando de pragas, as paredes da casa desbotadas. Se outrora contavam-se os empregados aos milhares, só haviam restado os mais velhos, os que não teriam serventia em qualquer outro sítio. Proliferavam os cães vadios, como se a fazenda os criasse. Era o forte de um general vencido; vinha tomar-lhe a arma. Tudo denunciava a diáspora, exceto a capelinha, ainda nova, da qual se lembrava pelas menções estarrecidas do desterrado padre Martinho. Qual a sanha divina que levava uma mesma terra a enfrentar a prosperidade, o abandono, novamente a prosperidade e, uma vez mais, o abandono? Que poderia significar tudo aquilo? – divagava, já em termos metafísicos.

Previdente, o banqueiro contou que desceu do carro com o chofer de sobreaviso, ciente da possibilidade de serem recebidos pelas armas. Gracejou que o oficial de justiça demorou-se covardemente dentro do carro. Ignorando-lhes o temor, o barão abriu as portas e os convidou a sentar, oferecendo o que de melhor havia na província cujo governo recusara uma dezena de vezes. Deliciaram-se, falaram de política e das notícias de além-mar, rindo de casos antigos, analisando o desfecho de guerras encerradas muito tempo atrás. Desfrutavam relaxadamente do café, dos charutos e do xerez quando o barão entrou no assunto, valendo-se da delicadeza com que um nobre depõe a espada: esclareceu que sabia porque ali estavam, e pediu que fossem rápidos e eficientes na execução das hipotecas. Nada o tornaria mais feliz do que ver leiloadas as vastas propriedades registradas em seu nome. Em verdade, nunca lhe haviam pertencido. Estava felicíssimo com aquilo! Assim se despediram.

    Apesar das reticências mencionadas pelo banqueiro, a terra foi prontamente fatiada. Os amplos campos, nos quais primeiro havia germinado a cana e por fim os avestruzes, converteram-se em uma infinidade de pequenos lotes, na terra sendo erguidas toda espécie de desorganizadas construções, a lei de zoneamento interpretada de acordo com a conveniência. Enquanto viam a paisagem transformar-se, os velhos empregados diziam-se horrorizados, aviltados, e se reuniam após a missa, em frente à capelinha da santa, para reclamar. Apesar do incômodo, vendiam aos novos vizinhos tudo que se podia retirar da casa grande: jogos de panelas, talheres, toalhas importadas marcadas pelo bolor, lençóis e travesseiros, por fim as madeiras que formavam as coelheiras, currais e chiqueiros, lucrando com a incrível capacidade de adaptação dos novos habitantes. Quando o mais velho dos empregados, justamente o que oferecia ao barão a mais servil postura, vendeu as cadeiras da sala de jantar, deixando apenas uma última, na qual o barão poderia fazer as refeições sem qualquer convidado, uma palavra de assombro percorreu cada par de lábios. Se a indiferença do barão Álvares Corrêa poderia soar como alerta, o sorriso que manteve nos lábios, a se balançar satisfeito enquanto o patrimônio era dilapidado, foi a senha que autorizou os irrestritos saque e pilhagem.

Calcularam os barões que foi necessária apenas meia década para que as vastas terras dos Álvares Corrêa fossem completamente fatiadas. Do que um dia fora dito império, restaram a centena de pequenos comércios insolventes, as placas desbotadas das ruas, o descampado de um projeto de praça nunca executado, os nomes dos sepultados membros do clã que flutuavam nas línguas das gentes sem que se soubesse ao certo como ali haviam chegado. Mal orientando-se pelas ruas desorganizadas, identificando numa viga o que fora a porteira da fazenda e nos alicerces quebrados os vestígios das raízes das árvores cortadas, chegava-se à enorme casa onde o barão Álvares Corrêa ainda habitava, cercado por menos empregados conforme o espólio diminuía, limitando-se a maldizer o desgraçado do sétimo filho e a noite em que fora anunciado. Recusava-se a comparecer às audiências ou constituir o advogado que poderia atrapalhar os trâmites e retardar as execuções. Talvez aquilo não fosse soberba, comentavam os barões. Talvez, numa espécie de psicopatia, o barão Álvares Corrêa acreditasse que muitos homens haviam erguido e perpetuado impérios, porém eram justamente os senhores depostos, aqueles que contemplavam a Roma invadida e saqueada, os que mantinham o próprio nome bem fixado à história. Fato era que, para espanto dos empregados, indiferença dos filhos, que continuavam a receber a mesada, e satisfação dos investidores, o barão Álvares Corrêa seguia sorrindo ante cada nova execução hipotecária, como se fosse ele a lucrar com aquilo. O vasto horizonte de uma capitania convertida em milhares de minúsculos lotes sobrepostos. Era algo possível de se contemplar pouquíssimas vezes na história daquela terra...

Vendidos os lotes mais cobiçados e recuperado o capital investido, o banqueiro e os investidores decidiram executar os títulos menos atrativos, as áreas pantanosas, nascentes de rios, os lotes com construções de difícil remoção, entre elas o espaço que contava com a pequena capela construída em homenagem à então santa popular – ou assombração: contava-se que a suicida, alma sem descanso, vagava pela região em busca de vingança. Diziam que aparecia aos pés das camas das vítimas e questionava os nomes dos sete filhos que deixara, esganando quem não respondesse corretamente. Imaginou-se que a Santa Sé, ou qualquer grupo de fiéis, organizados em cotas, adquiriria o lote, mas quem ofertou o maior lance e pediu imediata autorização para demolição foi um agente imobiliário. Os empregados contaram que, quando as máquinas se aproximaram, o barão Álvares Corrêa posicionou-se fardado e armado na sacada do primeiro pavimento, as vestes rotas e desprovidas de medalhas, o cano do fuzil enferrujado, as botas de coronel carentes de graxa, inadmissíveis no Exército regular ao qual o barão nunca se apresentara. Adivinhava, com um olhar triste, a iminente demolição, sentindo nos lábios espremidos e queixo endurecido a proximidade da conversão da capelinha, da qual cuidara por toda a vida, em um emaranhado de pedras violentamente espalhadas que os novos vizinhos rapidamente recolheriam. Bastou um movimento da máquina para que a construção fosse abaixo. Simultaneamente, todos os habitantes se benzeram, considerando heresia o gesto contra a morada da santa. Os velhos empregados da fazenda tocavam-se nos ombros, apoiavam-se uns nos outros, como se assim fosse possível preencher o estranho vazio que sentiam. Quando o mais antigo deles subiu as escadas, levando consigo o anúncio que haviam preparado o prato preferido do patrão para aquela triste noite, empurrou a porta e notou o barão Álvares Corrêa de costas, a contemplar das janelas cerradas o que um dia fora a inalcançável fronteira dos seus domínios. Chamou-o. Sem obter resposta, aproximou-se para tocá-lo nos ombros, a fim de despertá-lo: não despertou. Através dos olhos semicerrados e sem vida, talvez contemplasse, em um desfile, todos os nomes que sonhava ter escolhido para povoar aquela vasta terra dilapidada.

O patrão não compreendeu a expressão alegre de Pródigo enquanto descrevia o derradeiro dia do barão Álvares Corrêa, incapaz de calcular quanto o neto se deliciava ante a visão daquele farrapo humano. Quanto maior a estatura do homem, mais bela sua derrocada. Prosseguiu listando as honras ofertadas ao corpo morto do primeiro dos proprietários daquela vasta terra, enumerando-as com tal precisão que parecia tê-las memorizado para exigir o mesmo em seu próprio funeral, ainda que a família tivesse de liquidar todos os bens para satisfazer-lhe a vontade póstuma. Marchadores puro-sangue puxavam a carruagem adornada em ouro que levava o caixão do barão Álvares Corrêa, as patas bem lustradas pisando em passo lento e respeitoso o tapete de flores frescas que forrava o caminho até a campa. Vinte e um oficiais dispararam os fuzis, e todos aplaudiram o morto até que lhes doessem as mãos. Durante os três dias seguintes dobrariam os sinos, enquanto os religiosos se alterariam na inesgotável repetição de missas fúnebres. Entregue o corpo à terra, as autoridades discursaram, elogiando o barão, relembrando-lhe os dias antigos. Pareceu ao patrão, conforme confidenciou a Pródigo, que não fora um homem ali sepultado, mas todos aqueles que haviam vivido a mesma época, e era daquela época que os vivos, na prolongada cerimônia, se despediam. Com o barão sepultavam-se todos os sobrenomes que, até então, haviam dirigido o mundo.

Todos os parentes do barão compareceram à cerimônia, enfatizou o patrão, com exceção do guardião de nomes. Comentou-se a educação das esposas dos seis filhos reconhecidos pelo barão Álvares Corrêa, a elegância dos gestos, o porte. A contenção dos homens e a sobriedade das mulheres indicavam, em momento tão solene, a boa educação. Ainda assim, os boatos maldosos não deixaram de circular. Como eram terríveis as gentes, quão desrespeitosas na invenção de fábulas! Imaginaram que uma dúzia de capangas fora contratada para impedir

o sétimo filho de sair de casa enquanto durasse o luto oficial; também a uma maldição lançada pelo nomeador atribuía-se a multiplicação de cães de rua batizados com o primeiro nome do barão, e isso na manhã do enterro! Uma feitiçaria lançada pelo sétimo filho contra o patriarca seria a causa das placas de ruas, praças e bairros que honravam o barão terem desaparecido. Aquilo tudo era bobagem, considerava o patrão, mas revelava, enfim, o que o levara a convidar Pródigo para tamanha intimidade: Que achava ele daquilo tudo, enquanto filho? Por tudo que vivera, e vira, sabia se o guardião de nomes detinha tal poder? Um tanto constrangido, o patrão se desculpava. Não conseguia conter a curiosidade. Afinal, era uma oportunidade única, a de ter o filho do sétimo filho entre seus empregados. Pródigo sabia de alguma coisa?
– Crendices. São só nomes, nada mais.
Se tivesse confirmado a existência da magia, e sugerido conhecer o segredo, o patrão teria feito uma proposta? Era possível... Se fosse obrigado a retornar à fazenda, poderia tentar resgatar a oportunidade, escolhendo para si a posição de curandeiro ao invés da de criador de porcos.
Três toques firmes na porta catapultaram Pródigo de volta à realidade, convocando-o a se vestir para se apresentar decentemente à tragédia. Ergueu-se rapidamente, lançando as pernas em movimento pretensamente atlético, mas se sentiu tonto enquanto abotoava a camisa. Colocava o paletó quando outras três batidas na madeira o irritaram ainda mais: Já vai! Diabo de gente impaciente! Se levariam a casa, podiam ao menos preservar a porta. Lavou o rosto e pressionou a toalha alguns instantes a mais contra a pele, apertando os olhos e a testa. Ao mirar-se no espelho, sentiu que estava pronto. Se o avô suportara ver seu império executado e fatiado, não seria ele a se abalar pela miséria de uma casa: parecia até existir uma maldição familiar na semelhança das situações, avô e neto vitimados pela sanha de advogados e

especuladores. Mostrando quem era, ele os enfrentaria, esclarecendo que, se quisessem contemplar-lhe os farrapos, precisariam esforçar-se mais. De um só golpe abriu a porta, esperando encontrar oficial de justiça e pequena força policial de apoio, violências previamente autorizadas por um documento de redação padrão: encontrou o advogado sozinho, exibindo um sorriso, entrando na casa sem esperar pelo convite.

– Meu caríssimo Pródigo, filho único do guardião de nomes... Que prazer em revê-lo! – sem responder, seguiu-o até a mesa de trabalho, confuso por não saber qual cena representavam, satisfeito pelo presunçoso não se apossar da cadeira principal. O desgraçado já havia executado as manobras legais e vencido a parada; o que mais pretendia? Embora lhe sobrassem motivos para se irritar, Pródigo mantinha-se à espreita, pressentindo na desenvoltura do advogado uma chance de reverter a derrota. Com as mãos na mesa, aguardava, tentando demonstrar a tranquilidade que não tinha.

– Prezado Pródigo, antes de mais nada, peço perdão por me apresentar em hora tão inoportuna. Conheço os dissabores que lhe aguardam hoje, e é sobre eles que desejo tratar. A execução é fato irreversível, considere-a cumprida. Há, contudo, uma proposta que desejo lhe apresentar, proposta com potencial de lhe aliviar o peso dos dias vindouros...

Por que não dizia de uma vez o que queria? Que apresentasse logo á tal proposta! Ambos sabiam que estava encurralado, e que o outro provavelmente teria sucesso no assalto. No pôquer, nunca se dera bem pelo anseio em pagar de uma vez para conhecer as cartas alheias. Que exibisse logo suas cartas, já que as chances estavam a seu favor...

– Peço perdão se me estendo, mas gostaria de lembrar-lhe que, após o sepultamento do magnífico barão Álvares Corrêa, seu avô, seus tios passaram a receber ameaças, dizem que por conta das posturas adotadas contra seu pai. Findo o luto, deixaram a cidade às pressas. A verdade, meu senhor, é que atiraram pedras contra as janelas do dormitório onde estavam, escolheram uma esquina para esfaqueá-los, quebraram os aros da carruagem que os conduziria. As gentes daqui julgaram que deveriam vingar o guardião de nomes. Acreditavam que, se não o fizessem, maldições cairiam sobre esta terra esquecida, como se seu pai fosse alguma espécie de deus antigo, que exige ser alimentado com violência para ver aplacada a própria fúria... Imagine a difícil situação em que me encontrei, ao aceitar representar esses herdeiros contra o senhor? Pois aceitei, e, modestamente, precisamos admitir que obtive uma vitória engenhosa. Pois agora, senhor Pródigo, ofereço-me para representá-lo contra a municipalidade.

Era um espetáculo, uma peça muito ensaiada, e Pródigo compreendeu que lhe cabia o papel de espectador, devendo apenas bater palmas ao final. Impassível, aguardava, tentando processar rapidamente o que o advogado calculara durante semanas. Quando silenciasse, teria alguma alternativa além de erguer vivas? Seria possível recusar?

– Os fatos são, prezado senhor Pródigo, que a casa será executada, vendida, e o valor repartido entre os cinco descendentes diretos e ainda vivos do barão Álvares Corrêa. De todo o patrimônio, o único bem que restou livre de ônus foi esta casa. Saiba que seus tios não estão em condições muito melhores, dada a vida dispendiosa que se reservam, embora este tema não me diga respeito. Pergunto-lhe, então, digníssimo senhor: termina assim o assunto? É este todo o patrimônio? Pois é certo que não. Há algo aqui mais valioso do que as paredes da casa, que é o que elas encerram. E a execução nada diz sobre o conteúdo da casa. Sem meias palavras, meu amigo, se me permite chamar-lhe assim: o município deseja tomar os livros de registros, reivindicá-los como patrimônio coletivo e, sem custo algum, levá-los no momento da execução. E eu desejo representar o senhor contra o município, garantindo-lhe a posse e intermediando futura venda dos volumes para um colecionador, se o senhor assim desejar e me autorizar.

Anestesiado, Pródigo assentiu. Gostava da possibilidade do outro advogar em seu nome; dava-lhe a sensação de que, perdido o patrimônio, mas conquistada a servidão do homem, vencia a disputa.

– Agradeço a confiança, prezado senhor. Adianto que faremos bons negócios juntos. O nome de um cliente, sob meus cuidados, é tratado como se fosse o meu próprio. E nesta direção chegamos a um segundo tema, sim, uma segunda proposta que desejo apresentar-lhe, e que se coaduna com a primeira, já aceita. Por certo o senhor, observador como é, já reparou que, apesar de todos os nossos encontros, não lhe disse meu nome. Não estendi um cartão para me apresentar, não anunciei um sobrenome antes de lhe estender a mão. Há um motivo para tal fato, meu caro. Digo aos colegas, que me questionam, que preservo o meu nome, evitando dizê-lo para que não caia na boca dos meus inimigos, conforme a antiga superstição da terra, mas a verdade é que se trata de uma denominação extremamente simples, algo semelhante a um João dos Céus ou Francisco de Jesus, um destes nomes que se dão aos órfãos e bastardos. No início da minha carreira, confesso que, com alguma inocência, julguei que poderia compensar tão humilde origem com camisas importadas, gravatas exclusivas e abotoaduras folheadas a ouro, mas o fato é que, em nossa terra, há os que têm nome, e os demais. A única exceção possível seria ser suficientemente bem-sucedido para fundar uma dinastia, mas nunca passei de um advogado de província; julgo que o melhor, mas ainda assim um reles bom advogado de uma província desimportante. Faltam-me as credenciais para adentrar qualquer sala da capital federal e, saiba o senhor, como de certo já sabe, que qualquer um, mesmo sem conhecimentos jurídicos, mas com um sobrenome imponente como o seu, senhor Pródigo, me precederia. A ausência do sobrenome delimita claramente meu círculo de atuação. Sou irremediavelmente um forasteiro, o melhor, possivelmente sim, mas jamais um membro da elite.

Um sorriso se desenhava no rosto de Pródigo, sorriso que se ampliava a cada novo argumento do pobre diabo sem nome. A proposta em relação aos livros era boa, não havia pensado nisso, assim como não havia reparado que o outro nunca lhe dissera o nome. Talvez o que sempre lhe houvesse faltado fosse um advogado como aquele, um coitado sem nome para defender seus interesses, dar dimensão a quem era e ao nome único que carregava. O gigante que ficara com o nome que lhe pertencia por direito, o maldito Próspero, com certeza desde o nascimento tivera quem o defendesse. Lutara sempre sozinho: deveria ter iniciado a batalha garantindo quem resguardasse os interesses do nome com que fora honrado.

Enfim, ficavam sepultados os fatos antigos: um grande homem não deve pensar no passado. Que a partir daquele momento corrigisse de uma vez o próprio destino, rumo à glória. Começara o dia imaginando-se novamente um andarilho; agora já ouvia propostas. Quem sabe ainda não teria notícia da morte súbita dos cinco tios, e se sagrasse magicamente o maior dos poderosos, senhor da vida e da morte com um simples movimento do pulso, um grifo da caneta sobre o caderno? Sorria: desde a desgraçada manhã, tudo se acertava favoravelmente, mostrando que era mesmo um predestinado. Talvez o advogado já soubesse da morte dos cinco tios e justamente por isso se apressava em oferecer-lhe os próprios serviços.

– Como estão meus tios, digo, de saúde, nesta manhã? O senhor sabe me dizer?

– Pelo que fui informado, estão bem, meu senhor. Despertaram com um pequeno resfriado, nada além, e reforçaram que aguardam notícias da execução.

Pródigo assentiu, ciente de que fora uma bobagem crer nos mágicos poderes do livro. Movimentou o queixo para convidar o advogado a prosseguir.

– Um nome, senhor Pródigo, e um sobrenome: eis o que sempre me faltou. Este é o limite da minha existência, intransponível para o meu talento. E, justamente, é o que lhe sobra, meu amigo, o que sempre lhe esteve disponível, o que nasceu consigo. Se partiu ou voltou, se ganhou ou perdeu, sempre o fez como um descendente de sangue do barão Álvares Corrêa, o sobrenome a prenunciar cada ato. A glória e a desonra sempre detêm valor maior se concebidas a partir de um sobrenome como o seu, o qual, se me permite opinar, carece ainda de desempenho. Sem mais delongas, caríssimo, apresento a proposta, pois sempre prezo pela objetividade: além representá-lo contra a municipalidade e garantir satisfatória soma na venda dos livros de registros, proponho comprar-lhe o nome. Desejo ser eu, a partir de firmado nosso acordo, o senhor Pródigo Álvares Corrêa, deixando-o livre para escolher um novo nome e com ele uma nova vida. Assumo os fardos e bônus da sua nomenclatura. Deixo-o livre para traçar seus dias como bem entender. E lhe ofereço, claro, uma fortuna em troca da palavra que lhe pertence.

Pródigo piscou algumas vezes, abismado com o ponto de chegada:

– Uma fortuna?

– Sim. Dinheiro suficiente para viver como um rei por algumas semanas, como um príncipe por alguns meses, ou modestamente por toda a vida. Assumo todos os passivos inerentes ao nome que lhe pertence, quaisquer crimes e dívidas, quaisquer pecados. Se uma senhora cobrar-lhe que reconheça e sustente um filho gerado num acaso, a responsabilidade será minha. Assim como serei eu a apresentar-me como o neto do barão Álvares Corrêa, o filho do renegado sétimo filho. O que me diz? O senhor pode renascer, repetir os erros que cometeu ou recomeçar os dias como um santo.

Assinarei o cheque com a mesma pena com que o senhor gravar seu novo nome. Veja: se aceitar, serei eu o executado hoje, e não o senhor...

Pródigo assentiu. Sustentava o queixo com as mãos, os cotovelos fincados na mesa e os olhos fixos na boca do advogado: teria um novo nome, receberia uma fortuna, não seria o executado... As possibilidades faiscavam dentro de si. Poderia escolher qualquer nome do mundo! Sentia-se leve, enfim libertado da obrigação de responder, sozinho, por todos os filhos pródigos do mundo. Entregando o nome e sua desgraça ao advogado, escapava da iminente condenação. Era perfeito...

O advogado retirou da pasta uma resma de papéis, os contratos prontos para que firmassem o acordo. Ergueu-se energicamente, colocou os dois livros que repousavam sobre a mesa de volta na estante e retirou o último tomo, abrindo-o na última página, onde constava o derradeiro nome registrado em vida pelo guardião de nomes.

– Primeiro assine este instrumento, senhor, no qual me nomeia para representar os seus interesses contra a municipalidade na questão da posse e venda dos livros de registros. Depois, assine aqui, este o contrato de venda do nome com que foi batizado. Por fim, e não menos importante, registre o novo nome que deseja para si no livro de registros.

Com gestos firmes, Pródigo assinou os contratos. Ao escrever, pela última vez, o detestável nome escolhido pelo pai, sentiu-se, enfim, realizado. Empurrou maquinalmente os papéis para o outro lado da mesa, devaneando sobre o futuro. No livro de registros, não hesitou antes de inscrever o novo nome, aquele que o definiria a partir dali: Próspero. Eis quem era, enfim. Estava feito, sentia-se feliz. Finalmente, o nome que sempre almejara para si, e acompanhado de uma fortuna! Com o acordo, garantia o nome e a prosperidade que sempre desejara. Não precisaria mais ser um herdeiro, pois teria tudo!

Após apertar a mão do advogado, recebeu o vultoso cheque que o alforriava; guardou-o no bolso. Entregou seus documentos. O advogado foi até a porta, chamou o assistente do outro lado da rua, e ordenou que fosse ao cartório providenciar – imediatamente – os novos documentos com que o senhor Próspero se identificaria a partir dali.

Aguardaram conversando amenidades, os resultados das corridas de cavalos que nenhum dos dois acompanhava, as fofocas da família real da qual se pretendiam íntimos, a política menor do velho mundo, ambos torcendo a língua em sílabas esquisitas para inventar nomes de secretários e autoridades de além-mar, que não existiam. Mencionaram ainda as bolsas de valores, a burocracia estatal e o perigo das revoluções a rondar pela terra, maus espíritos a penetrar na alma do povo, e o imperativo de o governo agir com firmeza caso tais ideias por ali aportassem. Próspero poderia ter passado o resto do dia ali. Saboreava sua nova condição, deleitava-se com a vida na qual debutava. Porém, quando o toque à porta anunciou a chegada do assistente e dos documentos, tratou de partir apressadamente, alegando compromissos urgentes: era preciso deixar claro, sempre, o valor da própria companhia. Satisfeito, sorriu para o advogado e para o assistente ao ver sua foto e o novo nome no recém-produzido documento de identificação: que contemplassem as feições de um homem realizado! Era algo que certamente veriam poucas vezes na vida. Generoso, oferecia-lhes a oportunidade.

Apanhou um táxi na porta, mandou que seguisse diretamente para a agência bancária onde o advogado tinha conta – o seu advogado! –, fazendo questão de não olhar para trás: com o nome, negociara também suas memórias daquelas ruas, os sabores da infância que jamais apreciara, o orgulho da ascendência familiar, a opinião de que a cidade sempre fora medíocre e desinteressantes os que ali habitavam. Tudo aquilo pertencia a uma identidade que não era mais a sua. Reinaugurava-se. O carro avançava rapidamente, o motorista animado por faturar um longo trajeto, comentando amenidades para tentar agradar: Próspero desfrutava da existência...

O taxímetro marcava tarifa absurda quando estacionaram em frente à agência bancária: Próspero saltou e mandou que o chofer aguardasse, satisfeito consigo por dar ordens. Era um novo homem. Imaginava a expressão perplexa dos tios ao descobrirem, talvez àquela precisa hora, que não seria ele o executado. Escapara, contratara o advogado e garantira uma bolada! Poderia considerar, inclusive, a fortuna prometida no cheque como um simples adiantamento, pois ainda receberia pela venda dos livros de registros a um colecionador. A imensa soma serviria apenas para as despesas imediatas. Chamando-se Próspero, nada lhe poderia faltar.

O banco estava vazio; era uma agência reservada a clientes especiais. Prontamente atendido, sorriu de volta à jovem uniformizada; sacaria o cheque em espécie, como era seu direito. Não confiava em banqueiros. Milionário, recomendava inclusive a uma jovem bonita como ela que também não confiasse. Ela fez-se séria e Próspero imaginou que reclamaria do galanteio. Para se fazer de ofendida, devia ser noiva de algum pobre coitado...

– Senhor, eu sinto muito, mas o senhor não pode sacar este cheque. Ele não está nominal ao senhor.

– Como não?

– Somente o senhor Pródigo Álvares Corrêa pode sacá-lo, ou endossá-lo.

– Mas sou eu!

Ele exigiu um responsável, expulsou com um grito a funcionária, obrigou o gerente a se desculpar. Que entregasse o dinheiro e demitisse aquela incompetente! Não seria compreensivo. A partir daquele momento, exigiria de todos como sempre lhe fora exigido. Era despreparo demais, burrice demais! Pediram que se acalmasse, que aguardasse apenas um instante, que aceitasse um café: logo tudo estaria resolvido. Contrafeito, tentou controlar os nervos.

O coração disparou quando atinou para o que se passava: no nominal do cheque constava Pródigo, seu nome atual, no entanto, era Próspero! Não havia mais tempo para voltar e reclamar com o advogado: os dois policiais chamados pelo gerente deram-lhe voz de prisão, torceram-lhe o braço, algemaram-no, acusando-o de falsidade ideológica, uso de documentos falsos e estelionato. Ainda foi preciso conter o taxista que, enlouquecido, se dispunha a arrancar-lhe os sapatos para recuperar ao menos parte do prejuízo.

Gritou por todo o percurso até a delegacia e rangeu os dentes quando o delegado ironizou o absurdo da sua explicação. Os policiais gargalharam. Arriscava-se a cinco anos de prisão, especialmente por ser um ninguém, sem sobrenome. Recusou qualquer nome a não ser o que escolhera, Próspero. Pediu que contatassem seu advogado – O meu advogado! –, mas, localizado, o defensor afirmou não representá-lo em qualquer questão além da venda do espólio. Alertara inclusive o gerente do banco para a possibilidade do golpe e colocara a polícia de sobreaviso.

Trancafiado, emudeceu.

———

Se viessem a questioná-lo, não saberia dizer o que primeiro lhe fez falta. Precisava de cigarros, sem dúvida. Quando se acalmou, depois de se machucar debatendo-se inutilmente contra as grades, percebeu os bolsos vazios. A desesperadora vontade de fumar teria que ser aplacada com aquilo que jamais possuíra: paciência e autocontrole. Passou a andar em círculos, a bater – de súbito, sem motivos – as mãos contra o peito, a resmungar, e pensar, irreprimivelmente, em mulheres, copos bem cheios de aguardente e em se espreguiçar ao sol. Se viessem a questioná-lo, não saberia enumerar suas carências. Cigarro, mulheres, bebida – claro, preferencialmente juntos – mas, após alguns dias – ou semanas? –, parecia-lhe possível prometer nunca mais saciar nenhum dos apetites – tornar-se, por que não?, um santo – em troca do prazer de contemplar a imensa planície, sentir o vento tocando-o com força, poder caminhar até cansar. Por certo, mais de uma semana se havia passado, porém faltava-lhe a confirmação. Observava as paredes e se arrependia por não ter começado a marcar os dias desde o primeiro, e sabia que não o fizera por imaginar que ficaria preso por poucas horas. Até quando aquilo duraria? Se o questionassem, honestamente interessados no que diria, não escolheria os vícios como a principal carência. Decidiria entre o vasto campo, o espaço bruto e maltratado que sempre apreciara, ou qualquer referência sobre a passagem do tempo. No entanto, gritasse o quanto gritasse, resmungasse ou chacoalhasse as grades, tal qual uma fera, ninguém a ele se dirigia. Haviam-no enjaulado como um animal velho e sem dentes, inofensivo, pelo qual o público não mais se interessa.

Da cela onde fora trancafiado, podia ouvir as vozes dos demais detentos. Escutava-os, e os imaginava cobertos de tatuagens, as faces marcadas por cicatrizes, organizados em facções a exibir os músculos. Contudo, jamais encontrava qualquer um senão o carcereiro, que lhe entregava uma papa indigesta e nenhuma palavra. Foi talvez na terceira semana – por que não começava a contar os dias de uma vez? – que teve vontade de lhe falar sobre os Álvares Corrêa, narrar a fortuna e a desgraça, criar amizade. Estava desesperado por travar qualquer diálogo. Que o ofendesse, mas que dissesse algo! De forma engenhosa, o advogado havia ajeitado as coisas contra ele, tramado para impedi-lo de escapar.

Trancafiado e sem julgamento, que poderia esperar? Havia duas possibilidades: ou restaria ali, esquecido até enlouquecer, os adversários contando com o enfraquecimento de sua sanidade, ou o queriam fora de cena apenas até a completa dilapidação do patrimônio. Nisto residia sua esperança. Havia menos de um mês, sonhava com uma fortuna, crente em sua condição de herdeiro. Então, os sonhos e esperanças se resumiam à liberdade para caminhar, como um mendigo, por uma estrada, e retornar ao trabalho com os porcos, ao teto dividido com os lavradores endividados. Felizmente, esta desgraça não tinha nome, e o pai, morto, não a nomearia. Se antes se esforçava no refletir para bem se colocar entre os herdeiros, procurava então não pensar para suportar estar trancafiado. Vista em perspectiva, a vida o faria enlouquecer.

Naquela semana, houve gritos, sons de um confronto. Depois, o silêncio. Uma tentativa de rebelião, uma disputa entre gangues? Com ele, ninguém falava. Se tentasse agredir o carcereiro, poderiam colocá-lo com os prisioneiros comuns? Se antes sonhava contemplar o campo, então lhe bastaria uma transferência de ala. Ouvia batidas contra a parede, oriundas de algum ponto do edifício. Usavam um código cujo sentido lhe escapava, o ritmo daquelas conversas passando incólume por seus ouvidos. Soava como um idioma estrangeiro. Mais do que aprisionado pelas grades, era a própria ignorância que o trancafiava. Deveria ter algum direito, porém, ignorava qual seria.

Esfriou. Estavam em outra estação? Deveria começar a marcar os dias, mas não conseguia. A esperança de que aquilo durasse horas, apesar dos meses passados, mantinha-se. Quando se tornou íntimo dos próprios trapos, cuidando dos farrapos que vestia, do penico que, diariamente, enchia até a borda e recebia de volta esvaziado, íntimo das pedras e grades que o aprisionavam, percebeu-se perdido. Aos poucos, qualquer pensamento, tudo o que o tornava um homem, adormecia. Tal qual um bicho, percebia-se capaz de observar, por horas e horas, o único feixe de luz que chegava ao catre, sem pensar em nada. Foi então que se sentiu verdadeiramente aprisionado, e somente então começou a contar os dias. Haviam-lhe tirado tudo, estava reduzido às funções fisiológicas e ao contemplar embasbacado. Ainda assim, restara algo, bem guardado consigo: chamava-se Próspero, o nome escolhido e grafado no enorme livro do guardião de nomes, o último registro do nomeador. Enquanto o mantivesse, tinha a certeza de que um fabuloso destino o aguardava. Que levasse três décadas para deixar a cela, chegaria a ocasião de vivenciar o nome em toda sua glória!

Havia disposto setenta e oito riscos na parede, cortando-os ao meio quando somavam cinco – já cogitava nomear as pedras que o aprisionavam –, quando lhe chegou o som de passos diferentes dos habituais. Na solidão, pouco vendo além da penumbra, a audição se aperfeiçoara. Os passos do carrasco eram como a voz materna a despertá-lo. O modo como batia a asa do penico na pedra, no meio do corredor que levava à cela, era como um irmão a chamá-lo. Conhecia o som do molho de chaves e da respiração do carcereiro, a força com que tossia se fumava muito antes de entregar-lhe o almoço. Às vezes, podia até ouvi-lo engolir. Percebeu de imediato a diferença – estava acompanhado. Ansioso, notou que se aproximava lentamente da porta e os sons de mais alguém a acompanhá-lo. Seria algum outro representante da lei? Talvez fosse um dos tios, embora não mais tivesse parentes, as relações familiares relegadas ao nome esquecido. Quando, enfim, passaram pela última porta e a penumbra os exibiu, escutou o anúncio: Você tem visita. Pela primeira vez, ouviu a voz do carcereiro. Demorou a reconhecer quem se apresentava, a forma emergia de outra vida, um fantasma vindo da terra dos mortos para assombrá-lo: era a velha! Sua expressão de desgosto deu-lhe a certeza de que estava mal. Não pôde evitar o sorriso: a velha! A desgraçada da velha o encontrara! Ela estava com sorte: se o ajudasse, batizaria a neta como desejasse! Um nome de princesa, eis o que lhe daria! No entanto, esse que ali estava não era mais ele: chamava-se Próspero e não guardava mais os nomes. Pela velha, contudo, abriria uma exceção. A querida velha! Que alegria encontrar a desgraçada da velha! Que diabos de velha teimosa: só mesmo ela poderia encontrá-lo!

– A senhora... – estranhou a própria voz a reverberar pelo cômodo. Em setenta e oito dias bem marcados, e tantos outros que ignorava, era a primeira vez em que falava com alguém. Deveria ser gentil, era sua chance: um desesperador desejo de liberdade silenciava a honra e o amor-próprio. A velha era a única que poderia ajudá-lo a sair dali. Imperava ser gentil. Pigarreou, precisava aveludar a voz, e refez a frase: Bem-vinda. Como vai a senhora? Em que posso servi-la?

Ela o avaliava. Entre as sobrancelhas esbranquiçadas, as bochechas flácidas e a boca murcha, os lábios reduzidos a um fio de carne, sustentava a expressão de desgosto, quase enojada. Próspero sentia armar-se uma revolta, um desejo de xingá-la, de declarar que, se era para mirá-lo daquela forma, que desse meia volta, e que o diabo a carregasse... Revoltar-se, porém, era um luxo dos homens livres. Precisava da velha. Esforçou-se por sorrir, modelou as palavras, perguntou, num galanteio, se havia feito boa viagem.

Meneando a cabeça, ela torceu os lábios. Vendo que se entendiam, o carcereiro ruminou que deixaria a senhora sozinha com o filho. A voz dele soava como as dobradiças da porta a se movimentarem. A desgraçada da velha – não, a santa da velha, a abençoada da velha – o havia convencido, ou convencido o diretor daquele buraco, de que era sua mãe, invocando o sagrado direito à visita. A esperta da velha... Como o havia encontrado, se abandonara o antigo nome? Enfim, ali estavam. Esforçava-se por sufocar a raiva – como se fosse ela a responsável pelo aprisionamento – e exprimia o pedido de misericórdia postado como o bom ladrão diante do Salvador. Poderia tirá-lo dali? E se implorasse?

– Mãezinha... Me ajude...

– Meu filho... Você não vale nada...

Manteve a súplica, apesar da resposta. Se, por alguma fresta, o carcereiro os escutasse, era melhor que confirmasse serem mãe e filho. Mesmo que não pudesse tirá-lo dali, quem sabe ela lhe entregasse qualquer alimento decente, desses que as avós supostamente preparam? Ou café... O que não faria por um bule de café... Poderia renunciar a qualquer vício pelo prazer de degustar um bom bule de café preparado pela velha. Quão pouco vale uma alma aprisionada... Uma única xícara de café, e sem açúcar, faria dele um santo.

— Te visitei, na casa do guardião de nomes, por três vezes, não foi? Você imagina o quanto a viagem me custou? Não apenas as moedas que tive de juntar, e que me faltavam, mas o esforço, o sacrifício. Você é capaz de imaginar o quão difíceis são, para alguém da minha idade e condição, esses dias e dias na estrada, cortando a província sob os cuidados de um carroceiro, comendo e fazendo a toalete fora de casa? Três vezes, três vezes me sacrifiquei na ida-e-volta, e tudo para que desse um nome para a minha neta. Mas era pedir demais, não era?

— Me perdoe, mãezinha...

Sustentava uma postura humilde, ajoelhado diante da velha, que se mantinha altiva do outro lado da grade. Se certa vez fora preciso comer a lavagem dos porcos para sobreviver, insistir naquela maternidade fictícia era então o que poderia salvá-lo. Desde que ela lhe oferecesse um caminho em direção à liberdade, suportaria qualquer humilhação. Ela escolhera o papel de mãe de um degenerado; ele representaria o papel de filho. Se a velha se houvesse declarado esposa, estaria esticando as mãos por entre as grades para lhe oferecer um beijo. Faria tudo. Precisava escapar. O anestesiado desejo de liberdade de súbito se manifestava em desespero. Desperto, rugia.

— Pedir que você ao menos escolhesse um nome feminino, era pedir demais, não era? Insistiu naquela brincadeira ridícula, o nome João, apenas para se divertir comigo, não foi?

– Errei, mãezinha... Me perdoe...

    A velha meneou a cabeça. Havia uma história que precisava lhe contar. Por todo o caminho de volta, após a porta batida na cara, ela resmungara contra a teimosia do filho do guardião de nomes. Mais do que a teimosia: se ele realmente acreditasse que era aquele o nome correto – João, para uma menina –, seria diferente. Contudo, tinha certeza de que apenas debochava, ria às suas custas. Apertando as mãos uma contra a outra, socando o ar, cuspindo e praguejando, ela fez o caminho de volta. E a pé, um passo após o outro, pois as moedas se haviam esgotado. Tinha fome, pois não lhe oferecera nada. A difícil jornada, no entanto, serviu para que pensasse naquilo. Por um lado, o nome era um óbvio deboche – era uma menina, não poderia chamar--se João! – e o certo era simplesmente inventar outro nome e declarar à família que o guardião de nomes o escolhera. Assim, batizaria a menina Joana, tal qual a santa, e tudo estaria em paz. Em breve, morreria, levando o segredo consigo. A neta cresceria sem nunca saber daquele outro nome, e manteria a boa memória daquela diligente avó. Considerou também, em busca de um meio termo, batizar a menina como Maria João, o nome da santa antes do indicado, para aliviar o peso da piada. A menina talvez crescesse detestando o nome, mas estaria batizada. Enquanto fazia a longa caminhada de volta, a bolsa vazia, os pés doloridos, o estômago se contorcendo, amaldiçoava o filho do nomeador por confundi-la. Pois, por um lado, detestara a escolha, reconhecia o deboche e tinha certeza de que deveria ignorar o nome horrendo. Por outro, porém, sabia que os caminhos do Senhor eram misteriosos. E se fosse esse o nome certo? Se o Senhor já falara pela boca dos asnos, por que não poderia ter se manifestado através daquele desgraçado? A escolha era difícil demais, e a caminhada ao menos serviu para refletir. Decidiu que, fosse o que fosse, não voltaria para casa sem a decisão tomada. As dúvidas pertenciam à estrada. Assim, ruminou, praguejou, amaldiçoou, bateu os pés por todo o caminho. Quando chegou em casa, estava determinada: sabia o que fazer.

A velha, enfim, fez uma pausa no monólogo, e procurou um lugar para se sentar. Pródigo se manteve à espreita, os olhos muito abertos, ansioso para que continuasse. Se outrora a voz anasalada dela, a tagarelar incessantemente, aborrecera-o, desejava então que prosseguisse, narrando por dias seguidos. Que recontasse toda a história da família, do pai que batera no padre, ou apanhara do padre, sabe-se lá. Prestaria atenção. Sabia, contudo, que logo o carcereiro golpearia a grade, indicando que o tempo havia terminado. O que teria levado a velha a procurá-lo? Esperava a sentença, para nela agarrar-se em busca de salvação. Eis no que se convertera: num náufrago que, abandonado no meio do mar, procura pedaços de madeira encharcada com a esperança de sobreviver.

– Continue, mãezinha...

A velha desistiu de se sentar, limitando-se a apoiar, por um momento, o corpo contra a parede. Pôs-se então novamente ereta, e, observando Pródigo com renovado desprezo, retomou a narrativa. A chegada à casa encheu-a de alegria. A visão da neta revigorou-a de todo o sacrifício da jornada. Que fardo não suporta uma avó? Receberam-na bem: a mesa farta, o banho, a noite de sono a recompuseram. Dormiu o sono dos justos: Um dia, se Deus quiser, você saberá como é. Quando acordou, chamou a filha para conversar e contou exatamente o que havia se passado. Sem meias palavras, afirmou que o nomeador era um bruto, um tipo maligno que se divertia zombando dos nomes. Ela e a filha se abraçaram, sofreram a escolha. Decidiram juntas: a menina se chamaria João. Por sete anos, viveria como um menino. Cumprida a penitência, se mudariam para um lugar distante e lá apresentariam a menina como Maria João, sem alterar o nome senão pela pena do nomeador. Na dúvida, o melhor era aceitar a Providência.

A filha aceitou bem o nome, como se o houvesse escolhido. Era um bom sinal. Antes de dizê-lo pela primeira vez, a velha achou que se engasgaria com a palavra, que a pronúncia a faria vomitar. A bem da verdade, também se acostumou depressa. Noticiou a escolha e deixou os dias se passarem em cuidados, observando o leite a deixar com dificuldade o corpo da filha, os unguentos aplicados para a recuperação dos bicos dos seios, a água fervida, fraldas de pano, noites insones... A vida poderia resumir-se àquilo, aos infinitos cuidados exigidos por um bebê; seria o bastante. A velha revia magicamente sua própria maternidade, como se fosse possível voltar no tempo.

Dos pretendentes, as notícias escasseavam: dizia-se pelas ruas que o anão havia partido para sempre, pois desaparecera desde a morte do guardião de nomes. O filho de proprietários tampouco aparecera. A velha confessava-se grata pelas ausências masculinas, e quase se arrependia por ter visto a neta como o salvo-conduto à riqueza. Era só um bebê, nada além, e um bebê é pequeno demais para suportar os sonhos alheios. A neta era um pequeno paraíso, ainda que se chamasse João e a vestissem como menino.

De longe, contudo, chegavam notícias. Com a voz anasalada que Pródigo saboreava sem pressa, contou que só deixava a casa para comprar mantimentos. Só se lembrava do filho do guardião de nomes, o desgraçado, quando lhe perguntavam pelo nascimento, ao que ela respondia tratar-se de um menino pequeno chamado João. Dizia-se, pelo povoado, que a criança nascera com alguma deficiência, o que explicava a velha mantê-la escondida. Deixava que assim pensassem: queria distância do falatório daquela gente, ansiava pelo dia em que poderiam deixar aquelas casas mal-acabadas para trás. A bem da verdade, tinha medo. Perguntavam demais e bem sabia que os humores populares se alteravam rapidamente. Nunca se esqueceria de quando haviam cercado a casa de uma mentirosa e preparado o linchamento – as imagens dos animais degolados, do campo salgado, do incêndio e da forca permaneciam gravadas em suas córneas. Desde então, temia os populares. Os cordiais vizinhos podiam converter-se numa turba insana. Assim, afirmava apenas o banal. As notícias, no entanto, chamavam-na: contava-se sobre um anão que se havia sagrado rei e pisoteado os idosos para escalar o trono. Mencionavam as antigas autoridades municipais com as pernas decepadas para que não lhe ultrapassassem a altura. Havia relatos de épica batalha de conquista e coroação em suntuoso palácio: mordomos, valetes, petaleiras, quadros enormes a serem pintados com a imponente figura do rei sobre um cavalo a entrar na cidade destruída. Liteiras. Chamava-se Próspero, o Vil. Após a coroação, julgara os rebeldes, sentenciando-os à morte. Mandara quebrar as pernas dos homens de maior estatura e obrigava a corte a se pôr permanentemente de joelhos para que os olhasse de cima. Não era misericordioso nem com as crianças. Mandara um esquadrão localizar o carroceiro que havia jogado sua mala na lama, bem como os passageiros que riram na ocasião, e os chicoteara enquanto carregavam a carroça. Especulava-se sobre o que faria o governo republicano diante de tal descalabro, mas era possível que nada fizessem: se sequer sabiam o nome de todas as capitais, que diriam de terras tão distantes do litoral? Aquilo tudo se passava longe demais do poder. Desde que pagassem os impostos e não desafiassem a autoridade federal, que fosse como fosse. Qual a diferença entre um coronel e um rei tresloucado?

– A senhora disse que se chama Próspero, o Vil? Este anão?

– Próspero, o Vil. Mas dizem ser a encarnação do filho pródigo.

– É também o meu nome agora. Era o de um gigante, que morreu e do qual o povo sequer guardou os ossos para exibição.

Naquele dia, a velha voltou ansiosa para casa. Suava, acelerava os passos sem perceber. Sabia quem era aquele rei vil: tratava-se do mesmo anão que havia sussurrado todo tipo de bobagem nos ouvidos da filha. Como conseguira sagrar-se rei?

Preocupava-a o que faria a filha quando escutasse aquelas histórias: cuidava a velha para que nunca deixasse a casa, que só tomasse conhecimento quando fosse inevitável. Tinha medo. Se a filha soubesse daquilo, era bem capaz de se pôr estrada afora com a neta a tiracolo para se oferecer novamente ao anão. A velha tinha pesadelos: despertava no meio da noite para, confusa, procurar a neta pela casa. Perdeu peso, fez-se irritadiça. Nos primeiros dias, parecia inevitável que o conto daquele anão tresloucado chegasse aos ouvidos da filha. Acalmando-se, vislumbrou uma esperança: talvez, quando a filha voltasse a sair, o povo tivesse se esquecido daquilo. Se, nesse meio tempo, algo se desse – outra tragédia, outra guerra –, quando a filha deixasse a casa o anão e seu reino seriam notícias velhas. Era possível que, até lá, o corpo militar da província os tivesse liquidado.

– Um anão chamado Próspero...
– Sim, meu filho.
– Um anão chamado Próspero coroado rei...

No chão, diante da velha, Pródigo ficava cada vez mais ansioso. Temia, antes de mais nada, o súbito retorno do carcereiro, a porta aberta num repente, batidas contra a grade obrigando a velha a partir sem concluir a narrativa. Depois, apesar de o nomeador, os tios, os livros de registros não mais lhe dizerem respeito – pertenciam a outra vida –, não podia deixar de pensar naquele nome, Próspero, que se tornara o seu: se um anão – um anão! – conseguira, assim chamando-se, sagrar-se rei, o que não teria conseguido? Um anão se fizera rei! Se ainda fosse o Pródigo, se ainda fosse o filho do guardião de nomes, amaldiçoaria novamente o pai por não lhe ter dado aquele nome. Ele o desenterraria apenas para lhe cuspir na cara! Desgraça de nome! Ao mesmo tempo em que se irritava, buscava consolo: aquele era também o seu nome. Uma hora, deixaria a cela. Talvez naquele mesmo dia: talvez a velha o retirasse dali! Ela era esperta, podia conseguir. Se um anão conseguira sagrar-se rei, não seria a condição de miserável a impedi-lo. Chamando-se Próspero, inaugurar uma dinastia era seu destino.

Não bastava, contudo, poupar a filha das notícias para evitá--las. Para afastar o diabo, é preciso mais do que evitar nomeá-lo. Elevando o tom de voz, enquanto sentia a garganta secar, inflamando e desinflamando as bochechas flácidas, a velha narrou o esforço por manter as notícias distantes. Não imaginou qualquer possibilidade além de a moça atravessar a província com a neta a tiracolo, ignorando que o mal poderia vir na direção contrária, buscando-a dentro de casa, mesmo fechada a chave. Estava na venda, comprando mantimentos, quando as notícias a alcançaram, sempre pela língua alheia: contava-se que, uma vez estabelecido no trono – o poder reconhecido mediante um acordo com o governo estadual –, o anão buscava pelos descendentes. Tal qual um rei antigo, interessado em garantir que o império cruzasse o milênio, Próspero, o Vil, enviara mercenários em busca do descendente. Afirmava não conhecer a criança, mas bem conhecia a mãe. Segundo contavam – em tom de deboche, ignorando os ouvidos atentos e a expressão de desespero da velha –, em menos de um mês varreriam toda a província, dispostos a questionar em cada lugar e bater em cada porta. Aquele anão não admitia a derrota. Se decidira ter um descendente, teria um descendente, contavam, evidenciando que, pouco a pouco, a esdrúxula figura de Próspero, o Vil, ganhava contornos admiráveis no imaginário popular.

Quando deu por si, a velha corria pelas ruas e vielas da cidade, o caminho habitual parecendo muito longo. Carregava um saco de farinha, um pouco de sal e feijão, ignorando se pagara por eles. Doíam os joelhos: não os sentia doer. Sangravam os pés: sequer os percebia. Só queria entrar na casa e abraçar a neta. Trancá-la a chave, ou fugir de imediato. A desgraçada da filha; como pudera envolver-se com um tipo daqueles! A ironia daquilo é que o anão oferecia à velha tudo o que sempre sonhara: desesperada, ela corria pelas ruas justamente para recusar o sonho que, enfim, se avizinhava.

A porta da casa a esperava, aberta: percebeu que se atrasara. Tremendo, o sangue a abandonar o corpo, da soleira divisou o grupo de homens – seis! – a dominar a casa sem com ela se importar, mantendo a filha de um lado, forçada a permanecer sentada, enquanto um deles segurava a neta no colo. Dirigiu-se ao líder, firmemente: O que significa isso? Tire de imediato as mãos do meu neto. E fora da minha casa!

O mercenário não se abalou. Com um olhar, mandou que forçassem a velha a se sentar, longe da filha, próxima o suficiente para apanhar, caso fosse necessário. Mantinha a neta erguida, olhava-a sem pressa, quem sabe procedendo alguma espécie de análise. Procurava na criança os traços do anão? Ou alguma marca mágica? Desesperada, a velha pressentia o sequestro do bebê.

– Tragam as roupas.

Obediente, um dos mercenários deixou a sala. Voltou um instante depois, trazendo uma roupinha espalhafatosa, fora de moda, com babados e lantejoulas. Pelo que entendeu, desejavam vestir a neta com aquilo, por certo obedecendo às insanidades do anão. Eles as levariam também? Como poderia escapar? O anão por certo desejava apresentar a neta em cerimônia triunfal; qual papel estaria reservado à mãe e à avó da escolhida?

Os homens se atrapalhavam com as roupas infantis. Ignorando o medo, a velha se ergueu, oferecendo-se para a tarefa. Se fosse aquele o fim, ao menos trocaria a neta pela última vez. Apanhou a estranha roupinha e a ajeitou na cadeira. Tomou a neta nos braços e a deitou na mesa, despindo-a sem pressa. Meu pequeno João, dizia, tentando aplacar o choro assustado da menina. Meu Joãozinho, dizia, carinhosamente, sob o olhar dos brutos.

Uma peça após a outra, despiu a neta. Quando lhe viram o sexo, os homens se detiveram, perplexos. Seis homens grandes, armados, a observar, sem entender, o sexo delicado da menina.

A casa tomada, as mulheres feitas reféns e seis homens enormes, de prontidão, paralisados diante do que viam. O que era aquilo? Que palhaçada era aquela? Perguntaram juntos, sem se entender: a velha os imitava, divertida, nesse ponto da história. Não se chamava João? Não era um moleque? Esperançosa, a velha escolheu as palavras: É especial. É a menina João. Tem até documentos, emitidos pelo guardião de nomes.

Os homens se calaram.

– Meu filho, aquilo virou uma confusão. Falavam todos ao mesmo tempo, todos opinando, até que o chefe saiu para telegrafar. Eu já estava novamente com a neném nos braços, tentando fazê-la dormir, pensando em escapar, enquanto a chamava "Joãozinho, Joãozinho", como se fosse a palavra a derradeira faca a ser empunhada. No fim, até nos acostumamos: os homens abriram os armários, pediram café, que minha filha correu para fazer, enquanto esperávamos todos a volta do chefe. Não demorou para voltar, mas também não voltou rápido.

Entre captores e cativos, o chefe encontrou um clima quase fraternal. Parou na entrada, aguardando ser notado, e avançou somente quando se fez silêncio. Homem de poucas palavras, era do tipo que se contrata para um serviço pérfido. Chegou muito perto da velha, amedrontando-a, e mandou que despisse a criança. Carinhosamente, embora a mão vacilasse, ela atendeu ao comando, chamando a neta de Joãozinho, oferecendo-se, com voz vacilante, para apanhar os documentos que provavam ser aquele o nome e estranha a condição. Nua a menina, o chefe observou demoradamente seu sexo. Então, cuspiu no chão. Fez um sinal e todos se retiraram. Um instante mais, e a velha desabou. Agarrada à filha, derramou as lágrimas sufocadas, entregando-se ao descontrole do qual se poupara. Gritava como se a neta houvesse sido levada. Era um milagre, um milagre! Não fosse o maldito nome, a neta teria sido levada! Descrente no impossível daquilo, embora fosse fato, a velha se desfazia.

Percebendo o desfecho favorável, Pródigo pôs-se a sorrir, já certo de que a velha viera ajudá-lo. Ficaria contente até com um pedaço de pão branco, mas quem sabe ela conseguisse libertá-lo, afirmando-se disposta a mover céus e terras para salvá-lo. Era disso que precisava, com isso não contavam os inimigos! Uma mãe a tudo disposta é o flagelo dos carrascos! Ainda assim, mantinha-se no chão: precisava que ela o visse como um filho a ser salvo.

– Mãezinha, me salve...

– Me salve... – a velha debochou da súplica, imitando-o. Não estava agradecida? Num instante, como se nada tivesse contado, como se a neta não tivesse sido salva – por ele! Pelo nome que escolhera! –, a velha retornou à carga contra o deboche de que fora vítima, repetindo que fora destratada, que ele desprezara suas esperanças. Insultou-o, com a raiva contida subindo-lhe das entranhas, e então o insultou uma vez mais, as palavras até então reprimidas saindo aos borbotões. A velha era louca? Ele não salvara a neta? Deveria agradecer-lhe! Confuso, Pródigo desejava responder, mas, ainda assim, aguardava humildemente, temendo desperdiçar sua única chance. Por que a velha o destratava, se a criança fora salva? Ela chutou as grades, produzindo um estrondo, exibindo mais força do que parecia ter. Calado, acuado, Pródigo aguardava que se acalmasse. Enfim, ela explicou: A neta fora salva, era grata, mas, por toda a vida, deveria apresentar-se como João – uma menina chamada João! –, para assim se manter protegida. O nome era uma sentença. Na mesma medida em que lhe agradecia, o amaldiçoava. Salvara-a; era um desgraçado! Qual futuro poderia ter uma menina chamada João?

– Não sei se lhe cuspo na cara, ou se lhe dou de comer...

Espumando, atirou as últimas ofensas; Pródigo fechou os olhos. Só faltava mesmo a velha lançar contra ele uma baba nojenta. Contraiu os olhos, involuntariamente, enquanto imaginava o cuspe se acumulando nas bochechas flácidas, pronto para atingi-lo. Ela o libertaria ou cuspiria em seu rosto? De súbito, sentiu-se tranquilo, e relaxou a face. Teve certeza de que o libertaria, que faria de tudo para ajudá-lo: jamais alguém cuspiria em um homem chamado Próspero.

Exemplares impressos em OFFSET sobre papel
Cartão 250 g/m² e Pólen Soft 80 g/m² da Suzano Papel e Celulose
para a Editora Rua do Sabão.